Si seulement...
la vie s'apprenait
dans les romans d'amour

KRISTAN HIGGINS

Si seulement... la vie s'apprenait dans les romans d'amour

roman

Traduction de l'anglais (Etats-Unis) par :
MARIE LAUZERAL

HarperCollins

Titre original :
IF YOU ONLY KNEW

Publié avec l'aimable autorisation de Maria Carvainis Agency, Inc. Ce roman a été publié pour la première fois aux Etats-Unis par Harlequin Books S.A.

HARPERCOLLINS FRANCE
83-85, boulevard Vincent-Auriol, 75646 PARIS CEDEX 13
Tél. : 01 42 16 63 63

ISBN 979-1-0339-0010-8 — ISSN 2261-4540

A Shaunee, Jennifer, Karen et Huntley, que je remercie du fond du cœur pour les rires, le vin, et surtout pour l'amour.

Jenny

Certains jours, comme aujourd'hui, je me dis que c'était une grosse erreur de rester en bons termes avec mon ex-mari.

Je suis à la petite fête organisée pour Ana-Sofia en l'honneur de la naissance de son futur bébé (Ana-Sofia, c'est la nouvelle femme d'Owen, ma remplaçante, pour ainsi dire), et je suis même assise à côté d'elle, à la place d'honneur dans ce cercle d'amies radieuses venues partager sa joie. Je fais des efforts pour avoir l'air radieuse moi aussi, d'énormes efforts. Je sors mon sourire spécial grandes occasions, celui que je fais souvent à la boutique, en particulier quand mes clientes sont insupportables, leur mère, aigrie, et leurs demoiselles d'honneur, mortes de jalousie.

Mais alors le sourire qu'elles affichent ici, le spécial *en attendant bébé*, trop fort, vraiment !

C'est totalement lamentable d'être venue, je sais. C'est juste que je ne voulais pas avoir l'air amère (même si évidemment je le suis, au moins un peu). Après tout, j'en voulais, moi aussi, des enfants. Et, chaque fois que j'abordais le sujet, Owen disait qu'il n'était pas sûr que ce soit le bon moment et qu'il adorait notre vie telle qu'elle était.

Oui. Bon. Ça ne s'est pas spécialement bien fini, mais nous sommes restés amis. Enfin, tout de même, être ici aujourd'hui, c'est juste pathétique.

Seulement, voilà, ce matin, je me suis réveillée affamée, or je savais qu'il y aurait plein de trucs délicieux à manger. Ana-Sofia est tellement populaire. En plus, je déménage, du coup, ça fait trois semaines que j'essaie de finir tout ce qui est comestible chez moi. Ajoutez à cela que je ne voyais pas quelle excuse crédible inventer pour ne pas venir. Mieux vaut encore être ici, même si c'est bizarre, que d'être la pauvre Jenny toute seule chez elle en train de se bourrer de céréales périmées.

Ana-Sofia ouvre mon cadeau, enveloppé dans du papier de Noël même si nous sommes en avril. Liza, notre hôtesse, est fumasse : mes petits Père Noël rouges et verts lui gâchent son effet. Elle avait pourtant bien spécifié sur l'invitation : *Afin de créer un cadre agréable et harmonieux autour d'Ana-Sofia, merci de respecter le code couleur « sauge et abricot » pour vos tenues et vos paquets.* On est à Manhattan, zut, quoi ! Alors, moi, j'ai mis une robe violette, histoire de la calmer un peu. Avant, on était amies, jusqu'à ce qu'elle se mette à poster tous les jours sur Facebook des photos avec *sa meilleeeure amie trooop cool Ana-Sofia.*

— Oh, Jenny, c'est ravissant ! Regardez ! C'est magnifique !

Ana-Sofia montre mon cadeau à tout le monde, provoquant un concert de cris, murmures, exclamations et aussi quelques regards furieux. Je me contente de toiser les jalouses d'un air détaché. Dommage, les filles... En fait, ce cadeau, je l'ai bricolé vite fait hier soir, vu que j'avais oublié d'en acheter un, mais elles ne sont pas censées le savoir.

C'est une petite couverture de bébé en satin blanc brodée d'arbres, de feuilles et d'oiseaux. Attendez, ça m'a pris deux heures, pas plus. Je n'ai rien brodé à la main. Et puis ce n'était pas si compliqué, vu que je suis couturière, spécialisée dans la création de robes de mariée. Assez ironique dans ma situation, mais j'assume.

— Tu ne pouvais pas acheter une peluche, comme tout le monde ? marmonne quelqu'un à ma gauche.

C'est Andreas (né Andrew), mon assistant et le seul homme de l'assemblée. Gay, naturellement. A-t-on jamais vu des hommes hétéros coudre des robes de mariée ? En plus, il déteste les enfants. Il en a peur, ce qui en faisait une personne toute désignée pour m'accompagner aujourd'hui. Il me fallait un allié.

Est-ce que je vous ai dit que cet appartement où nous nous trouvons est celui où nous habitions ensemble, Owen et moi ? Celui où, pour autant que je me souvienne, nous avons été très heureux ? Parce que c'est Liza qui reçoit mais, à cause des ouvriers manchots qui lui installent son nouveau plan de travail en verre (le granit, c'est totalement has been), il y a une panne de courant chez elle et nous nous sommes rabattus ici. Liza est en nage et parle fort, stressée à l'idée qu'on critique sa réception. On est dans l'Upper East Side, je vous rappelle. Aucune pitié.

Les cadeaux, y compris le mien, sont limite ridicules. L'invitation (sur un bristol gravé) faisait, à la demande des futurs parents, un appel aux dons pour l'association caritative au nom évocateur de douleurs menstruelles (flux.org) fondée par Ana-Sofia afin de lever des fonds et de creuser des puits en Afrique. Rien que ça. Mais du coup tout le monde y est allé de son gros chèque et s'est, en plus, surpassé dans le choix d'un cadeau : un mobile de Calder, une édition de 1918 des *Contes de ma mère l'Oye*, un ours en mohair de chez Steiff dont le prix équivaut à peu près à celui de mon ex-futur appartement à Greenwich. Je promène mon regard sur cette pièce, désormais décorée avec tant de goût. Quand j'habitais ici, c'était plus douillet, plus bohème, avec de gros fauteuils confortables, des dizaines de photos de mes trois nièces, ici et là une tenture de chez Target au mur, histoire de mettre de la couleur à moindres frais. Maintenant, la déco est incroyablement raffinée : des masques africains aux murs pour rappeler l'engagement d'Ana-Sofia, et des toiles originales venues des quatre coins du monde. Les murs sont peints dans des tons neutres aux noms pas possibles : « brume d'octobre », « crème de Birmingham » ou encore « glaçon ». Et puis il y a leur photo de mariage. Ils ne se sont pas mariés à New York heureusement, je n'ai donc pas été obligée d'y assister (ni, Dieu merci, de réaliser la robe, ce que j'aurais fait si on me l'avait demandé parce que, quand il s'agit d'Owen, j'ai toutes les faiblesses vu que je ne parviens pas à tourner la page). Bien qu'elle ait été prise par l'officier d'état civil dans le Maine, la photo est parfaite. Les mariés rient et ne regardent pas l'objectif. Les cheveux d'Ana volent dans la brise marine. Elle a été publiée dans la rubrique carnet rose du *New York Times.* Le couple parfait. Autrefois, c'était Owen et moi, et même si je ne visais pas la perfection je nous trouvais super. On ne se disputait jamais. Owen est à moitié japonais, et c'est la raison pour laquelle aux yeux de ma mère il valait bien mieux que tous les « nigauds » avec qui j'étais sortie (et avec qui j'avais à chaque fois l'espoir de convoler, notamment Nico Stephanoupoulos, en troisième).

Le jour où je l'ai présenté à ma mère, elle a dit : « Chez les Japonais, le divorce n'existe pas, n'est-ce pas, Owen ? » Il a acquiescé, et je vois encore son sourire adorable qui ne le quittait jamais, le sourire du « Dr Parfait », comme je l'appelais. C'est son expression naturelle. Sûrement très rassurante pour ses patients. Owen est chirurgien plasticien, de ceux qui opèrent les becs-de-lièvre et les taches de naissance et changent la vie de leurs patients. Ana, péruvienne, cinq langues au compteur, l'a rencontré au Soudan onze semaines après notre divorce, alors qu'il faisait son voyage annuel avec Médecins sans frontières et qu'elle creusait des puits.

Quant à moi, je fabrique des robes de mariée, comme je pense l'avoir déjà dit. Et je vous assure que ce n'est pas aussi frivole que ça en a l'air. Grâce à moi, les femmes portent la robe de leurs rêves pour l'un des plus beaux jours de leur vie. Grâce à moi, elles pleurent d'émotion devant leur miroir. Je leur donne la robe à laquelle elles rêvent depuis des années, la robe dans laquelle elles prêteront leur grand serment d'amour, la robe qu'elles pourront transmettre à leur fille, la robe qui symbolise tous leurs espoirs, tous leurs rêves d'un avenir merveilleux.

Alors, évidemment, comparé à ce que font Owen et sa seconde femme, OK, c'est totalement frivole. Théoriquement, je devrais les détester. Encore qu'il ne m'ait pas trompée avec elle. Il est bien trop réglo pour ça.

Ce qu'il y a de sûr, c'est qu'il l'aime et que je pourrais le détester de l'aimer, elle, et pas moi. Ne vous méprenez pas, ils m'ont brisé le cœur mais je n'arrive pas à les haïr. Ils sont trop gentils, et c'est très agaçant.

Et puis, être l'amie d'Owen, c'est toujours mieux que rien.

La couverture, après avoir circulé et fait l'admiration générale, est rendue à Ana, qui la caresse avec douceur et me regarde, les yeux humides.

— Je ne sais pas comment te dire à quel point cela me touche.

Oh, c'est bon, j'ai juste oublié de t'acheter un cadeau alors j'ai bricolé ce truc vite fait hier soir avec une chute de satin duchesse. Il n'y a pas de quoi en faire tout un plat.

— Mais je t'en prie.

Je prends toujours ce ton désinvolte un peu idiot avec elle. Andreas me fait passer un chou à la crème. Il faut que je pense à l'augmenter, lui.

— Je suis tellement contente pour ta nouvelle boutique, me dit Ana. On se disait justement hier soir avec Owen que tu as un talent fou.

Andreas me regarde d'un air exaspéré et lève les yeux au ciel. Cela ne lui pose aucun problème de détester à la fois Ana et Owen, et c'est ce que j'apprécie chez lui. Je souris et bois une gorgée de mimosa, un cocktail à base d'orange sanguine et de très bon champagne.

Si un jour je suis enceinte, même si les chances s'amenuisent de plus en plus, je sais d'avance à qui je ressemblerai : à ma sœur. On aurait dit qu'elle était gonflée à la pompe à vélo quand elle couvait les triplées. Pas rayonnante pour deux sous, couverte d'acné et de vergetures comme si elle avait été attaquée par un tigre du Bengale, elle se gavait de pastilles Rennie et rotait tout le temps mais ne se plaignait jamais. Rachel, quoi.

Ana-Sofia, quant à elle, est rayonnante. Son teint cuivré est parfaitement net, sans le moindre bouton. Elle a des seins magnifiques et, bien qu'elle soit à huit mois et demi de grossesse, elle a juste un petit ventre bien rond. Elle n'a même pas les chevilles gonflées. La vie est injuste.

— On vient de se rendre compte qu'un des copains d'école de notre fille est son demi-frère, dit une grande femme venue avec sa compagne (il y a plusieurs couples de lesbiennes).

C'est peut-être celle qui vient de rejoindre la clinique d'Owen en tant qu'associée, mais je ne me rappelle plus son nom.

— Vous imaginez, si on ne s'en était pas aperçues ! Elle serait peut-être sortie avec son demi-frère ! Ils auraient même pu se marier ! La banque de sperme a fourni quatorze échantillons du même donneur ! On a porté plainte.

— Et encore, c'est toujours mieux que d'adopter ! s'exclame une autre. Ma sœur, par exemple : elle et son mari ont été obligés de rendre leur fils ! Il a mis quatre fois le feu au salon !

— Ce n'est pas le pire : ma cousine a adopté et puis un jour la mère biologique est sortie de sa cure de désintox et le juge lui a rendu la garde de l'enfant. Vous vous rendez compte ? Après deux ans !

A l'autre bout se tient un débat enflammé sur la question de savoir ce qui, de l'accouchement ou du travail, est le plus épuisant.

— J'ai failli mourir, dit l'une, non sans fierté. J'ai regardé mon mari et je lui ai dit que je l'aimais, et ensuite le trou noir, jusqu'à l'arrivée des urgentistes...

— Moi, je suis restée en travail pendant trois jours, déclare une autre. On aurait dit un animal sauvage : je déchirais les draps avec mes dents.

— Et moi : césarienne en urgence, huit semaines d'avance, sans anesthésie, dit une troisième avec fierté. Ma fille pesait trois livres. Cinquante-sept jours de soins intensifs.

Celle-ci gagne la palme : les autres mères s'inclinent à regret et changent de sujet : les allergies alimentaires, les vaccins, faut-il ou non laisser dormir les enfants dans le lit des parents, comment faire face à la cruelle pénurie d'offre pour les enfants précoces... ?

— Qu'est-ce qu'on rigole ! dis-je à voix basse à Ana.

— Oui, n'est-ce pas ? (L'ironie n'est pas son fort.) Je suis tellement contente que tu sois là, Jenny. Merci de m'avoir consacré ton après-midi. Tu dois avoir des tas de choses à faire avec le déménagement.

— Tu déménages ? me demande alors une de ses amies parfaites. Où ça ?

— A Cambry-on-Hudson. C'est là que j'ai grandi. Ma sœur y vit avec sa famille.

— Oh, mon Dieu, mais tu quittes Manhattan, alors ! Il va te falloir une voiture ? Il y a des restaurants, par là-bas ? Comment peut-on vivre sans faire son yoga Zenyasa ?

— Parce que toi tu fais encore du Zenyasa ? lance une autre en ricanant. Moi, je suis passée à autre chose : le Bikram Hot. La semaine dernière, j'ai croisé Neil Patrick Harris.

— Moi, j'ai arrêté le yoga, claironne une blonde tout en examinant une framboise. Je fais du trampoline dans un club sur Amsterdam Street. Sur les conseils de Sarah Jessica Parker.

— Et pour bruncher ? me demande une autre d'un air inquiet. Comment vas-tu faire pour bruncher si tu quittes New York ?

— Je pense que le brunch n'est pas légal en dehors de Manhattan, de toute façon, fais-je d'un ton grave.

Mais personne ne rit. A tous les coups, elles me croient.

Non, sérieusement, j'adore Manhattan. Comme dit la chanson, « si tu réussis là, partout ailleurs ce sera du gâteau[1] ». Et le fait est que j'ai réussi. J'ai travaillé pour les plus grands, même pour Vera Wang, par exemple. Mes robes se vendent chez Kleinfeld et je vis de mon travail depuis quinze ans. J'ai été nominée parmi les stylistes de l'année lorsque je travaillais chez Parsons. J'ai même été invitée non pas une mais deux fois à une fête chez Tim Gunn. Qui m'appelle par mon prénom (et oui, oui, il est aussi sympa qu'il en a l'air).

Mais, même si j'adore cette ville, son tumulte, ses odeurs,

1. Allusion aux paroles de la chanson de Frank Sinatra *New York, New York* : *« If I can make it there, I'll make it anywhere. »*

son métro et sa ligne d'horizon hérissée de gratte-ciel, au fond de moi, ce que je veux, c'est un jardin. Et aussi voir mes nièces plus souvent. Et « avoir beaucoup d'enfants et vivre heureuse le reste de mes jours », comme ma sœur, ou mon ex-mari et sa nouvelle femme trop gentille. Je m'en vais non pas pour fuir, mais pour trouver quelque chose. Sans compter que, pour dire la vérité, ces derniers temps, c'était un peu morne au boulot. Or Cambry-on-Hudson est une jolie petite ville à une heure de voiture au nord de Manhattan. On y trouve plusieurs excellents restaurants (et, aussi incroyable que cela puisse paraître, certains servent même des brunchs). Dans le centre, il y a un cinéma, des arbres en fleur au printemps, un parc, et même un magasin Williams-Sonoma[1]. Pas vraiment le tiers-monde, quoi qu'elles disent. Et le dernier magasin à avoir ouvert, c'est « Bliss, robes de mariée sur mesure » : mon bébé à moi, à défaut d'un vrai.

Mon téléphone bipe. C'est Andreas, boules Quies dans les oreilles, qui préfère mettre en sourdine les histoires de montée de lait et de crevasses aux tétons et me fait un SMS :

> Vise un peu le nez de la grand-tante. Pourvu que le bébé ait le même.

Eperdue de reconnaissance, je lui souris.

— Vous avez entendu l'histoire de ce gynécologue père de cinquante-neuf enfants ? demande quelqu'un. C'était dans un épisode de *New York, police judiciaire.*

— Directement inspiré de la réalité, murmure une autre. Une de ses patientes habite dans mon immeuble.

— Oh, mon Dieu, mais... ? s'écrie Ana-Sofia.

Je me tourne vers elle. Elle a l'air un peu étonnée.

— Ne va pas croire ces histoires, lui dis-je.

— Non, mais je pense, enfin, je crois que... j'ai perdu les eaux.

Le silence se fait, suivi d'un brouhaha général.

Je vous épargne les détails, mais sachez que, malgré la

1. Enseigne de matériel de cuisine de qualité.

présence d'une douzaine de femmes qui ont déjà accouché et qui se battent pour l'aider, c'est ma main qu'Ana saisit alors.

— Oh, Jenny, c'est maintenant, me dit-elle, ses grands yeux marron magnifiques remplis de terreur.

Je l'aide à s'allonger par terre et m'accroupis entre ses cuisses de gazelle (pour info, elle n'a pas renoncé à l'épilation du maillot). Je lui enlève son string. (Sérieusement, elle n'en fait pas un peu trop, là ?) Et alors... Bon sang ! J'aperçois la tête !

Je fouille dans mon sac à la recherche de gel désinfectant (indispensable quand on prend le métro tous les jours) et je m'en passe sur les mains, avant d'ordonner d'un ton sec à la cantonade :

— Allez chercher des serviettes et fermez-la !

En cas d'urgence, j'assure. Liza me tend une pile de serviettes (toutes douces et sur le point d'être complètement ruinées par Dieu sait ce qui sort du ventre d'une femme quand elle accouche).

— Laisse-moi t'aider, supplie Liza.

C'est sûr, ça ferait un super post sur Facebook :

Viens de mettre au monde le bébé de ma meilleeeeure amie, LOL ! Avec Jenny Tate.

— Je sens que je vais pousser, s'affole Ana entre deux halètements.

Et c'est ce qu'elle fait, une fois, deux fois, et à la troisième un visage apparaît. (Un bébé ! Je tiens un bébé entre mes mains !) Une poussée supplémentaire, et la voilà : gluante, couverte d'une pellicule blanchâtre et d'un peu de sang, et incroyablement belle.

Des cheveux noirs, des yeux immenses, un miracle.

Je la fais doucement sortir et la pose sur la poitrine d'Ana.

— C'est une fille, dis-je, en couvrant le bébé d'une serviette.

A l'arrivée des pompiers, je me mets à fantasmer un peu, juste pour le plaisir. *Le chef des pompiers, plein d'admiration pour ce que j'ai fait, m'invite à dîner. Il a le plus adorable accent de Brooklyn qu'on n'ait jamais entendu et je suis hypnotisée par ses biceps. A la fin de la soirée, il me soulève juste pour me montrer comme ce serait facile pour lui de me sauver la vie. Quelques années plus tard, nous avons trois garçons vigoureux, des jumelles et un dalmatien.*

En fait, non, ils se concentrent sur Ana-Sofia (c'est aussi bien, après tout, quand bien même je n'aurais rien contre le fait qu'on s'intéresse un peu à moi). Quelqu'un coupe le cordon, et la belle Ana est submergée par l'émotion devant sa fille. Liza lui tend le téléphone afin que mon ex-mari ému aux larmes dise à sa femme, qui détient désormais le record de vitesse d'accouchement, combien il est heureux et fier.

Depuis l'entrée, j'entends Andreas dont les haut-le-cœur bruyants dans ces toilettes si raffinées couvrent les murmures admiratifs des invitées et des pompiers musclés qui tous disent à Ana combien elle a été extraordinaire et combien sa petite fille est ravissante.

On dirait que j'ai choisi le bon moment pour quitter New York.

Rachel

La dernière fois que nous avons fait l'amour, mon mari et moi, je me suis endormie.

Pas après. Pendant.

Ça n'a duré qu'une seconde. Adam ne s'en est même pas rendu compte. Il a dû penser que j'étais restée au septième ciel.

Mais c'est la vérité. Je me suis vraiment endormie. Et c'était tellement bon. Avant aussi, c'était bien, mais s'endormir... ! Quelle douce sensation de flottement ! Je ne pensais plus à rien, je sentais juste l'odeur chaude et rassurante de mon mari, le rythme régulier de son bassin, et, l'espace d'une seconde, je me suis... absentée.

Je n'arrête pas d'y penser. J'en ai parlé à Jenny, qui a pleuré de rire. Moi aussi, d'ailleurs, même si je m'étais bien juré de ne jamais devenir ce genre de femme. Une femme trop fatiguée pour faire l'amour. Une femme qui considère le sexe juste comme une corvée de plus dans sa semaine déjà interminable.

— Relâche un peu la pression, m'a dit Jenny en me tapotant la main. Tu es une épouse parfaite mais, pour l'amour du ciel, dis à Adam qu'une bonne sieste de temps en temps te ferait du bien ! Ou un bon massage !

Sauf que je n'ai aucune envie d'être le genre d'épouse qui préfère un tripotage du dos plutôt qu'une partie de jambes en l'air, quand bien même un massage me ferait pleurer de gratitude. Parce que porter les enfants, les installer dans leur siège auto, ramasser leurs jouets, passer ma vie à quatre pattes ou à trimballer des paquets de couches, vu que Charlotte n'est toujours pas propre, et tout ça quatorze heures par jour, bien sûr, que ça me casse le dos.

Mais ce n'est pas cher payé. Nos filles sont tellement mignonnes, tellement merveilleuses, adorables et incroyables que j'ai du mal à croire que ce sont les miennes.

— Maman !

Ma cadette, celle qui est sortie de mon ventre une minute après Grace et une minute avant Rose, me tire brusquement de ma rêverie. Le petit torse potelé de Charlotte est maculé de peinture (non toxique, à base de pigments végétaux bio : une fois qu'on sait que ces produits existent, impossible de s'en passer, et il y aura toujours à Cambry-on-Hudson une mère parfaite pour vous faire savoir qu'elle n'utilise que cette peinture-là avec ses enfants).

Nous venons de faire de la peinture, et dans ces cas-là je déshabille toujours Charlotte et Rose : l'une reste en couche Sesame Street et l'autre en minuscule culotte à fleurs. Rose a décroché sa feuille du tableau pour la poser par terre. Pas grave, je laverai le sol plus tard. Grace, en revanche, est restée habillée parce que même à trois ans et demi elle est très soigneuse. Elle fronce ses petits sourcils et dessine avec application. C'est ma petite sérieuse. Et pour la centième fois je me demande si elle n'a pas le syndrome d'Asperger : trop propre, trop méticuleuse. En même temps, grâce à elle, j'aurai trois fois moins de ménage à faire.

— Oui, Charlotte ? dis-je en caressant ses boucles blondes.

— J'ai fait caca, maman. C'est tout chaud, là.

Et elle fourre la main dans sa couche puis l'enlève pour me la montrer.

— Ça colle.

C'est quel chapitre dans les livres de conseils aux jeunes parents, ça, déjà ?

— Tout va bien, ma puce. On va aller se laver.

Je jette un coup d'œil circulaire à la cuisine : tous les tiroirs et les placards sont fermés, les sécurités sont mises, et les filles ne peuvent pas s'échapper à cause des barrières.

— Rose, Grace, j'emmène Lottie à la salle de bains, d'accord ? Vous restez ici.

— Nooon, veux venir avec maman ! s'écrie Rose.

Question langage, Rose et Charlotte sont en retard par rapport à Grace, et le pédiatre dit que c'est courant chez les triplés. Quand même. Je m'inquiète un peu.

— Grace, on te laisse toute seule ?

— Oui, maman, je fais des ronds.

— Ils sont magnifiques, tes ronds, ma puce.

Je soulève Rose et tiens Charlotte pour l'empêcher de toucher quoi que ce soit avec sa main sale, jusqu'à la salle de bains au bout du couloir. Raté ! Allez savoir comment, elle a réussi à s'essuyer la main sur ma jambe et il va falloir que je me change de nouveau. Enfin, bon, c'est ça, la vie avec trois enfants. Une machine tous les jours. Et puis je me serais changée avant le retour d'Adam, de toute façon.

Dans le club de triplés où nous allons à l'occasion, les filles et moi, certaines mamans font quinze ans de plus que leur âge. Elles négligent leurs racines, portent les vêtements de leur mari, sentent le vomi et le lait caillé, sont sur les nerfs, épuisées. C'est terrifiant parce que certains jours je me sens à deux doigts d'en arriver là. Or je ne veux surtout pas que mes filles, les amours de ma vie, pensent qu'elles m'épuisent. Je suis le genre de mère impatiente de les retrouver quand elles vont à la maternelle trois matins par semaine. Mère au foyer, c'est ma vocation.

— Et maintenant on se lave les mains, Lottie, dis-je en posant Rose et en ouvrant le robinet. Rose, est-ce que tu veux faire pipi ?

— Non, merfi, maman. Fa va.

Son sourire me remplit de joie. Il faut que je note ça pour le raconter à son père. « Non, merfi, fa va. » J'essaie de stocker tous ces petits moments pour les lui raconter. Il travaille tellement.

Et ma mémoire n'est plus ce qu'elle était. Je lave les mains de Lottie, lui enlève sa couche et lui nettoie les fesses.

— Encore caca, dit-elle.

— OK, dis-je en la mettant sur le pot.

Pendant que nous l'attendons, Rose et moi, Charlotte pousse et devient toute rouge.

— Pas caca ! annonce-t-elle fièrement, et nous éclatons de rire toutes les trois.

J'aime tellement être maman que je me demande comment tant de bonheur est possible. Je ne parviens toujours pas à réaliser qu'Adam et moi avons fabriqué ces petites filles parfaites, merveilleuses. Toute ma vie, j'ai lutté contre mon manque d'assurance. Il m'arrive encore d'en souffrir, parfois même avec Adam. Vous voyez bien ce que je veux dire... quand j'ai des troubles gastriques, j'utilise les toilettes des invités. Et quand nous sortons chez des gens il faut toujours que je me force un peu.

Mais, s'il m'arrive encore de rougir et de me sentir mal à l'aise en public, j'ai tout de même ça : la certitude que mes filles m'adorent. Je sais exactement qui je suis et comment je dois remplir mon rôle de mère. Les souvenirs de l'époque où je travaillais comme graphiste à Celery Stalk, une entreprise de jeux vidéo pour enfants, sont désormais flous, mais je me rappelle encore les efforts que je faisais pour parler à tout le monde et éviter de trop stresser. Il me fallait bien une heure pour me détendre une fois rentrée chez moi.

C'est pour cette vie-ci que je suis faite.

Nous nous lavons une nouvelle fois les mains. Le distributeur de savon tout neuf fascine les filles. Je mets une couche propre à Charlotte, et nous voilà parées.

Sauf qu'au moment où nous sortons de la salle de bains Rose s'accroupit et fait pipi par terre, à travers sa culotte.

— Eh bien alors ? fais-je.

— Pardon, maman.

Pas de papier absorbant à sa place habituelle sous le lavabo. Zut.

— Non mais tout va bien, ma puce. Ne t'en fais pas.

Je jette un coup d'œil au fond du couloir.

— Grace ? Ça va, ma chérie ?

— Très bien.

J'ai plutôt l'impression que c'est tout le contraire.

— Tu fais quoi, ma chérie ?

Je vais jusqu'à la cuisine en tenant par la main Rose qui continue d'inonder le couloir, autrement dit je vais devoir tout nettoyer là aussi.

— Rien, rien, répond Grace.

Puis j'entends le bruit de quelque chose qui se renverse.

Des Cheerios. Partout dans la cuisine. Impressionnant, ce que ces trucs peuvent rouler loin.

— Ne renverse pas les céréales, ma puce. C'est de la nourriture, enfin !

— Je veux les ronds, me répond Grace en vidant la boîte. Je veux colorier tous les ronds.

Charlotte a déjà commencé à piétiner les Cheerios et à les réduire en poudre fine, ce qui fait hurler sa sœur de rage. Rose hésite un instant et se met à piétiner, elle aussi.

— Ça suffit, les filles, dis-je en prenant Grace dans les bras.

— Mes ronds ! Mes ronds ! proteste-t-elle en se cabrant si bien que j'ai du mal à la retenir de tomber.

Vivement l'heure bénie de la sieste. Grâce au ciel, mes filles sont de bonnes dormeuses.

Vingt minutes plus tard, Rose est changée mais pleure parce que je ne la laisse pas boire le produit que j'utilise pour lui laver les fesses. Grace, en colère, boude. Elle a dit à ses sœurs qu'elle les détestait. Cela m'a troublée parce que je ne pense pas qu'on se soit dit des choses pareilles, Jenny et moi, et je n'ai pas la moindre idée de qui a appris ce mot aux filles.

Charlotte refait sa tête de tout à l'heure sur le pot.

— Encore caca, confirme-t-elle.

— Super, pas de problème.

Il est 13 h 34. Encore six heures avant la fin de la journée.

Enfin, ce n'est pas que... mais bon, trois enfants en bas âge en même temps, c'est fatigant. Les gens me disent souvent que j'ai de la chance, et, croyez-moi, je suis la première à le savoir. Quatre ans à essayer d'avoir un bébé, trois ans de traitement hormonal, quatre FIV, quatre ans d'espoir et d'attente... On en a bavé, Adam et moi, pour fonder cette famille.

Ce qui ne veut pas dire que ce n'est pas épuisant certains jours.

— Veux pas dormir, déclare Charlotte. Je déteste dormir, je déteste ! Je déteste !

On dirait bien que la mauvaise humeur de Grace est contagieuse.

— Mais c'est bon de dormir, lui dis-je en lui caressant la tête.

Elle se frotte les yeux et me lance un regard noir, mais elle sera la première à sombrer. Grace, la dernière, par contre, et il lui faudra vingt bonnes minutes de câlins pour être vraiment réveillée tout à l'heure. Rose est déjà en position, son petit derrière dressé et le pouce dans la bouche. Elle me fait un sourire et ferme les yeux.

La chambre des filles est ma pièce préférée dans notre jolie maison : jaune et vert, décorée des mobiles que j'ai fabriqués, d'une bibliothèque bien remplie et de trois hamacs pleins d'animaux en peluche. Elle n'est pas comme toutes ces chambres d'enfants décorées en fonction de critères d'adultes : quatre peluches de bon goût et quelques livres classés par ordre de taille... Non, c'est une vraie belle chambre d'enfants, ensoleillée, claire et aérée. Et où les livres sont là pour être lus.

— Dormez bien, mes bébés, dis-je en fermant la porte.

Charlotte tape dans le mur avec ses pieds trois ou quatre fois, mais c'est une tradition. J'ai une heure et demie devant moi de ce qu'Adam appelle « du temps pour toi ».

Ce temps pour moi, je le passe à nettoyer le sol de la cuisine ainsi que la salle de bains, à fermer les pots de peinture, rincer les pinceaux, décoller les taches sur la table de la cuisine, accrocher l'œuvre de Grace sur le frigo. Puis je rince l'évier et me penche sur le menu que j'ai préparé pendant le week-end. Il faut être organisé quand on doit faire les courses avec trois enfants. Ce soir, c'est saumon avec semoule aux amandes grillées et salade de brocolis. Je mets une bouteille de sauvignon blanc au frais, sors les brocolis et le chou rouge, puis je m'arrête un instant et jette un œil vers l'ordinateur.

Ça ne prendra pas plus d'une minute.

Je cherche « hôtels cinq étoiles New York » sur Google et fais dérouler la liste. Le Surrey ? Non, trop chichiteux. Le Peninsula ? Déjà regardé la semaine dernière. Le je ne sais pas quoi Trump ? Non, merci ! Surfait !

Hé hé... le Tribeca Grand Hotel... Je clique et je regarde leurs suites, avant de les appeler.

— Bonjour, j'aimerais réserver une suite pour un week-end en septembre, dis-je à la réceptionniste, qui a un accent exquis, suisse sûrement. Non, pour une personne seulement. En déplacement professionnel, avec quelques sorties prévues aussi. Oui, je suis dessus, là, mais pas sûre qu'elle soit assez grande. Est-ce que la suite au dernier étage ne serait pas libre plutôt le week-end du 21 ? Si ? Super ! Avec la terrasse sur le toit ? Réservée aux clients de la suite, c'est bien ça ?

Le lave-vaisselle ronronne tandis qu'elle me donne le prix et me décrit les services, le restaurant, et que je m'imagine sur une chaise longue sur la terrasse, admirant la ville, ou bien me glissant dans un lit gigantesque, sous la caresse des draps merveilleusement doux. Je commanderais un martini spécial au bar, un que le barman ferait exprès pour moi.

Soudain, en regardant l'heure, je m'aperçois que je n'ai plus que vingt minutes de temps pour moi, alors je remercie la réceptionniste suisse et retourne à ma lessive.

Lorsque Adam rentre ce soir-là, à 18 h 50, je suis propre (j'ai pris une douche pendant que les filles jouaient avec mes pinceaux à maquillage dans la salle de bains) et changée. La maison est rangée et je me suis débrouillée pour mettre des fleurs dans un vase (après avoir récupéré in extremis une tulipe dans la bouche de Rose et appelé le centre antipoison pour être sûre).

Le dîner est dans le four, la bouteille, au frais, la table, mise, les filles, nourries, baignées et toutes mignonnes dans leur petit pyjama. Elles sautent de joie en voyant arriver leur père.

— Mes princesses ! s'exclame-t-il, en s'accroupissant pour les embrasser.

Il me sourit. Dieu, que je l'aime !

Il est toujours aussi beau. Encore plus beau, même. Son visage un peu poupin a mûri depuis qu'on s'est rencontrés il y a dix ans. Il commence à avoir des cheveux gris et quelques rides au coin des yeux, mais il n'a pas pris un gramme depuis notre mariage. Moi non plus, mais au prix de moult efforts et malgré tout, à certains endroits, ce n'est plus ce que c'était. Adam, lui, est resté le même.

— Désolé, je suis en retard, me dit-il en se relevant pour m'embrasser.

— C'est bon. On va les coucher et on dînera ensuite.

Nous essayons de dîner ensemble tous les soirs, mais ce n'est pas toujours possible. Et honnêtement je ne suis pas mécontente de ce tête-à-tête. Avec un peu de chance, Grace ne va pas se relever parce que, si elle le fait, Rose en fera autant.

— Papa ! Papa ! Papa ! scande Charlotte.

— Rose, pose ça, ma puce, dit Adam en la voyant essayer de soulever sa mallette. Rach, je vais les coucher, tu veux ?

— Super ! Elles vont être ravies.

Beaucoup de gens par ici travaillent à Manhattan. Deux de mes amies ont même un appartement en ville, où le mari de l'une d'elles habite en semaine. Pas mal de gens ne rentrent pas chez eux avant 8 ou 9 heures du soir. Adam, lui, a toujours travaillé ici, à Cambry-on-Hudson, depuis la fin de ses études à Georgetown, encore une chose dont je me félicite. Il passe plus de temps avec ses enfants que la plupart des maris de mes amies. C'est le genre de papa à venir goûter avec elles, à les pousser très fort sur la balançoire et à leur promettre un chiot pour leur quatrième anniversaire.

Il y a beaucoup de mères au foyer à Cambry-on-Hudson.

Le quartier est plein de mamans toutes minces et pimpantes dans leur Volvo Cross Country et leur Mercedes SUV, qui se réunissent autour d'un café au Blessed Bean et vont faire du shopping ensemble pour trouver une robe en vue de leur prochaine soirée de bienfaisance.

Je fais des choses comme ça, moi aussi : par exemple, les bébés nageurs au country club, même si je ne m'y sens pas encore très à l'aise. En tant qu'avocat d'affaires, Adam tenait à ce qu'on devienne membres pour entretenir son carnet d'adresses, mais j'ai encore un peu de mal, pourtant c'est une chance incroyable.

Il enlève sa veste et la pose sur la rampe de l'escalier.

— C'est l'heure de l'histoire ! annonce-t-il avant de soulever les trois filles dans ses bras pour les monter dans leur chambre. La mauvaise humeur de Grace s'est envolée, Charlotte pousse des cris de joie et Rose se blottit dans le creux de son cou et me fait au revoir de la main.

Je ramasse la veste et la jette machinalement dans le panier de linge à faire nettoyer, puis me dirige vers la cuisine pour me servir un verre de vin. Encore quinze minutes pour le saumon. D'ici, j'entends Adam chanter *Baby Beluga* aux filles.

Cette petite parenthèse de calme est une bénédiction. Je contemple ma cuisine adorée. D'ailleurs, j'adore toute ma maison, une grande bâtisse des années 1930 sans style particulier mais jolie, chaleureuse et à notre image. Jenny se moque de mon côté popote, et c'est vrai, j'adore m'occuper de la maison, faire des gâteaux, du jardinage, de la déco. La maison de notre enfance était une vraie maison de famille jusqu'à la mort de papa, et papa et maman étaient tellement heureux ensemble, tellement solides. Je n'ai jamais voulu rien d'autre que cela, aussi loin que je me souvienne.

Un bip résonne dans le couloir. Le téléphone d'Adam doit être resté dans sa veste. Il ne faudrait pas que je le lui perde, vu que, comme beaucoup de gens, il en a un besoin quasi vital. Je le récupère et jette un coup d'œil à l'écran.

C'est un SMS de « correspondant privé », avec une pièce jointe mais pas de message.

A l'étage, on continue de chanter *Baby Beluga*.

Le téléphone bipe de nouveau et je sursaute. De nouveau « correspondant privé » mais, cette fois-ci avec un message :

Ça te plaît ?

Je clique sur la pièce jointe. Une image très floue apparaît, je ne sais pas dire de quoi. Un arbre peut-être, mais en moins beau. On dirait comme un buisson humide et doux, avec un trou sombre et peu engageant. Quoi qu'il en soit, je ne vois pas bien qui pourrait envoyer un truc pareil à Adam. Il ne connaît rien aux arbres.

Je sens battre le sang dans la veine de mon cou, ou l'artère peut-être, celle que mordent les vampires.

« Baby Beluga, Baby Beluga... »

C'est sûrement une erreur de destinataire. Evidemment, parce que sinon Adam aurait mis cette personne dans sa liste de contacts. Il tient sa liste très à jour. Cette semaine, justement, il a perdu son téléphone, et ça l'a rendu pratiquement fou. Il craignait pour tous ses contacts, tous les messages sauvegardés, ses rendez-vous et toutes ces applications que je n'utilise pour ma part jamais. Je ne me sers de mon téléphone que pour appeler ou envoyer des SMS à Adam et à Jenny, et au cas où la garderie aurait besoin de me joindre.

Je crois que c'est un arbre. J'en suis presque certaine.

Mais il ne connaît rien aux arbres. C'était sûrement destiné au, au... garde forestier, tiens !

« Baby Beluga... Baby Beluga... »

Je transfère la photo sur mon téléphone, puis la supprime du sien.

Le sang bat si fort dans mon cou que je me sens mal. Je remets le portable dans la poche de la veste, la veste dans le panier, je reviens dans la cuisine et j'avale une grosse gorgée de vin, puis une autre.

Je l'entends fermer la porte de la chambre des filles. Elles se couchent toujours plus vite avec lui. J'entends son pas dans l'escalier.

— Ma puce, tu as vu mon téléphone ?

— Non, mais je viens de mettre ta veste dans le panier à linge. Il est peut-être dans la poche ?

Il y va et trouve son téléphone, jette un œil dessus, puis me regarde avec un sourire.

— Ça sent bon ! Qu'est-ce que tu nous as préparé ?

— Du saumon.

— Parfait !

— Je sais, dis-je en affichant un sourire forcé tout en lui servant un verre de vin.

Je me rappelle alors ce que je voulais lui raconter : le « non, merfi, maman, fa va ». Mais je décide de garder ça pour moi.

Lorsque nous allons nous coucher, deux heures plus tard, Adam vérifie son téléphone, me dépose un baiser sur la tempe et s'endort en quelques secondes.

Généralement, comme le lendemain c'est samedi et qu'il n'a pas besoin de se réveiller tôt, nous faisons l'amour le vendredi soir. Il prétend que je peux faire la grasse matinée, moi aussi, que les filles sont assez grandes pour jouer toutes seules dans leur chambre pendant une heure ou deux, et il lui est même arrivé de proposer de se lever à ma place. Mais, comme il ne les entend jamais, je me réveille et je n'arrive jamais à me rendormir une fois qu'elles sont debout.

Ce soir, pourtant, rien. Juste un baiser sur la tempe. Pas de sourire coquin, de geste suggestif, ni de petite phrase du genre « tu es belle » ou « tu sens bon », sa façon habituelle d'amorcer le rapprochement.

Peut-être a-t-il remarqué que la dernière fois je me suis endormie, et du coup il veut être délicat.

Ou peut-être que c'est autre chose.

Jenny

Je pourrais faire la route de New York à Cambry-on-Hudson les yeux fermés. C'est là que j'ai grandi, et ma sœur n'en est jamais partie sauf pour faire ses études.

Je m'y rends au moins deux fois par mois, mais ce n'est pas la même chose de venir y habiter. Sous bien des angles, c'est génial, parce que je n'ai jamais imaginé que je passerais toute ma vie à Manhattan. Cambry est une jolie ville au bord de l'Hudson, épargnée par la crise grâce à la proximité de New York et à un plan d'aménagement intelligent réalisé par la mairie. Les abords du fleuve ont toujours été protégés, ce qui fait qu'aujourd'hui on y trouve de beaux bâtiments de brique restaurés abritant des boutiques de mode et de décoration, une pâtisserie, un café, une galerie d'art et quelques restaurants et salons de coiffure.

Et Bliss.

Ma boutique, avec son enseigne élégante, se trouve là, en plein centre. C'est Rachel qui en a dessiné le logo : une branche de cerisier en fleur toute simple, et il y a trois jours nous avons terminé la vitrine : des fleurs de cerisier en soie rose attachées par de longs rubans blancs. L'intérieur est rose pâle, avec un sol en béton ciré grenat.

Trois jeunes femmes sont en train d'admirer dans la vitrine une robe bustier en soie et dentelle, dont la jupe de tulle est brodée de minuscules boutons de roses.

Cambry-on-Hudson compte aussi trois country clubs, un club d'équitation et un club nautique (nous sommes à la limite du comté de Westchester, vous comprenez, même si Cambry n'est pas la ville la plus chic). Avec tous ces lieux de réception et tous ces gens aux comptes en banque bien garnis, il y a un vrai marché. Et je devrais retrouver mon enthousiasme perdu, maintenant que je ne suis plus cernée par les souvenirs d'Owen.

New York me manquera mais je dois reconnaître que je ne suis pas fâchée de m'en éloigner un peu. La vie n'y est pas toujours facile : le bruit et la foule en permanence, la pollution, le bitume, la vapeur étrangement sucrée qui s'échappe des grilles du métro. Rien n'y est jamais simple : marcher sur des talons dans la cohue, poser la main sur les perches et les rampes d'escaliers roulants que des milliers de gens ont touchées avant vous... Et puis, jusqu'à preuve du contraire, je pourrai toujours revenir en visite, même si mes amis et mes collègues m'ont bien fait sentir que j'allais m'enterrer dans un trou. Les New-Yorkais sont comme ça.

Oui, vraiment, c'est un bon choix, que j'ai mis un an à concrétiser, et je suis impatiente de m'installer. La vie sera plus calme, plus facile. Et ce n'est pas juste parce que Owen et moi avons divorcé que je déménage. Sincèrement.

Je m'éloigne du fleuve pour monter sur la colline où se succèdent des maisons rénovées bien alignées. Certaines rues sont moins pimpantes et, de l'autre côté de Broadway, cela devient vite plus pauvre. Ma sœur habite plus haut, dans le quartier bourgeois de Riverview, où de vastes maisons dominent l'Hudson.

Magnolia Avenue, où j'ai trouvé une location, est une rue charmante et sans prétention habitée par de vrais gens, des gens qui travaillent pour vivre.

Mon téléphone sonne au moment où je me gare devant le n° 11.

Je pressens que mon optimisme durement retrouvé va en prendre un coup. C'est l'ange de la mort, Lenore Tate, autrement dit ma mère, veuve inconsolable et pessimiste professionnelle.

Il vaut mieux que je prenne l'appel, sans quoi elle va directement prévenir la police.

— Coucou, maman, dis-je en m'efforçant de prendre un ton enjoué.

— Je venais juste aux nouvelles, ma chérie. Je suis tellement triste pour toi. C'est terrible que tu sois obligée de déménager, me dit-elle sur ce ton qui est sa marque de fabrique : éploré mais jamais totalement dépourvu de satisfaction.

— Je n'y suis pas obligée, maman. C'est un choix.

— Tu as l'air tellement déprimée. Mais, bon, qui pourrait te le reprocher ?

Je lève les yeux au ciel.

— Je ne suis pas déprimée. Au contraire, je suis ravie. Je me rapproche de toi, de Rachel, et...

— Oui, mais les circonstances ne sont pas idéales, si ? Owen devrait être avec toi, au lieu d'être avec Ana-Sofia. Même si elle est ravissante, et le bébé aussi, d'ailleurs. Je t'ai dit qu'ils m'avaient invitée la semaine dernière ?

— Oui, c'est la neuvième fois que tu me le dis.

— Oh ! Tu tiens des comptes... Ma pauvre chérie, je peux imaginer combien ça a dû être difficile de mettre au monde ce bébé qui aurait dû être le tien.

— OK, je vais devoir raccrocher, là.

Elle n'a pas complètement tort et elle le sait. Elle appuie toujours là où ça fait mal.

— Je viens t'aider à défaire tes cartons. As-tu une bombe lacrymogène ? Ton quartier est tellement mal famé !

Lorsque je suis partie faire mes études, maman a déménagé dans le Connecticut dans une petite ville très bourgeoise, et Cambry est alors devenu à ses yeux une espèce de Calcutta. Ça m'horripile mais au moins, comme ça, elle n'habite pas juste à côté.

— Mais, maman, ce quartier est très agréable, lui dis-je sur le ton que j'utilise pour rassurer mes petites mariées.

— Oui, enfin, ce n'est plus ce que c'était du temps de ton père. S'il vivait encore, ce serait peut-être encore un joli coin.

Voilà typiquement le genre d'affirmation complètement

farfelue et indéfendable dont ma chère mère est coutumière. Le comté de Westchester n'a rien d'un berceau de la pègre ni d'une friche urbaine. Et même si Cambry se dégradait brutalement, ce qui n'est pas le cas, je doute de la capacité de mon père, dentiste de son état, à empêcher quoi que ce soit.

— Tu aurais dû t'installer dans le Connecticut, Jenny. Ta petite boutique de robes aurait été très bien à Hedgefield. Je n'arrive toujours pas à comprendre pourquoi tu n'es pas venue par ici.

Parce que c'est là que tu habites, maman.

— Maman, il faut que j'y aille. Ne viens pas maintenant. Je t'invite à dîner dans la semaine, d'accord ?

— Je ne mange plus de produits laitiers. Ça me donne des diarrhées épouvantables. Ana-Sofia m'a fait des empanadas délicieuses. Tu pourrais peut-être lui demander sa recette, vu que tu n'es pas un cordon-bleu, toi.

On respire à fond... Calme... Je vais y arriver...

— Autre chose maman ?

— Oui, ne me fais pas de canard. C'est une question de morale personnelle. Est-ce que tu sais le sort qu'on réserve aux canards dans les élevages ? C'est d'une cruauté sans nom ! En revanche, j'adore le veau. Tu peux me faire du veau ? Ou bien est-ce trop te demander ?

— Je te ferai quelque chose de délicieux, maman.

Disons plutôt que je lui achèterai quelque chose de délicieux.

— A tout à l'heure, alors.

— Non, non, s'il te plaît, ne viens pas. Je ne serai pas là. J'attends une cliente.

Mensonge nécessaire si je veux lui échapper.

— Très bien. Je vais peut-être appeler Ana-Sofia, alors. Elle voulait de petits conseils pour le bébé.

— C'est ça, au revoir.

Exaspérée, j'appuie de toutes mes forces sur la touche « raccrocher ».

Je dirais volontiers que ma mère n'a que de bonnes intentions, mais ce serait mentir. Lorsque tout va bien, il faut toujours qu'elle cherche la petite bête. Et dans le cas contraire elle a les yeux qui brillent et se redresse d'un coup, comme si elle trouvait enfin un sens à sa vie. Pour elle, il ne fait aucun doute que mon déménagement est la conséquence de ma rupture inévitable avec Owen (elle a toujours pensé qu'il était trop bien pour moi), et c'est aussi comme une provocation : si je m'en sors, personnellement et professionnellement, après ce divorce, alors ce sera la preuve qu'elle aussi aurait dû s'en sortir.

Bon, rien ne sert de se lamenter. J'ai des tas de cartons à défaire et il faut que je m'y mette. Malheureusement, toujours pas de camion de déménageurs en vue. Luis a prétendu connaître la rue mais ils sont quand même en retard, alors qu'ils sont partis juste après moi.

Par bonheur, ce sera mon dernier déménagement. (C'est exactement ce que j'ai dit lorsque je me suis installée avec Owen. C'était le quatrième garçon avec qui j'emménageais mais je croyais vraiment que c'était le bon.) Sans rire, cette fois-ci, ce pourrait vraiment être la dernière, parce que cet endroit est magnifique. L'agent immobilier m'a dit qu'il n'était pas impossible que ce soit à vendre l'an prochain. Le propriétaire a acheté très vite et je n'ai signé mon bail que pour un an, ce qui pourrait vouloir dire qu'il projette de revendre.

Du coup, je pourrais bien vivre ici pour le reste de mes jours, pourquoi pas ? C'est beau et confortable : une propriété de trois étages gris foncé, avec des moulures noires et une porte d'entrée rouge cerise, et devant chaque fenêtre un garde-corps en fer forgé pour accrocher des pots de fleurs. Je vois déjà le lierre grimpant et les fleurs roses et violettes que je vais y planter dès la fin des gelées. Les arbres qui bordent la rue commencent à reverdir et le magnolia rose et blanc juste en face est splendide.

J'occupe le premier et le deuxième étage : en bas, le salon, la salle à manger, une minuscule cuisine américaine et les toilettes, et en haut du large escalier de bois trois petites chambres et une grande salle de bains. Impossible de résister à la baignoire victorienne à pattes de lion ! La petite cour à l'arrière et la terrasse dallée d'ardoise sont pour moi, et le tout petit jardin de devant, pour le gérant, qui vit au rez-de-chaussée dans ce que l'agente immobilière appelle un « pied-à-terre », ce qui sonne fabuleusement européen. Le dernier étage est utilisé par le gérant pour entreposer des affaires. Ce doit être très lumineux, là-haut, avec les trois fenêtres en chien-assis. Si j'étais propriétaire, j'y installerais mon atelier, ou bien une nursery pour mes adorables bébés.

Un homme s'approche, un magnifique golden retriever en laisse.

Il regarde dans ma direction et nos yeux se croisent. Il habite la ravissante maison de grès rouge juste à côté et il est célibataire, figurez-vous. C'est un grand cuisinier qui vient de signer un contrat afin de donner son nom à une ligne d'ustensiles de cuisine français haut de gamme. Sa sœur est fiancée, et devinez à qui elle a confié le soin de réaliser sa robe de mariée ? Jenny Tate, bien sûr ! Le monde est petit ! Le mariage a lieu à Noël à la cathédrale Saint-Patrick. Je porte une robe de velours lie-de-vin, et lui, un smoking. Tandis que nous dansons, il glisse à mon doigt une bague de fiançailles et pose un genou à terre. Sa sœur (ravissante dans sa robe de satin trapèze à la longue ceinture de velours vert) est aux anges. En fait, elle était déjà au courant et elle pleure de joie. Nous nous marions, nous achetons une charmante petite ferme avec vue sur l'Hudson pour que nos jumeaux et notre petite fille puissent s'ébattre tandis que nous récoltons les légumes de notre potager bio. Nous démarrons un élevage de golden retrievers, et nos enfants, qui sont tous des surdoués, partent étudier à Yale.

En fait, il passe sans m'accorder un regard, occupé à hurler dans son téléphone quelque chose à propos de « ta garce de sœur ». Dommage. Je le raye de ma liste de deuxièmes maris potentiels.

Owen ne hurlait jamais. C'était l'une de ses nombreuses qualités. Je ne l'ai jamais entendu élever la voix, cette voix si chaude et rassurante.

J'attends prudemment que le type soit passé (juste au cas où ce serait un tueur en série, comme ne manquerait pas de le pronostiquer ma mère) et je sors de ma voiture en balançant sur mon épaule mon sac à main à pois. Je jette un coup d'œil à mon reflet dans la vitre. Pas brillant... Hier soir, avec Andreas, on a descendu les deux dernières bouteilles de vin d'Owen en regardant *Thor I* et *II*, histoire de se rincer l'œil. Dans le cadre de mon divorce, j'avais droit à la moitié de la modeste mais délicieuse cave d'Owen, et je ne me suis pas privée d'accepter.

J'ai soudain en tête la vision d'Owen et moi main dans la main, en train de pique-niquer en Nouvelle-Ecosse il y a quelques années. Il avait cueilli une pâquerette et m'avait chatouillé l'oreille avec. Le reflet du soleil dans sa crinière noire était si brillant que j'en avais presque mal aux yeux. Il avait... il a des cheveux superbes, si drus qu'ils en défient toutes les lois de la gravité, une toison qui lui donne un charme fou, presque enfantin. Pas étonnant que ses patients l'adorent.

Le pire, c'est la stupéfaction. Personne n'en parle jamais dans les articles sur le divorce. On parle de colère et de solitude, de détachement, de nouveau départ, de bienveillance à l'égard de soi-même, mais on n'évoque jamais toutes les heures noires passées à se demander pourquoi. Pourquoi ? Qu'est-ce qui a changé ? Pourquoi est-ce que je ne te suffis plus, moi que tu as pourtant choisi d'épouser ?

Non, je refuse d'entamer cette nouvelle phase de mon existence dans la stupéfaction. *Va te faire voir, Owen !* Bizarrement, cette pensée me met en joie.

Le gérant est censé me retrouver ici pour me donner mes clés. Je resserre ma queue-de-cheval, m'efforce de sourire et pousse le portail pour me diriger vers la porte de chez lui. Cette cour serait adorable avec quelques plantes et une petite table à la place de ce vieux fauteuil de jardin en piteux état, avec sa structure en aluminium et son assise en nylon effiloché. Je me mets à imaginer en détail un gros bonhomme mal rasé, vêtu d'une chemisette trop petite, en train de se gratter le ventre d'une main et de tenir une bière de l'autre, avec à ses côtés un chien miteux.

Non, non, allez, pas de pensées négatives ! Dans dix minutes, je serai en train de défaire mes valises dans ma jolie nouvelle maison. Je vais allumer la bouilloire, même si je n'aime pas le thé, juste parce que en cette journée frisquette et humide l'idée d'un thé est réconfortante. Enfin, bon, moins que celle d'un verre de vin, quand même.

Je pourrais inviter le gérant à boire un verre. Ou pas, d'ailleurs, s'il ressemble au type que j'imaginais à l'instant. Est-ce que l'agent a précisé si c'était un homme ou une femme ? Je ne me rappelle plus. Ce qui serait encore mieux, ce serait qu'un voisin se pointe, pas le mauvais coucheur de tout à l'heure avec son chien, non, un autre. Plus âgé, peut-être, une bonne bouteille de vin sous le bras. « *J'ai vu le camion de déménagement* dirait-il, *et je voulais vous souhaiter la bienvenue dans le quartier. Je suis professeur de littérature italienne à Barnard. Vous êtes libre à dîner ? J'ai justement un rôti dans le four.* » Non mais attendez, quel célibataire ferait cuire un rôti, franchement ? Laissez tomber. Je vais trouver mieux.

Je frappe gaiement à sa porte : rasé de près et les cheveux bien coupés, on parie ?

Pas de réponse. Je refrappe, moins gaiement et plus fort. Toujours rien. Je colle mon oreille à la porte, aucun bruit. Je frappe de nouveau.

Rien.

Je retourne à ma voiture, téléphone à l'agent et laisse un message sur le répondeur.

— Bonjour, c'est Jenny Tate. Euh, le gérant n'est pas là, visiblement, et le camion des déménageurs va arriver d'une minute à l'autre. Est-ce que vous pourriez... l'appeler ? Merci beaucoup ! Au revoir !

Une seconde plus tard, mon téléphone sonne, mais ce n'est pas l'agent. C'est Owen.

— Salut, dis-je.

— Salut, Jenny.

Il a cette voix feutrée et rassurante qui fait que tous les

parents qui le rencontrent baptisent leur enfant « Owen », même si c'est une fille. Et ça marche aussi avec les femmes. Entre sa voix et son sourire discret mais permanent, il donne toujours l'impression d'avoir un secret à vous confier et que vous êtes la seule personne à qui il peut le dire parce que voilà, c'est vous. Les femmes, et moi la première, ont toutes un faible pour le Dr Owen Takahashi. Il pourrait vous dire : « Dis donc, j'ai deux trois chatons à étrangler. Tu me donnerais pas un coup de main ? » Et vous vous entendriez répondre : « Et comment ! On y va ? »

— Ça va ? Tu t'en sors ?

— Oui ! Sans problème, dis-je en lorgnant vers ma maison. Je suis impatiente de vous montrer ça ! Et comment va le bébé ? Natalia ! J'adore ce prénom ! C'est ravissant.

Ça fait quinze mois qu'on a divorcé. J'espère que ce besoin d'avoir l'air hyper-enjouée va bientôt me passer, j'en peux plus, là.

— Elle est magnifique, Jenny. Je ne te remercierai jamais assez.

— Penses-tu ! fais-je en levant les yeux au ciel.

Si Andreas était là, il me donnerait un petit coup de coude.

— C'était un honneur pour moi !

Un bon gros coup, en fait.

— Alors écoute, Jenny, nous aimerions lui donner comme second prénom Geneviève, en ton honneur.

Mon Dieu.

— Eh bien, euh, je ne m'appelle pas Geneviève, en fait.

Bizarrement, maman voulait m'appeler juste Jenny, même pas Jennifer.

— Oui, je sais bien, répond-il de sa voix onctueuse comme un chocolat chaud, qui me rappelle nos grasses matinées du dimanche. Mais bon.

Tu sais quoi, Owen ? C'est non. Compris ? Je ne veux pas que tu donnes ce prénom à ton bébé. Voilà.

— C'est... très gentil. Merci.

Il y a un silence. Une unique goutte de pluie, inutile et solitaire, s'écrase sur le pare-brise.

— Tu seras toujours quelqu'un de spécial pour moi, dit-il doucement.

Je serre les dents. Ce qu'il est en train de me dire, c'est : « Je suis désolé d'avoir arrêté de t'aimer et d'avoir trouvé un sens à ma vie auprès d'Ana-Sofia, qui m'a fait comprendre combien je désirais être père (mais pas avec toi), et je vis maintenant un rêve, grâce à tes mains expertes et à l'utérus incroyable de mon épouse parfaite qui a mis notre enfant au monde en quelques minutes. Sans rancune, hein ? »

— Eh bien, mais toi aussi tu comptes pour moi, dis-je de cette même voix stupide. Evidemment ! On a été mariés, quand même ! Enfin, je veux dire que vous comptez tous les deux, Ana-Sofia et toi. Et aussi Natalia, bien sûr. On n'a pas si souvent que ça l'occasion d'aider à mettre un bébé au monde. C'était marrant.

Il rit, comme si j'étais la personne la plus drôle du monde (il m'a d'ailleurs dit ça un jour, maintenant que j'y pense).

— Tu me manques déjà. Tu viens dîner à la maison la semaine prochaine, hein ?

— Sans faute !

En effet, je vais dîner chez eux vendredi prochain. Mondanités typiquement new-yorkaises entre gens bien élevés. C'est pas dans l'Idaho qu'on se la raconterait comme ça, j'aime autant vous le dire ! Sans doute parce que là-bas les gens sont moins faux culs.

— Embrasse Ana-Sofia pour moi !

Et, avant de sortir encore une banalité débile et sans intérêt, je me dépêche de raccrocher et me tape le front contre le volant.

— Mais pourquoi faut-il que tu sois si conne, Jenny Tate ? Un peu d'amour-propre, ce serait trop te demander ?

Bip.

SMS de maman :

Je t'ai acheté un sifflet antiviol. Il y a eu une rixe dans ta rue la semaine dernière.

— C'est n'importe quoi, maman ! Il n'y a jamais eu de rixe !

Je hurle en secouant le volant de toutes mes forces.

— Hé ! Tout va bien, Charlie Sheen ? demande une voix.

Je sursaute et m'accroche à la poignée de la portière pour échapper au violeur ou à l'assassin. Penché vers moi, un homme me regarde par la vitre du passager.

— Euh, oui ? Je peux vous aider ? fais-je d'une toute petite voix.

— Comme vous étiez en train de crier, je pensais que c'était plutôt à vous qu'il fallait demander ça.

Il a l'air accablé, comme si j'étais à peu près la dix-neuvième folle à qui il avait affaire dans la journée.

— Je... je parlais toute seule. En fait, je travaille seule la plupart du temps. Alors c'est le risque. Désolée, en tout cas.

J'essaie de me rappeler que je suis créative et bourrée de talent, et que j'ai très bien réussi dans un domaine hyper-compétitif. N'empêche, je me sens nulle.

— Bonjour.

— Bonjour.

Il a des cheveux magnifiques, châtains et bouclés. Des yeux bleus, bleu-gris en fait. Ou peut-être bleu-vert. OK, il me regarde comme si j'étais folle à lier, mais avec de très beaux yeux.

— Tâchez de faire moins de bruit la prochaine fois. C'est plein d'enfants, par ici.

Je sens que je me mets à rougir, comme à chaque fois que je me trouve en face d'un type mignon de moins de quatre-vingt-quinze ans. Je me racle la gorge et sors de la voiture. En sentant l'air frais et humide, je regrette de ne pas avoir mis un pull.

— Je m'appelle Jenny. J'emménage ici mais je ne trouve pas le gérant et il a mes clés.

Tu vois, mon pote, tout va bien !

— Vous emménagez ?

— Oui, ici même, au n° 11. Vous habitez dans le coin ?

— Oui, dit-il sans plus de précisions.

Il se méfie de la folle.

— Est-ce que par hasard vous connaissez le gérant ?

Il est grand et mince. Et je ressens soudain le besoin de le nourrir. Et puis ces cheveux, *sans blague*, incroyables ! Encore plus beaux que je ne pensais. Il est marié, forcément. Avec des cheveux pareils, on ne peut pas être célibataire. Il porte une chemise de pilou ouverte sur un T-shirt, et avec cet air de sortir de son lit on dirait que... ça le fait !

Il m'apporte une bouteille de vin et des fleurs pour me souhaiter la bienvenue dans le quartier. Il est charpentier nautique, et m'invite à faire un tour de voilier sur le fleuve le week-end prochain. Sous le ciel constellé d'étoiles, il m'avoue ne s'être jamais senti aussi bien. Il a toujours pensé que l'univers lui ferait signe le moment venu, et là, justement, qu'est-ce que... une étoile filante ! Si ce n'est pas un signe, ça !

— Vous êtes en train de vous rincer l'œil, là, non ?

— Mais... pas du tout ! C'est juste que... il me faut ma clé, vous comprenez ? Mais cet imbécile de gérant n'est pas là !

— Cet imbécile de gérant est juste en face de vous.

Je ferme les yeux, pousse un soupir et souris.

— Bonjour, je suis Jenny, la nouvelle locataire.

— Leo. Et que je ne vous y reprenne pas, à me mater comme ça !

— Puis-je avoir mes clés, s'il vous plaît ?

— Bien sûr.

Et il me lance le trousseau par-dessus le toit de la voiture.

— Alors, c'était quoi, ces vociférations ?

— Pas des vociférations, tout de même !

— Oh si ! Laissez-moi deviner. Des problèmes de cœur ?

— Perdu.

— Ex-mari ?

— Non. Enfin, si, j'en ai un, mais ce n'est pas lui le problème.

— Il est remarié ?

— Et si vous m'aidiez à transporter tout ça à l'intérieur ? lui dis-je avec un sourire forcé.

— Autrement dit, j'ai raison. Elle est plus jeune ? Une femme-trophée ?

Je serre les dents.

— J'ai beaucoup de choses à faire. Et non, elle a quatorze mois de plus que moi, merci.

Je hisse un grand sac hors de la voiture. Je ne suis pas la personne la plus organisée du monde, le titre revient à ma sœur, et j'ai oublié tout le contenu de mon tiroir à lingerie au moment de remplir la valise, si bien que tout est mélangé là-dedans avec la perceuse, le marteau et une bouteille de lait entamée que je n'ai pas voulu jeter. Leo s'abstient de tout commentaire.

— Ne vous gênez pas pour m'aider, lui dis-je en attrapant ma fougère de l'autre main.

— Je crains que...

Ce type est un con. Avec de beaux cheveux, certes, mais un con tout de même.

Je hisse tant bien que mal mes affaires sur le perron et tente de trouver mes clés en manquant de faire tomber la fougère.

— Bonjour, Leo ! lance une voix féminine, et nous tournons la tête ensemble vers la rue.

Une femme de mon âge (bon, d'accord, plus jeune) avance vers nous, un enfant dans une main et un gâteau dans l'autre.

— Bonjour ! répond Leo. Salut, Simon !

— Votre fils ?

Il me regarde bizarrement.

— C'est mon élève. Je suis professeur de piano, répond-il.

— Ah, sympa ! J'adore le piano.

Enfin, je crois. Je n'y ai jamais vraiment pensé. J'aime bien Coldplay, et Chris Martin joue du piano aussi, non ?

— Le piano classique ?

Le ton de sa voix laisse deviner qu'il doute qu'une hystérique comme moi ait jamais écouté de la musique classique. (Il n'est pas loin d'avoir raison : à part pour les mariages, j'aime autant me limiter à la musique du XXIe siècle.)

— Eh bien, justement, oui. J'adore la musique classique, Beethoven et... tous les autres.

Il lève un sourcil.

— Citez-moi des morceaux, pour voir.

— Euh... *Piano Man* de Billy Joel.

— Seigneur !

— Et aussi *Tiny Dancer* d'Elton John.

Il a un petit sourire, et son visage, déjà scandaleusement beau, en devient tout bonnement irrésistible.

— Simon a beaucoup travaillé cette semaine, dit la mère.

En parlant de reluquer, elle, en tout cas, ne se gêne pas. J'en conclus que Leo le gérant est célibataire. Coup d'œil à sa main gauche : pas d'alliance.

Il est donc libre. Parfait ! Je suis tout émoustillée. Après tout, moi, ce que je veux, c'est un mari et des enfants, non ?

— Dieu du ciel, proteste-t-il à mi-voix, je suis une personne, OK ? Pas juste un objet sexuel.

Il ouvre le portillon pour laisser entrer la mère et passe sa main dans les cheveux de Simon. La femme lui fourre son gâteau et ses seins sous le nez.

— Rhubarbe-fraise, annonce-t-elle. Je me suis dit que ça vous ferait du bien.

Et elle assortit cela d'un rire obscène. Son fils, qui doit avoir six ans, s'essuie le nez sur sa manche avant de frotter son bras contre la minijupe de maman. J'espère qu'au moins elle a froid.

— C'est très gentil, Suzanne, remercie Leo. Allez, Simon, on va écouter tout ça.

Il pose sa main sur l'épaule de l'enfant et le conduit vers la maison. Suzanne me lance un regard assassin qui interrompt ma contemplation, puis elle leur emboîte le pas.

Vers 16 h 30, les meubles sont en place, installés par des déménageurs costauds arrivés cinq minutes après que j'ai ouvert ma porte. Rachel devait passer cet après-midi et je lui ai fait un SMS tout à l'heure, mais elle ne m'a pas répondu. Elle n'est pas du genre à être scotchée à son téléphone. Elle doit être en pleine pâtisserie, en train de faire du pochoir ou autre chose. Adam devait emmener les filles au musée pour qu'elle puisse venir m'aider, mais il y a sûrement eu changement de programme.

Tout de même, ce n'est pas son genre de me poser un lapin. Pas du tout.

Je commence à défaire les cartons marqués « cuisine ». La cuisine n'est pas ma passion dans la vie. J'adore manger, en revanche. Mais Owen cuisinait mieux que moi. Après notre divorce, j'ai habité un petit appartement juste au-dessus d'un restaurant italien et résolu le problème. Mais peut-être vais-je m'y mettre maintenant. On ne sait jamais.

Ma cuisine donne sur la petite cour. Tout le reste de l'après-midi, des élèves entre quatre et quarante ans ont défilé chez Leo. Parmi les adultes, uniquement des femmes, pas un papa en vue. Pas mal d'entre elles sont arrivées les bras chargés de victuailles. Des mélodies faciles et des chansons connues montent jusque chez moi. Je reconnais *Clocks* de Coldplay (je n'étais pas loin, vous voyez !). Et puis aussi quelques mélodies de Disney. J'entends aussi toutes les femmes flirter avec Leo.

Owen ne flirtait jamais. Il était, il est toujours sérieux et gentil, ce qui n'était pas compatible avec une quelconque aptitude au flirt.

Tiens, à quoi peut bien servir ce batteur à la forme saugrenue ? C'est sûr, je vais regretter PortoBello et le Wok de Phil. Dans mon quartier, il y avait six restaurants que je pouvais appeler pour me faire livrer. Enfin, bon, il y a quelques endroits sympas ici aussi, et puis je pourrai toujours m'inviter chez Rachel. C'est son truc, cuisiner pour les autres. Et j'adore partager des repas avec Adam et les filles, dans cette grande cuisine ensoleillée où Rachel n'oublie jamais de poser un vase de fleurs fraîches et où les petites disent le bénédicité avant de commencer.

C'est le gros plus de mon installation à Cambry : je vais pouvoir les voir aussi souvent que j'en aurai envie, tous les jours même.

Je frémis de joie à cette idée. Ma sœur est, et a toujours été, ma meilleure amie, et j'adore son mari, qui est beau, charmant et insignifiant pile ce qu'il faut. Enfin, mes nièces sont le soleil de ma vie. Je ne connais rien de meilleur que leurs petits bras qui s'accrochent à mes jambes lorsque j'arrive, leurs mains minuscules et douces dans la mienne ou le poids de leur tête sur mes genoux lorsqu'elles se sont endormies. A leur naissance, j'ai passé deux semaines exquises chez Rachel et Adam, à changer les couches microscopiques, à m'occuper de l'une lorsque sa mère nourrissait l'autre, à faire les lessives et à plier ce linge de poupée.

Même si je ne deviens jamais maman, j'aurai au moins été une tatie comblée.

Je sors d'une caisse un joli bol en bois acheté en Australie pendant un stage, et un poulet à pois rouges et orange de chez Target, sans valeur aucune mais gai et décoratif. Je déniche aussi une culotte égarée, et une photo de Rachel et moi que je place dans la bibliothèque du salon.

J'aime vraiment beaucoup cette maison. Je vais faire des rideaux pour les grandes fenêtres, des panneaux de dentelle qui iront très bien ici et laisseront passer la lumière. Et puis je mettrai un grand tapis d'Orient devant la cheminée à gaz. Avec mon canapé de velours grenat et mon fauteuil club en cuir qui ont l'air d'avoir toujours été là. Et si je m'achetais une table Butler pour y poser quelques orchidées ? Rachel sait comment s'en occuper.

Du bruit dans la rue attire mon attention. Oh ! génial ! C'est ma sœur qui est enfin là, devant son monospace. Tiens, elle a un drôle d'air... Elle toujours si bien coiffée, contrairement à moi...

Elle a mis un jean et un T-shirt. Comme tous les gens qui sont obligés de s'habiller pour le boulot (moi, par exemple, j'ai cinq jupes droites, cinq chemisiers de soie noire sans manches, cinq chemisiers de soie noire à manches longues, et quatre paires d'escarpins Jimmy Choo pointus à talons), la première chose que je fais en arrivant chez moi le soir, c'est me changer pour mettre un jean ou un pyjama. Le dimanche et le lundi, les jours où je ne travaille pas, c'est relax.

Mais Rachel est toujours tirée à quatre épingles, comme dit maman. Elle porte systématiquement une robe et de jolies chaussures. Honnêtement, je ne sais pas comment elle fait pour être aussi parfaite, avec les filles. Sa maison est toujours impeccable.

Je tape au carreau et lui fais signe mais elle ne m'entend pas, alors je sors sur le perron, où d'ailleurs il faudra que je plante des pensées ou autre chose. Ce serait vraiment beau avec plein de fleurs dans une jardinière.

— Coucou, Rachel !

Elle lève les yeux et je réalise qu'elle était en train de parler avec Leo, qui boit une bière assis sur sa chaise de jardin, une masse poilue de couleur incertaine posée à côté de lui. J'imagine que c'est un chien, ça en a la taille. Finalement, on n'est pas si loin de l'idée que je me faisais du gérant.

Je descends les marches pour embrasser ma sœur.

— Salut ! Sympa d'être venue !

— Désolée, je suis en retard.

Je jette un coup d'œil à Leo, qui caresse son chien d'une main avec quelque chose de malicieux dans le regard.

— Ça va ? dis-je à voix basse à ma sœur. Il ne t'a pas fait de réflexion ?

— Qui ?

— Lui, Leo, le gérant.

— Oh non, il est très sympa.

— OK. Allez, viens, entre. Les déménageurs ont bien bossé et je suis juste en train de ranger des trucs. Je te fais un thé ?

— Tu n'as pas plutôt du vin ?

— Mince, non. Mais je peux foncer en acheter.

— J'en ai, sinon, fait Leo.

— Ça ira, mais merci quand même.

— Oh si, moi je veux bien, corrige Rachel.

— Avec plaisir.

Il se lève. Il fait un bon mètre quatre-vingt-cinq à vue de nez.

— Loki, pas bouger, ordonne-t-il au chien, qui ne moufte pas, l'air plutôt mort que vif.

Ma sœur est un peu pâle.

— Tu es sûre que ça va, Rachel ?

Elle ne répond pas et monte les quelques marches avant d'entrer.

— C'est super ! s'exclame-t-elle sans conviction.

Rachel adore la déco intérieure et tout ça, c'est son truc, son mode d'expression artistique à elle. A la fois Martha Stewart et Maria von Trapp. En fait, c'est elle qui m'a trouvé l'appartement et, lorsqu'on est venues avec l'agente le mois dernier, elle était excitée comme un gosse le jour de Noël.

— Merci. Rachel, ma grande, tu as l'air vraiment bizarre.

Elle s'empare alors de son téléphone, appuie sur une touche et me montre quelque chose.

— Tu vois quoi, toi, là ? Un arbre ? Pas très net, si ? Un peu répugnant, même, non ?

Je regarde. Horreur !

— Un arbre ? Non... C'est... Mais d'où sors-tu ce truc ?

La vache !

— Qu'est-ce que c'est ?

Je déglutis à grand-peine.

— Eh bien, c'est un va... c'est féminin, c'est... un entrejambe, quoi !

Il nous est arrivé, à Owen et moi, de regarder un petit porno par le passé. Cette photo est un peu floue, et prise de très près, ce qui est assez dégueu, alors bon c'est possible, quand on est innocent comme Rachel, de voir un arbre atteint d'une maladie.

— Qui t'a envoyé ça ?

Ma sœur ne répond pas. Elle est soudain pâle comme la mort, a les jambes qui flageolent et tombe dans les bras de Leo pile au moment où il entre.

Rachel

Une partie de moi est rouge de honte à l'idée de m'être évanouie devant un parfait inconnu. C'est la première fois de ma vie que je tombe dans les pommes. J'ai pourtant déjà essayé des milliers de fois, en général dans des soirées. Je fais tout ce que je peux pour avoir l'air de m'amuser, pour manger sans qu'on me regarde. Je déteste qu'on me regarde manger. Je trouve que les gens devraient toujours prévoir un endroit pour qu'on puisse prendre son repas tranquillement. Du coup, en général, je ne mange pas dans les fêtes et le vin me monte directement à la tête comme maintenant, et c'est pire que tout parce que je me mets à me dire que les gens vont faire des commentaires. « Rachel était tellement soûle à notre fête hier soir ! » Pour finir, je ne mange rien et je ne bois rien non plus. Et je reste là à ne rien faire, juste à espérer que je vais m'évanouir et qu'on m'emmènera en ambulance, parce que ce sera toujours mieux que de rester là à essayer d'avoir l'air de m'amuser.

Mais là, aujourd'hui, je ne l'ai pas volé, mon évanouissement. Et l'ami de Jenny est vraiment gentil, même s'il a l'air triste, triste pour moi, sûrement, je suis tellement bête !

Je pense que j'avais compris pour la photo. Je me suis persuadée du contraire toute la matinée, en regardant Adam lire sur son iPad avec les filles autour de lui qui lui apportaient des petits cadeaux : Rose, un dessin, Charlotte, une tulipe, Grace, un élastique. Charlotte papotait, Grace était assise à ses pieds et faisait semblant d'écrire un livre sur son carnet, toutes les trois étaient contentes qu'il fasse semblant de s'occuper d'elles. Jusqu'ici je n'aurais jamais songé à lui reprocher cette façon désinvolte de leur répondre et de leur tapoter la tête sans y penser. Il travaille beaucoup, alors il faut qu'il puisse se détendre.

Mais ce matin je me suis mise à me demander ce qu'il était en train de regarder. Qui pouvait bien lui envoyer des messages. Et son téléphone, comme toujours, n'était jamais loin. Ce n'est pas nouveau et je n'aurais jamais eu l'idée de vérifier. Non, c'était juste un arbre, envoyé par erreur. Je n'ai pas voulu vérifier, re-regarder la photo.

Au lieu de ça, je suis retournée voir le site de l'hôtel sur Internet. Des couleurs apaisantes : chocolat, crème et blanc. Le bar, avec ses palmiers et son horloge magnifique. Je suis restée longtemps à contempler tout ça même après qu'Adam est parti avec les filles au musée, même alors que j'étais censée sortir pour me rendre chez ma sœur. Je m'imaginais au calme et en sécurité, en train de siroter un martini en contemplant la vue sur New York.

— Rachel, bois un peu d'eau, ma chérie.

Je lis de l'inquiétude dans le regard de Jenny, donc j'obéis. Je suis assise sur son ravissant canapé moelleux et je la vois, à la fois furieuse et désolée. Leo, c'est comme cela qu'il s'appelle : Leo Killian, un beau nom irlandais, me regarde aussi avec compassion. Des larmes coulent de mes yeux sans que je m'en aperçoive, jusqu'à ce que Jenny me tende un mouchoir en papier.

Adam m'aime. Je le sais.

Dire que j'ai pensé que c'était un arbre. Avec un trou dans le tronc. C'était bien un trou, ça oui. Mais quelle idiote je fais ! Presque quarante ans et toujours aussi naïve. C'est pathétique !

J'espère qu'il n'est pas en train de donner aux filles des macaronis en boîte pour le dîner. Certes, ils sont bio, mais je les réserve pour les jours où je n'ai vraiment pas le choix. S'il les prend, je n'aurai plus de recours. Et puis d'ailleurs, il ne devrait pas avoir le droit de leur faire manger des boîtes. C'est mon privilège à moi ! Moi qui suis toute la journée à la maison avec elles, tous les jours. J'ai le droit d'avoir un peu la flemme de temps en temps. Lui devrait leur préparer du poulet et des brocolis et... aussi...

Oh, mon Dieu, il me trompe !

Je sens une véritable tempête sous mon crâne, mes pensées tanguent et chavirent, je suis perdue dans ce tumulte, je ne sais pas dans quelle direction nager.

Leo me tend un verre de vin.

— Merci.

Est-ce que ma vie est finie ? Ma vie d'avant ?

Je sens les battements violents et irréguliers de mon cœur. J'adore ma vie. *Notre* vie. On avait fini par trouver l'équilibre parfait. Avant, même si j'aimais mon travail, mes collègues et mes amis, j'attendais que ma *vraie* vie démarre. Me marier. Avoir des enfants. Au moment où je commençais à m'inquiéter de ne rencontrer personne, j'ai rencontré Adam. Etrangement, toute la période où nous nous sommes fréquentés et avons commencé à vivre en couple a été facile. Ensuite, pendant quatre ans, j'ai essayé d'être enceinte. J'ai subi des injections d'hormones tout en tâchant de conserver charme et spontanéité à notre vie amoureuse (entendons-nous bien, c'est impossible d'être spontanée quand on essaie d'être enceinte, mais je faisais mon possible pour faire croire à Adam que j'étais incroyablement inventive et sexy). Puis trente-trois semaines de terreur absolue, parce que quand on attend des triplés on est une vraie bombe à retardement et on passe son temps à prier pour atteindre le cap des trente-sept semaines, voire une de plus, et encore une.

Ces premières semaines où Rose et Grace étaient rentrées à la maison mais Charlotte encore à l'hôpital, et enfin lorsqu'elles ont été là toutes les trois, toujours une à rendormir, à nourrir, à consoler ou à changer, la douleur de l'énorme cicatrice de la césarienne, mes seins dégoulinants durs comme du bois... tout ça, j'ai adoré.

Alors cette dernière année, maintenant que les filles font leurs nuits et mangent de tout, que Grace a enfin droit aux produits laitiers, que personne n'est allergique à l'arachide et que Rose en a enfin fini avec ses bronchites asthmatiques, j'ai adoré chaque jour de chaque mois, et j'ai rendu grâce au ciel chaque matin pour tout ça.

Mon Dieu, faites que tout ne soit pas terminé. Je ne veux pas que les choses changent. Mon Dieu, faites qu'Adam ne me trompe pas.

Je crois que j'ai prononcé cette dernière phrase à voix haute, parce que ma sœur me prend la main.

— Peut-être, dis-je d'une voix ténue comme du papier de riz, peut-être que c'était une erreur de destinataire ?

— Sûrement, répond Jenny.

Mais, à la sentir si raide et si collée à moi, je sais bien ce qu'elle pense. Je regarde Leo.

— Vous pensez, vous, que c'est un faux numéro ?

Je lui demande à lui parce que c'est un homme, alors il sait peut-être.

Il hésite, puis se passe une main dans les cheveux.

— Non.

— Pourquoi ?

— Parce que, quand on veut envoyer une photo comme ça, on vérifie le numéro, non ?

Si. Sauf que je n'enverrais jamais une photo comme ça.

J'avale une gorgée de vin. Ma tête commence à cogner.

Il se peut que mon mari ait une aventure.

Je n'arrive pas à imprimer ces mots.

— Alors comme ça vous êtes professeur de piano ?

— Absolument.

Mon verre tremble, comme s'il y avait un séisme. Ah mais non, ce sont mes mains !

— Certaines de mes amies vous connaissent. Ella Birkman et son fils Hunter, vous voyez ? Ou Claudia Parvost, et sa fille Sophia ?

— Oui, bien sûr, elles sont sympas.

Ella et Claudia ne sont pas vraiment des amies, mais nous

sommes dans le même club de lecture, et nous allons toutes aux bébés nageurs au Lawn Club de Cambry. Ella vient de se faire refaire les seins et porte depuis un bikini-string qui met très mal à l'aise le jeune maître nageur.

Visiblement, mon cerveau fait tout pour éviter de penser à cette... photo.

— Nous souhaitons que nos filles fassent de la musique, et je trouve que le piano serait le mieux.

Il me sourit. C'est un sourire triste, de circonstance.

— Quel âge ont-elles ?

— Trois ans et demi.

— Des jumelles ?

— Des triplées.

Je lui rends son sourire, un sourire misérable et aussi furtif que celui d'un nouveau-né.

— Vous pensez que c'est trop jeune ?

— Pas forcément, si elles sont capables de rester assises tranquilles pendant une demi-heure.

Il est gentil, et vu le contexte il ne veut rien refuser à l'épouse pathétique et stupide que je suis, la dernière au courant, celle dont on dit : ma femme ne me comprend plus, ma femme ne saura jamais, je vais quitter ma femme.

J'avale le reste de mon verre d'un trait.

— Je vais peut-être vous laisser, dit Leo.

— Oui, merci, répond Jenny, en se levant pour le raccompagner.

Ils échangent quelques mots à voix basse près de la porte, à la fois horrifiés et désolés pour moi.

Jenny revient s'asseoir à côté de moi, son joli visage soucieux. C'était censé être *son* week-end et j'étais supposée l'aider, les filles étaient censées venir lui remonter le moral, parce que c'est maintenant que son divorce et que le fait qu'Owen a une nouvelle famille deviennent vraiment concrets. Elle l'aimait tellement. Mon Dieu, j'espère qu'il ne l'a jamais trompée. Elle prétend que non, mais qui peut être sûr de quoi que ce soit, hein ? Personne.

Je me mets soudain à pleurer très fort. Ce ne sont pas seulement des larmes qui coulent mais de méchants sanglots qui me déchirent la poitrine.

— Oh, ma chérie, murmure Jenny en me serrant dans ses bras. Oh, ma puce.

— Ne dis rien à personne. Il faut d'abord que je décide quoi faire, lui dis-je à grand-peine entre deux hoquets.

— Bien sûr que non. Et tu sais, Rachel, que je serai toujours là pour toi. Si tu veux venir t'installer ici avec les filles...

Je proteste à travers mes larmes :

— Non ! Non, c'est bien trop tôt pour envisager quoi que ce soit. Tout ça n'est peut-être même pas vrai. S'il te plaît, Jenny.

— Oui, tu as raison, je m'excuse.

Un SMS d'Adam arrive sur mon téléphone :

Nous sommes rentrés. Comment est l'appartement de Jenny ? Tu veux qu'on passe ?

Un SMS tout ce qu'il y a de normal de la part d'un mari.

— Lis, dis-je à Jenny en m'essuyant les yeux sur ma manche. Enfin, quand même, ça ne peut être qu'une erreur, un faux numéro.

— C'est... possible, oui.

Je fixe le téléphone et le tends à ma sœur.

— Tu peux lui répondre ? Dis-lui juste que c'est le bazar ici et que je ne rentre pas tout de suite.

Elle s'exécute et me rend mon téléphone.

Réponse d'Adam :

OK ma puce. Je t'aime.

Vous voyez ? Il m'aime. Evidemment qu'il m'aime.

Avant de nous marier, nous avons abordé le sujet de la fidélité. C'est moi qui ai voulu en parler, même si c'était douloureux et que ça me mettait le cœur en miettes. Ce que je veux dire, c'est que je ne suis pas du genre à poser des ultimatums, mais certaines choses doivent être dites. Je lui ai dit : « Je ne pourrais pas rester avec toi si tu me trompais. » Et il m'a répondu qu'il ne ferait jamais cela, qu'il n'aimait que moi, qu'il ne désirait que moi.

Il n'a pas jugé utile de poser ses conditions à lui. Il était évident que je ne le tromperais jamais. Cela allait sans dire, à l'époque.

Il adore autant que moi la vie que nous avons. Il ne prendrait pas le risque.

— Je pense que tout ça n'était qu'un malentendu, dis-je avec un peu plus de conviction.

Parce que, sinon, tout va changer.

On sonne à la porte. Jenny va voir à la fenêtre.

— Zut, c'est maman. Je vais lui dire que ce n'est pas le moment. Va te cacher dans les toilettes.

J'obtempère. J'ai les jambes molles et la tête embrumée par le vin.

— Salut, maman. C'est pas la grande forme. J'ai un mal de tête terrible et puis en fait j'ai presque fini, explique Jenny.

— Tu dois être tellement déprimée, lui répond maman. Tu as une mine épouvantable. Ça a été si dur que ça ?

— Euh, pas vraiment, non. Ça fait un an qu'on a divorcé, quand même.

— Je sais, mais bon. Oh, ma pauvre chérie, tu me fais de la peine. Même si Rob est parti trop tôt, au moins nous n'avons jamais eu à envisager le divorce. Nous n'avons peut-être pas vécu très longtemps ensemble, mais nous en avons bien profité. Tu méritais mieux, ma pauvre chérie. Veux-tu que je te masse la tête ?

— Non, c'est bon.

Rien ne rend ma mère plus heureuse que de discuter de leurs malheurs avec les gens, y compris ses filles, surtout ses filles, à condition que cela soit à son avantage. Pendant ces quatre ans que j'ai passés à essayer de tomber enceinte, elle n'a cessé de me répéter à quel point cela avait été facile pour elle. Lorsque les filles sont nées par césarienne et qu'elles ne pesaient pas plus de un kilo huit cents chacune (ce qui était formidable pour des triplées), maman s'est fait une joie de me répéter un millier de fois que Jenny et moi pesions le double à la naissance.

— Vous étiez de magnifiques bébés, disait-elle, un peu perplexe. Enfin, je suis sûre que les tiennes vont grossir.

Si elle me voyait dans l'état où je suis, elle me foncerait dessus comme un missile, et, contrairement à Jenny, moi je ne sais rien cacher.

Je ne me reconnais pas dans le miroir tant j'ai l'air terrifiée. Je ne peux pas perdre Adam. C'est impossible. Je l'aime trop. C'est forcément un malentendu.

Je me souviens, après la mort de mon père, je n'arrivais pas à me regarder dans une glace tant mon chagrin se lisait sur mon visage. C'est la même chose aujourd'hui : les yeux trop larges, la peau trop blanche.

Elles continuent à parler. Maman ne veut pas partir, elle veut discuter du bébé d'Owen et entendre encore une fois comment Jenny l'a mis au monde.

— Ecoute, maman, c'est toi qui as raison, m'a dit Jenny. Je suis super déprimée et j'ai une migraine de dingue.

— Je n'ai jamais eu de migraine. Tout juste des maux de tête.

— Et j'aimerais bien rester un peu seule sans avoir d'efforts à faire. On n'a qu'à déjeuner ensemble cette semaine. Viens à la boutique, d'accord ? Tu verras, c'est vraiment joli.

— Oui, mais rien à voir avec Manhattan, si ? J'espère que tu ne vas pas faire faillite. Tu aurais dû t'installer à Hedgefield. Tu aurais habité chez moi le temps de t'habituer et on...

— OK, maman. Allez, au revoir !

Je l'entends fermer la porte. Une minute passe.

— La voie est libre ! s'écrie Jenny.

Quand j'étais à la fac, je partageais ma chambre avec une fille de Los Angeles qui m'avait raconté ce qu'on ressentait pendant un tremblement de terre. Elle m'avait dit que, lorsque le sol se dérobe, c'est l'univers entier qui menace de disparaître.

C'est exactement ce que je ressens.

— Qu'est-ce que je peux faire pour toi ? me demande Jenny en me voyant si chancelante.

— Je n'en sais rien.

Il faut que j'arrive à croire que cette photo hideuse et dégoûtante n'était pas destinée à Adam. Comment font les gynécologues toute la journée pour ne pas se sentir mal à chaque fois qu'ils se penchent entre les jambes d'une patiente ?

Ma sœur me prend la main. Même si elle est plus jeune que moi, elle a toujours été plus solide.

Je respire à fond. Allez, je suis une mère de famille, pas une mauviette, je n'ai qu'à faire preuve d'intelligence et de logique. J'ai trois enfants de cet homme-là, alors ce n'est pas le tout de pleurer.

— Il faut que j'aille lui parler.

— Tu veux que je m'occupe des petites et comme ça vous irez quelque part ? Ou que j'emmène les filles ? Elles peuvent même venir dormir ici, je serais ravie.

— Je n'en sais rien. Je n'en sais vraiment rien.

Ma sœur hoche la tête et soupire lentement.

— Je suis désolée de te poser cette question, mais est-ce qu'il y a eu d'autres... signaux ?

Elle veut sans aucun doute dire quelque chose qui prouve qu'il me trompe.

— Je ne pense pas. Il est fatigué depuis quelque temps. Mais c'est pareil pour tout le monde. Il travaille sur une affaire très compliquée et, bon, il est... fatigué.

Le seul truc, c'est qu'avant « fatigué » ne voulait pas dire « trop fatiguée ».

Elle ne répond rien. Est-ce qu'elle me plaint ? Est-ce qu'elle m'approuve ? Me désapprouve ?

Adam est avocat d'affaires. Son expertise permet à ses clients d'économiser des millions de dollars chaque année. Il est très fort dans son boulot et il est devenu associé l'an dernier, juste en dessous de Jared Brewster, un de mes amis d'enfance, avec qui je prenais le bus pour aller à l'école. Si on tient compte du fait que Jared est le petit-fils du fondateur, ça confirme qu'Adam réussit très bien. Il a un poste important et, c'est vrai, il travaille beaucoup.

Peut-être que son amante est l'une de ses clientes.

Son amante. Le mot me donne envie de vomir. C'est un mot que j'ai toujours honni, trop intime, trop romantique, trop érotique. Je refuse que mon mari ait une amante.

Je ne me suis moi-même jamais considérée comme son amante. J'étais sa petite amie, puis sa fiancée, puis sa femme.

— Tout ce que j'ai à perdre, dis-je dans un souffle.

— C'est vrai, répond Jenny en me pressant la main, ce qui m'énerve, parce que en général c'est moi qui la réconforte, enfin, depuis un an, en tout cas.

Il est plus de 19 h 30 et les filles sont donc certainement au lit. Je crois que je vais rentrer. Pour la première fois de ma vie, cette idée me fait peur.

Je me glisse dans la maison comme une ombre et monte directement. En ouvrant la porte de la chambre des filles, je ressens une bouffée d'amour tellement puissante qu'elle étouffe toutes les horribles pensées qui se sont insinuées dans mon esprit depuis vingt-quatre heures.

Cette chambre est un havre de pureté et c'est ici qu'est ma place.

Mes petites filles sont endormies. Charlotte ronflote, Grace suce son pouce et Rose dort à l'envers, les pieds sur l'oreiller. Je commence par embrasser Grace, puis Charlotte, puis je remets Rose dans le bon sens et je l'embrasse elle aussi. Je m'enivre de leur odeur aigre et sucrée à la fois et leur dis combien je les aime.

Ici, dans cette chambre, je sais ce qui compte vraiment. J'étais faite pour être mère, et ces petites filles sont toute ma vie.

La crainte qui me tenaille lâche un peu prise.

Je redescends et traverse le salon jusqu'au bureau où Adam est en pleine conversation téléphonique.

— Je ressens la même chose, dit-il à voix basse, avant de m'apercevoir et de sursauter.

OK, coupable.

— Salut, dis-je.

— Eric, ma superbe femme vient de rentrer, dit-il en me souriant.

Pas si coupable ?

— On se parle lundi ? Super. Merci. Et comment !

Il raccroche et se lève.

— Salut, ma puce, je ne t'ai pas entendue arriver. Tu veux un verre de vin ? J'ai fait des macaronis au fromage aux filles mais je peux te préparer une omelette ou autre chose.

Il leur a fait les macaronis, évidemment !

Mais un mari infidèle ne parlerait pas comme ça.

— Du vin, oui.

Nous allons dans la cuisine où il me sert un verre. Je bois une gorgée. La cuisine est en désordre. Bon, d'accord, je suis maniaque, mais la casserole du dîner des filles, de surcroît pas très équilibré, traîne dans l'évier encore pleine de sauce au fromage et il y a du courrier éparpillé sur le plan de travail, qui n'a pas été lavé non plus.

En temps normal, je suis déjà contente qu'Adam ne soit pas comme tous ces pères qui pensent qu'ils ont accompli un exploit parce qu'ils ont passé un après-midi avec leurs enfants. Mais ce serait bien que, juste une fois, il pense à ranger, comme je le fais, moi, dix fois par jour.

— Alors, cet appartement ? demande-t-il en attrapant une bière dans le frigo. Jenny est contente ?

— Il est super, dis-je en sentant mon cœur battre si fort que j'ai l'impression qu'il est pris dans un énorme étau qui le presse et fait jaillir le sang dans mes veines. (Ou mes artères. Peu importe.) Il a beaucoup de charme.

De quoi parle-t-on, déjà ? Ah oui, l'appartement de ma sœur.

Il attend la suite parce qu'il aime bien ma sœur.

Je me demande si elle lui plaît.

Mon Dieu, mais qu'est-ce que je vais chercher là ?

— Adam, j'ai quelque chose à te dire.

— Bien sûr, ma puce.

Il attend, ses grands yeux bruns étonnés. J'adore ses yeux. Les miens sont d'un bleu sans intérêt. Jenny a les yeux noirs de papa. Mais ceux d'Adam sont d'un brun clair, ambré, très particulier.

Soudain effrayée par ce que je suis sur le point de lui dire, je lui demande :

— Et au fait, avec les filles, ça s'est bien passé, aujourd'hui ?

— Elles ont été super. Enfin, Rose était déchaînée au musée, et le lacet de Grace s'est défait et tu sais comme elle déteste ça, alors il a fallu que je les emmène toutes les trois aux toilettes pour femmes. Je me suis fait plutôt mal voir, mais je n'allais pas les emmener chez les hommes, quand même !

Il a un petit sourire.

— Pas question que mes fifilles découvrent l'anatomie masculine avant quarante ans au moins.

Je souris aussi. Dans les nuages épais qui encerclent ma tête, un rayon de soleil apparaît, pas certain encore de vouloir s'attarder. Ce ne sont pas les mots d'un mari infidèle. Il a dû y avoir une erreur de destinataire.

— Alors, de quoi voulais-tu me parler ?

Je joins mes mains pour les empêcher de trembler.

— Eh bien, euh, hier, il s'est passé quelque chose.

— Quoi donc ?

Est-ce que je vais jusqu'à lui montrer ? Peut-être pas. Ou alors si ?

— Rachel ? Hou hou, chérie !

Je l'ai montrée à Jenny et même à Leo, que je ne connais pas. Et je ne la montrerais pas à celui qui est mon mari depuis neuf ans ? Il mérite de savoir.

Je sors mon téléphone de mon sac et fais apparaître la photo dégoûtante sur l'écran, puis je la fais glisser sur le plan de travail jusqu'à lui.

Le rouge envahit son visage, en partant du col de son polo, le long de son cou jusqu'à ses joues, en passant par sa mâchoire, un rouge violent.

Coupable.

Oh, mon Dieu, coupable !

Il s'éclaircit la voix, puis me rend le téléphone.

— Qu'est-ce que c'est que ça ?

— Tu le sais très bien, dis-je d'une voix mal assurée.

— Bon, OK, d'accord, je devine. Qui t'a envoyé ça ? Et pourquoi ?

— C'est à toi qu'on l'a envoyé.

Il bat des paupières. C'est moi, ou il est de plus en plus rouge ?

— Qu'est-ce que tu racontes ?

— Quand tu étais en train de coucher les filles hier soir, quelqu'un t'a envoyé ce SMS. Je me le suis transféré et je l'ai effacé de ton téléphone.

— Tu l'as effacé ? Pourquoi ? Pourquoi ne m'as-tu rien dit hier soir ?

Et il ajoute, les lèvres pincées :

— Et depuis quand vérifies-tu mon téléphone ? Et pour quelle raison ?

— Je mettais ta veste au sale et j'ai vu ça.

— Et donc tu n'as rien... Pourquoi ne m'as-tu pas dit que quelqu'un m'envoyait des photos porno ?

— Qui t'a envoyé ça ?

— Je ne sais pas !

Sa voix résonne fort dans la cuisine.

— Comment le saurais-je ? Montre-moi encore.

Il saisit son téléphone.

— Numéro privé. Ça peut être n'importe qui.

— Enfin, n'importe qui n'envoie pas une photo de foufoune.

On dirait Jenny quand je dis cela.

Il me dévisage, le regard dur.

— Tu penses que je te *trompe* ?

Je ne réponds pas, et soudain les choses s'inversent et c'est moi qui me mets à rougir.

— Dieu du ciel, Rachel ! Tu plaisantes !

— Parle moins fort. Tu vas réveiller les filles.

— Je suis désolé mais je suis un petit peu énervé ! Ma femme pense que je la trompe. J'imagine qu'elle me prend pour un vrai salaud !

— Adam, je trouve une photo de... ce truc sur ton téléphone. Qu'est-ce que je suis censée penser ?

— Peut-être que tu pourrais te dire « hé, c'est forcément une erreur parce que mon mari n'est pas un sombre connard » ?

— Je... je suis désolée, d'accord ?

Je respire à fond et sens les larmes me brûler les paupières.

— Je me suis juste dit que ce n'était pas le genre de chose qu'on envoie par erreur, c'est tout. Il me semble que si on veut envoyer ça à quelqu'un on fait vraiment attention au numéro.

Merci, Leo.

— Tu en as parlé à Jenny, c'est ça ? J'imagine qu'elle a dû jubiler. Elle est plutôt fâchée avec les hommes, ces jours-ci, non ?

— Non. Et non, elle n'a pas jubilé. Et oui, je lui ai montré, parce que... je n'étais pas bien sûre de ce que c'était. J'espérais bien m'être trompée, mais il fallait que je t'en parle. C'est nouveau pour moi, pas vrai ?

Il a un petit rire.

— C'est sûr, oui !

Il inspire profondément puis soupire doucement.

— Rachel, je t'aime. Je pensais que tu m'aimais aussi. J'aurais espéré que tu me laisses au moins le bénéfice du doute.

— Bien sûr que je t'aime, Adam. C'est juste tellement... bizarre et horrible, et je ne savais pas comment te demander, ni comment t'en parler, ni..., ni...

— Tu me crois ?

Sa voix est si dure et froide que soudain la terreur m'envahit de nouveau.

Je ne veux pas que les choses changent. Demain, j'ai des cupcakes à faire, six douzaines parce que les filles sont dans trois classes différentes et qu'il en faut deux douzaines par classe. Et puis, chaque dimanche matin, j'appelle ma belle-mère pour lui donner les dernières nouvelles des enfants, et qu'est-ce que je lui dirais si Adam me trompait ? Et il y a Jenny qui vient d'emménager, la perspective de tous ces longs dîners joyeux et de toutes ces délicieuses soirées de printemps dans son petit jardin, et puis Adam... Adam qui a pleuré le jour de mon accouchement, pleuré pour de vrai. Il m'aime, et il aime nos filles et notre vie aussi.

— Rachel, est-ce que tu me crois ? me demande-t-il encore, plus fort.

— Oui, je te crois.

Il ferme les yeux et pousse un grand soupir.

— Merci.

Puis il s'approche de moi, passe ses bras par-derrière autour de ma taille et dépose un baiser dans mon cou.

— Ma chérie, je t'aime. Cette photo est dégueulasse mais allez, la prochaine fois, tâche de ne pas dramatiser. Enfin, je ne dis pas qu'il y aura une prochaine fois, mon Dieu !

— Tu as raison.

Deux larmes roulent sur mes joues, et honnêtement je ne sais pas très bien ce que je ressens. Du soulagement ? Un malaise ? De la joie ?

J'ai eu tort. C'était une erreur.

Nous montons et nous faisons l'amour. C'est bon. C'est nous. Nous savons chacun ce qu'aime l'autre, ce qu'il faut dire et quand le dire, quels gestes faire, quelles caresses. L'idée que nous utilisons des préservatifs comme moyen de contraception et que cela tombe bien me traverse l'esprit, mais je la chasse.

Tout va bien. Nous sommes là. Adam, les filles et moi, rien n'a changé.

Et pourtant, plus rien n'a l'air pareil.

Jenny

Le lendemain, j'ai un essayage à New York pour une jeune fille tellement snob que lui demander de venir jusqu'à Cambry est juste inconcevable. La robe est là, dans sa housse pivoine. J'ai commandé une centaine de ces housses pour la boutique, en même temps que des cintres spéciaux qui peuvent supporter jusqu'à quinze kilos parce que certaines robes sont vraiment lourdes. Kendall, la future mariée, est du genre à m'ignorer, à envoyer ses SMS et à se plaindre sans arrêt pendant que je pose des épingles, agenouillée à côté d'elle, pour des modifications de dernière minute, ou que je reprends toutes les coutures parce qu'elle a poussé le vice jusqu'à perdre cinq kilos ces deux dernières semaines. Cette fille est un monstre, et je pèse mes mots.

Enfin, bon, pour l'heure, ma priorité, c'est ma sœur.

Rachel m'a envoyé un SMS hier soir pour me dire que tout n'était qu'un malentendu, et qu'elle se sentait terriblement mal d'avoir soupçonné Adam. Je lui ai demandé si je pouvais l'appeler, mais elle m'a répondu qu'elle était trop fatiguée.

Je ne suis pas certaine de faire confiance à mon beau-frère et je m'en veux pour ça.

Quand j'ai rencontré Adam, Rachel était déjà très amoureuse de lui. C'était son premier amour, en fait, même si elle avait déjà eu quelques petits copains, toujours de gentils garçons un peu timides et passionnés de jeux vidéo qui portaient des

T-shirts *Dr Who*[1] et parlaient le sabir de *Star Trek*. Adam, lui, était différent, très sûr de lui et très charismatique. Elle s'illuminait en sa présence. Ils ne sont pas sortis ensemble plus d'un mois avant qu'il ne la demande en mariage (avec la permission de maman et la mienne, ce qui lui a fait marquer pas mal de points, et a fait redire à maman combien papa lui manquait).

Adam a pleuré en voyant Rachel s'avancer dans l'église le jour du mariage (et ce n'était pas juste à cause de la robe, qui, faites-moi confiance, était incroyable : une jupe trapèze en satin et dentelle de Calais, un bustier haut et de larges bretelles transparentes). Ensuite, pendant toutes ces années où ils ont essayé d'avoir un bébé, il n'a jamais perdu son sens de l'humour et il a offert des fleurs à Rachel deux fois par semaine durant toute sa grossesse.

En plus, c'est un très bon père, même si Rachel exagère peut-être un peu ses mérites. Il sait qu'il s'investit plus que la plupart des autres papas et, du coup il laisse Rachel se coltiner le plus ingrat : genre se lever au milieu de la nuit parce qu'une des filles a vomi, ou bien aller au supermarché avec les trois gamines. Mais bon, il est là, il les aime et il fait sa part. Et puis, il ne faut pas se mentir, Rachel adore être mère au foyer.

Juste avant de partir, je lui passe un coup de fil.

— Ah, salut ! me dit-elle. Ne quitte pas une seconde, OK ? Charlotte, ma puce, donne-moi ça, s'il te plaît. Ou alors tu le donnes à papa. Merci, ma chérie.

Il y a un blanc, puis j'entends la porte se fermer.

— Voilà.

— Comment ça va, aujourd'hui ?

— Eh bien, je lui ai montré la photo, chuchote-t-elle. Il était super gêné, et puis il s'est mis en colère en comprenant que je le soupçonnais de... Tu vois, quoi. Il n'avait aucune idée de qui l'avait envoyée, mais en fin de compte il a été gentil.

— Comment ça, gentil ?

1. Série britannique de science-fiction diffusée pour la première fois à la télévision dans les années 1960.

— Même quand il a compris que je pensais qu'il m'avait... trompée.

Je m'abstiens de commenter.

— Du coup, tout va bien. C'est simplement une histoire de mauvais numéro. Je me sens juste très mal d'avoir imaginé tout ça.

— Rachel, ça ne me semble pas déraisonnable de penser que ton mari a une liaison quand il reçoit sur son téléphone une photo comme ça d'un expéditeur inconnu. Il peut admettre ça, non ?

— Oui, oui, bien sûr. Mais c'est derrière nous, maintenant. Bon, nous partons à l'église, là, il faut que je file, OK ? Et, au fait, je suis désolée pour hier. Je voulais vraiment te donner un coup de main mais j'ai complètement flippé.

— Pas grave. Il y avait de quoi. Et, dis-je après quelques secondes, je suis bien contente que les apparences soient trompeuses.

N'empêche. C'est louche, tout ça. Même Leo, qui voit ça de l'extérieur, trouve que ça sent mauvais, cette histoire. Alors, oui, il se peut qu'Adam dise la vérité, mais mon petit doigt me souffle le contraire.

— C'est un mari merveilleux, dit Rachel. Et tu sais bien comme les filles l'adorent.

— Oui, je sais. Allez, vas-y, ma belle ; moi aussi, je dois filer en ville livrer une robe.

— D'accord. Et au fait remercie ton ami. J'ai tellement honte.

— Mon ami ?

— Leo.

— Ah, d'accord. Bonne journée ! A plus tard !

Si Adam trompe ma sœur, je suis capable de l'égorger, voire pire.

J'attrape la robe et mon sac à main et je sors. Leo est dans son transat, les yeux fermés, une bière à la main.

— Bonjour. Un peu tôt pour une bière, non ?

— Oui, maman, me répond-il en buvant une gorgée sans ouvrir les yeux.

Loki le chien lève la tête et me regarde en grognant.

— Ma sœur vous dit merci.

— Il n'y a pas de quoi.

— Et moi aussi, d'ailleurs. Vous avez été vraiment sympa.

— Pas de problème. Rattraper les femmes lorsqu'elles s'évanouissent, c'est ma spécialité, dit-il en grattant la tête de Loki, qui grogne de satisfaction.

Le visage de Leo a quelque chose de captivant : mince, anguleux, mal rasé. Et, même lorsqu'il dit des choses agréables, deux sillons se creusent entre ses sourcils. Il lève les yeux vers moi.

— Vous me reluquez encore ?

— Seriez-vous homo, par hasard ?

— Pour vous, on va dire que oui, ma chère, me répond-il avec un clin d'œil.

Malgré ce magistral camouflet, je ne peux m'empêcher de sourire.

— Vous allez au bal ? me demande-t-il en désignant la housse de la robe avec sa bouteille.

— Non, fais-je en déposant avec précaution la robe sur le siège arrière de ma voiture, et en accrochant le cintre. Je suis couturière, spécialisée dans les robes de mariée.

— Sérieux ?

— Sérieux.

— C'est un métier, ça ? Je veux dire, elles sont toutes pareilles, non, ces robes ?

— Bonne journée à vous ! lui rétorqué-je avec un geste de la main (ou plutôt du majeur, si vous voyez ce que je veux dire).

Il éclate de rire et voilà que cela me reprend, cette sensation de chaleur dans la poitrine.

*
* *

— Je veux que vous enleviez tous les boutons de rose, ordonne Kendall.

Nous sommes dans le salon de l'appartement de ses parents dans l'Upper West Side et je suis agenouillée par terre, mon coussinet à aiguilles au poignet, en train de rétrécir une énième fois la robe désormais lilliputienne. On dirait que ses os vont lui déchirer la peau.

— Votre mariage a lieu dans six jours, Kendall. C'est un peu tard pour tout modifier.

— Ecoutez, je n'aime pas du tout ces fleurs. Vous les virez, c'est tout.

S'il y a une chose à savoir, dans mon métier, c'est que les désirs de la jeune fille sont des ordres. Tout démarre un an avant la date du mariage : la future mariée m'envoie des photos de robes qu'elle adore, mais qu'elle ne portera pas, soit parce qu'elle n'a pas les mensurations nécessaires, soit parce qu'elle veut un modèle unique.

Kendall voulait quelque chose d'unique. Elle m'a envoyé trente-neuf photos de robes qu'elle adorait, depuis la minirobe jusqu'à la robe de bal avec une traîne de quatre mètres. Je lui ai proposé quatorze projets avant qu'elle finisse par en accepter un, celui avec les jolis boutons de rose crème en garniture. Au bout de la vingt-deuxième modification, lorsqu'elle a enfin dit qu'elle était folle de joie, j'ai fabriqué le patron. J'ai monté toute la robe en mousseline et l'ai conviée pour un essayage. Elle a réclamé de nouvelles modifications. Ce n'était pas un souci mais à partir de maintenant cela augmentait le prix. Beaucoup.

Hélas, l'argent n'était pas un problème. Sept robes de mousseline et quelques milliers de dollars plus tard, j'ai pu m'attaquer à la robe en question : une robe fourreau sans manches, avec un corsage de tulle entrecroisé, une ceinture en cristal de chez Swarovski nouée dans le dos avec de longs pans de tulle, et une jupe qui donnait l'impression que la mariée évoluait au milieu d'un parterre de roses, deux cent soixante-dix-huit petites roses de soie crème cousues main par votre servante. Ravissant. Evidemment.

Tout compris, il y en a pour vingt plaques.

— Si je supprime les petites roses, lui dis-je sans m'énerver, je serai forcée de faire une autre jupe.

— Oh, bon sang, mais c'est une blague !! Maman ? Maman ? rugit la mariée. Mais tu es où, maman ? Figure-toi que maintenant c'est Linley qui se décommande ! Ah, les garces ! Mais qu'est-ce qu'elles ont à me lâcher toutes ?

On se demande bien...

Une demi-heure plus tard, c'est décidé. Oui, je vais lui faire une nouvelle jupe de tulle pour aller avec le corsage, une jupe longue avec une traîne de deux mètres. J'exige d'être payée pour la totalité plus un supplément compte tenu de l'urgence, et ne décolle pas avant que sa pauvre mère m'ait fait le chèque.

— Vous avez été extraordinaire, me dit la mère. N'est-ce pas, Kendall, que Jenny a été merveilleuse ?

— Quoi ? fait Kendall en levant à peine les yeux de son téléphone, et, tandis que son pouce continue de textoter, elle grogne : Jenny qui ? Ah ! Oui. Super.

— Elle sera une mariée ravissante, dis-je à la mère.

— Vous êtes très gentille. Je ne manquerai pas de vous recommander à toutes mes amies.

— C'est très aimable de votre part.

Il faut dire que je suis habituée aux jeunes mariées caractérielles. Cela peut être stressant mais, croyez-le ou pas, même des femmes comme Kendall peuvent, le jour J, se montrer adorables. Pas toujours, mais parfois. Et puis, fort heureusement, toutes mes clientes ne sont pas comme ça.

Le concierge de l'immeuble me tient la porte. Je glisse la robe dans la voiture et je m'étire le dos.

Le temps s'est éclairci, les cerisiers sont en fleur et je décide d'aller faire un tour dans Central Park. J'adore écouter la foule : ces rires et ces cris d'enfants, ce mélange de langues que je ne connais pas, ce SDF qui souhaite une belle journée à tout le monde, le rythme sourd d'une musique venant de ce coin, là-bas, où des jeunes font du hip-hop devant les touristes.

Cette ville est la mienne depuis mes dix-huit ans et, même si je ne vis à Cambry que depuis vingt-quatre heures, j'ai l'impression que cela fait des semaines que je suis partie.

Central Park est un joyau, avec ses allées sinueuses, ses statues, ses parterres de tulipes rouges et de jonquilles jaunes. Tant de gens passent ici : jogguers, jeunes parents, nounous, étudiants... Aujourd'hui, les bébés sont de sortie. Je volerais bien celui-ci, me dis-je en avisant un beau petit garçon aux cheveux sombres et aux yeux immenses. Ou alors cette petite fille avec son coupe-vent violet et sa jupe écossaise rouge.

Un homme lit sur un banc, un vrai livre, pas son téléphone. Je n'arrive pas à voir le titre mais ce n'est pas grave. Il est blond et porte des lunettes et une écharpe autour du cou, mais sans être sophistiqué. Quarante ans, je dirais. Pas d'alliance. Un visage sympa.

Et si je lui parlais ? Pour lui dire quoi ? *« Salut, ça vous dirait de me faire un enfant ? »* Non, c'est un chouïa trop direct. Je cherche l'inspiration autour de moi.

Tiens donc, on dirait bien que j'ai traversé tout le parc jusqu'à l'East Side. Me voici à deux pas de chez moi. Enfin, de chez Owen. *Bien joué, docteur Freud.*

Et si j'allais leur rendre une petite visite ? Juste histoire de me faire du mal, des fois que ma cliente ne m'ait pas suffi. Pourquoi ne pas aller renifler la petite tête de Natalia ? Et puis l'embarquer dans mon sac à main, où un bébé logerait sans difficulté ? Je vérifie. Mais oui, ça pourrait fonctionner. Il faudrait juste que je pense à enlever mes ciseaux.

Je me retourne vers mon lecteur à écharpe.

— Bonjour. Belle journée, non ?

Il ne lève pas les yeux. Ah, ces New-Yorkais !

Sans élever la voix, je lui demande :

— Que lisez-vous ?

Enfin, il daigne me regarder.

— Pardon ? Vous me parliez ? répond-il avec un beau sourire.

— Je me demandais juste ce que vous étiez en train de lire.

Il me montre son livre.

— *Le Seigneur des anneaux*. C'est la troisième ou quatrième fois, en fait. Je suis totalement fan.

Ma robe de mariée ressemble à celle d'Arwen lorsqu'elle retrouve Aragorn. (Oui, ma référence à moi, c'est le film, désolée.) *Mes nièces ressemblent à trois petites fleurs, et Rachel, qui est ma demoiselle d'honneur, porte une robe vert pâle. Ma mère a un compagnon et a enfin cessé de pleurer mon père. J'offre en cadeau de noces à mon mari une édition originale du* Seigneur des anneaux, *et...*

Et c'est alors que le petit copain de mon fiancé s'assoit et l'embrasse.

— Salut, mon chou, désolé du retard, mais je t'ai apporté un cappuccino.

Je leur souhaite alors une bonne journée, mais ils sont déjà très occupés à se bécoter.

Pas plus de deux minutes plus tard, me voici en bas de chez Owen. J'ai toujours le code de l'immeuble mais je sonne quand même au 15A.

— C'est Jenny, dis-je tout en reculant un peu.

— Jenny ! Super ! fait la voix d'Ana-Sofia.

Cinq minutes après, je suis assise dans mon ancien salon, avec dans les bras le bébé de mon ancien mari, à accepter la tasse de thé que m'offre sa nouvelle femme, qui a déjà retrouvé sa ligne. Cela fait treize jours, après tout. Pas de ventre mou ni de peau distendue qui tiennent lorsqu'on est comblée par la génétique !

— Tu te rappelles Jenny ? demande Owen en souriant à sa fille. C'est elle qui t'a mise au monde.

— C'est incroyable, ce qu'elle est belle, dis-je sans me forcer.

Une peau parfaite, une bouche charnue comme un bouton de rose, des joues adorables.

— Elle ressemble à...

Je suis sur le point de dire « à son père » mais je me reprends.

— ... à Ana-Sofia.

Et j'assortis mon commentaire d'un sourire.

— Béni soit Dieu pour ça, dit Owen en se penchant par-dessus mon épaule pour caresser de son doigt la joue de sa fille.

La vérité, c'est qu'elle ressemble trait pour trait à Owen : les mêmes cheveux noirs, le même regard doux. Je suis soudain cramoisie de honte en me souvenant des moments que je passais à regarder dormir Owen et à imaginer à quoi ressembleraient nos enfants.

Comment ai-je pu penser que ce serait facile ?

Un flash me signale soudain qu'Ana-Sofia m'a prise en photo. Un jour, elle montrera cette photo à Natalia et lui dira : « *Voilà ta pauvre tante Jenny, juste avant qu'elle ne devienne folle. On devrait lui rendre visite à l'asile un de ces jours.* »

— Je te l'enverrai, OK ?

— Et comment !

Qui ne voudrait pas d'une photo de soi, éplorée, en compagnie de son ex et de son bébé ? Je pourrais même l'agrandir et l'afficher au-dessus de mon canapé, non ?

— Bon, eh bien, je venais juste faire un petit saut parce que j'avais un essayage à deux pas d'ici mais il faut que je rentre. J'ai encore pas mal de cartons à défaire.

— On a hâte de voir ton nouveau chez-toi, me dit Ana-Sofia en récupérant le bébé tout chaud.

Je me retiens de l'en empêcher.

— Et puis on attend avec impatience l'inauguration de Bliss !

Le pire, c'est qu'elle est sincère. Je voudrais tellement la détester, les détester tous les deux, mais ils sont trop gentils !

— Et moi donc ! fais-je avec cette voix idiote que je prends toujours avec eux.

Je pourrais peut-être louer les services d'un gigolo à Cambry, non ? En tout cas, il faut que je m'éloigne d'eux, me dis-je tout en traversant le parc pour rejoindre le parking où j'ai laissé ma voiture. Je sais que les voir ne peut pas m'aider.

Seulement, lorsque Owen m'a brisé le cœur, il m'a aussi

supplié de le garder comme ami, en prétendant qu'il ne pouvait pas imaginer ne plus me voir, que depuis notre rencontre j'avais énormément compté pour lui et que, même si cela ne fonctionnait plus entre nous (première nouvelle), cela le tuerait de m'effacer de sa vie.

Je ne sais toujours pas s'il faut voir cela comme de la gentillesse ou de l'égoïsme. J'ai opté pour la gentillesse.

J'ai quitté notre appartement le jour où il m'a dit qu'il voulait divorcer et j'ai eu l'impression que c'était tout simplement la fin du monde. L'air était si lourd que je ne pouvais plus respirer, et j'étais en proie à des crises de panique atroces. *Comment vais-je y arriver ? Comment ? Comment se peut-il que nous soyons séparés ? Qu'il ne veuille plus de moi ? Qu'est-ce qui s'est passé, p... ? Et quand est-ce que ça a commencé à merder ?*

La seule trouée dans cet horizon bouché était la perspective du prochain déjeuner que je prendrais avec lui.

Vous pensez peut-être que je suis trop bête de leur tourner autour comme ça, pour les entendre me dire des gentillesses. Vous avez raison. C'est ce que je me répète souvent. Mais le truc, c'est qu'ils m'en disent beaucoup et qu'en plus ils font super bien la cuisine !

Owen continue de demander des nouvelles de mon travail. Il adore ma sœur, mes nièces et ma mère. Il me trouve jolie, drôle et intelligente. Il admire mon talent. Nous avons le même humour et ne sommes jamais à court de conversation. Et depuis que je le connais, en dépit de notre divorce rapide et de son remariage, il ne s'est jamais passé trois jours sans que j'aie de ses nouvelles. Même les fois où il se trouvait au bout du monde pour Médecins sans frontières. Et même aujourd'hui.

Alors voilà, je suis l'ex-femme d'Owen, et je ne vois pas comment cela pourrait être mieux, à part en redevenant sa femme.

Ce n'est pas juste à cause de son métier de Dr Parfait aux mains habiles et au grand cœur. Ce n'est pas juste parce qu'il est beau, même si cela ne gâche rien. J'ai toujours eu un faible pour Ken Wantanabe, après tout.

C'est tout cela à la fois, en plus de l'attachement que j'ai pour lui, de ce privilège qui est le mien d'avoir été choisie pour être la femme d'Owen Takahashi.

Dans la plupart des couples, avec le temps, le désir et l'amour s'estompent. Quand on entend son mari lâcher un pet dans la salle de bains et que juste après on le voit tenter un rapprochement, en général on n'est pas d'humeur très coquine. Alors, bon, rien ne dit que quelques minutes plus tard on ne sera pas mieux disposée, mais il faut d'abord lui pardonner d'être... eh bien... tout simplement humain. D'avoir mangé un burrito aux haricots. Après tout, on en a mangé un aussi.

On découvre peu à peu toutes ses vilaines manies. Il utilise votre shampoing, sans prévenir lorsque la bouteille est vide. Il laisse traîner son linge sale en tas dans la salle de bains. Quand ses parents viennent en visite, il file au magasin du coin acheter de la bière pour son père alors que la veille vous lui avez rappelé dix fois d'y passer, et il met un temps fou à revenir, alors vous lui envoyez deux SMS pour lui demander ce qu'il fiche parce que pendant ce temps-là sa mère vous harcèle pour savoir pourquoi vous n'êtes pas encore enceinte ! Et il ne répond pas, et vous dit en arrivant qu'il n'a rien reçu.

Ou peut-être est-il du genre à ne pas desserrer les lèvres en rentrant le soir du boulot, mais à se mettre à quatre pattes devant le chien pour lui faire des mamours pendant dix minutes, avec cette voix particulière qui vous rappelle quelque chose vu que c'est celle qu'il avait pour vous parler à vous, dans le temps.

Ou sinon, vous vous dites juste qu'il est devenu ennuyeux en l'écoutant chaque soir commenter son sandwich au thon du déjeuner, et vous vous demandez si c'est vraiment à cause de cet homme-là que vous avez renoncé à rejoindre les Peace Corps.

Eh bien, justement, entre Owen et moi, cela n'a jamais été ça. Sérieux.

Quand il était malade, ce qui n'arrivait quasiment jamais,

il insistait pour dormir dans la chambre d'amis (et utiliser la salle de bains d'amis). Je lui faisais de la soupe et il la mangeait, mais en bon médecin il ne voulait surtout pas me passer ses microbes. Au bout d'un ou deux jours, il émergeait, douché et habillé, s'excusait d'avoir eu un passage à vide, et il se mettait à préparer le dîner.

Mais si c'était moi qui étais malade... ô joie suprême ! J'adorais être malade. Je vais vous confier un secret : en cinq ans de mariage, je n'ai jamais été malade pour de vrai. Mais ne lui dites rien.

Un soir, j'admets, je me suis sentie un peu délaissée. J'avais préparé un délicieux dîner, mais il se faisait attendre, encore occupé à réparer des visages d'enfants. Difficile de le lui reprocher, non ? J'attendais, tandis que le risotto se figeait dans la casserole. Il m'a envoyé un SMS pour me dire qu'il aurait une demi-heure de retard. Au bout d'une demi-heure, j'en ai reçu un autre : Désolé. Plutôt 20 heures. Et il a finalement débarqué à 20 h 30. J'ai fait comme si ce n'était rien mais j'avais reçu ce coup de fil incroyable de *Bride Magazine*, qui m'annonçait qu'ils avaient choisi une de mes robes pour leur couverture, et j'avais gardé la nouvelle pour moi afin de la lui annoncer en personne.

Je nous ai donc servi du vin. Nous nous sommes assis à la jolie table que j'avais préparée et avons commencé à manger le risotto tout collant et gélatineux, qu'Owen a jugé délicieux. Il m'a expliqué qu'il était en retard parce qu'il avait procédé à une délicate chirurgie nasale sur un petit garçon et voulait attendre son réveil avant de partir. Le petit gars avait ensuite voulu jouer aux Pokémon, et Owen n'avait pas su refuser. Les parents stupéfaits avaient pleuré en découvrant leur petit garçon de nouveau si beau et qui n'aurait plus à souffrir de regards et de moqueries cruels. Cet horrible incendie qui l'avait privé de nez ne serait plus qu'un lointain souvenir, et non plus une image qui revenait violemment à chaque fois qu'un regard se posait sur son visage.

La couverture de *Bride* ne pesait plus très lourd.

— Est-ce que quelque chose ne va pas, ma chérie ? finit-il par me demander.

Comme je ne pouvais pas lui répondre que j'en avais assez qu'il soit si parfait, y compris le jour où j'avais fait un risotto, j'ai dit que non. Et, au bout de quelques secondes, que je ne me sentais pas très bien, que j'étais désolée.

— Oh, mais non, c'est moi qui suis désolé d'être rentré si tard ! Qu'est-ce qui se passe, ma chérie ?

J'ai énuméré quelques symptômes : douleurs, frissons, maux de tête, et provoqué avec une joie perverse un sentiment de culpabilité chez mon mari. Tout attentionné, il m'a mise au lit avec un bon film avant d'aller ranger la cuisine.

— Je sors une minute, tu as besoin de quelque chose ? m'a-t-il demandé.

— Non, ai-je répondu, instantanément agacée (maudit hôpital !).

Mais il est revenu un quart d'heure plus tard avec un grand pot de ma glace Ben & Jerry's préférée, la plus difficile à trouver.

— Je me suis dit qu'il n'y avait pas mieux, comme remède, a-t-il déclaré avec son gentil sourire.

Et il s'est allongé près de moi pendant que je mangeais directement dans le pot. Ensuite, nous nous sommes donné la main. Pas de chambre d'amis pour moi. Owen ne voulait pas s'éloigner au cas où j'aurais besoin de lui. Il m'a caressé les cheveux pour m'endormir en me disant qu'il m'aimait.

Et c'était vrai, même si lui n'avait jamais besoin de moi. Il faut croire que je ne lui suffisais pas. Il lui fallait autre chose.

Dans tous ces couples, si imparfaits soient-ils et malgré leur intimité malodorante, il y a quelque chose que nous n'avons jamais eu. Certains soirs, on rentre chez soi après une journée horrible et on n'a qu'une envie : se blottir dans les bras de l'autre. Eh bien, ces bras-là, dans ces couples-là, ils existent, il faut l'avoir vécu pour comprendre.

A mon avis, Owen n'a jamais connu de journée vraiment horrible. Quand nous nous sommes connus, il était déjà sur le chemin de la gloire. Et, les fois où *moi* j'avais eu une journée pourrie, qu'on avait critiqué mon boulot, qu'une cliente m'avait traitée comme la dernière des dernières ou qu'une mariée m'avait fait une scène parce que je n'avais pas réalisé exactement ce qu'elle voulait, je finissais toujours par me dire que je n'avais pas de vraies raisons de me plaindre. Après tout, j'avais un nez au milieu de la figure, n'est-ce pas ?

Je me disais qu'il fallait toujours relativiser. Alors, pour avoir l'air intéressante aux yeux de mon mari, ce sauveur de l'humanité, ce pourfendeur de la difformité, ce magicien, j'écoutais des conférences TED sur mon ordinateur tout en travaillant, ou bien la radio, afin de pouvoir participer à nos conversations du soir à table.

Mais je ne me suis jamais vraiment laissée aller à des sentiments normaux pendant tout le temps de mon mariage. Un jour, je m'étais retenue de dire ma façon de penser à Marie (méchante et moins douée que moi) lorsqu'elle m'avait dénigrée devant nos deux collaborateurs, après que Véra avait qualifié mon travail de « magnifique ». Et lorsqu'un SDF avait uriné dans le métro, inondant jusqu'à mon siège, j'avais été tellement bouleversée que j'avais vidé mon portefeuille pour lui sous le regard désapprobateur des autres voyageurs. Sur le chemin de la maison, je n'avais pas arrêté de pleurer. Ensuite, j'étais restée trois quarts d'heure sous la douche et j'avais jeté ma jupe à la poubelle après l'avoir enveloppée dans trois sacs les uns sur les autres. C'était une de mes jupes préférées.

Mais je n'en ai pas dit un mot à Owen. Après tout, il venait de rentrer du Sri Lanka, où il avait réparé des gueules cassées par la guerre. Ma petite histoire de SDF, tu parles ! De la gnognotte, comparé à ce qu'il avait vu. Alors j'ai gardé ça pour moi, comme toutes les autres petites contrariétés de mon existence.

On dit que le grand amour fait de vous quelqu'un de meilleur. A l'époque, je pensais que c'était ma façon à moi de devenir une personne meilleure. Ce dont je ne me suis pas rendu compte, c'est que je n'étais pas meilleure, j'étais juste moins moi-même.

Parce que je *voulais* rentrer dans le lard de Marie et de toutes ses mesquineries. Je *voulais* qu'on me console d'avoir baigné dans la pisse de cet homme.

Mais tout cela n'était rien comparé à ce à quoi Owen était confronté chaque jour.

Si bien que notre mariage était très heureux, une relation sans accrocs faite d'affection mutuelle, d'amour, de conversations intéressantes et de voyages agréables. Lorsqu'il me prenait l'envie d'être moins parfaite, je feignais d'avoir attrapé un petit virus et Owen s'occupait alors de moi comme de l'un de ses patients, et je me sentais alors plus aimée et choyée que jamais.

Nous étions heureux.

Sauf que je la voyais, cette lente érosion de l'amour. De l'intérêt que l'on se portait. De ce ravissement qu'il éprouvait pour moi depuis le jour de notre rencontre, ce sentiment si flatteur qui me faisait passer pour la personne la plus charmante et adorable qu'il connaisse. Une année durant, peut-être deux, j'ai senti entre nous cette électricité. Ensuite, jamais il n'était méchant, ni impatient. Il était simplement en train de me quitter, centimètre par centimètre, de façon chirurgicale.

Je ne suis pas sûre qu'il en avait conscience mais je le voyais bien et j'essayais de résister, croyez-moi. Au lit, je déployais des trésors d'inventivité, même si nous avions déjà une belle et confortable intimité. Un soir, sur les conseils de *Cosmopolitan*, je lui ai même dit quelques cochonneries en faisant l'amour. Il s'est redressé et m'a demandé de répéter ce que je venais de dire, aussi stupéfait que si je venais de lui trancher la gorge.

Je me suis mise à inviter nos amis plus souvent pour lui montrer que nous étions un couple super, avec une vie super, que nous organisions même des dégustations de vin ! Pas mal, non ? Un jour, j'ai tenté de réserver des vacances, mais Owen n'était pas dispo. Alors j'ai organisé un week-end dans le Maine à la place, pour faire de longues promenades sur les plages de galets, des sorties en mer vers les îles Cranberry, se gaver de homard, et rire ensemble, se donner la main, faire la grasse matinée. Mais il a eu une urgence ce jour-là : une petite fille qui avait reçu un coup de feu en plein visage. Il a dû passer tout le week-end à l'hôpital.

Alors, honnêtement, je n'ai pas été si étonnée que cela quand il est arrivé, ce fameux soir, et qu'il m'a dit qu'il ne vivait pas la vie pour laquelle il était fait. Que, même s'il m'aimait, il ne pouvait s'empêcher de se sentir un peu... vide ces derniers temps. Bien sûr, ce n'était pas ma faute. Il avait juste l'impression que son destin était ailleurs.

Je le sentais arriver, mais ça n'a pas été plus facile pour autant.

Y a-t-il plus humiliant que de supplier quelqu'un de ne pas vous quitter ? De vous aimer encore ? La réponse est non. Mais j'ai tout de même supplié Owen. Pendant cinq longues heures, je l'ai supplié et j'ai pleuré. Il ne pouvait pas me laisser. Il était tout pour moi. Tout devait redevenir comme avant, lorsque nous étions heureux.

Mais il était déterminé. Il m'a dit, avec des larmes plein les yeux, que j'étais sa meilleure amie, qu'il était désolé. Qu'il se haïssait de faire une chose pareille mais que c'était nécessaire, pour la même raison qu'il était devenu médecin alors que son père voulait qu'il fasse des études de droit. Ce n'était pas moi, c'était juste... nécessaire.

« Ce n'est pas toi. » La réplique la plus stupide du monde.

Evidemment que si, c'était moi. Le lendemain, j'ai déménagé.

Trois mois plus tard, Owen m'a donné raison en rencontrant Ana-Sofia. Nous déjeunions ensemble comme chaque semaine et il ne m'a rien dit, mais j'ai compris. J'en étais sûre à cause de cette étincelle qu'il avait dans les yeux, comme au début avec moi.

— Alors, comme ça, tu as rencontré quelqu'un ?

Il a hésité.

— Sois franc, Owen, je t'en prie.

— Oui, je crois que oui.

Un mois plus tard, il m'a présentée à Ana-Sofia, dont les premiers mots furent qu'Owen chantait mes louanges depuis si longtemps qu'elle mourait d'envie de me connaître. Elle m'a embrassée. Je l'ai embrassée aussi.

Et voilà toute l'histoire. Je voudrais à la fois m'éloigner et me rapprocher d'eux. Je les aime et je les déteste. Je me déteste de ne pouvoir m'empêcher de les aimer et je me sens coupable de vouloir les détester. Je prie pour ne pas être libre la prochaine fois qu'ils m'appelleront.

Au moment où je me gare dans ma rue, mon téléphone sonne.

— Coucou, ma belle, c'est Ana-Sofia ! Je suis tellement distraite, j'ai complètement oublié de te demander. J'ai des billets pour l'expo Alexander McQueen, et j'ai d'abord pensé à toi. Ça te dirait ?

Cela fait des mois qu'on ne peut plus trouver de billets pour cette expo. Mais elle, évidemment...

— Oui, bien sûr ! Merci, Ana !

— Super ! Je t'envoie les détails par mail. A bientôt !

Je pousse un grand soupir et sors de la voiture.

Leo est toujours dans son transat. Il a l'air de dormir profondément. Il a quand même dû se lever au moins une fois parce que je vois qu'il porte un costume gris, avec une chemise blanche et une cravate rayée jaune et rouge. Il a les bras croisés sur la poitrine et les sourcils légèrement froncés. Le vent qui s'est bien rafraîchi lui ébouriffe les cheveux. A côté de lui est posé un bouquet de fleurs.

Il a l'air... triste. Non, pas triste, perdu, comme quelqu'un qui vient de se rappeler qu'il était invité quelque part mais n'y va pas, finalement, et préfère s'installer dans ce transat pour la nuit. Un SDF plutôt bien habillé, avec son chien galeux.

Je le réveille ?

Je décide de rentrer, la robe de Kendall sur le bras. Une seconde plus tard, je ressors avec le plaid rouge qu'Andreas m'a offert à Noël (en cashmere, comme quoi il faut avoir des amis au goût exquis) et je pousse le portillon.

Loki grogne, mais je l'ignore. Il n'est pas si gros et, faute de trampoline, il ne me semble pas capable de bondir au secours de son maître. En effet, il montre les dents mais ne bouge pas d'un pouce sur son coussin.

Tout en essayant de ne pas me laisser aller à trop d'attendrissement, après tout je ne connais Leo que depuis vingt-quatre heures, j'étends la couverture sur lui avant de retourner chez moi écouter du Kelly Clarkson en défaisant des cartons.

Quelques heures plus tard, on frappe à la porte. C'est Leo, ma couverture dans une main, son bouquet dans l'autre.

— C'est à vous ? demande-t-il en me tendant la couverture.

— Oui. Vous aviez l'air d'avoir froid.

— Pas du tout.

— Ne me remerciez pas, surtout, lui dis-je avec un regard furieux tout en reprenant la couverture.

— Merci.

Pendant une minute, nous nous regardons. Puis je lui propose d'entrer, ce qu'il accepte.

— J'allais vous demander de monter, de toute façon. La lumière ne marche pas dans le salon.

C'est un lustre ravissant, époque victorienne, je pense, en ivoire avec des motifs végétaux.

— Mais qu'est-ce que c'est que cette musique ?

— Ça ? C'est Toby Keith.

Leo me fixe comme si j'étais une bête curieuse. OK, il est pianiste, et musicien, et snob.

— Les fleurs, c'est pour... ?

— Ma mère, mais euh... elle n'en a pas voulu.

— Elles sont très belles.

— Elle a décidé qu'elle n'aimait pas l'orange.

— Ah, fais-je en attendant qu'il me les offre (ce qu'il ne fait pas).

— Bon, et ce lustre, Leo ?

Il s'assoit sur le canapé, pose ses fleurs et sort de sa poche une bière qu'il décapsule à l'aide de son porte-clés avant de s'enfoncer dans les coussins, les pieds sur la table basse.

— Vous avez essayé de changer l'ampoule ?

— Faites comme chez vous, et oui, mais ce n'est pas l'ampoule.

— On dirait que l'interrupteur est cassé. Ou peut-être un problème de branchement. Heureusement que la pièce est lumineuse.

— Quand même, ce serait encore mieux si le gérant voulait bien réparer mon lustre. Je suppose que c'est vous, le gérant, Leo.

— C'est moi, mais je ne suis pas très bon bricoleur. J'ai eu le job grâce à mon physique.

Il me sourit.

— Je vois. Alors, puisque vous n'êtes bon à rien, pourriez-vous faire venir un électricien pour moi ?

— Ce sera désormais mon but dans la vie. Mais ça peut attendre demain ou bien est-ce que le monde va s'arrêter de tourner ?

Je soupire et réponds, magnanime, que oui ça peut attendre demain. Il avale une gorgée de bière, d'une marque que j'aime bien, d'ailleurs.

— Apportez-m'en donc une la prochaine fois, lui dis-je.

— Vous n'avez qu'à vous en acheter, me répond-il avec son sourire craquant. Comment va votre sœur ?

D'accord. Je m'assois en poussant un autre soupir.

— Elle... je ne sais pas très bien.

J'attrape un coussin, que je serre contre mon ventre. Rachel m'a envoyé tout à l'heure une photo des filles sur le toboggan au parc, sans commentaire.

— Elle me dit que tout va bien.

— Mais ce n'est pas vrai ? demande Leo.

Je ne dis rien. Il a été vraiment gentil hier soir. Il a retenu Rachel pour ne pas qu'elle tombe, l'a installée dans ce même canapé. Et pendant que je l'appelais sur tous les tons, complètement paniquée, il est allé chercher un linge humide à poser sur son front, et il est resté avec nous pour s'assurer que tout allait bien. Alors il a le droit de demander des nouvelles.

— Apparemment, son mari n'a aucune idée de qui lui a envoyé ça, dis-je.

— Ah, c'était une erreur, alors ?

— C'est ce qu'on va se dire, oui.

Il hausse les épaules, avec ce fatalisme des Irlandais, comme pour dire : « Ah, la pauvre, les gens sont bêtes, qu'est-ce qu'on y peut ? »

— Elle a l'air adorable.

— Elle l'est.

Je me tais, un peu gênée par cette conversation.

— Et à part ça, Leo, pourquoi ce costume ? Vous avez rendez-vous ? Ces fleurs n'étaient pas vraiment pour votre mère, si ?

— Mais si. Et non, je ne vois personne. Je ne veux pas m'engager.

Je ne relève pas.

— Vous aviez un concert ?

— Pas du tout.

— On continue à jouer aux devinettes, ou bien votre chien vous attend et il faut que vous y alliez ?

— Je rends visite à ma mère tous les dimanches.

— Vous êtes sûr que vous n'êtes pas homo ?

Il éclate de rire.

— Vous me faites rire, Jane.

— Jenny.

— Oui, enfin, c'est pareil.

Il jette un regard circulaire dans l'appartement.

— Alors, ça vous plaît ?

— Beaucoup. C'est magnifique, et plus grand que ce que j'avais avant. Et puis je suis d'ici, vous savez.

— Je l'ignorais.

— Et vous, vous êtes né dans le coin ?

Il me regarde avec attention en prenant une gorgée de bière.

— Dans l'Iowa.

— Un gars de l'Ouest nourri au grain, alors !

— Exact.

Il reprend une gorgée.

— A quoi avez-vous occupé votre journée ? Vous organisez des mariages, c'est ça ?

— Vous devriez faire un bilan auditif, Leo. Non, je suis couturière de robes de mariée. Je viens d'ouvrir le magasin Bliss en ville.

Cette information le laisse de marbre.

— Et aujourd'hui j'avais un essayage à New York avec une future mariée insupportable, puis je me suis promenée dans Central Park et enfin je suis allée rendre visite à... euh, des amis.

Il me regarde avec suspicion.

— Pas votre ex-mari et sa charmante épouse, tout de même ?

— Comment avez-vous... ? Eh bien, si, justement.

Il lève un sourcil et j'en remets une couche :

— Et aussi leur ravissant petit bébé.

— Vous déconnez, là ?

— Je ne vois pas en quoi ça vous regarde, mais nous sommes restés amis.

— J'y crois pas !

— Si. Au fait, votre chien m'a grogné dessus quand je suis venue avec la couverture.

— A côté de vous, mère Teresa, c'est de la rigolade. Vous êtes allée voir votre ex ? Vous êtes restés amis ? Mais pourquoi vous infliger cette torture ?

— Vous êtes marié, Leo ?

— Est-ce que j'en ai l'air ?

— Divorcé ? Séparé ? Vous êtes thérapeute ? Non, parce que vous avez l'air d'avoir un avis sur moi, Owen, Ana-Sofia, le mariage, le divorce, tout ça !

— La réponse est non à toutes vos questions. Ana-Sofia, vous dites ? Plutôt sexy, comme prénom. Elle est jolie ?

— Y en a qui le trouvent.

Il sourit. Un sourire discret mais efficace.

— Bon, d'accord, oui, elle est ravissante, dois-je admettre. Pour ce qui est d'être restés amis, peut-être qu'il était tellement dévasté par notre séparation qu'il ne pouvait pas supporter l'idée de ne plus me voir. Peut-être que nous avons toujours un lien fort malgré l'échec de notre mariage et que nous ne voulons pas nous quitter tout à fait. Peut-être que j'ai du respect et de l'admiration pour son...

— Assez, assez, j'en ai trop entendu ! s'exclame-t-il en se levant. Appelez donc quelqu'un pour ce lustre, ajouta-t-il en regardant le plafond. Je viens d'emménager ici moi-même et je ne connais personne. Oh ! Et si vous pouviez lui dire de passer aussi chez moi. Mon grille-pain ne marche pas sauf si je le branche dans le couloir.

— Vous avez sûrement fait sauter un fusible, voilà pourquoi mon lustre ne fonctionne pas non plus.

— Ah, tout à fait fascinant...

— Où se trouve le tableau électrique ?

— Le quoi ?

— Vous êtes sérieux ? Comment vous avez eu ce job ?

— Je vous l'ai dit : mon charme naturel.

— Que je suis impatiente de découvrir... Venez, charmant garçon, je vais vous montrer ce qu'est un tableau électrique. Conduisez-moi à la cave, si vous savez où elle se trouve.

Nous sortons de chez moi et traversons le jardin, ce qui me vaut un nouveau grognement de la part de Loki.

— Aussi charmant que son maître, ce chien, décidément.

— Il est vieux. Vous lui devez le respect. La cave est par là.

Nous pénétrons chez lui, dans une minuscule entrée qui donne sur un vaste salon où se trouve un piano droit couvert de partitions, mais il fait trop sombre pour que je voie le reste.

— Par ici, dit-il en me montrant une petite cuisine rutilante.

Il ouvre la porte de la cave et nous descendons. L'idée me traverse l'esprit que je suis en train de descendre dans un endroit obscur avec un parfait inconnu, mais je n'ai aucune appréhension pour autant.

— Vous êtes bien silencieuse, fait remarquer Leo en appuyant sur l'interrupteur.

— C'est que je suis en train d'estimer mes chances de mourir assassinée dans votre cave.

— Et donc ?

— Je vous crois totalement inoffensif.

— Quelle castratrice vous faites ! On cherche quoi, déjà ?

— Ceci, mon petit. Voyez ce tableau électrique, dis-je en désignant la boîte grise au mur.

J'ouvre et, bien entendu, un interrupteur est abaissé. Je le relève.

— Vive la technologie moderne ! Allons voir votre grille-pain.

Son grille-pain est branché sur la même prise que le four à micro-ondes et la cafetière.

— Changez-le de prise et ça devrait aller. C'est une vieille installation. Vous devriez demander à un électricien de la mettre à jour.

— C'est à l'école du mariage qu'on apprend tout ça ?

Il est grand et, dans la lumière de la cuisine, ses cheveux brillent d'un éclat cuivré et sa mâchoire large et carrée se dessine nettement.

— Vous êtes encore en train de vous rincer l'œil, Jane. Il faut que ça cesse, me dit-il sur un ton moqueur.

Je recule d'un pas et lui demande :

— Alors c'est ici que vous donnez vos leçons ?

Vu la manière dont il s'est mis à l'aise chez moi, je fais la même chose : j'allume la lumière et déambule dans le salon. Un canapé gris et un fauteuil rouge trônent sur le tapis d'Orient bleu et rouge. La bibliothèque est remplie de biographies de grands compositeurs. Un buste de Beethoven me fait face, juste à côté d'une photo d'un lac entouré de pins.

Cet endroit est parfaitement rangé et, à l'exception de Beethoven, étrangement impersonnel. Venant de Leo, je ne m'attendais pas à cela, même si bien sûr je ne le connais pas bien. Tout de même, je m'attendais à un endroit bohème et accueillant, pas si froid ni... oui, froid. On dirait une maison témoin, à part les partitions.

— Et donc vous vous contentez d'enseigner le piano ou bien vous vous produisez quelque part ?

— Je l'enseigne, c'est tout. Il m'arrive de composer à l'occasion.

— De la musique de film ?

Il sourit.

— Non, rien de si compliqué. Plutôt des partitions pour des livres audio.

— Ah, c'est sympa ! Vous êtes allé au conservatoire ?

— Oui, à la Juilliard.

— Ah bon ? Waouh, impressionnant ! Pourquoi est-ce que vous ne vous produisez pas ? Vous devez jouer super bien.

— Dans le monde des concertistes, je suis juste dans la moyenne haute.

— Dans le monde des gens ordinaires, vous êtes beaucoup plus haut que ça, je suis sûre.

— Qu'en savez-vous ? Vous n'écoutez que de la country.

Et il sourit de nouveau.

— Quel manque d'ouverture d'esprit ! Taylor Swift est géniale.

— Stevie Wonder est génial, Jane. Pas Taylor. Il faudrait qu'elle se renouvelle un peu.

— Moi, c'est Jenny, Leo. Pas Jane. Alors comme ça vous écoutez Taylor Swift.

— Non, mais je ne vis pas dans une grotte non plus.

— C'est vrai, c'est très bien, chez vous. Très bien rangé.

Je pose un doigt sur le clavier.

— Vous me joueriez quelque chose ?

— Mais certainement, dit-il.

Il se penche vers le piano et joue quelques notes.

— Ça, c'était *Lightly Row*. Vous voulez entendre quelque chose en particulier ?

— Pourquoi pas *Paparazzi* de Lady Gaga ?

— Hors d'ici ! s'exclame-t-il alors en s'adossant au piano, toujours avec ce même sourire aux lèvres et les mains enfoncées dans ses poches, avant de reprendre : Et merci d'avoir réparé mon grille-pain.

— Je n'y ai pas touché.

— Mais sentez-vous la bienvenue pour le faire quand vous voudrez, Jenny Tate.

Alors, comme ça, il connaît mon nom, en fait. Et je rêve ou il flirte, là ? Avec son allure dégingandée, son drôle de visage à la géométrie singulière et ses rides craquantes au coin des yeux...

Son sourire s'efface d'un coup.

— Ne vous faites pas d'idées, jeune fille, me dit-il alors.

— Quel genre d'idées ?

— Du genre : « Hé, mon ex vient de se remarier et d'avoir un bébé et je n'ai personne mais j'habite juste au-dessus du mec le plus sexy de la terre, alors bon, pourquoi pas ? » Je vous l'ai dit, je ne veux pas m'engager.

— Je n'avais pas ce genre d'idées en tête, mais je vous félicite pour la bonne image que vous avez de vous-même.

Il se dirige vers l'entrée et ouvre la porte. Je le suis.

— Vous aviez exactement ce genre d'idées en tête. C'est écrit sur votre visage.

— Attendez, Leo, nous nous connaissons depuis un jour et demi, et je ne me rappelle pas avoir encore essayé de vous violer.

— Oui, j'espère que je m'en souviendrais si c'était le cas.

— Sans rire, je ne suis pas intéressée. En plus, il y a tout un tas de mamans trentenaires qui ne rêvent que d'apprendre à jouer du piano, si on peut appeler ça comme ça. Alors ne vous privez pas !

Il prend l'air amusé.

— Voulez-vous dîner avec moi cette semaine ?

Je reste bouche bée, avant de me ressaisir.

— Vous me proposez un rendez-vous galant ?

Il lève les bras au ciel.

— Mais qu'est-ce que je viens de vous dire ? Non, pas un rendez-vous galant !

— Juste pour le fun, alors ?

— Juste pour le dîner.

— Mais pourquoi ?

— Parce qu'il faut bien se nourrir, dans la vie, non ? Bon, laissez tomber. Ce n'est pas une bonne idée. Je retire mon invitation. Au revoir, Jenny. A bientôt.

Et il referme gentiment la porte sur moi, avec un sourire.

Ce n'est qu'en rentrant chez moi que je m'aperçois qu'il a laissé ses fleurs.

Rachel

Depuis quelques jours, mon humeur est au beau fixe. Rien ne parvient à me contrarier : ni Charlotte quand elle a mis une boulette de viande dans sa couche, ni la crise que m'a faite Rose au supermarché parce qu'elle voulait rejoindre les homards dans le bassin, ni même le fait que Grace m'ait déclaré froidement qu'elle aimait mieux Jenny que moi. Je suis tellement, tellement soulagée pour Adam et tellement pleine d'énergie. La maison n'a jamais été aussi propre. Avec les filles, nous avons fait des plantations, enfin surtout moi pendant qu'elles s'amusaient avec leur pelle, et mon congélateur déborde de gâteaux à la banane maison.

C'est juste la nuit que cela me reprend.

Lundi, j'ai déposé les filles à la maternelle pour qu'elles y fassent pendant quatre heures exactement les mêmes choses qu'à la maison avec moi : lire, chanter, découper, goûter, et je suis allée chez Jenny pour l'aider à défaire ses cartons, s'installer et nettoyer un peu. Je lui ai dit que tout allait bien et qu'on n'en parlait plus. Mardi, j'ai invité maman à déjeuner, et les filles ont été adorables et affectueuses avec elle. Je l'ai écoutée me parler de papa, je l'ai même encouragée en hochant la tête et en souriant comme si j'entendais tout ça pour la première fois. Après son départ, pendant la sieste des petites, je me suis mise à la pâtisserie, tant et si bien qu'à leur réveil je les ai fourrées dans la voiture et nous sommes parties déposer des cupcakes chez Jenny puis chez son gentil gérant (il faut que l'on m'explique pourquoi on a besoin d'un gérant dans une maison de cette taille-là, mais bon), et encore trois douzaines de plus dans un foyer de sans-abri.

Aujourd'hui, mercredi, c'est le jour des bébés nageurs. Clarice Vanderberger me fait remarquer que je suis de très bonne humeur. Avec un sourire, je lui réponds que oui, comment pourrait-il en être autrement avec un temps pareil.

Puis je patauge jusqu'à Grace, qui, comme elle nage déjà bien et adore Melissa l'instructrice, est jalouse que Melissa s'occupe davantage de Rose que d'elle.

— Tu te rends compte que Jared Brewster va vraiment épouser cette fille ? me dit Ella Birkman tandis que son fils est occupé à laper l'eau de la piscine.

Quand on pense à tous les produits chimiques, tous les microbes et les fluides corporels qu'elle contient ! Mais sa mère ne réagit pas.

— Maman ! Maman ! Maman ! Regarde ! Je mets la tête sous l'eau, maman ! me crie Rose en trempant dans l'eau son menton avec l'aide de Melissa.

— Bravo, ma chérie ! Oh ! Charlotte, ma puce, ne bois pas l'eau. C'est de l'eau pour nager, c'est tout.

— Mais Hunter la boit, lui, rétorque Charlotte tandis que Grace me tire par la main.

— Hunter, mon grand, c'est dégoûtant.

Sa mère ne dit toujours rien, trop occupée à cancaner.

— Non, je veux dire, on connaît les hommes, mais il n'est pas obligé de l'épouser. Il t'en a parlé ? Je n'arrive pas à croire qu'il va aller jusqu'au bout.

Jared est mon plus vieil ami. J'ai toujours été si proche de Jenny qu'il m'était difficile de me lier vraiment avec qui que ce soit d'autre, mais Jared, c'était différent. Les Brewster habitaient juste à côté de chez nous. Nous étions donc voisins et sa maison était vraiment immense. Ils avaient même un gardien. Il comptait parmi les rares garçons à être propre et en plus il était adorable, du genre à vous demander si vous aviez lu tel livre ou vu tel truc à la télévision, et à écouter la réponse. Notre amitié s'est renforcée au fil des années étant donné que nous avons été assis côte à côte dans le bus scolaire de la maternelle jusqu'en troisième. Après, il est allé au lycée à la Phillips Exeter Academy, mais nous sommes quand même restés proches. Maman me demandait sans arrêt si on sortait ensemble (et elle priait pour que ce soit le cas), mais non. C'était autre chose. Il est gentil et sympa, et drôle, aussi doux qu'un pyjama en pilou. En plus d'être mon plus vieil ami, il travaille avec Adam chez Brewster, Buckley & Bowman, « Triple B » comme ils disent.

Alors je n'aime pas qu'on médise de lui.

— Vous êtes en train de parler de Jared, les filles ? nous demande Claudia depuis l'autre bord de la piscine, sans se soucier des jeunes oreilles.

— Oui, dit Ella au moment où je réponds l'inverse.

Grace me tire par la main une nouvelle fois, et Ella décide d'aller retrouver Claudia, qui fait une bien meilleure commère que moi.

Dans le vestiaire, tandis que je me bagarre avec mes filles pour qu'elles se rhabillent, Ella retire ostensiblement son haut de maillot pour que tout le monde, enfants compris, puisse admirer ses nouveaux seins. Claudia lève les yeux au ciel et je la regarde en souriant. Personnellement, je trouve que ceux d'avant étaient mieux, mais Ella n'arrêtait pas de dire que Hunter avait massacré sa silhouette.

Moi, je la trouve plutôt magnifique, sa silhouette.

Tiens, elle se fait épiler le maillot. Comme sur la photo...

En fait, elle a un corps parfait. Pas de vergetures, vu qu'elle a eu une césarienne deux semaines avant la date, comme toutes les stars de Hollywood, nous a-t-elle dit, et on voit à peine sa cicatrice. Elle a des fesses rebondies et fermes et un ventre plat.

Je suis glacée, tout à coup. Et si c'était Ella qui avait envoyé la photo ?

— Maman ! C'est pas le bon pied ! hurle joyeusement Rose.

Elle adore la façon dont les voix résonnent ici. Je change de pied et lui enfile sa minuscule basket.

Adam n'apprécie pas Ella. Il trouve que c'est une m'as-tu-vu. Ou alors au contraire il l'apprécie trop. Je ne sais pas pourquoi je me dis tout ça, c'était une erreur et c'est tout.

Pourtant, j'ai le ventre noué.

— Bon, les filles, on reste tranquilles pendant que maman se rhabille.

— Je les ai à l'œil, Rachel, me propose Kathleen Rhodes.

Elle-même a deux paires de jumeaux de quatre et sept ans (encore une maman in vitro) et a toujours été très gentille avec moi. Elle m'a prêté des livres sur le sommeil des petits, m'a invitée à passer des après-midi chez elle avec les filles. Il n'y a pas beaucoup de gens qui acceptent d'avoir trois enfants chez eux en plus des leurs, mais pour elle ce n'était pas un problème.

— Merci.

Je tire le rideau de la cabine et ôte mon maillot, un maillot une pièce un peu rétro, rouge à pois blancs, avec de larges bretelles. Je l'aimais bien quand je l'ai acheté mais maintenant je trouve qu'il fait un peu mémère.

Enfin, bon, je *suis* une mémère.

Je regarde mon reflet dans le miroir. On n'est pas à Nordstrom ni à Bergdorf où les miroirs sont magiques et vous font paraître plus grande et plus mince.

Dans l'ensemble, mon corps me plaît et je suis fière de lui d'avoir fabriqué trois bébés à la fois, et de les avoir allaités en plus ! J'ai toujours ce petit bourrelet dont mes efforts n'ont pas pu venir à bout, mais je m'habille dans la même taille que lorsque j'étais étudiante. Mes seins ne sont encore pas mal non plus. Evidemment, pas comme quand j'avais vingt ans, mais corrects. Kathleen m'a même dit un jour qu'elle m'enviait d'avoir si bien récupéré après ma grossesse. Elle, elle a mis quatre ans et a d'ailleurs encore un peu de poids à perdre, mais ça lui va bien.

Adam n'a jamais cessé de me trouver belle, quoique, maintenant que j'y pense, ces derniers temps...

J'ai le corps d'une maman, quoi, pas celui d'une star du porno. Mes vergetures rouge vif ne sont plus que de fines lignes argentées, comme un banc de petits poissons, que je sens plus que je n'arrive vraiment à voir. Les rares fois où je prends un long bain, je me surprends à les caresser en lisant.

Je suis dans la moyenne, comme on dit. Ce n'est pas si mal et, pour une maman de triplées de presque quarante ans, c'est même très bien.

Mais rien à voir avec le corps d'Ella.

— Ella s'entraîne avec un coach personnel cinq fois par semaine, me dit Kathleen, à qui je confie mes doutes, tandis que, le dos cassé en deux, nous luttons pour attacher les enfants dans leur siège auto (nos voitures, des minivans, sont garées l'une à côté de l'autre).

— Tu as envie, toi, de coller tes filles à la garderie pour aller faire du sport ? Et de boire des substituts alimentaires au petit déjeuner ?

— Non, fais-je. C'est sûr que non.

— Et en plus, bordel, tu es ravissante, Rachel !

J'ai toujours admiré son vocabulaire décomplexé.

— Edward, si tu me mords encore une fois, tu es privé de dessert jusqu'à Noël, compris ?

Elle se tourne vers moi.

— Ça va ?

— Oui oui, ça va, dis-je en refermant la portière. C'est juste que... je ne sais pas, j'arrive à l'âge où on devient...

— Invisible ?

Je ne me l'étais jamais dit de cette manière, mais c'est exactement ça. Aucun homme ne fait attention à une femme affublée de trois marmots.

— Oui, invisible.

— Je sais ce que tu ressens. L'autre jour, il y avait ce type au restau, tu sais, le Gold's. Le petit avec les boucles d'oreilles.

Je hoche la tête.

— Eh bien, il m'a tendu mon assiette de bolognaise en disant : « Et voilà, beauté ! » P..., ça m'a fait un bien ! Je veux dire avant, on me disait ça tout le temps, mais maintenant plus jamais. Pour avoir l'air à peu près potable, ça me prend de plus en plus de temps, et à trente-huit ans, pour être belle, c'est foutu. Alors, ce type, je l'aurais embrassé et je lui aurais même acheté une bagnole !

Elle tend une briquette de jus de fruits à Edward puis à Niall et ferme sa portière.

— Il faut en profiter tant que ça dure un peu. Tu veux venir prendre un café ?

— La semaine prochaine, plutôt. Là je crois que je vais passer chercher Adam au bureau pour déjeuner.

Dans la voiture, je téléphone à Donna.

— Donna ? C'est Rachel Carver.

— Donna ! Donna ! se met à scander Charlotte, ravie, suivie en chœur par les deux autres.

Je souris.

— Bon, je sais que c'est à la dernière minute, mais je me demandais si vous étiez libre pour garder les filles aujourd'hui.

— Avec grand plaisir, répond-elle instantanément. Quand voulez-vous que je vienne ?

— Dans vingt minutes ?

Donna Ignacio est le rêve de toute mère de famille : une veuve à la retraite qui habite au bout de ma rue, adore les enfants et se retrouve privée de ses petits-enfants depuis que son fils est parti vivre dans l'Oregon l'an dernier. Elle est la grand-mère que ma mère n'est pas : prête à aider, affectueuse, toujours disponible, le genre de baby-sitter qui pensera à sortir le linge du sèche-linge pour le plier et qui vous laissera des filles toutes mignonnes et joyeuses, plus encore que quand vous les avez laissées. Je n'ai pas souvent fait appel à ses services, juste lorsque Jenny n'était pas dispo, parce qu'elle aussi adore passer du temps avec les filles. Ma mère n'est pas du genre à jouer la baby-sitter. La seule fois cet hiver où je lui ai demandé de me les prendre, elle m'a rétorqué : « Toutes les trois ? En même temps ? » Et Adam a répondu : « Non, Lenore, vous en enfermez deux dans la cave et vous faites un roulement. » Ça m'a fait sourire, jusqu'à ce que maman nous sorte son ultime argument, histoire de nous faire culpabiliser : « Si ton père était encore de ce monde, nous le ferions tous les deux, mais là... »

Du coup, je n'ai pas insisté, comme à chaque fois. C'est ma nature : des deux sœurs, je suis la plus douce, la plus compréhensive. Et de toute façon, si je les lui confiais, je ne serais pas tranquille.

Lorsque Donna arrive, les filles se précipitent sur elle et je monte me doucher. Je me fais un petit brushing, je me maquille, choisis avec soin une robe rose et noir et un cardigan rose, avec les pendants en argent qu'Adam m'a offerts à Noël et le médaillon en forme de cœur contenant les photos de mes trois filles. Un bracelet, des escarpins noirs (mais pas trop hauts, ce n'est qu'un déjeuner), et même une goutte de parfum.

Il y a cinq jours, j'accusais mon mari d'avoir une liaison, et même si j'avais de bonnes raisons pour cela, et même s'il s'est montré magnanime pour me pardonner, je lui dois réparation.

— Tu es jolie, maman, me dit Rose en me voyant descendre.

Elle me fait un bisou sur le genou et je passe la main dans ses cheveux de soie.

— Je devrais être de retour vers 15 heures, dis-je à Donna, déjà en train de préparer une pomme pour les filles. Mes puces, soyez sages avec Donna et amusez-vous bien, d'accord ? Un bisou ?

Je m'arrête à la boulangerie juste à côté du magasin de Jenny. J'y ferai peut-être un saut tout à l'heure si j'ai le temps.

— Vous désirez ? me demande la vendeuse.

Je prends pour Adam son panini préféré : dinde, avocat et bacon, avec une salade de brocoli, deux thés verts et trois cookies au chocolat. Pour moi, juste une salade verte, je n'arrive pas à oublier l'image de mon bourrelet.

Le cabinet d'avocats Brewster, Buckley & Bowman se trouve dans un vieil immeuble très classe donnant sur l'Hudson, dans le même pâté d'immeubles que le bureau de mon père, ce qui à chaque fois me tord un peu les tripes. J'adorais aller le voir travailler dans sa blouse de dentiste.

J'entre dans le hall majestueux de Triple B, inauguré il y a soixante-dix ans et qui désormais emploie plus de quarante juristes. Ils traitent toutes sortes de cas : depuis les divorces jusqu'aux affaires criminelles en passant par les dossiers fiscaux. Adam s'occupe de juridiction d'entreprise. Dit comme ça, ça a l'air ennuyeux, mais une fois qu'on a compris ce qu'il fait c'est très intéressant. Enfin, bon, je ne suis pas objective vu que c'est mon mari.

— Rachel ! s'exclame la réceptionniste en me voyant entrer. Cela fait un temps fou ! Vous venez voir Adam ?

— Je lui ai apporté son déjeuner, dis-je en rougissant.

On aurait pu penser que ma timidité m'aurait passé, depuis le temps que je viens ici.

— Laissez-moi le prévenir, au cas où il serait avec un client.

— Merci beaucoup.

Je lui souris tout en serrant un peu plus fort mon sac de provisions.

— Ne soyez pas timide.

Ben voyons, comme si je n'attendais qu'elle pour y arriver. Je sais bien qu'elle dit ça pour être gentille. Je lui souris un peu bêtement et détourne le regard.

— Tiens ! Comment ça va, Rachel ?

Un homme s'approche de moi dans le hall.

— Salut, Jared, fais-je, avec un vrai sourire cette fois.

— Tu es venue apporter son déjeuner à ton veinard de mari ?

— Absolument. Comment va Kimber ?

— Grande forme. Tu veux voir une photo ? On est allés passer le week-end dernier à Provincetown. C'était génial.

— Ça ne m'étonne pas.

Comment résister à un garçon qui passe son temps à montrer des photos de sa fiancée sur son téléphone ?

Il me montre sept photos de sa chérie. Je l'ai rencontrée une fois ou deux et c'est vraiment une belle fille, même si je dois dire que, la première fois que je l'ai vue, j'ai été un peu surprise. Elle a les cheveux d'un rouge rosé qui n'a jamais eu la prétention de paraître naturel, un tatouage sur tout un bras et du fard à paupières bien flashy.

— On voit bien qu'elle a l'air heureuse sur ces photos, lui dis-je.

Jared a un rictus de satisfaction.

— Merci, Rachel. Bon, il faut que j'y aille. J'ai un déjeuner super rasoir, et j'ai intérêt à me mettre des allumettes sous les paupières si je ne veux pas m'endormir. Dis donc, on essaie de dîner tous les quatre un de ces soirs ?

— Super idée.

— Embrasse les filles pour moi.

— Adam vous attend, me dit alors Lydia.

— Vous l'avez fait poireauter, Lydia ? Sérieusement, Rachel, la prochaine fois, va directement à son bureau. Tu es sa femme, tu as des droits, dit Jared sur un ton moqueur, avant de partir.

Ce serait sympa de dîner avec Kimber et lui, me dis-je en me dirigeant vers le petit mais très joli bureau d'Adam. Je suis tellement heureuse pour Jared. Jusqu'ici, il est toujours sorti avec des filles de son milieu, mais cela n'a jamais duré plus d'un an. Avec Kimber, ça a été le vrai coup de foudre.

Comme pour Adam et moi.

— Chérie ! s'exclame Adam en me voyant arriver.

— Salut. Je t'ai apporté ton déjeuner, dis-je en passant derrière son bureau pour l'embrasser.

— Oh, super, c'est vraiment gentil, mais euh... non, c'est super !

— Tu es pris ?

— Non, enfin, c'est-à-dire, j'avais prévu de déjeuner vite fait avec un collègue mais c'est parfait. Laisse-moi juste lui envoyer un texto.

Il s'exécute à toute vitesse, et se lève.

— Ferme la porte pour qu'on soit tranquilles, tu veux bien ? Alors, que m'as-tu apporté de bon ?

— Dinde avocat.

— Fantastique ! dit-il avec un grand sourire.

Il y a un canapé et un fauteuil dans son bureau et nous nous asseyons là. Je déballe le déjeuner pendant qu'il vérifie son téléphone avant de le ranger dans sa poche.

Parfois, j'ai envie de jeter ce truc par la fenêtre. Je sens des crampes dans mes mâchoires, signe que j'ai serré les dents.

— Comment vont les filles ? Elles sont chez ta sœur ?

— Non, elles sont avec Donna. Jenny travaille, tu sais.

— Ça, je sais, mais elle a des horaires réguliers ?

Il n'a jamais réussi à comprendre que Jenny a dû travailler énormément pour en arriver là, ni combien de temps cela prend de fabriquer une robe de mariée. C'est un homme, quoi !

— Et comment ! Elle fait même des heures supplémentaires !

Je pioche dans ma salade.

Au même moment, la porte s'ouvre et une collègue d'Adam, Emmanuelle St Pierre, entre.

— Alors, on en est où ?

Elle m'aperçoit et se fige un quart de seconde.

— Je suis désolée. Adam, je croyais qu'on avait un déjeuner aujourd'hui. Je me trompe ?

« Laisse-moi envoyer un SMS à mon collègue. »

Mon collègue.

Maintenant, j'en ai le cœur net. Je sais.

Il me trompe avec *elle*.

— Emmanuelle, tu connais ma femme ? Rachel, tu as déjà rencontré Emmanuelle, je crois ? A la fête du club ?

J'ai surtout vu son sexe en photo, tu veux dire.

Les mots restent coincés dans ma gorge et je bafouille vaguement que oui.

Espèce de garce, ce sont les seuls mots qui me viennent ensuite. Evidemment, c'est une garce ! Elle couche avec lui, non ?

— Nous travaillons sur le même dossier, Emmanuelle et moi, explique Adam.

— Vraiment ? fais-je en ravalant toute ma rage.

Vraiment, Adam ? Parce que toi tu es avocat d'affaires et elle s'occupe de droit privé, et même ton idiote de petite femme sait que vous ne pouvez pas travailler sur le même dossier.

— Eh bien, je suis désolée d'avoir interrompu votre petit pique-nique, dit-elle en me dévisageant.

J'ai soudain l'air d'une gamine avec mon gilet rose et mes boucles d'oreilles qui se veulent originales, dans ma ridicule robe de parfaite petite épouse qui sort déjeuner.

Elle porte un col roulé noir sans manches, Armani sans doute. Jenny saurait tout de suite. Ses cheveux d'un roux foncé chatoyant sont relevés en un chignon irréprochable. Elle porte de minuscules anneaux d'or aux oreilles, une large bague plate en or au majeur de la main droite. Pas d'autre bijou. Des bottines noires avec des talons très fins de dix centimètres, et des semelles rouges. Des... comment on les appelle, déjà ? Des Louboutin. Hors de prix.

Tous ces détails s'impriment dans mon cerveau avec une précision chirurgicale.

Et moi je porte mon médaillon en forme de cœur, comme une étudiante attardée.

Non. Parce que dans ce médaillon il y a les photos de mes enfants. Parce que je suis une mère, moi. Et elle non.

Enfin, pas encore.

— Bon, on se voit plus tard, Adam, dit-elle aimablement. Ravie de vous avoir revue, Rachel.

Et elle s'en va, laissant flotter derrière elle son parfum, comme de mauvaises ondes.

Adam pousse un soupir. Son visage est sans expression.

— Alors, quels sont tes projets cet après-midi ?

— Salaud de menteur ! dis-je avant de lui jeter le contenu de sa cannette de thé au visage et de sortir de son bureau.

L'avantage, lorsqu'on a de jeunes enfants, c'est qu'on n'a pas beaucoup de temps pour penser. Je fais dîner les filles en leur lisant des poèmes pendant qu'elles mangent, puis je termine leurs macaronis au fromage, parce que c'est trop bon, ce truc. Je les laisse dans le bain plus longtemps que d'habitude, leur lis des tas d'histoires, et nous jouons à deviner les bruits d'animaux, les yeux fermés. Elles rient tellement qu'elles n'arrivent même pas à répondre quand elles m'entendent aboyer, miauler ou faire la vache dans leur oreille. Si bien que, quand je les laisse après les avoir embrassées une dernière fois, elles ne protestent pas. Personne ne se relève, ne demande à boire, et personne ne pleure.

Il est clair que je suis la meilleure maman du monde.

Je descends, me sers un très grand verre de vin, je m'assois sur le canapé et j'attends.

La tête qu'il a faite quand je lui ai jeté le thé au visage ! C'était presque comique !

Je suis remplie d'une colère noire et visqueuse que je tente de diluer dans le vin, mais rien à faire, elle résiste.

Je ne dois pas me laisser dominer par la colère. J'ai le droit d'en ressentir, mais il ne faut pas qu'elle gouverne mes décisions. Nous sommes cinq personnes concernées, pas juste deux.

Jenny m'a laissé deux messages. Est-ce qu'elle a pressenti quelque chose ? Je n'ai pas répondu.

Adam est resté silencieux. La terreur m'étreint de nouveau, comme la semaine dernière. Est-ce qu'il veut me quitter ?

J'ai soudain une vision claire et atroce de mes filles dans quelques années : grincheuses, vindicatives, refusant d'aller passer le week-end chez papa (et Emmanuelle). Elles vont devenir des adolescentes épouvantables, piercées et tatouées. Je vais trouver des préservatifs dans le sac de Rose, on m'appellera du lycée pour me dire que Grace s'est battue et que Charlotte vend du shit à ses camarades. J'en veux déjà à mort à Adam d'imposer tout ça à nos filles.

Je lui en veux et j'ai terriblement peur.

Et moi, que vais-je devenir ? Divorcée. Seule. Je m'imagine à quarante ans, essayant de rencontrer un homme, avec ma cicatrice de césarienne et mon bourrelet sur le ventre causés par les bébés d'un autre. Moi qui suis au mieux un peu timide, au pire socialement inapte, en train de faire la conversation dans un bar de Holiday Inn, assise sur un tabouret en vinyle inconfortable devant un match des Yankees et une bière bon marché posée sur une table poisseuse.

A 20 h 7, Adam rentre. Nos filles ont toujours été couche-tôt, alors je ne serais pas surprise qu'il ait traîné un peu au bureau, dans un bar, ou chez sa pouffiasse, pour être sûr qu'elles dormiraient quand il arriverait. C'est peut-être un salaud infidèle, mais il ne veut pas que les filles nous entendent nous disputer.

Il entre dans le salon, me regarde, soupire et se sert un whisky.

— Bon, j'imagine qu'il faut qu'on parle.

Mes yeux s'emplissent de larmes que je ne peux retenir parce que j'adore sa voix, et qu'il va me falloir l'entendre dire que oui, j'avais raison. Ce salon n'aura plus jamais l'air pareil, ce sera désormais l'endroit où il m'aura tout avoué.

Il s'assoit en face de moi et je vois sur sa chemise la tache verte laissée par le thé.

— Je suis désolé, dit-il.

— Ça fait combien de temps ?

— Trois mois à peu près.

Trois mois ? Seigneur ! On est fin avril, et donc ça fait presque tout avril, tout mars et tout février.

Il m'a offert le médaillon pour la Saint-Valentin.

— Je veux tout savoir, lui dis-je d'une voix faible et mal assurée.

Il pousse un soupir d'exaspération, le salaud. Et il me raconte. Qu'il n'avait rien prévu. Que c'est juste arrivé. Que c'est elle qui lui a fait des avances. Qu'il n'a pas pu résister. Que c'est un homme et que, quand une belle femme fait des avances à un homme, c'est difficile de dire non. Qu'il m'aime. Qu'il ne veut pas divorcer. Qu'il est désolé.

Evidemment, je le savais. Je l'ai su dès que j'ai vu cette photo. Je l'ai su lorsqu'il m'a emmenée dans notre chambre ce soir-là. Je l'ai su avant que Jenny ne me le dise.

Quelle idiote, mais quelle idiote !

— Pourquoi n'as-tu pas rompu ?

La vraie question, c'est plutôt : Comment as-tu pu aller voir ailleurs ? Qu'est-ce que je n'ai pas qui te donne envie d'aller tirer un coup avec une autre ? Seigneur, je deviens d'un vulgaire, moi !

Je n'arrive pas à le regarder. Son visage me fait horreur. Si je le regarde, je suis capable de lui lancer la bouteille vide à la figure.

Après un silence un peu trop long, il me répond qu'il a rompu.

— Ne me mens pas, Adam, lui dis-je calmement. Tu m'as déjà trompée. Tu m'as menti lorsque je t'ai montré la photo et tu recommences. Pourquoi n'as-tu pas rompu ?

Voilà. Je parviens à le regarder en face. J'ai le visage en feu, comme si un essaim d'abeilles grouillait sous ma peau.

Il hausse de nouveau les épaules et regarde ailleurs.

— Au lit, c'est dingue.

Je suis prise d'un vertige.

— Ecoute, c'est toi qui veux savoir, me fait-il remarquer sur un ton de reproche, comme pour dire : « Tu n'as qu'à pas me demander ! » Rachel, je t'aime, tu le sais. Et j'adore notre vie, mais Emmanuelle est... je ne sais pas, elle est très entreprenante. J'ai commencé par dire non, je t'assure !

Il veut peut-être que je le félicite ? Que je lui donne une médaille et que je note son nom sur le tableau de la cuisine, comme je le fais avec les filles quand je veux les remercier d'avoir été particulièrement gentilles ou serviables ?

— Et puis un jour elle est venue dans mon bureau pour parler d'un dossier, elle a croisé les jambes et ne portait pas de culotte et je n'ai pas pu m'empêcher. C'était...

— Ferme-la, Adam ! Ferme ta gueule !

Je pense que c'est bien la première fois qu'il m'entend lui parler sur ce ton. Il se tait.

— Je t'ai dit un jour que si tu me trompais je demanderais le divorce.

— Mais je ne veux pas divorcer, Rachel. Pense à nos filles.

— Je ne fais que ça, je rétorque, dans un sifflement de rage. Je ne fais que penser aux filles. Et toi, tu y pensais pendant que tu étais occupé à baiser l'autre ? Hein ? C'est comme ça que se comporte un bon père de famille ?

— Ecoute, je suis désolé, je te jure, Rachel. J'ai eu un moment de faiblesse, mais je ne veux pas te perdre.

Comme je voudrais être capable de lui dire d'aller se faire voir, que j'ai pris ma décision et qu'il n'a qu'à s'adresser à mon avocat.

Mais à la seule pensée d'un divorce j'ai les jambes qui flanchent. Je ne veux pas divorcer ! Plus de mari bien-aimé qui rentrerait le soir, plus de papa dans la maison pour mes filles, plus de chanson du bébé requin dans la chambre des petites. Il faudrait partager les meubles et tout ce qui rend notre maison si chaleureuse et accueillante. Partager les photos de nos filles, parce qu'il en emporterait aussi, évidemment.

Je ne supporterais pas que tout vole en éclats comme ça.

Cette idée glaçante me terrifie et étouffe ma colère.

— Quand tu as appris que j'avais vu la photo, est-ce que tu lui as dit que tu voulais rompre ?

— Non, je n'ai pas eu le temps, admet-il.

Une question me taraude, LA question :

— Tu l'aimes ?

Il hésite.

— N... non. Pas comme je t'aime toi. Mais j'y suis... attaché.

Oh, mon Dieu.

Mon sang bat dans mes tempes, et j'ai la mâchoire crispée.

Je me lève pour quitter la pièce. Je vais aller dormir dans la chambre d'amis, après avoir pris un long bain, peut-être ouvert une autre bouteille, regardé *Game of Thrones* et puis... et puis... Avant d'avoir fait trois pas, je m'effondre. Je me retrouve dans ses bras.

— Ma chérie, je suis tellement, tellement désolé.

Il a des sanglots dans la voix.

— Je t'en prie, ne prends pas de décision précipitée. Je tiens à toi, à notre famille. Ne fichons pas tout en l'air. J'ai fait une bêtise. Je vais réparer. Pourquoi ne pas prendre quelques jours de vacances ? Mais je t'en prie, ne me quitte pas. Je ne peux pas vivre sans toi.

Je l'aime si fort, et en même temps je le déteste tellement. Parmi toutes les femmes qu'il aurait pu avoir, c'est moi qu'Adam Carver a choisie, moi qu'il voulait. Nous avons créé cette belle famille, cette belle vie, enfin, pas assez belle pour l'empêcher d'aller voir ailleurs quand même !

— Je vais me coucher, dis-je dans un murmure. Je ne sais plus ce que je veux pour le moment. J'ai juste besoin d'être seule.

— Dors demain matin. J'emmènerai les filles à l'école. J'irai plus tard au bureau.

Je n'arrive plus à le regarder dans les yeux, ces beaux yeux noisette qui savent si bien mentir.

Plus fatiguée que jamais, je monte en me tenant des deux mains à la rampe. J'aperçois en passant la photo de mariage de mes parents, et celle de Jenny et moi enfants, dans nos jolies robes de fête à volants, et puis celle d'Adam, les yeux brillants, avec dans les bras trois petits rôtis coiffés de bonnets roses.

Et notre photo de mariage : moi, plus belle que jamais, dans cette robe époustouflante faite par Jenny, en train de sourire à Adam avec adoration et... reconnaissance. J'en suis malade.

Sans réfléchir, je prends le cadre et le jette derrière moi en bas de l'escalier où il se brise en mille morceaux sur le carrelage.

— Rachel, fait Adam d'une voix dure et tranchante.

Je me retourne.

— Avant que tu ne casses autre chose, sois bien sûre de ce que tu veux. Pense à notre vie ensemble et à ce qu'elle deviendrait si on se séparait.

Sa voix se radoucit.

— Notre mariage vaut qu'on se batte pour le sauver. J'admets que j'ai merdé, mais la sagesse serait de ne pas se précipiter.

Je lui tourne de nouveau le dos, entre dans la chambre d'amis et ferme la porte.

C'était un avertissement, on dirait.

Jenny

— Seigneur, s'exclame Andreas, non mais regarde ce monde ! Quelle horreur !

Il a beau menacer de démissionner toutes les semaines, je ne l'en crois pas capable malgré ses trajets quotidiens entre ici et New York. Qui d'autre que moi le laisserait travailler à son roman pendant les heures de boulot ?

— C'est une bonne chose, ce monde, Andreas, fais-je calmement en regardant la file d'attente qui s'étire jusqu'au coin du pâté de maisons. C'est super. C'est notre grand jour. Souris ! Sois heureux ! Et n'ouvre pas avant midi pétante, d'accord ?

Nous sommes dimanche, le soleil brille et les rues de Cambry sont pleines de gens qui se promènent, vont prendre un brunch (eh oui !) ou faire des courses. Devant ma boutique, j'ai placé un énorme bidon de fer-blanc où j'ai planté des pivoines précoces, achetées chez le fleuriste d'en face, et j'ai écrit à la craie sur une pancarte : « *Portes ouvertes du magasin Bliss 12 heures - 17 heures. Pour le plaisir des yeux !* »

La première dans la file, c'est ma mère. En la voyant, j'ai un petit coup de mou, mais allons, allons ! Au moins, quand elle rabâche pour la énième fois le récit de son mariage, elle le fait de façon très romantique, et ça ne peut pas nuire à mes affaires. Quand même, elle aurait pu s'habiller correctement. On dirait presque la SDF du coin, avec ses baskets et ses cheveux négligés. Elle nous a sorti le « total look veuve », des fois qu'on n'aurait pas encore compris que sa vie est fichue depuis la mort de papa.

Comme à chaque fois, j'ai un pincement au cœur. Mais bon, inutile de ressasser le passé.

Andreas débouche le champagne derrière le petit bar que j'ai installé pour l'occasion : champagne rosé et cupcakes au glaçage rose de chez Cottage Confection, la pâtisserie fabuleuse située à deux pas d'ici, ce qui est bien pratique. (Kim, la propriétaire, est venue m'accueillir avec six cupcakes au chocolat quand je me suis installée, et nous sommes tout de suite devenues amies. On va s'envoyer des clients.) Andreas dispose les serviettes en papier et prépare un beau carnet sur lequel les gens pourront noter leur adresse mail.

Pour mettre mes créations en valeur, j'ai installé dans le showroom des mannequins vêtus des différents modèles de base : trapèze, mini, taille basse, sirène, fourreau, danseuse, et aussi le modèle qui a le plus de succès en ce moment, la robe princesse. Exposés tous ensemble, ils composent une armée magnifique et étincelante sous les lampes roses de la boutique, en particulier les incrustations du modèle princesse qui renvoient de minuscules arcs-en-ciel et le satin chatoyant du modèle danseuse.

Je fais gonfler avec les doigts le mikado de la traîne cathédrale sur le modèle Grace Kelly. Bliss n'est pas une boutique de prêt-à-porter. Je dessine moi-même les robes, je ne me contente pas de les vendre. Mais j'ai quelques modèles en réserve pour les clientes qui veulent faire des essais pour s'amuser.

De l'autre côté du showroom, j'ai exposé les accessoires : voiles, ceintures, coiffes, gants, jarretières.

J'ai accroché sur les murs de brique ma meilleure publicité : les photos en noir et blanc de mes mariées dans leur robe. Une des photos est un peu plus grande que les autres : celle de Rachel, dans la robe la plus magnifique que j'aie jamais faite.

C'est tout au fond du magasin que tout se passe vraiment. Il y a bien sûr le salon d'essayage aux murs abricot, avec son estrade et son miroir à trois faces, un canapé et trois fauteuils tapissés, une table basse et un album photo de mon travail.

C'est là que je reçois les clientes et fais les essayages, là que la mariée me montre les photos des robes qu'elle aime, et que je pose alors toutes ces questions auxquelles elles sont si heureuses de répondre : Comment voyez-vous cette journée ? Y aura-t-il un thème ? Comment vous imaginez-vous ?

L'atelier est de l'autre côté du couloir, et avec Andreas nous avons passé un temps fou à classer les échantillons de tissu : satin, soie, mousseline de soie, organza, soie charmeuse, dentelle (j'ai plus de cent échantillons de dentelle), et des kilomètres de mousseline car je bâtis chaque robe dans de la mousseline avant de tailler le tissu définitif. Au centre de la pièce trône une immense table de chêne, mon espace de travail, équipée de quatre machines à coudre différentes.

Sur des étagères se côtoient des mètres de couturière et des ciseaux, et puis des milliers d'épingles, d'applications, de pampilles, de perles et de broderies. Je ne conçois pas mon métier sans cette organisation. J'en suis malade quand un candidat de *Project Runway*[1] égare son coupon.

J'adore mon métier. Et j'adore les mariages, tous les mariages. Pour moi, j'ai choisi un mariage tout simple à Provincetown, où on était à peu près le seul couple hétéro à sauter le pas ce week-end-là. Il y avait Rachel et Adam, maman, les délicieux parents d'Owen, Andreas et son compagnon et quelques amis de New York. On a déjeuné au bord de la mer, tout au bout du cap. Il faisait beau, on a mangé, bu et ri. Je portais une robe fourreau Empire avec une ceinture d'un violet pâle dont les pans flottaient dans le vent, et Owen, un costume bleu marine avec une cravate lavande.

Et voilà ce que nous sommes devenus.

La seule chose que je déteste dans l'industrie du mariage, c'est cette façon de tout focaliser sur une seule journée. Les gens se butent sur des détails, entrent dans des rages pas possibles les uns contre les autres, tellement ils s'épuisent à organiser quelques heures d'une journée qui, au bout du

1. Emission de téléréalité américaine qui met des couturiers en concurrence.

bout, ne comptera pas tant que ça. Même lorsque je suis en train de fabriquer une robe qui coûtera plusieurs milliers de dollars, j'essaie de faire passer ce message : n'oubliez pas que cette journée sera suivie de milliers d'autres. Soyez prudents, et prenez soin l'un de l'autre. Ne gâchez pas tout.

Ça ne m'a pas empêchée, moi, de tout gâcher. J'aurais envie de dire « ne *nous* a pas empêchés », mais Owen est le plus heureux des hommes à cette heure.

Je fais un arrêt technique dans mes petites toilettes. Je porte mon uniforme de travail, mes cheveux lisses et bruns sont retenus en chignon et j'ai une touche de rouge sur les lèvres. Je m'efforce de ressembler le moins possible à une mariée : un peu austère et simple, mais élégante. Je porte des chaussures que j'adore, même si je suis tout le temps debout. Je suis capable de marcher avec des talons dix heures par jour, ce qui n'est pas le cas de tout le monde.

— Lever de rideau ! dis-je en ouvrant la porte du magasin. Bienvenue à Bliss ! Salut, maman.

La plupart des visiteuses ne sont pas là pour acheter une robe. Pas encore. Certaines sont trop jeunes, certaines même pas fiancées, et d'autres veulent juste s'amuser à essayer, ce qui ne sera pas possible aujourd'hui. En tout cas, tout le monde est bienvenu, parce qu'on ne sait jamais.

— Oh, mon Dieu, on dirait la robe de Kate Middleton ! s'exclame une jeune femme.

Jusqu'au mariage du petit prince George, on va continuer à me la demander, celle-là.

— Et celle-là, on dirait un nuage, s'émerveille une autre, en désignant un superbe jupon de tulle.

Je souris et remercie doucement avant de dire deux mots de sa fabrication. Un journaliste local me prend en photo, tandis que j'entends ma mère raconter à quelqu'un la mort de mon père par le menu.

La porte s'ouvre et mes trois petites nièces entrent.

— Tatie ! Tatie ! s'écrient-elles en me tendant leurs adorables petits bras.

— Bonjour, mes trésors, leur dis-je en me penchant pour les embrasser toutes. Oh, mais vous êtes ravissantes !

Les gens qui assistent à la scène approuvent en silence. Charlotte, Rose et Grace sont pareilles à trois fleurs dans leurs minuscules robes de tulle rose ornées de longs rubans roses également (faites par votre servante, bien sûr). Mais c'est qu'elles feraient un excellent argument commercial, toutes les trois ! Qui n'en voudrait pas dans son cortège à l'église, pour disperser des pétales de roses ?

— On est chics, dit Grace.

— Je suis d'accord.

Je donne à chacune d'elles un panier rempli de cookies.

— Vous voulez bien en donner à toutes ces gentilles personnes ?

Elles s'exécutent. Rose en mange un, ce qui ne fait que rajouter au charme de la scène.

Puis je me relève et je vois ma sœur. J'ai un pincement au cœur. Adam a dû tout avouer. Elle sait. Oh, mon Dieu !

— Ça va ? lui murmuré-je d'une voix tremblante.

— Ça va, répond-elle. On parlera tout à l'heure, mais ça va. Je ne veux pas que maman entende.

Non, évidemment. Et c'est vrai que ça a l'air d'aller. Elle est élégante comme d'habitude, et comme d'habitude elle garde l'œil sur ses filles. Elle me fait un petit sourire, mais elle paraît si vieille, tout à coup ! Rachel, à qui on continue de demander sa carte d'identité quand nous sortons, a soudain des rides au coin des yeux, et tout son visage s'est affaissé. Je sens mes yeux se remplir de larmes.

— Non, non, me dit-elle. C'est un grand jour pour toi, Jenny. Je suis tellement fière. Papa serait tellement fier. C'est absolument magnifique.

C'est d'elle que papa serait fier, me dis-je, du fait qu'elle prenne sur elle, se montre si forte et généreuse en venant aujourd'hui juste pour moi. Enfin, disons qu'il aurait des sentiments partagés, quoi !

— En parlant de magnifique, te voilà, Rachel ! dit alors Andreas en lui tendant un verre de champagne. Alors, comment trouves-tu tout ça ?

— Vous êtes des génies, ma sœur et toi, répond-elle en me regardant avant de baisser les yeux, comme une petite fille intimidée.

Normalement, je suis la seule personne avec qui elle n'est pas timide (à part ses filles), mais là elle a honte parce que je sais tout.

Quel salaud, cet Adam !

— Eh bien, pour Andreas, je ne sais pas, mais moi c'est sûr, je suis un génie, affirmé-je d'une voix faussement assurée.

— Je ne fais qu'œuvrer dans l'ombre, dit Andreas.

— Coucou ! fait alors Charlotte en s'agrippant à sa jambe.

— Oh, Seigneur, débarrassez-moi de ça, dit-il devant Charlotte qui hurle de rire. Va-t'en donc, petite pieuvre !

Il se met à secouer la jambe et, voyant cela, Grace fonce pour s'accrocher à l'autre, tandis que Rose continue de proposer ses cookies à tout le monde.

Pauvre Rachel. Je le savais, mais j'aurais tant voulu me tromper !

— Andreas, tu veux bien surveiller les filles une minute ?

— Non, pitié, ne me laissez pas tout seul !

J'ignore son refus.

— Viens là derrière, Rachel, qu'on discute un peu, dis-je en la guidant par la main au milieu de la petite foule.

— Non, Jenny, je...

— Bon sang, Rachel, il faut qu'on parle !

Nous entrons dans mon bureau et je ferme la porte. Au bout de quelques secondes, j'ouvre de nouveau pour vérifier que maman n'est pas juste derrière. Puis je referme.

— Qu'est-ce qui s'est passé ?

— Je suis allée le voir au bureau et... j'ai vu cette femme. Elle est arrivée et alors j'ai tout de suite compris.

Son visage se crispe.

— Et cette fois-ci il n'a pas nié.

— Oh, Rachel, oh, ma chérie !

Je m'approche pour la prendre dans mes bras, mais elle recule.

— Non, murmure-t-elle. Ne sois pas trop gentille avec moi, sinon je vais craquer.

— Est-ce qu'il... Il a... Qu'est-ce qu'il a dit ? Qui est-ce ? Tu la connais ?

— Emmanuelle St Pierre, une avocate.

— Un vrai nom de garce !

— Ne plaisante pas, je t'en prie.

Je m'excuse platement.

— Il m'a dit qu'au lit c'était « dingue » avec elle. Qu'il était peut-être amoureux, mais qu'il ne voulait pas divorcer, parce qu'il m'aime aussi.

Je retiens de justesse la bordée d'injures qui me vient alors. Quel salopard ! Alors, comme ça, il continuerait bien à s'éclater au plumard avec Emmanuelle tout en gardant sa gentille femme à la maison ? Mais bien sûr ! Pourquoi pas ?

— Tu trouves que j'aurais tort si j'allais l'étrangler, là, maintenant ? dis-je en serrant les poings.

— Oui. Ecoute. Je... Nous essayons de trouver une solution. On a une famille, et on ne peut pas faire n'importe quoi. C'est compliqué.

— Ce n'est pas compliqué du tout, fais-je dans un sifflement. C'est juste un trou du cul, Rachel !

— Arrête ! Ça ne va rien arranger !

— Que comptes-tu faire ?

— Je ne sais pas, répond-elle dans un souffle, et de nouveau son visage se crispe. Je dis juste qu'on ne va pas se précipiter, qu'il faut penser aux filles, et je ne veux pas en parler ici.

— Bien sûr, je comprends. Mais il faut quand même qu'on en parle. Viens ce soir chez moi, ou alors c'est moi qui viens.

— Non, j'ai besoin d'être avec Adam. On a beaucoup de choses à discuter, répond-elle en soupirant. Ecoute, je ne voulais même pas te le dire aujourd'hui. C'est un grand jour pour toi. Viens, retournons là-bas.

— Rachel, tu es bien plus importante que tout ça.

— Mais ça va aller, je t'assure, répète-t-elle comme pour se convaincre.

Mon Dieu, si moi j'ai l'impression que le sol se dérobe sous mes pieds, qu'est-ce que cela doit être pour elle ? De retour dans le showroom, elle va retrouver Grace qui est en train d'essayer des tiares. Elle m'adresse un sourire forcé avant de s'occuper de sa fille.

J'ai les mains qui tremblent, mais malgré tout je fais un signe à Andreas, qui fait tinter une flûte à champagne pour que cessent les murmures.

— Merci beaucoup à tous d'être venus aujourd'hui, dis-je avec un grand sourire. Je suis Jenny Tate, et voici Andreas Calderi, mon assistant et le seul homme de l'assemblée.

Les rires fusent, et Andreas, flegmatique, lève un sourcil.

— Chez nous, vous trouverez *la* robe spécialement dessinée pour vous. Cette robe sera un modèle unique, je vous le garantis.

Un murmure de satisfaction se fait entendre parmi les jeunes femmes. Evidemment qu'elles ne peuvent pas imaginer porter la même robe qu'une autre.

— Je peux aussi modifier un modèle existant, alors si vous souhaitez porter la robe de votre maman en la relookant un peu, ou bien si vous avez déjà acheté une robe mais que vous souhaitez la modifier, ce n'est pas un problème. Et si vos mensurations ne sont pas tout à fait standard, j'ai ce qu'il vous faut.

Le visage de quelques jeunes femmes « extra-larges » s'illumine.

— Si vous avez des questions, n'hésitez pas. Je suis ici tout l'après-midi. Faites le tour, buvez du champagne et adressez-vous à Andreas pour prendre rendez-vous. La première visite est gratuite. Merci encore d'être venues !

Pendant la demi-heure qui suit, je réponds aux questions,

reçois des compliments sur mes chaussures, emmène Charlotte aux cabinets, m'engage à faire la tenue d'une mère de mariée l'hiver prochain et vends la robe de bal en tulle. Je garde un œil sur Rachel, qui, étonnamment, ne laisse rien paraître, et s'attarde avec Andreas au fond de la boutique ou bien passe son temps à chercher dans son sac crayons, lingettes ou livres. Grace, armée d'un carnet Hello Kitty, joue à prendre des commandes de robes auprès des clientes, enchantées de la voir si sérieuse et mignonne. Rose s'est pelotonnée dans un fauteuil et dort comme un ange, et Charlotte, assise sous la table, joue avec les lacets d'Andreas.

Un jour, peut-être, ma fille sera là. Je l'imagine tellement bien que je la vois et mon cœur se remplit d'amour : ma petite brunette, en train de jouer à se déguiser avec ses cousines, assise par terre pour montrer à tout le monde ses petites chaussures brillantes.

— Je ne comprends pas qu'on puisse dépenser autant pour une robe, me dit maman.

— Est-ce que tu pourrais garder tes commentaires pour toi, s'il te plaît ? lui rétorqué-je à voix basse.

Elle soupire.

— D'accord, d'accord, mais tout de même, je n'en crois pas mes yeux.

— Oui, tu me l'as déjà dit mille fois. Va plutôt boire du champagne, ou mieux encore va t'occuper des filles avec Rachel, OK ?

S'extasier devant ses petites-filles n'est pas ce qu'elle réussit le mieux.

La porte s'ouvre et, pour couronner le tout, voilà qu'arrivent Owen, Ana-Sofia et le bébé, qui dort dans une écharpe de portage, faisant ressembler sa mère à une Indienne très branchée. Le visage de ma mère s'éclaire, elle qui se réjouit toujours quand les choses se compliquent.

Owen vient directement vers moi, me prend les deux mains et m'embrasse sur la joue.

— Jenny, c'est in-cro-yable.

— Il a raison, Jenny, renchérit Ana-Sofia. Quelle boutique ! Ça me donnerait presque envie de me remarier.

En réalisant ce qu'elle vient de dire, elle se fige un instant et j'enchaîne pour dissiper le malaise :

— A moi aussi. Eh, coucou, Natalia !

Elle est encore plus jolie que la semaine dernière, avec ses longs cils noirs et une petite bouche en bouton de rose qui a l'air d'envoyer des bisous.

Un poids douloureux vient curieusement d'atterrir dans ma poitrine.

— Jenny, dit Rachel, désolée de t'interrompre. Owen, Ana, contente de vous voir. Quel beau bébé, vraiment !

Sa voix se fait plus dure lorsqu'elle s'adresse à eux. Je l'adore.

— Vraiment désolée, Jenny, mais Mme Brewster est ici et elle a besoin de toi pour le mariage de Jared. C'est urgent. Je lui ai dit que tu pourrais l'aider.

— Faites un tour, vous deux, et vraiment merci d'être venus. Ça me touche beaucoup.

Et, en suivant Rachel au milieu de la foule, je lui chuchote :

— Et merci à toi de m'avoir tirée de là.

— Mais qu'est-ce qu'ils fichent ici ? me chuchote-t-elle à son tour. Ils ne peuvent pas te laisser tranquille ? Ils sont obligés de venir te gaver avec leur vie parfaite ?

C'est bon de la voir s'animer un peu. Evidemment, c'est toujours plus facile de se mettre en colère à propos des affaires de quelqu'un qu'on aime que de s'occuper de ses propres problèmes.

— Ce n'est pas ça. Nous sommes amis, lui dis-je.

Elle me lance un regard noir.

— Madame Brewster, vous vous souvenez de Jenny.

— Oui, je crois.

— Merci infiniment d'être venue, madame Brewster. Comment allez-vous ?

— Ça pourrait aller mieux, me répond-elle.

Lorsque nous étions enfants, les Brewster habitaient juste en face, sur la colline, dans une belle et grande demeure où l'on n'avait pas le droit de courir, de manger ni de rire. Mme Brewster est la présidente de la branche locale des Filles de la Révolution américaine, du Club des jardins de Cambry-on-Hudson, du Comité des femmes (dont la seule activité consiste à vendre des gâteaux) et du conseil d'administration du Lawn Club. Son mari est pasteur de l'Eglise congrégationaliste de Cambry. *Lui* est assez sympathique.

Réaliser la robe de mariée pour la femme de Jared Brewster serait une bonne opération. La cérémonie aura lieu dans une église gigantesque et superbe, et dans un lieu pareil, en général, la robe est somptueuse et mémorable (et chère). La réception aura lieu au country club et, d'après Mme Brewster, l'événement sera couvert par *Town & Country* et *Hudson Bride*, les deux magazines en papier glacé destinés aux grandes fortunes.

Cela ferait bien mon affaire parce que ici, en général, les gens louent une limousine et vont chez Kleinfeld ou Vera Wang à New York pour trouver la robe de leurs rêves (et tenter d'apparaître dans une émission de télé). Il faut que j'arrive à attirer cette clientèle. J'ai pris un risque en m'installant ici, alors, si j'avais la bénédiction de la fameuse famille Brewster, ce serait un sacré coup de pouce. De nombreuses mères enverront leur fille à l'adresse que leur conseillera Eleanor Hale Brewster.

— Je vous prie de m'excuser, il faut que j'aille aider Charlotte, dit ma sœur en s'éclipsant.

Ses filles lui fournissent toujours une parfaite excuse. Ana-Sofia est maintenant à genoux à côté de Grace, qui examine le bébé, avant de lever les yeux vers Owen et de lui dire avec solennité :

— Il est mignon, ton bébé, tonton Owen.

L'entendre l'appeler ainsi me fait mal.

— Alors, madame Brewster, que puis-je pour vous ? Je sais que Jared se marie cet été.

C'est le moment de me concentrer sur mon travail.

— Cette fille a choisi une robe ridicule, dit-elle. Il nous faut quelque chose de présentable.

« Cette fille » ? L'expression en dit long sur leur relation.

— Vraiment ? Eh bien, en général, je demande un délai d'un an mais, bien sûr, pour de vieux amis de la famille...

Elle me regarde comme si elle essayait de se rappeler mon prénom. Sous-entendu : *« Nos familles n'ont jamais été amies. »*

— Bien sûr, nous sommes prêts à payer ce qu'il faudra compte tenu de l'urgence.

Sous-entendu : *« Les gens comme vous feraient n'importe quoi pour s'en mettre plein les poches. »*

Elle me regarde par-dessus son grand nez.

— Je ne suis pas certaine que... Kimber... comprenne ce que cela signifie d'entrer dans la famille Brewster.

On pourrait croire que ce genre de snobisme a disparu depuis un siècle au moins, eh bien, pas du tout.

— Dans ce cas, je suis toute prête à l'aider.

— Vous auriez plutôt à voir tout ça avec moi.

— Parfait, ce serait parfait, dis-je avec un grand sourire.

Quand il s'agit de mariage, en matière de susceptibilités et d'ego, j'en connais un rayon.

Mon mari, je veux dire mon ex-mari, a pris Charlotte dans ses bras pour qu'elle aussi puisse voir le bébé. Maman s'est jointe au cercle d'admirateurs, elle aussi. Pfff.

Mme Brewster continue de parler de la fiancée de Jared, que je ne connais pas. Les mots « inapproprié », « pas convenable » et « déplacé » reviennent sans cesse, ce qui n'est pas surprenant dans la bouche d'une bourgeoise pareille. D'après Rachel, Kimber est très sympa.

Jared a toujours été plutôt l'ami de Rachel, vu qu'ils ont le même âge, mais il n'avait rien contre le fait que je les colle un peu à l'époque. Et depuis, à chaque fois que je le vois, il se montre toujours chaleureux, drôle et gentil. C'est une vraie crème, ce garçon. J'ai toujours apprécié qu'il reste ami avec Rachel.

Quel dommage qu'elle n'ait pas épousé un gars comme lui !

Je ressens comme un coup de couteau dans la poitrine. J'aimais beaucoup Adam, et je n'ai aucun mal à dire maintenant que je le déteste plus que quiconque.

A cet instant, une femme arc-en-ciel entre dans la boutique : minijupe noire, bottes de moto, collants à résille noirs, veste en jean, et un tatouage qui lui fait un collier de roses. Elle a les cheveux roses. Je la trouve immédiatement sympathique. Elle vient directement vers nous.

— Désolée, je suis en retard. Euh, je suis Kimber Allegretti ? fait-elle, et ses yeux passent de moi à Mme Brewster, qui lui lance :

— Pourquoi dites-vous cela comme si c'était une question ? C'est vous ou ce n'est pas vous ?

— Oui, oui, c'est moi, répond-elle en rougissant.

Elle a vingt-cinq ans à tout casser, et Jared en a quarante, ou pas loin.

— Je suis contente de vous rencontrer, Kimber. Rachel m'a beaucoup parlé de vous. Elle vous a tout de suite appréciée.

— Vraiment ? demande Kimber, ravie.

Je le lui jure, tandis que Mme Brewster reprend d'un ton bougon :

— Jennifer est d'accord pour vous bricoler une robe plus appropriée que le déguisement que vous m'avez montré. Vous ne pensiez pas sérieusement vous présenter comme ça dans un lieu de culte ?

Kimber se mord la lèvre inférieure.

— J'imagine que je n'y avais pas vraiment réfléchi, dit-elle doucement.

— Ce doit être ça, oui.

— Eh bien, je suis certaine que nous allons trouver quelque chose de très beau qui vous conviendra à toutes les deux. Vous allez être ravissante, Kimber. Et sachez, madame Brewster, dis-je avec un sourire poli, que je ne bricole rien. Je suis diplômée de l'institut Parsons. Cette robe sera incroyable, je n'ai aucun doute là-dessus.

— Du moment qu'elle recouvre tous ces tatouages, répond-elle. Honnêtement, les jeunes d'aujourd'hui n'ont aucun goût.

Je fais un clin d'œil à Kimber, car, quand bien même je collerais volontiers un bon morceau de scotch sur la bouche de Mme Brewster, je sais que cela n'aiderait en rien. Une partie de mon travail consiste à jouer les thérapeutes familiales et à enseigner l'art du compromis.

Il y a celle qui veut une robe de mariage super décolletée et sexy, au grand dam de sa mère, qui lui dit qu'elle aura l'air d'une catin. Il y a les demoiselles d'honneur infectes qui trouvent toujours quelque chose à redire à la robe, pour la seule raison qu'elles sont jalouses de ne pas être dedans. Et il y a celles qui préféreraient porter une robe mochissime plutôt que de faire de la peine à la famille.

Mon boulot est de faire en sorte que tout le monde soit content : la mariée qui pleure de joie devant son reflet dans le miroir, la mère qui n'arrive pas à croire que c'est son bébé, là, déjà si grande, le père qui l'accompagne jusqu'à l'autel fier comme un paon, et le marié qui peine à cacher sa surprise et son émerveillement en découvrant sa future femme.

La robe symbolise tout pour le couple : l'espoir, l'amour, la beauté, la promesse, l'engagement.

Je jette un œil à la photo de Rachel en mariée.

Quel gâchis !

— Bien, dis-je en m'éclaircissant la voix, si nous prenions rendez-vous ?

— Demain à 11 heures, dit Mme Brewster.

— Laissez-moi consulter mon planning.

Je sais que je suis libre, mais ce n'est pas une raison pour me laisser traiter comme une esclave.

— Aimeriez-vous convier quelqu'un d'autre, Kimber ? Une demoiselle d'honneur ou bien votre maman, peut-être ?

— Euh, non, juste Mme Brewster, répond-elle en se rongeant l'ongle du pouce.

— Parfois, le futur marié vient aussi, vous savez.

Je le lui propose parce que je sens que cette fille va avoir besoin d'un allié.

— C'est vrai ? demande Kimber, radieuse.

— Je ne pense vraiment pas que la présence de Jared soit nécessaire, dit Mme Brewster.

— Madame Brewster, pourquoi ne jetez-vous pas un coup d'œil pour voir si quelque chose vous plaît ? Et prenez donc une coupe de champagne. Andreas ? Veux-tu faire faire le tour à Mme Brewster ?

Mon adorable assistant s'avance.

— Madame Brewster, quel honneur de vous avoir parmi nous aujourd'hui !

Il vient de gagner son augmentation. Je me tourne vers Kimber.

— Alors, comment vous êtes-vous rencontrés, Jared et vous ?

— Eh bien, je chante dans un bar, quelquefois. Au Miller, au bord du fleuve.

— Ah oui. Je m'arrangeais pour y aller quand j'étais encore mineure.

— Ah bon ? Vous êtes classe, pourtant !

— C'est les chaussures qui font croire ça. Ne vous y fiez pas. Alors, comme ça, vous chantiez ?

— Ouais, et la chanson, c'était *Son of a Preacher Man*. Du coup, après, Jared est venu me dire qu'il était justement le fils du pasteur et il m'a invitée à dîner.

— Quelle super histoire ! Il est tellement sympa. Je le connais depuis très longtemps.

— Je l'aime, dit-elle, et elle fait une grimace gênée. Je veux dire, vraiment.

— Evidemment ! A demain, alors ? Et apportez-moi la robe que vous aviez, d'accord ? Vous me direz ce que vous aimiez dedans et on pourra peut-être intégrer certaines choses.

— Mme Brewster m'a forcée à la rendre.

— Je vois. OK. Bon, alors à demain ! Nous reprendrons tout depuis le début.

— Merci, Jenny, me répond-elle avec un nouveau grand sourire. J'ai été super contente de vous rencontrer.

Elle zozote un peu, elle doit avoir un piercing sur la langue.

— Moi aussi.

Je cherche Rachel des yeux. Elle est en train de recoiffer Charlotte, qu'elle tient dans ses bras. Je m'avance vers elles.

— Lottie, ma puce, tu sais qu'Andreas connaît un tour de magie ? Tu devrais aller le voir.

Ma nièce se laisse glisser au sol et fonce vers mon assistant, dont je connais la phobie des enfants.

— Il faut que j'y aille, dit Rachel.

— Tu veux que je passe plus tard ?

Non que j'aie envie de voir mon connard de beau-frère, mais elle aura peut-être besoin de moi. Elle a l'air épuisée. En même temps, si je croise son mari, je ne vais pas pouvoir m'empêcher de l'égorger. Ou mes ciseaux de couturière pourraient bien tomber accidentellement et lui trancher le pénis au passage, allez savoir !

— Ou alors passe chez moi. J'ai fini d'emménager, j'ai du vin et si tu as besoin de vider ton sac...

— Non, j'ai besoin d'être avec lui.

Je me demande s'il est en train d'envoyer des textos sexy à Emmanuelle, ou même s'ils sont en train de s'envoyer en l'air, en ce moment. Peut-être que Rachel a peur de le laisser seul trop longtemps.

— Je comprends, lui dis-je.

— Ne me juge pas, Jenny, me dit-elle d'une voix déjà résignée.

— Mais non, je te promets. Je veux juste t'aider.

— Tu ne peux pas, dit-elle avec un soupir. Bon, je suis désolée. Ta boutique est ravissante. Je suis fière de toi.

Elle a vraiment l'air en état de choc, comme si elle sortait du métro après un bombardement pendant le Blitz de Londres.

— Tu veux qu'on prenne un café demain ?

— Je ne sais pas.

Je sens de nouveau les larmes me piquer les yeux, et elle me sourit tristement.

— On en reparlera plus tard, me promet-elle. Je t'aime.

— Moi aussi, je t'aime. Merci beaucoup d'être venue.

Je l'aide à fourrer les filles dans la voiture et à les attacher dans leur siège. Je la prends dans mes bras, et elle me serre fort.

— Tout ce que je voulais, c'était vivre avec Adam ce que papa et maman ont vécu, me chuchote-t-elle avant de me lâcher et de monter dans sa voiture. A bientôt ! Je t'appelle.

Elle a les yeux remplis de larmes.

Si elle savait combien son histoire avec Adam ressemble à celle de nos parents !

Quand j'arrive chez moi le soir, mes pieds me font comprendre qu'ils ne vont pas supporter éternellement d'être perchés sur des talons de douze centimètres. Je commence à monter les quatre marches, puis je m'arrête brusquement en entendant de la musique.

Depuis deux semaines que j'habite ici, je n'ai rien entendu d'autre que ces petits morceaux pour enfants horriblement répétitifs. On aurait pu penser qu'habiter au-dessus de chez un ancien élève de la Juilliard m'aurait valu d'écouter de la grande musique à l'œil, mais à chaque fois que je rentre Leo est vautré dans son transat avec sa bière et son chien désagréable.

Cette fois-ci, c'est de la vraie musique. D'abord hésitante, triste et familière, la mélodie prend peu à peu de l'ampleur, et sa beauté mélancolique me serre le cœur et me donne la chair de poule.

Un peu fébrile, je pousse le portillon de Leo, avance sur la pointe des pieds pour ne pas faire claquer mes talons, et je m'accroupis devant le seuil, sans me montrer. La musique m'enveloppe, plus rapide maintenant, tour à tour moins triste, plus sombre, puis mélancolique comme au début. Oh, mon Dieu, si je jouais comme ça, je ne m'arrêterais jamais !

Depuis mon emménagement, je vois Leo presque tous les jours. Il est déjà venu trois fois pour ne rien réparer du tout, mais il est à chaque fois resté une heure à boire de la bière et à se moquer de moi. J'ai réussi à me faire mon idée sur lui : il n'a pas de petite amie régulière, il n'est pas homo et adore le Kentucky Fried Chicken, ce qui me semble inconcevable. Le glandeur heureux parfait !

Je suis estomaquée à l'idée qu'il soit capable de *ça*. Je ferme les yeux et m'appuie contre la porte.

La porte s'ouvre et je tombe en arrière.

— Jenny, dit alors Leo, sans que la musique se taise.

Je me relève péniblement.

— Je pensais que c'était vous qui jouiez.

— C'est un de mes élèves. Je ne suis pas le seul pianiste sur terre, il va falloir vous y faire. Entrez donc.

Un jeune garçon est assis au piano. Il s'arrête en me voyant et pose sagement ses mains sur ses genoux.

— Evander, dit Leo, je te présente mon amie Jenny. Jenny, voici Evander.

— Tu joues merveilleusement bien, mon grand, lui dis-je.

— Merci, me répond-il sans me regarder.

— Comment s'appelle ce morceau ?

Evander regarde Leo, qui répond :

— L'étude numéro trois en *mi* majeur, opus 10, mieux connue sous le nom français de *Tristesse*.

— C'était magnifique, fais-je d'une voix assourdie par l'émotion, devant Leo qui a l'air d'accord.

— Mais je ne sais pas jouer la partie difficile, dit le jeune garçon.

— Pas encore, répond Leo.

On frappe à la porte. Evander dégringole du tabouret et reste planté là, debout à côté du piano, la main posée dessus comme s'il ne parvenait pas à s'en éloigner.

— Merci, monsieur Killian, dit-il, les yeux rivés au sol.

— Je t'en prie, mon gars. Et tu peux m'appeler Leo.

Leo va ouvrir, et une femme d'à peu près mon âge entre.

— Madame James, je serais ravi de prendre Evander comme élève. Il est très doué.

— Je vous remercie. Je crains que nous n'en ayons pas les moyens, mais merci pour aujourd'hui.

Elle porte une blouse de travail et des sabots Crocs aux pieds, et me fait un petit signe en m'apercevant.

— Il existe une bourse qui me permet de donner gratuitement des cours à des élèves prometteurs. J'aimerais en faire profiter Evander. Cela ne vous coûterait rien.

Elle hésite.

— Son père travaille la nuit, et moi, la journée, du coup je ne pourrais pas l'amener ici.

— Est-ce qu'il pourrait prendre le bus scolaire jusqu'ici le jeudi ?

— Oui, mais pour le retour ?

— Il peut rester ici jusqu'à ce que vous passiez le chercher, ou bien je peux le mettre dans un taxi. La bourse est importante et ce n'est pas tous les jours que l'on rencontre un jeune qui a autant de talent.

Je dois dire que je suis un peu surprise. J'ai toujours vu Leo prendre les choses de façon assez désinvolte avec ses élèves, mais son discours à cette maman me le montre sous un jour très différent.

— Vraiment ? fait-elle.

Il acquiesce.

— Vous pouvez demander à la Juilliard, si vous voulez mes références, ainsi qu'à l'école d'Elmsbrook. Ils se sont renseignés sur moi quand j'ai joué là-bas en février dernier. Et je peux aussi vous donner les noms des parents de mes autres élèves.

— Euh, eh bien, je vais en parler à mon mari, répond-elle.

— Maman, s'il te plaît, murmure Evander.

— On va voir, mon poussin. Merci, monsieur Killian.

— Vous pouvez m'appeler Leo. Tu as bien travaillé, petit gars, dit-il en faisant un clin d'œil à Evander, qui lui sourit timidement. Je vous recontacte pour la réponse dans quelques jours, d'accord ?

— C'est très gentil de votre part. Merci.

La mère me regarde et me sourit.

— Votre fils est très doué, lui dis-je, comme si j'y connaissais quelque chose.

— C'est vrai. Il a un don, répond-elle en le regardant fièrement.

Loki a l'air d'approuver aussi et remue la queue. Décidément, je suis la seule personne que ce chien déteste.

Une fois qu'ils sont partis, je m'assois sur le canapé de Leo.

— Alors, c'est ça, un petit prodige ?

— Absolument.

— Et cette bourse ? Elle existe pour de vrai ?

— Non, dit-il avec un sourire. Un verre de vin, chère locataire agaçante ?

— Avec grand plaisir, cher gérant incompétent et goujat. Au fait, merci d'être venu aujourd'hui.

— Venu où ça ?

— A l'inauguration de ma boutique. Vous vous souvenez ? Je vous ai invité.

— Ce n'est pas mon truc, les pièces montées, Jenny.

— Les robes de mariage.

— Oui, c'est pareil. Alors, c'était comment ?

— Eh bien, voyons... Ma mère a raconté à neuf personnes au moins l'enfer qu'elle vit depuis la mort de mon père il y a vingt-deux ans, mon ex-mari, sa superbe femme et leur adorable bébé sont passés et ma sœur m'a confirmé que son mari s'envoyait bien en l'air avec une autre.

— Mince, ça me donne des regrets.

Il s'assoit dans un fauteuil en face de moi.

— Mais je suis désolé pour Rachel.

— Et moi donc !

Je n'ai pas envie de penser maintenant à ma sœur et à tout ce que m'inspire sa situation sordide. Je change de sujet.

— Alors, où avez-vous déniché ce garçon ?

— C'est la prof de musique d'Elmsbrook qui m'a passé un coup de fil. Evander joue depuis ses trois ans, à l'oreille, et la prof lui a appris le solfège mais, là, elle est dépassée. Il joue mieux qu'elle.

— Waouh !

Je bois une gorgée de vin.

— Et comment se fait-il que vous ayez déjà tous ces élèves alors que vous venez de vous installer à Cambry ?

— J'ai donné un concert à l'école primaire. Toutes les mères hétéros et les pères homos m'ont trouvé sexy et bourré de talent et sont venus frapper à ma porte.

— Et je ne vous ai toujours pas entendu jouer. Je pensais que c'était vous, tout à l'heure.

— Je suis meilleur professeur que pianiste.

— C'est ce que vous dites. Mais vous dites aussi que vous êtes bourré de talent.

— Tous les élèves de la Juilliard sont bourrés de talent, ma chère. Mais tous ne sont pas non plus Emmanuel Ax.

— Qui est-ce ?

— Sortez d'ici, me dit-il avec ce sourire ravageur qui me donne des frissons.

— Mais qu'est-ce qui le rend si spécial, ce garçon, à part l'agilité de ses doigts ?

Leo me regarde en penchant un peu la tête, et je sens de nouveau cette merveilleuse et horripilante attirance.

— Il a ce qui fait que les femmes s'arrêtent pour l'écouter derrière la porte, fait-il, amusé. Il y a la technique, qui n'est pas difficile à apprendre, et qui est à la portée de n'importe qui, avec du travail. Mais il y a aussi l'interprétation, la manière de jouer la partition, et ça, ça ne s'apprend pas.

— Alors, quand vous étiez à la Juilliard, on voyait ceux qui sortaient du lot ?

— Oh oui alors ! On avait tous grandi dans la musique, et jouer la *Sonate au clair de lune* de Beethoven, c'était facile. Mais la jouer de manière à donner l'impression de l'entendre pour la première fois, et faire en sorte que ce morceau tellement rabâché vous remplisse de lumière, c'est ça, être un grand pianiste.

— Oh, mais vous êtes bien poète, aujourd'hui !

— C'est le vin. Quand vous étiez à l'école des robes de mariée...

— A l'institut Parsons de couture, oui, merci beaucoup. La Juilliard de la haute couture.

Il lève un sourcil et reprend.

— Lorsque vous étiez là-bas, vous saviez qui sortirait du lot ?

— Je crois, oui. Certaines créations étaient à couper le souffle.

— Eh bien, de la même façon qu'il faut savoir un peu plus que juste coudre pour être un grand couturier, il faut savoir un peu plus que jouer du piano pour être un grand pianiste. Evander a onze ans, mais il joue déjà avec toute sa personne. La plupart de mes élèves s'assoient et ne font que promener leurs mains sur le clavier, mais lui ne fait qu'un avec le piano. Vous avez vu comme il avait du mal à s'en détacher, à la fin ?

— Oui, j'ai remarqué. Comme s'il devait quitter un ami.

Leo pose ses pieds sur la table basse.

— Exactement.

Il termine son verre et s'en sert un autre, tout en regardant si le mien est vide. Mais je n'ai pas bu mon vin aussi vite que lui.

— Etes-vous une grande couturière, Jenny ?

— Venez en juger par vous-même.

— Je viendrai peut-être.

Son chien se traîne jusqu'à lui, retrousse les babines en me regardant et se couche aux pieds de son maître.

— Vous êtes allé rendre visite à votre maman, aujourd'hui ? On est dimanche.

— Oui, dit-il, et son sourire s'efface d'un coup, comme s'il devenait quelqu'un d'autre.

Je suis alors traversée par un pressentiment terrible.

— Et alors ?

— Elle n'était pas dans un bon jour, dit-il en caressant la tête de Loki sans me regarder. Elle a la maladie d'Alzheimer.

— Oh ! Je suis vraiment désolée, Leo.

Il hoche la tête sans cesser de regarder son chien.

— Merci.

— Et vous avez de la famille dans le coin, à part elle ?

— Non, il n'y a que moi.

Il se tait pendant quelques minutes, boit une gorgée de vin, ses longs doigts gracieux enveloppant négligemment son verre.

— Elle a décliné très vite et il a fallu l'installer dans une maison spécialisée. Ça n'a pas été... facile.

— Et votre papa ?

— Inconnu au bataillon.

Je viens d'en apprendre plus sur Leo en une minute qu'au cours des deux dernières semaines.

Il pousse un soupir.

— Alors voilà, je suis maintenant le dépositaire des souvenirs. Sa... notre famille, les gens qui sont morts, elle oublie même parfois qu'ils ont existé. Et, quand elle les oublie, c'est comme s'ils mouraient une deuxième fois.

Il baisse les yeux vers son chien, qui le regarde avec adoration.

— Je suis vraiment désolée.

Il hoche la tête puis se redresse brusquement, plein d'énergie et de curiosité.

— Alors, comme ça, vous cherchez un homme ?

— Eh bien, euh, oui. Je veux dire : oui, j'adorerais me remarier et avoir des enfants.

— Pourquoi ?

— C'est comme ça, Leo.

Je déteste cette question. *Parce que je crois en l'amour. Parce que je n'ai jamais imaginé ne pas avoir d'enfants.*

— Donc votre beau-frère trompe votre sœur, votre propre mari vous a quittée, votre mère est une veuve éplorée, mais vous croyez toujours au grand amour ? Avec les papillons et les petits cœurs partout ?

— N'oubliez pas les tourterelles et les arcs-en-ciel. Oui, j'y crois. En plus, c'est mon cœur de métier.

— Je pensais que votre cœur de métier, c'était de soutirer un maximum d'argent aux futures mariées pour qu'elles rendent leurs amies jalouses.

— Vous vous trompez.

Son visage s'éclaire soudain.

— Vous voulez que je demande autour de moi ? Que je voie si je vous en dégote un ?

— Vous commencez à m'énerver sérieusement, là. Je n'ai pas besoin de votre aide, Leo. Croyez-le ou non, je plais aux hommes.

— Sans blague ? Vous avez quelqu'un en vue ?

— Oui, justement, j'ai un rendez-vous mardi.

Avant que tout cela n'arrive, Rachel m'avait arrangé un rendez-vous avec un papa divorcé dont le fils est dans la même école que mes nièces.

Leo se renverse dans son fauteuil.

— Bon, tonton Leo veut absolument que vous veniez ensuite au rapport. Je veux tout savoir, dit-il avec un clin d'œil.

Je ne sais pas pourquoi mais sa plaisanterie fait mouche.

— Merci pour le vin.

— Je vous en prie, répond-il sans se lever.

En traversant la petite cour jusqu'à mes escaliers, je ne peux pas m'empêcher de jeter un œil par sa fenêtre.

Il n'a pas bougé, mais son expression malicieuse a disparu. A la place, on peut lire une immense et totale solitude. Il faudrait le prévenir que tout le malheur du monde est imprimé sur la ligne de ses sourcils, la courbe de ses lèvres et dans son regard perdu.

Leo Killian a besoin d'amour.

Et je suis en train de tomber bêtement dans le panneau. Il m'a dit qu'il n'était pas intéressé. Je serais bien idiote de ne pas le croire.

Mais une petite voix dans ma tête me dit que je lui plais.

Cela dit, je plaisais aussi à Owen, et on voit bien où cela nous a menés. Adam aime sa femme et ça ne l'empêche pas de lui réduire le cœur en miettes.

Et mon père aimait ma mère. Elle idolâtre son souvenir, que rien ne peut ternir.

Je me demande si le moment n'est pas venu de révéler la vérité à ma sœur sur notre père.

Rachel

Ce n'est pas tous les jours qu'on a la chance d'aller s'infliger un dépistage d'herpès. C'est ma première fois, en tout cas. D'où mes sous-vêtements neufs.

J'ai beaucoup d'humour depuis que j'ai appris qu'Adam me trompe/me trompait. C'est une alternative efficace à la crise d'hystérie et/ou aux envies de meurtre (rires du public).

Je fourre les filles dans la voiture et les dépose sans cérémonie à la maternelle. Evidemment, c'est le moment que tout le monde choisit pour avoir quelque chose à me dire. Devant la porte, quatre ou cinq mamans sur leur trente et un sont agglutinées. J'essaye de me faufiler.

— Rachel, on va prendre un café, tu viens ? me demande Ella, moulée dans un top tellement serré qu'on se demande comment elle respire encore.

— Allez, Rachel, pour une fois, renchérit Claudia, en faisant jouer sur son doigt son dernier diamant en date.

— Désolée, mais j'ai une course à faire.

— Tu as un rendez-vous ? me demande insidieusement Debbie en levant les sourcils. Tu es drôlement élégante.

Oui, je suis élégante. Histoire de faire bonne impression à ma syphilis ou à mes *chlamydiae*, selon le cas. *Salut, la compagnie ! Dites, si vous pouviez être sympa parce que, comme vous le voyez à ma jolie petite robe, je suis moi-même adorable !*

— Moi aussi, il faut que je file, dit Kathleen, qui n'a d'ailleurs pas été invitée à se joindre au groupe.

Elle est plus âgée que nous et elle s'habille au moins en 42, ce qui pour Claudia, Debbie et Ella équivaut à dealer de la drogue (nouveaux rires de l'assistance).

— Viens, Rachel, on est garées à côté, me dit-elle.

Et lorsque nous nous sommes un peu éloignées, elle me souffle :

— Tu es sûre que ça va ?

— Oui, oui, je te remercie.

Je n'arrive pas à croiser son regard. Je suis au bord des larmes et, si elle se montre trop gentille, je risque de m'effondrer, ce qui rendrait les autres folles de curiosité.

— Appelle-moi plus tard, si tu veux. Parce qu'il faut que je te le dise : je ne supporte pas cette bande de garces. Tu es la seule personne sincère que j'aie rencontrée depuis que j'habite ici et j'aimerais beaucoup que l'on soit amies, si tu es aussi sympa que tu en as l'air.

Je reste bouche bée.

— Oh ! merci, Kathleen. C'est pareil pour moi. Enfin, bon, elles ne sont pas si méchantes que ça, mais moi aussi je te trouve sympa.

Je me sens devenir rouge pivoine, mais bizarrement c'est agréable.

Je l'imagine soudain venir sonner chez moi, s'asseoir dans la cuisine et manger les petits cookies au citron que j'ai faits hier soir.

— Est-ce que tu veux... non, il faut vraiment que j'y aille. Peut-être...

— Une autre fois, alors ?

— Oui, avec plaisir !

J'hésite, puis je me force à continuer :

— J'ai des problèmes personnels en ce moment. Ça risque de durer un peu, mais j'aimerais vraiment que l'on fasse mieux connaissance.

Je suis mortifiée d'être aussi timide. Quelle plaie !

— Super. Enfin, je veux dire, désolée pour tes problèmes, mais si je peux t'aider, n'hésite pas.

Elle me sourit puis monte dans sa voiture, sale et remplie d'un fatras qui sent la famille de garçons.

— Merci, dis-je, la gorge nouée, avant de monter dans la mienne.

Quelques minutes plus tard, je suis devant la secrétaire, dans le cabinet de mon médecin.

— Je suis Rachel Carver, je viens voir le Dr Ramanian.

— Votre carte de mutuelle, s'il vous plaît, me demande d'une voix plate une très jeune femme qui m'a tout l'air de mourir d'ennui.

Je lui tends ma carte. Elle y jette un coup d'œil et se met à écrire un vrai roman sur son ordinateur.

— Vous venez consulter pour quoi ?

Je sens une bouffée de chaleur m'envahir. Il faut vraiment que je dise ça tout haut ?

— Eh bien, euh, un check-up ?

— Vous en avez fait un il y a quatre mois, me répond-elle en lisant son écran.

Je me mords les lèvres.

— Je sais, mais... il m'en faut un autre. J'ai rendez-vous.

— D'accord, mais votre mutuelle ne le prendra pas en charge. Vous êtes malade ?

Elle parle fort. J'ai le visage en feu.

— Eh bien, euh...

Mon mari me trompe. Je veux être sûre que je n'ai pas attrapé une saleté par sa faute.

— Alors ? Je mets quoi, moi, dans votre dossier ?

Elle a tellement l'air de s'ennuyer, et elle est si belle et si jeune, en pleine mastication de chewing-gum, avec tous ses bracelets en argent et son tatouage chinois sur la main...

— Cela ne vous regarde pas, dis-je fermement. J'en parlerai au médecin. J'ai rendez-vous. Dites-lui que je suis arrivée.

Waouh ! Elle assure, la nouvelle Rachel !

La fille n'est pas le moins du monde impressionnée.

— Très bien. Asseyez-vous.

Comme chez tous les médecins, les chaises sont dures et inconfortables, les magazines, vieux et sans intérêt. J'en prends un au hasard et fais semblant de lire mais j'ai le cœur qui bat fort.

Napoléon Bonaparte est mort de la syphilis, non ? Ou alors c'était Al Capone ? Ou les deux ?

Seigneur ! Et si j'ai quelque chose de grave ? C'est complètement surréaliste. Adam aussi est en train de faire un test, mais ça m'étonnerait qu'il s'angoisse autant que moi. En fait, je l'imagine assez bien entrer chez son médecin et dire : *« C'est reparti pour un tour, mec ! J'ai un peu déconné... Cette nana, je te dis pas, une bombe ! »*

Et l'autre de lui répondre : *« Toi, alors, Adam, t'en loupes pas une, pas vrai ? »*

Et ils se marrent ensemble et...

— Rachel ? Mais oui, c'est bien toi ? Comment vas-tu ?

Je vais défaillir. C'est Mme Donovan, qui habitait juste à côté de chez nous quand j'étais petite. Ce n'est pas que je ne l'aime pas, mais les raisons qui m'amènent ici sont tellement vulgaires. J'essaie de me lever mais elle m'en empêche, tellement elle s'est approchée.

— Oh ! Bonjour, madame Donovan !

Je tâche de lui sourire et serre sa main libre, l'autre étant occupée à tenir une canne et un énorme sac matelassé, assez grand pour contenir un enfant de huit ans.

— Comment vont tes adorables filles ?

— Très bien. Vous voulez voir une photo ?

Je sors mon téléphone, mais elle fait un geste de la main.

— Je déteste ces trucs sur écran. Tu n'as pas une vraie photo ?

— Non. Je suis désolée.

— Pourquoi es-tu là, ma grande ? Pas malade, au moins ?

J'espère bien que non.

— Oh ! juste un contrôle de routine, et vous ?

— J'ai des démangeaisons terribles, claironne-t-elle. Et des écoulements aussi, à un endroit bizarre.

Mon Dieu, elle aussi a peut-être une MST. J'essaie de me

composer un masque imperturbable mais ne suis pas certaine d'y parvenir.

— Regarde, me dit-elle en relevant son T-shirt « La meilleure mamie du monde ». Regarde mon nombril. Tu vois ce suintement ?

Je lutte contre le dégoût. Primo, elle me fourre son énorme ventre tout ridé sous le nez. Secundo, elle a un nombril tellement saillant qu'on dirait un groin, comme si un alien en forme de cochon voulait sortir de son ventre.

Et, en effet, ça suinte.

— J'ai essayé de mettre ma crème anti-hémorroïdes, poursuit-elle comme toutes ces personnes âgées qui n'ont aucune retenue quand il s'agit de raconter leurs immondes problèmes de santé. Seulement, ça empire. Le suintement est plus épais maintenant et quand j'appuie...

— Rachel Carver ?

Une assistante ouvre la porte et je m'engouffre à l'intérieur, en criant par-dessus mon épaule :

— Bonne chance, madame Donovan !

Quelques minutes plus tard, j'ai enfilé ma blouse et j'attends le médecin. Je me suis rasé les jambes en prévision. Cocue, peut-être, mais digne. Je consulte le Dr Ramanian depuis dix ans. C'est presque une intime, dans le sens où elle connaît des parties de mon anatomie que j'ignore. Elle a été témoin de mon combat pour tomber enceinte et elle est venue me voir à l'hôpital après mon accouchement, par pure gentillesse. Ça fait longtemps que je voudrais l'inviter à prendre le café ou à boire un verre, mais je n'ai jamais eu le talent des gens qui n'ont aucun mal à se faire des amis, comme Jenny, par exemple, et maintenant c'est trop tard. Je ne me vois pas lui dire : « Au fait, il y a neuf ou dix ans, je voulais qu'on soit amies, mais je n'ai jamais osé vous le demander. Vous pensez que c'est trop tard ? »

Quelqu'un frappe doucement à la porte.

— Entrez, dis-je.

— Bonjour, Rachel, dit-elle en avançant, les yeux rivés sur mon dossier. Comment allez-vous ?

Je réponds automatiquement :

— Ça va, merci.

— Très bien. Qu'est-ce qui vous amène ?

J'ai répété dans la voiture ce que j'allais dire mais j'ai le cœur qui cogne comme un forcené dans ma poitrine. Je m'éclaircis la voix et parvins à murmurer sans pleurer, même si mes jambes fraîchement épilées et hydratées flageolent :

— Je pense que j'ai besoin d'un dépistage.

Je vois alors son regard se remplir de compassion. Pas difficile de deviner qui a trompé qui, j'imagine.

— Parfait, nous allons vérifier tout ça, alors.

Je me hisse sur la table d'examen et la laisse sonder mon utérus en tâchant de maîtriser ma respiration. Je ne suis pas une chochotte, j'ai eu des triplées, après tout. Avant de tomber enceinte, je ne sais pas combien de fois j'ai été sondée, explorée, triturée...

En définitive, ce n'était pas moi le problème. Adam souffrait d'« insuffisance spermatique », mais c'est quand même moi qui me suis bourrée de médicaments pour permettre à ses rares petits poissons d'arriver à destination.

Le Dr Ramanian est rapide et très douce. Elle me demande de me rasseoir, me fait une prise de sang et me tend un récipient pour faire pipi.

— Nous aurons les résultats très vite. Je vous appelle.

La toute nouvelle Rachel remercie sans commentaire et se rhabille aussitôt, ce que l'ancienne Rachel aurait été incapable de faire : elle se serait effondrée en larmes sur l'épaule de cette femme. La nouvelle Rachel est au contraire en train de se dire qu'elle aimerait pouvoir trucider son mari, là, tout de suite.

Jenny

J'avais onze ans et Rachel quatorze quand notre père a été abattu par deux adolescents qui venaient voler la caisse de l'Auto Mart.

Papa était fou de boissons sucrées qui vous pourrissent les dents. C'était son péché mignon. On trouvait rigolo que notre père, l'apôtre du fil dentaire, s'arrête dans les magasins 7-Eleven ou les Stewart pour s'acheter une boisson hyper-sucrée, chimique au possible.

Ce 11 juillet au soir, il avait décidé de s'offrir un soda glacé au melon d'Espagne, son parfum préféré. Sur la vidéo de surveillance, on le voit en train de se servir un gobelet géant et au même moment deux types entrent, le visage couvert d'un bas en nylon, agités, nerveux, en manque... redoutables. Ils menacent l'employé avec un pistolet et lui ordonnent d'ouvrir le coffre.

Mon père, qui ne s'est encore rendu compte de rien, ferme son gobelet et cherche son portefeuille. Les gamins tirent, l'employé réplique, et mon père, qu'on voit lever les mains en l'air, tombe, mort.

Le tout ne dure pas plus de quinze secondes. Je le sais parce que, quand j'ai eu dix-huit ans, la police m'a donné la vidéo. Elle n'était pas trop horrible. On voit juste mon père tomber en arrière, puis il sort de l'écran. Seules ses chaussures restent visibles. Je ne sais pas ce que j'espérais en regardant cette vidéo mais j'avais besoin de voir ce qui s'était passé.

Jusqu'à trois mois avant ce jour funeste, ma vie était un enchantement.

J'avais des parents normaux, en parfaite santé. Mon père adorait son métier de dentiste et maman pratiquait la thérapie par l'art dans une maison de retraite. C'était un job à mi-temps, parfait pour elle : mi-artistique, mi-altruiste, qui l'occupait juste assez pour qu'elle ait sa propre vie en dehors de ses filles tout en continuant de pouvoir prétendre au titre de maman de l'année. Elle ne manquait pas un spectacle, pas un concert, pas une compétition d'équitation. Elle nous faisait des gâteaux, nous organisait des anniversaires à thème et distribuait les meilleurs bonbons de tout le quartier pour Halloween (assortis d'une brosse à dents, bien sûr). Elle nous faisait des tresses, des cookies au chocolat et elle était très investie à l'école.

De temps en temps, elle avait de petits coups de folie : elle fonçait en voiture dans l'allée, ce qui nous mettait aux anges, ou bien, lorsque papa partait à un congrès de dentistes, elle nous achetait des sundaes pour le dîner et on n'était même pas obligées de se brosser les dents ensuite (même si Rachel ne pouvait pas s'en empêcher).

On pensait que toutes les familles étaient comme la nôtre. Nos parents étaient heureux, et même très heureux ensemble. Notre maison était grande sans être extraordinaire car, sans être riche, papa gagnait plutôt bien sa vie. On n'avait pas de cheval mais on prenait des leçons d'équitation. On changeait de voiture tous les cinq ans. Et chaque été on partait en vacances, dans une maison de location dans le New Hampshire ou bien visiter le Grand Canyon. On allait au cinéma ensemble et on jouait à des jeux de société.

A voir vivre mes parents, on avait envie de devenir adultes, et Rachel, tout autant que moi, était très impatiente de grandir. Les soirs où ils sortaient, c'est-à-dire chaque week-end, maman mettait de jolis collants et une robe, des talons hauts et du parfum. Ils se rendaient à des bals de charité ou à des soirées au country club, ou encore à des dîners chez des amis. Lorsque c'était leur tour de recevoir, Rachel et moi nous occupions du vestiaire, faisions passer les petits-fours, et nous nous cachions dans l'escalier pour espionner avant d'aller regarder la télévision en haut.

Maman était super.

Mais papa était encore plus super.

Je me rends compte aujourd'hui à quel point il était beau. Enfin, bon, c'était mon père, forcément je le trouvais beau. En grandissant, j'ai vu combien les femmes aimaient s'attarder après leur séance de détartrage, lui parler, rire avec lui, en posant leur main sur son bras. Les enfants passaient le voir en sortant de l'école juste pour dire bonjour ou lui montrer une dent qui bougeait. Il jouait au golf avec ses copains de temps en temps et allait voir un match des Yankees avec son frère une fois par an, mais globalement il s'occupait surtout de maman et de nous, ses filles adorées.

Maman était une bonne mère, mais papa était un père parfait.

Parfois, en entrant dans la cuisine, on tombait sur nos parents en train de s'embrasser, ce que Rachel adorait et que je faisais semblant de trouver dégoûtant. J'avais toujours l'impression que c'était maman qui avait de la chance d'avoir épousé cet homme formidable grâce à qui tout le monde adorait aller chez le dentiste, le meilleur père et le copain le plus sympa du monde. Je ne me disais jamais l'inverse.

Le week-end, on allait se promener le long de l'Hudson et on dînait à la pizzeria le dimanche soir. Au moment de nous coucher, papa s'installait sur la chaise entre nos deux lits et nous racontait des histoires invraisemblables de chats hors la loi ou d'enfants qui se battaient contre des géants à coups de ruses et d'armes qu'ils avaient fabriquées eux-mêmes. Le dimanche matin, il nous faisait des pancakes au chocolat et ensuite il fallait se brosser les dents deux fois plus.

Parfois, j'allais le voir dans son cabinet après l'école en sautillant dans le couloir, indifférente au bruit de la roulette. Il n'avait que des assistantes, qui se pâmaient à chaque fois qu'elles le voyaient nous soulever de terre pour nous présenter à ses patients. Il prenait toujours une minute pour faire mine d'examiner nos dents et nous donner son verdict : « On dirait bien qu'il va falloir arracher toutes ces dents aujourd'hui, jeune fille ! Elles sont toutes pourries ! Est-ce que vos parents ne vous ont pas appris à les brosser ? » Il nous laissait toujours choisir les posters qu'il accrochait au-dessus du fauteuil d'examen : un chaton cramponné à une branche avec la légende « Tiens bon ! » Ou bien une licorne debout sous un arc-en-ciel avec ces mots : « Garde espoir ! » Il avait aussi un tiroir rempli de trésors qu'il distribuait à ses petits patients quand ils avaient été courageux, et c'était nous qui choisissions ces petits cadeaux.

Au bout du couloir se trouvait une réserve, pas beaucoup plus grande qu'un cagibi et remplie de matériel de dentisterie : des montagnes de boîtes de dentifrice, de fil dentaire et de brosses à dents, de protoxyde d'azote, de blouses stériles, de masques et de gants en latex, de seringues, de bavoirs, de housses de fauteuil et de gobelets. On adorait jouer là-dedans avec Rachel, laisser des petits mots à papa au milieu de ses boîtes ou simplement se cacher.

Quand Lena, sa plus jeune assistante, s'est fiancée, papa a été très impliqué. Comme son père était mort plusieurs années auparavant, elle a demandé à papa de la mener à l'autel. Rachel et moi avons été invitées au mariage, et on était tellement fières de le voir tenir ce rôle ! « J'ai trop hâte de me marier », m'a chuchoté Rachel, qui n'avait pourtant que quatorze ans à l'époque. Moi, je m'en fichais pas mal encore, j'avais onze ans et je n'aimais que les chevaux. Mais je comprenais ce qu'elle voulait dire, même si pour moi, être adulte, ça signifiait juste habiter à côté de chez papa et maman et avoir plein de chats.

Rachel était la chouchoute de maman. Comme elle, elle adorait décorer la maison, faire des gâteaux et jardiner. Moi, je ressemblais plutôt à papa. J'adorais m'asseoir dans son grand fauteuil à côté de lui, son bras musclé passé autour de moi, et respirer son odeur rassurante de papa : savon, herbe fraîchement coupée et dentifrice Crest à la menthe.

Vous voyez, notre vie était à la fois normale et exceptionnelle, banale et parfaitement heureuse, et surtout elle nous procurait un vrai sentiment de sécurité. Nos parents s'aimaient et nous aimaient, ma sœur était ma meilleure amie et nous avions tout ce dont un enfant a besoin sans s'en rendre compte jusqu'au jour où il le perd.

C'est alors que deux choses se sont produites. Le cabinet de papa connaissait un tel succès qu'il dut engager un autre collaborateur, le Dr Dan Wallace, mon premier béguin. Il ressemblait à Johnny Castle dans *Dirty Dancing*, et quelle fille n'en pinçait pas pour Johnny ? Il sortait tout juste de l'école dentaire, il était drôle et portait une chevalière en argent à la main droite. C'était le premier homme que je voyais avec une bague qui n'était pas une alliance, et ça le rendait totalement branché à mes yeux.

Je n'étais pas la seule à qui il plaisait. Rachel ne pouvait plus rentrer dans le cabinet sans être tétanisée et devenir cramoisie, ce qui empirait quand le Dr Dan lui adressait la parole. Maman l'invitait à dîner et nous étions à la fois surexcitées et paralysées qu'il nous voie dans notre habitat naturel, moi essayant de me rendre intéressante et drôle et Rachel, pétrifiée de timidité. Notre père s'amusait de nous voir comme ça, et maman levait les yeux au ciel, même si elle se donnait un mal fou pour servir le dessert le plus sophistiqué et délicieux possible.

Je lui racontais l'école et mes cours de clarinette (il en jouait aussi à mon âge). J'avais enfin, à onze ans, trouvé un homme susceptible de devenir mon mari. Exit Bono, hello Dr Dan ! Le soir, j'imaginais notre vie dans dix ans : je serais une adulte de vingt et un ans et nous passerions notre temps à nous câliner, nous tenir la main et nous donner de chastes baisers sur les lèvres (le sexe a quelque chose de dégoûtant pour une gamine de onze ans). Nous donnerions de belles fêtes, ferions du bateau et irions à Paris voir la tour Eiffel.

C'est à cette époque que papa a commencé à changer. Un samedi après-midi, on est allés, lui et moi, à la pharmacie acheter des serviettes hygiéniques extra-larges pour Rachel, qui avait trop honte d'y aller elle-même (et même d'entrer dans le magasin). J'ai pris la marque qu'elle voulait, deux grands paquets pour en avoir en réserve, et je me suis mise à chercher papa dans les rayons.

Je l'ai trouvé en train de regarder les crèmes hydratantes.

— Papa, c'est pour les femmes, ça, lui ai-je dit.

Il a rougi et reposé le flacon.

— Oui, oui, mais j'ai la peau un peu sèche dernièrement. C'est bon ? Tu as trouvé ?

Et il est allé à la caisse.

J'ai regardé le flacon qu'il avait reposé : du sérum anti-âge pour la nuit.

Quand on est remontés dans la voiture, il m'a dit qu'il avait oublié d'acheter des rasoirs, il est vite retourné au magasin et en est ressorti avec un paquet qui contenait à l'évidence autre chose que des rasoirs. Je n'ai rien dit mais plus tard je suis allée vérifier dans l'armoire de toilette de mes parents. Le sérum n'y était pas. Il était sous le lavabo, caché derrière des rouleaux de papier toilette. Et il n'y avait pas que ça : il y avait aussi de la teinture capillaire ! Pour homme ! La honte ! Pourquoi papa cherchait-il à se rajeunir ? Il était vieux, il le savait bien.

Plus tard, Lena a eu un bébé et elle est partie en congé maternité. Papa a engagé une remplaçante : Dorothy.

Je n'ai d'abord pas fait attention à elle tant j'étais occupée à séduire le Dr Dan quand je passais au cabinet. Et puis son nom a commencé à ponctuer nos dîners, et mes antennes se sont mises à vibrer parce que cela avait pour effet d'agacer ma mère.

Dorothy ne parvenait pas à trouver un emploi stable d'assistante. « Et alors ? » demandait ma mère d'un ton sec. Dorothy était veuve et avait des difficultés financières. « Elle dit ça pour que tu l'augmentes ! » Lorsque papa a suggéré qu'on lui présente mon oncle Greg, maman a répondu : « Rob, tu n'es pas sérieux. Greg ne voudra jamais sortir avec une assistante dentaire. » Du haut de mes onze ans, j'ai bien compris qu'il y avait du mépris dans cette remarque. Elle vouait une véritable adoration à son petit frère, qui, soit dit en passant, a fini par épouser une strip-teaseuse au chômage.

Et ils ont continué à parler de Dorothy, comme si papa ne pouvait pas s'en empêcher. Je ne comprenais pas pourquoi. Elle me paraissait sans aucun intérêt. Elle avait une fille de cinq ans plus jeune que moi, et toutes deux vivaient dans un appartement à Brooks Mill, une ville moche. Je ne connaissais personne qui vive dans un appartement. Tout le monde avait une maison.

— Je me suis dit qu'on pourrait lui donner des vêtements des filles trop petits, a suggéré papa.

Je l'ai regardé, étonnée, pas certaine d'avoir envie de me séparer de mes affaires, surtout pour les donner à une parfaite inconnue.

— Elle a quel âge, déjà ? a demandé Rachel.

— Six ans. Elle est au CP.

J'ai ressenti de la jalousie à cet instant. Papa avait deux filles et n'aurait même pas dû savoir en quelle classe était cette étrangère.

— Je lui donne ma robe jaune avec les marguerites, a dit Rachel. Elle était jolie, hein, maman ? Tu te souviens, je l'ai mise quand on est allées à la nuit de la science avec Mme Norton. Et puis aussi ma salopette avec les poches, ah, et aussi cette robe en velours rouge ! Je l'adorais !

J'ai eu honte en voyant la gentillesse de Rachel (c'est encore souvent le cas, d'ailleurs). Je suis allée au grenier et j'ai descendu quelques-uns de mes vêtements pour cette pauvre et mystérieuse fillette, et j'ai ajouté quelques peluches et quelques livres.

L'été a laissé place à l'automne, saison des feuilles dorées et des ciels gris. Je jouais au foot, Rachel était au lycée et montait de mieux en mieux à cheval, gagnait des compétitions le weekend et revenait avec des trophées. Maman avait été promue directrice des activités et travaillait à temps plein à la maison de retraite. Elle rentrait tard, stressée, et avec encore mille choses à faire : préparer le dîner, organiser l'accompagnement du lendemain pour Rachel et nous faire des cookies pour prouver qu'elle était toujours une mère parfaite.

Elle adorait son nouveau travail et avait des tas d'histoires à nous raconter, ce qui changeait un peu parce que, avant, elle ne nous parlait que de ses pensionnaires, qui me paraissaient dramatiquement vieux. Désormais, elle nous parlait de son professeur de yoga prétentieux ou de la conseillère vestimentaire que M. Ziegler avait fait pleurer, ou bien des enfants qui venaient jouer du violon et chanter. Soudain, maman devenait plus intéressante que papa. On connaissait bien les patients et les collègues de papa, alors que chez maman tout était nouveau. C'était toujours lui que je préférais, mais il était soudain devenu un peu... prévisible.

Un vendredi soir, nous nous sommes retrouvés seuls, juste lui et moi, et c'était tellement rare que je m'en réjouissais. Il m'a dit qu'il avait un petit coup de fil à passer avant qu'on regarde notre film. Il s'est mis dans le bureau pendant que j'attendais au salon. Comme ça durait, je me suis impatientée. On voulait regarder *Edward aux mains d'argent*. Ma meilleure amie Lisa, qui l'avait vu deux fois, m'avait dit que j'allais adorer Edward, si beau et si étrange. J'avais réservé le DVD à la médiathèque depuis des mois et, enfin, il était là.

Quand papa m'a dit qu'il en avait juste pour dix minutes, j'ai soupiré et j'ai dit OK. Au bout de vingt minutes, je suis allée voir.

— Je sais, moi aussi, disait-il. Eh bien, ce n'était pas exactement la même chose mais... oui ! Ah bon ? Exactement ? C'est vrai ?

Il s'est mis à rire, de ce rire grave et merveilleux, et instinctivement j'ai ressenti de la jalousie.

— Papa, tu en as encore pour longtemps ?

Il m'a regardée.

— Oh, tu es là, ma puce ! Bon, écoute, il faut que j'y aille, je vais regarder un film avec ma petite princesse : *Edward* quelque chose.

— *Aux mains d'argent !* ai-je crié.

Comment pouvait-il avoir oublié le titre ?

— « Aux mains d'argent. » Je ne sais pas. Attends, je vais lui demander... Ma chérie, tu penses qu'une petite de six ans peut le voir ?

— Non, c'est trop compliqué, ai-je répondu.

— Je vois, a-t-il dit en me faisant un clin d'œil. Tu as entendu ? C'est trop compliqué.

Et il a ri de nouveau.

— Bon, à lundi, alors !

Et il a raccroché.

— Tu veux du pop-corn ?

— C'était qui ?

— Dorothy, du cabinet.

— Mais c'est le week-end, papa !

— Je sais, ma chérie, mais elle se sent un peu seule. Elle n'a que sa petite fille de six ans pour lui tenir compagnie.

— Et alors ? Elle n'a qu'à se marier. Mais peut-être que ça lui plaît de vivre juste avec sa fille.

— Peut-être, oui. Allez, viens, on va se faire du pop-corn. Mais tu te brosseras bien les dents après, hein ?

Peu après s'est produit l'événement qui a tout changé. Mon entraînement de foot avait été annulé pour cause de pluie et j'étais contente à l'idée de me retrouver toute seule à la maison. Rachel allait à son cours d'équitation et ne prenait pas le même bus que moi, et maman était au travail.

Seulement, je n'ai pas trouvé la clé sous la pierre dans la jardinière. Celui qui l'avait utilisée en dernier avait oublié de la remettre à sa place.

Avec un sentiment d'abandon délicieux, la pauvre enfant délaissée que j'étais a fait le tour de la maison et tenté de rentrer par une fenêtre, mais elles étaient toutes bien fermées. Notre voisine, Mme Donovan, avait la clé mais je n'avais pas envie d'aller chez elle : son fils Richie, qui venait d'avoir neuf ans, me demandait si je portais un soutien-gorge à chaque fois qu'il me croisait dans le bus.

J'ai donc décidé de marcher jusqu'au cabinet de papa, histoire de jouer un peu plus les enfants martyrs. J'espérais qu'il m'emmènerait au café du coin boire un bon chocolat chaud pour me consoler. Ou, encore mieux, qu'il dirait au Dr Dan de m'y emmener ! C'était hautement improbable, mais rien ne m'empêchait de l'imaginer. Tout comme j'imaginais que sur le trajet je manquerais me faire écraser par une voiture mais que le Dr Dan me sauverait la vie, et que je sentirais sur mon épaule sa main ferme, rassurante et chaude...

Evidemment, il n'y aurait rien de plus entre nous, ce serait bien trop vulgaire. Non, il me dirait juste que dix ans passeraient vite, qu'il m'attendrait en espérant que je vienne chaque semaine au cabinet boire un chocolat chaud et parler avec lui. Il me sourirait et rentrerait seul dans sa maison vide (dans laquelle nous habiterions quand nous serions mariés), pour attendre que les années passent.

Ce joli rêve dans la tête, je marchais sous la pluie et dans le froid jusqu'au centre-ville. Le cabinet de mon père était situé dans le plus haut immeuble de Cambry. A chaque fois, j'étais tout excitée à l'idée de prendre l'ascenseur. J'ai appuyé sur le bouton et, en montant les huit étages, me suis repassé mentalement les anecdotes que j'allais bien pouvoir raconter au Dr Dan pour lui prouver combien j'étais mûre et intelligente. Le sandwich au thon avarié de Caleb Johnson ? Non, trop dégoûtant. L'histoire de Sydney Dane qui sortait avec une seconde ? Non, ça risquait de me faire passer pour un bébé. Ah oui ! On se demandait tous aujourd'hui, au déjeuner, pourquoi M. Heisman boitait. Ce serait l'occasion de montrer combien j'étais capable de compassion à l'égard des plus malheureux que moi. J'expliquerais au Dr Dan que je pensais qu'il s'agissait d'une blessure de guerre mais qu'il ne voulait pas en parler, ce qui était bien compréhensible, évidemment. (En fait, j'ai appris plus tard que M. Heisman s'était tordu le genou en sautant avec sa fille dans un château gonflable.)

Je suis sortie de l'ascenseur et suis entrée dans le cabinet. Le

Dr Dan était là, justement, dans l'entrée, penché au-dessus du comptoir de la réceptionniste, à qui il faisait un de ses magnifiques sourires à la Patrick Swayze.

— On va déjeuner où tu veux. Au Monde, par exemple.

Le Monde était un restaurant chic sur le bord de l'Hudson, où mes parents étaient allés pour leur anniversaire de mariage. J'ai senti l'humiliation me brûler les joues quand j'ai compris qu'il était en train d'inviter Lizzie.

— Tiens, salut, pitchoune ! Comment ça va ?

Pitchoune ? Pas exactement le nom qu'on donne à sa fiancée. J'ai senti une douleur violente me traverser la poitrine, me briser les côtes et me percer le cœur. Pire encore, j'ai senti que j'allais me mettre à pleurer dans une seconde et qu'alors le Dr Dan comprendrait. Et Lizzie aussi. Et tout le monde.

— Mon père est là ? ai-je réussi à dire. J'ai... j'ai une urgence.

— Tu es sûre que ça va ? m'a-t-il demandé en fronçant les sourcils.

— Où est-il ?

— Dans la réserve, ma puce, m'a répondu Lizzie.

La réserve était au fond du couloir, à côté de l'ascenseur. J'ai poussé la porte et j'ai couru, mon jean tout trempé, froid et rêche contre ma peau. Quelle idiote, mais quelle idiote d'avoir pensé qu'un homme comme lui s'intéresserait à moi ! Qu'il m'attendrait pendant dix ans ! Bon sang, mais quelle crétine !

Je me suis engouffrée dans la réserve et j'ai vu un homme et une femme qui s'embrassaient, enlacés. En me voyant, ils se sont séparés brusquement.

L'homme, c'était mon père.

Mon cœur s'est mis à battre à tout rompre.

Une seconde a passé, puis deux, puis trois. Le silence était épais comme du goudron en fusion.

Dorothy ? C'était Dorothy ? Il l'aimait ? Elle se mordait la lèvre en serrant le bord de sa veste.

— Trésor ! s'exclama mon père, beaucoup, beaucoup trop

tard. Quelle bonne surprise ! Euh... tu n'es pas à l'école ? Pourquoi est-ce que tu es mouillée comme ça ?

— Il pleut, répondis-je, les yeux secs et le regard assassin.

— Ah oui, bien sûr. Mmm, Dorothy, avez-vous trouvé ce que vous cherchiez ?

— Oui, docteur Tate, répondit-elle avant de se glisser hors de la pièce.

— L'entraînement a été annulé, dis-je d'un ton glacial.

— Je comprends. Allez, viens, Jenny. Ma pauvre chérie, on va aller t'acheter un chocolat chaud, tu es trempée. Tu dois être gelée.

Il parvint presque à me consoler.

— Tu l'as embrassée.

Son visage s'est modifié le temps qu'il trouve une réponse.

— Elle était triste.

— Tu l'as embrassée.

Il a soupiré et s'est accroupi devant moi.

— Oui, c'est vrai, parce qu'elle était triste. Mais j'aime ta maman et je vous aime toutes les deux, et si tu le dis à maman et à Rachel elles vont être très tristes. N'y pense plus, Jenny. Ce n'était rien du tout.

Sauf que je savais. Et on ne pouvait rien y faire et je sentais bien que c'était mal. Face à cela, la trahison du Dr Dan s'était évaporée.

— Viens, allons t'acheter un chocolat chaud, ma puce, m'a-t-il redit de sa voix douce, chaude et aimante. A cet instant, je l'ai détesté.

Je suis tout de même allée boire un chocolat chaud et manger deux madeleines, et lorsque le soir maman a voulu m'obliger à finir mon dîner, il a pris ma défense.

Je ne lui ai pas pardonné. Je savais tout. Je savais que Dorothy lui plaisait. Comment avait-il osé... ?

A partir de ce jour, l'adolescence et toute sa morosité se sont emparées de mon être et ont contaminé l'air autour de moi. Je ne répondais même pas à Rachel lorsqu'elle me demandait gentiment ce qui n'allait pas. Quand ma mère essayait de justifier mon état en invoquant mes règles, je quittais la table en furie. Lorsque ce week-end-là papa m'a proposé d'aller faire un tour à vélo, j'ai dit non, je suis restée dans ma chambre et lui en ai voulu ensuite d'avoir emmené Rachel et d'avoir passé un bon moment avec elle. Il avait un de ces culots ! Le traître !

La semaine suivante, maman a demandé des nouvelles de Lena et du bébé. Ils allaient très bien, et Lena devait revenir la semaine prochaine.

— Et Dorothy, alors ? a demandé maman sans lever les yeux de son assiette.

Il m'a regardée. Il a répondu à maman qu'il n'avait pas besoin d'une autre assistante mais qu'il allait lui faire une lettre de recommandation.

Et il a continué à manger sa pomme de terre. La peau de son cou était distendue et remuait lorsqu'il mâchait. Curieusement, je ne l'avais jamais remarqué jusque-là. Mon père vieillissait.

Evidemment, quand on est en sixième, vieux, ça veut dire au-dessus de dix-huit ans. Mais à cet instant j'ai ressenti deux choses : d'abord un sentiment de victoire inouï à l'idée que Dorothy sorte de notre vie, et puis un dégoût terrible à l'égard de mon père. Ce n'était pas parce qu'elle partait que j'allais lui pardonner.

Trois mois plus tard, mon père était abattu à bout portant. Il ne dépasserait pas l'âge de quarante-quatre ans, six mois et un jour.

Chacun réagit différemment face à la mort. Moi, je me suis mise à être plus protectrice avec ma sœur. Rachel avait toujours été trop sensible, trop bonne pâte. Après la mort de papa, elle est devenue encore plus douce et plus timide.

Maman a complètement changé. Elle est devenue veuve professionnelle. Terminé la mère hyper-active siégeant dans tous les conseils d'administration possibles. Elle passa de meilleure maman du monde à veuve la plus éplorée de l'univers.

Une crainte insidieuse et un dégoût, qu'il me faut bien

reconnaître, se sont mis à me ronger. Ma mère, si vive et si performante, est devenue cette personne qui s'endormait tous les soirs dans son fauteuil en serrant entre ses mains une photo de son mariage. Elle a cessé d'aller chez le coiffeur, s'est laissée grossir et a commencé à porter les vêtements de papa. Son travail, qu'elle aimait tant, est devenu trop lourd, et elle est redevenue art-thérapeute avant de ne plus travailler que quelques heures par semaine. « Je ne supporte plus de voir tous ces vieux. Pourquoi Rob est-il parti si jeune ? Et pourquoi pas un d'entre eux ? »

Elle ne parlait que de leur bonheur et de leur vie qui avait été une bénédiction, un mot qu'elle n'avait jamais employé auparavant. « J'aurais préféré que ce soit moi. Vous auriez été bien mieux seules avec Rob qu'avec moi. »

Cela aussi, c'était nouveau : elle ne disait plus jamais papa, ni votre père, mais toujours Rob, son mari. Elle ne faisait pas grand-chose pour nous consoler mais disait toujours : « Tu as ta sœur, au moins », insinuant qu'elle était bien plus malheureuse que nous. C'était peut-être vrai, mais c'était difficile, à chaque fois qu'on se mettait à pleurer, de la voir éclater en sanglots et ne plus s'arrêter.

Voilà ce qui m'a fait changer, devenir plus dure et cynique, même si c'est dans la réserve du cabinet de dentistes que ma transformation a vraiment commencé.

Une clinique a racheté le cabinet de papa, qui a alors changé de nom. Ils ont gardé les assistantes, ont embauché une dame de soixante et quelques années qui ne voulait pas entendre parler de protoxyde d'azote, et deux ans après le décès de papa le Dr Dan a déménagé dans le Sud.

De temps en temps, je pensais à Dorothy et je me demandais si elle avait su pour papa, si elle était triste.

Et puis, une nuit, je me suis réveillée et j'ai pris une décision.

J'ai décidé que je m'étais trompée.

Ils ne s'étaient pas embrassés. Ils s'étaient pris dans les bras, ça, oui, mais pas embrassés. Papa n'aurait jamais trompé maman. C'était moi. J'avais mal vu. Mes fantasmes à propos du Dr Dan m'avaient mis dans la tête tout un tas d'images romantiques ridicules, voilà tout.

Il fallait que je me réconcilie avec mon père, cet homme merveilleux, gentil et doux. Je ne pouvais plus le soupçonner de mensonge. D'ailleurs, il n'avait jamais menti ! D'accord ? Vu l'épave qu'était devenue ma mère, j'avais besoin d'aimer mon père à nouveau, de penser à lui comme à un homme parfait. C'était trop difficile de me sentir en porte-à-faux, même en silence, devant le chagrin sans réserve de Rachel et de maman.

Pendant ma première année de lycée, j'ai suivi un cours optionnel intitulé « initiation au dessin de mode » et j'ai enfin trouvé un moyen de me distraire dans notre sinistre maison. Pour mon anniversaire, j'ai demandé à prendre des cours de couture avec une petite Italienne, qui m'a montré comment réaliser une couture anglaise et un ourlet roulé, un soufflet et une boutonnière. Rachel est partie étudier le graphisme, car elle avait elle aussi la fibre artistique. Elle n'était pas loin, à l'université de New Paltz.

Quand mon tour est venu, je suis partie à l'institut Parsons, à New York. Pour tous les gens de la région, Manhattan est la destination rêvée, aussi fascinante et brillante que le monde magique d'Oz. Au bout d'une semaine je connaissais le plan du métro, le meilleur restaurant thaï, et j'étais déjà allée me présenter à tous mes professeurs. Je suis devenue l'étudiante new-yorkaise typique, tout habillée de noir et chaussée d'énormes godillots immondes, qui trimballe partout son carton à dessin et se targue de vivre dans un appartement de la taille d'un frigo avec trois autres étudiantes. Je rentrais souvent à la maison mais je n'y restais jamais longtemps, toujours impatiente de repartir à New York où j'étais déjà en train de me distinguer.

Plus tard, entre ma licence et mon master, je suis partie faire un stage à Sydney. Mon vol a été retardé de dix-neuf heures à cause d'une tempête de neige. Au lieu d'échouer chez une copine à New York ou de retourner à Cambry, j'ai décidé de tenir bon, d'errer dans JFK avec mes compagnons d'infortune et le personnel de l'aéroport, à regarder tomber du ciel des flocons gros comme le poing. J'ai dessiné quatre robes et un costume, montré à un petit Coréen comment faire des personnages de dessin animé, et je me suis levée, engourdie d'être restée si longtemps assise par terre.

Je me suis promenée dans les vastes terminaux, j'ai observé les gens, rassuré Rachel et maman en leur disant que j'allais bientôt partir. Sydney, son aura et la vie facile au soleil me paraissaient aussi lointains que la planète Mars. J'avais les yeux rougis par la fatigue et la climatisation.

C'est alors que je l'ai vu : Dan Wallace, docteur en chirurgie dentaire, l'ancien associé de mon père. Il ressemblait toujours autant à Patrick Swayze. Je lui ai tapoté l'épaule, lui ai dit qui j'étais, et il m'a serrée dans ses bras, ravi. Il sentait le whisky et le bain de bouche, et quand il s'est reculé j'ai vu ses yeux humides. Il m'a proposé de boire un verre avec lui et j'ai compris, sans lui en vouloir, qu'il était à moitié ivre.

— Cela fait longtemps que vous êtes coincé ici ? lui ai-je demandé.

— Vingt... sept heures à peu près, m'a-t-il répondu en consultant sa montre. Garçon, s'il vous plaît ! Attends, tu as l'âge de boire, Jenny ?

— J'ai vingt-deux ans, ai-je rétorqué en commandant un verre de merlot.

— Non ! s'est-il exclamé. Ce n'est pas possible ! Quelle jolie fille tu es devenue ! Enfin, tu l'as toujours été.

Il n'avait pas travaillé longtemps avec mon père mais il s'en souvenait pourtant très bien. Je lui ai raconté ce que faisait Rachel, ses études de graphisme et la start-up où elle travaillait. J'ai menti en disant que notre mère allait bien et qu'elle était heureuse. Et lui, que devenait-il ?

— Oh, moi, je suis marié et très heureux, a-t-il répondu. J'ai deux enfants, une fille et un garçon.

Il a sorti des photos de son portefeuille pour me les montrer.

Ils étaient adorables, et sa femme, ravissante. J'ai réalisé qu'il n'avait que quarante ans et que ça ne semblait pas si vieux finalement, maintenant que nous étions adultes tous les deux. Il habitait à Macon, en Géorgie, mais restait nordiste de cœur.

— Ton père était un type super, m'a-t-il confié en insistant sur chaque mot. Il m'a vraiment pris sous son aile et m'a donné ma chance.

— Il vous aimait beaucoup, ai-je répondu.

— En tout cas, je l'admirais, c'est sûr. Il était tout ce que je voulais devenir : le père de famille parfait, avec une femme magnifique, deux enfants, cette jolie maison... Tu sais, j'ai été vraiment soulagé quand il a quitté cette fille. Je lui ai dit : « Rob, tu as tout. Ne déconne pas, si je peux me permettre. Est-ce qu'elle vaut vraiment la peine que tu foutes ton couple en l'air ? » Tu vois, même si je n'étais pas marié à l'époque, je le savais : ta mère et ton père, c'était du solide.

J'ai croisé le regard du serveur, qui m'observait. Quoi ? Qu'est-ce qu'il voulait ? Oh ! Il attendait pour me resservir ? Je lui ai tendu mon verre et il y a fait couler du vin rouge. Il avait un tatouage sur le poignet. Le nom du vin était Yellowtail. Par terre, il y avait une cerise à l'eau-de-vie et il allait marcher dessus. Mes jambes tremblaient.

Le Dr Dan parlait toujours. Je l'ai interrompu.

— C'était Dorothy, son nom, n'est-ce pas ?

— Dorothy... Oui, je crois. Lizzie la détestait. Ah, Lizzie, tu t'en souviens ? On est sortis ensemble une fois ou deux. Elle n'était pas mal, cette Lizzie.

Et il a continué comme ça à parler, parler, parler, de son passé à Cambry, de sa migration vers le sud, de sa rencontre avec sa femme, mais je ne l'écoutais plus. Je hochais juste la tête de temps en temps. Puis j'ai regardé ma montre et j'ai prétendu que mon vol allait embarquer dans dix minutes. Je l'ai embrassé sur la joue, je l'ai remercié pour le vin et je suis partie.

Dorothy.

Je revoyais son visage comme si elle était en face de moi.

Blonde, avec des racines brunes, une bouche sensuelle, des yeux bleus, un nez fort, mais ça passait.

Alors, comme ça, c'était vrai. Mon père l'avait vraiment embrassée. Il avait eu une liaison, en fait.

« J'ai été vraiment soulagé quand il a quitté cette fille. »

Ça n'avait même pas été un coup d'un soir, donc.

Un homme de quarante ans, à qui le Dr Dan rappelait sans cesse que sa propre jeunesse était passée, une épouse tout à coup happée par sa vie professionnelle, deux filles qui ne lui sautaient plus dans les bras le soir... et une âme en détresse sous la forme de cette mère célibataire qui se battait pour payer ses factures.

Je me rappelle les accès de jalousie de maman, la façon dont elle balayait d'une phrase les problèmes de Dorothy, mais je la connais assez bien pour savoir que, si elle avait été au courant qu'ils couchaient ensemble, elle n'aurait pas été capable de le garder pour elle.

Donc maman ne savait rien. Et Rachel non plus.

Six heures plus tard, mon vol a fini par embarquer, et je suis tombée dans un sommeil proche du coma avant même le décollage. Lorsque je me suis réveillée quelque part au milieu du Pacifique, j'avais pris ma décision.

Je ne dirais rien. C'était trop tard.

En ce jour de pluie, l'année de mes onze ans, ni le chocolat chaud ni les madeleines n'avaient ébranlé mes certitudes. Je savais déjà. Je lui avais laissé le bénéfice du doute la fameuse nuit où j'avais décidé que tout n'était que le fruit de mon imagination, mais j'avais eu tort. Depuis douze ans, je faisais semblant de croire que mon père n'était pas un menteur.

J'aurais dû le dire à ma mère tant qu'il était encore temps. Elle lui aurait demandé des comptes, aurait pris conseil, aurait pu divorcer, ou au moins se séparer de lui, et, après sa mort, elle aurait eu une chance de retrouver une forme de bonheur.

Et peut-être que, s'il avait ressenti la culpabilité du mari infidèle, il ne serait pas allé s'acheter ce stupide soda glacé au melon d'Espagne. S'il avait alors vécu dans un appartement sordide, à se demander comment il allait parvenir à payer la pension alimentaire, peut-être ne se serait-il pas arrêté dans ce magasin pour satisfaire son envie de sucre.

Peut-être que, si j'avais parlé, il serait encore en vie.

Rachel

Rien à signaler sur mon test de dépistage.

Ces deux dernières semaines, par moments, je suis parvenue à oublier que mon mari avait une liaison. Par exemple, les jours où les filles ne sont pas allées à l'école et où on s'est plongées jusqu'au cou dans un atelier poterie, peinture, ou jardinage, j'ai tout oublié.

Je leur ai réservé un carré de terre chez nous, et elles sont tellement belles dans leur petit jardin que je passe mon temps à les mitrailler. Grace en train d'arroser les impatiens roses avec un des trois minuscules arrosoirs peints à la main, Rose hilare et maculée de terre avec un semis dans chaque main, Charlotte allongée sur le sol en train de chanter une chanson à sa « zolie plante ». Je vais encadrer une photo de chacune et l'accrocher dans leur chambre. L'amour que je leur porte me remplit d'une telle joie et d'une telle lumière que j'en suis transportée. Quand elles se serrent autour de moi, cueillent une fleur ou une feuille ou bien quand elles font un dessin de moi avec un grand sourire, alors je sais qui je suis.

En revanche, le reste du temps, je suis paumée. Il y a encore trois semaines, j'étais une épouse comblée, amoureuse de son mari. Maintenant, il suffit que je le voie ou que je pense à lui pour ressentir des bouffées de haine comme des nuages toxiques. C'est moi aussi que je hais, cette femme assez stupide pour croire que préparer de bons dîners et mettre de jolies robes suffiraient à tenir à distance le grand méchant loup. Je ne pensais pas être capable d'autant de haine, et cela me terrifie.

C'est comme si un monstre affamé s'accrochait à moi pour dévorer tout l'amour que je portais à mon mari, à notre couple.

Et puis certains soirs, lorsqu'il m'appelle avant de rentrer pour savoir si j'ai besoin de quelque chose, j'oublie qu'il a couché avec une autre et je l'aime de nouveau. Jusqu'à ce que le souvenir me revienne.

Cette semaine, j'ai appelé quatre fois le Tribeca Grand Hotel. La pauvre réceptionniste doit commencer à se demander si je suis une cliente sérieuse mais elle a été vraiment gentille, comme si elle me connaissait et savait très bien que je ne suis pas le genre à venir dans ce type d'hôtel, en tout cas pas seule. Ils ont mis de nouvelles photos sur leur site. Il y a un bar dans la suite (et dans le hall aussi, d'ailleurs) avec un grand canapé arrondi plein de coussins roses. Et aussi cet immense lit blanc. Qu'y ferais-je ? Attendre ? Pleurer ? Boire du pinot gris en regardant des séries ?

Emmanuelle serait sûrement comme un poisson dans l'eau dans cette suite.

Depuis deux semaines, j'ai lu plein d'articles sur l'infidélité et c'est toujours la même question qui revient : qu'est-ce qu'elle a que je n'ai pas ?

Dans le cas d'Emmanuelle, la réponse est claire et nette : de l'assurance, du style, aucun scrupule, et une épilation brésilienne.

Je reçois un SMS. C'est Jenny.

Elle fait partie des victimes collatérales dans cette sale histoire. Je n'arrive pas à lui parler. Elle est venue cet après-midi nous voir et jouer avec les filles, mais on n'a pu parler de rien avec les enfants autour. Je sais bien qu'elle veut m'aider, mais comment ? J'arrive à peine à la regarder dans les yeux de peur d'y voir toute cette affection qu'elle a pour moi et que je vais perdre.

Pourtant, elle vient garder les filles ce soir pendant qu'Adam et moi allons voir une conseillère conjugale.

C'est moi qui ai posé cette condition. Celle-là, et puis aussi celle de dormir dans la chambre d'amis. Aux filles, qui m'ont demandé pourquoi, j'ai répondu que j'avais un petit rhume, et que c'était d'ailleurs aussi pour ça que j'avais les yeux rouges. Elles s'y sont déjà habituées et au matin déboulent dans ma chambre, grimpent sur mon lit, imprégnées de l'odeur moite de la nuit et, dans le cas de Charlotte, qui porte encore une couche, d'une légère odeur de pipi. Adam apparaît dans l'encadrement de la porte, l'air reposé (bon sang, comment fait-il pour dormir si bien ?), plein d'espoir et un peu triste, au point que c'est à se demander s'il n'a pas répété devant son miroir. Les filles se précipitent vers lui et supplient leur papa de les prendre dans ses bras, ces mêmes bras qui ont serré cette autre à laquelle je ne veux pas penser.

Allez ! Je ne dois pas oublier que j'ai juré de ne pas me laisser abattre.

Avant, je pensais savoir exactement ce que je voulais. C'était tellement clair. Je voulais la même chose que ce que mes parents avaient connu, ou sinon je resterais célibataire. Ou je divorcerais. J'avais certaines prétentions et je comptais bien ne jamais devenir comme ces femmes qui s'installent dans leur malheur une fois pour toutes et qui prennent un malin plaisir à gâcher le bonheur des autres.

Aujourd'hui, je ne sais plus quoi penser.

Jenny arrive à 18 h 30.

— Coucou, mes bébés girafes ! lance-t-elle, et les filles ravies viennent s'agripper à ses jambes en poussant des cris.

— Tatie, je suis pas une girafe, moi, proteste Grace.

— Tu es sûre ? demande Jenny.

— Moi, si ! Moi, je suis une girafe ! s'exclame Charlotte, qui se met à courir partout en hennissant, suivie par Rose, tandis que Jenny soulève Grace pour la câliner.

Adam descend.

— Salut, Jen, dit-il, et je vois le visage de ma sœur se durcir. Il fait mine de ne rien remarquer.

— Ma puce, tu es prête ?

Comme si c'était une sortie banale, comme si on allait au restau puis au cinéma, et qu'il n'avait rien fait de mal.

— A tout à l'heure, dis-je à ma sœur. Au revoir, les filles ! Maman vous aime !

Avant, j'aurais dit « papa et maman vous aiment », mais ce soir je laisse tomber Adam. Il n'est pas inclus.

— Au revoir, mes princesses d'amour ! leur lance-t-il avant d'ouvrir la porte pour me laisser passer.

Vingt minutes plus tard, nous voici dans le bureau de Laney Shields, dont j'ai eu le nom en tapant « conseil conjugal » sur Google. Les séances étaient couvertes par notre assurance et certains mots sur son site m'ont rassurée : résultats rapides, bilan précis, solutions. Si seulement elle pouvait nous donner la solution !

Son bureau se trouve au fond du jardin de sa maison. C'est une petite cabane meublée de trois canapés, un fauteuil, une bibliothèque et de petites tables. Il y a aussi des tas de Kleenex, de la meilleure qualité. C'est de très mauvais augure.

— Entrez, entrez, dit-elle avec chaleur.

Je m'assieds sur le canapé fleuri, et Adam m'énerve en s'asseyant à côté de moi comme s'il voulait montrer quel mari aimant il est.

Laney s'installe en face de nous dans le fauteuil. Elle a la cinquantaine, des cheveux grisonnants qui frisottent et un visage avenant. Et de merveilleuses pattes d'oie.

— Deux ou trois choses avant de commencer, annonce-t-elle. Vous n'avez pas le droit de venir en dehors de nos heures de rendez-vous, et en cas d'urgence il faut me téléphoner. Si je vous surprends ici sans rendez-vous, j'appellerai la police.

— Mon Dieu ! s'étonne Adam.

— Eh bien, il y a quelques années, j'ai vu arriver un client avec un pistolet, répond-elle calmement. J'ai fait installer des caméras de surveillance partout ainsi qu'une alarme dernier cri. Je vois bien que vous n'êtes pas de ce genre-là mais je suis dans l'obligation d'avertir tous mes clients.

— C'est compréhensible.

— Sachez aussi que l'isolation phonique est parfaite ici. Avec l'émotion, le niveau sonore peut grimper. N'ayez pas peur de pleurer ni de hurler, personne n'entendra. Et en cas d'urgence j'ai un bouton anti-panique ici, explique-t-elle en désignant le dessous de l'accoudoir de son fauteuil. Si vous en veniez aux mains, la police serait là en deux minutes.

Elle me fait une excellente impression. Elle est très pro. Et clairement elle a vu pire que nous. On ne devrait pas avoir besoin de la police ! Nous sommes un cas facile pour elle : juste un mari infidèle et sa malheureuse épouse. Je parie qu'en deux séances elle va régler tout ça.

Bizarrement, je suis rassurée. Adam au contraire n'a pas l'air à l'aise du tout. Et il se rapproche de moi. Je me déplace. J'aurais préféré qu'il se mette sur l'autre canapé. Je n'ai pas envie de l'avoir juste à côté.

— Les choses iront plus vite si vous êtes sincères, poursuit-elle. Cela peut être douloureux mais c'est comme de crever un abcès. Il faut vraiment nettoyer toute l'infection si on veut s'en débarrasser. C'est peut-être difficile d'écouter ce que l'autre a à dire, mais vous êtes ici pour ça.

Je préférais quand elle nous parlait de son bouton anti-panique, parce que son histoire d'abcès c'est moins rigolo.

— Alors, dites-moi ce qui vous amène.

Nous nous regardons, Adam et moi. Il ne dit rien, le faux derche. C'est une des insultes préférées de Jenny et je vais l'adopter. J'attends, en le fusillant du regard, je me demande s'il sent à quel point je lui en veux.

— Rachel a pensé que ce serait bien pour nous de consulter. Nous avons eu des difficultés récemment.

— Quel genre de difficultés ?

Il ne répond pas.

— Il m'a trompée. Avec une collègue.

— Et cette liaison est-elle terminée ?

— Oui, répond Adam.

Elle hoche la tête.

— A ce jour, avez-vous l'un et l'autre envie de rester mariés ? Votre réponse pourra changer par la suite, mais à cet instant que vous dites-vous ?

— Pourquoi croyez-vous que nous sommes venus ? rétorque Adam.

Elle ne se formalise pas.

— Adam, je préfère être claire. Je suis là pour vous deux et je ne prendrai pas fait et cause pour Rachel simplement parce que c'est vous qui avez eu une liaison. Ce n'est pas mon rôle de vous faire culpabiliser.

C'est dommage car il en aurait bien besoin.

— Je pense aussi qu'il est important de savoir pourquoi vous avez eu cette aventure. Quant à vous, Rachel, vous ne devez pas vous considérer comme une victime. Vous avez parfaitement le droit d'être triste et blessée et vous avez de nombreuses décisions à prendre. Cette aventure a eu lieu et notre but aujourd'hui est de dépasser votre douleur pour voir quelles sont les meilleures solutions pour vous deux. Je vais vous conseiller précisément en fonction du but que vous aurez fixé. C'est donc à vous de décider de quel but il s'agit.

— Je comprends, dit Adam.

Laney s'enfonce dans son fauteuil.

— Adam, pourquoi ne me racontez-vous pas comment toute cette histoire a débuté ? Rachel ? Vous vous sentez capable de l'entendre ?

— Bien sûr, fais-je d'un ton léger.

Mais j'ai les jambes qui tremblent et s'agitent comme si elles voulaient me faire sortir d'ici illico.

Adam soupire.

— Eh bien, Rachel est parfaite, tout le monde est d'accord avec ça. Maîtresse de maison parfaite, mère parfaite...

— Quel âge ont vos enfants ?

— Trois ans et demi. Trois filles.

— Poursuivez.

— C'est devenu un peu ennuyeux, je suppose.

En l'entendant, je bondis. Ennuyeux ? Je m'attendais à tout sauf à ça ! Le mot me transperce la poitrine et mes yeux se remplissent de larmes.

— Je suis désolé, dit-il. Mais c'est vrai, on ne parle plus que des filles !

— C'est faux. Je te demande toujours des nouvelles de ton boulot et toi...

— Laissez-le parler, Rachel. Ce sera votre tour après, m'encourage Laney avec un sourire, tout en poussant vers moi la boîte de mouchoirs en papier et en faisant signe à Adam de continuer.

— Oui, vous savez ce que c'est, on est mariés depuis dix ans (neuf, en fait), elle est devenue la parfaite femme au foyer et moi j'ai senti que je me... lassais.

Quel salaud, non mais quel p... de salaud ! Comment ose-t-il ? Ma lingerie n'est jamais dépareillée ! Et je ne porte que de la dentelle, même si ça gratte ! Le mois dernier, j'ai lu dans *Cosmo* un article sur les nouvelles techniques pour donner du plaisir à son mari, et je les ai mises en pratique. Oui, moi ! La bonne mère de famille ! Et je stressais à l'idée que les filles entrent dans notre chambre, vu que nous n'avons pas de verrou !

— Emmanuelle est une femme avec qui je travaille. Super brillante, extrêmement vive, et qui ne se laisse pas démonter. Elle a été très directe.

— Qu'entendez-vous par là ? demande Laney.

— Elle voulait baiser, quoi. Elle me désirait.

Ses mots m'atteignent comme des coups.

— J'ai commencé par lui dire que j'étais très heureux avec ma femme.

— Et vous le pensiez ?

— Mais oui !

Il a l'air surpris. Il me regarde, voit mes larmes couler bêtement, et son expression change. Il attrape la boîte de mouchoirs et me la tend.

— Oh, ma chérie, je sais, mais... c'est juste que... Ce n'est pas que je m'ennuyais, non, c'est plutôt que c'était... une routine. Avec Emmanuelle, c'est comme... un fantasme, tu vois. Comme dans un film porno.

— Qu'entendez-vous par là, Adam ?

Je lance un regard noir à Laney, parce que, ça, je ne suis pas sûre de vouloir l'entendre.

— Elle était très entreprenante et audacieuse. Et puis elle a un corps dingue !

Je comprends maintenant pourquoi il y a un bouton anti-panique ici, parce que là, tout de suite, j'ai une furieuse envie d'étrangler mon mari.

Cela doit se voir sur mon visage.

— Enfin, évidemment, toi aussi, tu as un corps magnifique, Rachel. Mais bon, tu vois ce que je veux dire...

— Tu veux dire qu'il a bien fallu que je porte nos trois filles en même temps vu que *tu* avais un problème de sperme !

— D'accord. C'est ma faute. Docteur Shields, en effet j'ai un problème d'infertilité et apparemment ma femme a envie de le crier sur tous les toits.

— Je trouve simplement que c'est injuste de ta part de me parler du corps parfait d'Emmanuelle, alors que le mien est un peu moins parfait après avoir porté nos trois enfants.

— Laissez parler Adam, Rachel, m'ordonne Laney calmement.

Il me lance un regard triomphal, comme un élève à qui la maîtresse vient de donner raison.

— Je pense que c'est cela, oui. Avec Emmanuelle, c'est comme dans un film porno, et avec Rachel c'est comme avec ma femme.

— Sans doute parce que, justement, il se trouve que je *suis* ta femme, dis-je d'un ton cinglant.

Je suis comme ça, maintenant, grâce à mon mari : mauvaise,

dure, haineuse. C'est parfaitement légitime et pourtant je déteste être comme ça.

— Comment avez-vous mis fin à cette aventure ?

Adam se redresse et regarde Laney droit dans les yeux.

— Je lui ai dit que je ne pouvais pas continuer à avoir une liaison au bureau parce que j'aimais ma femme. Parce que c'est la vérité, Rachel est tout pour moi.

— Tout sauf une star du porno...

— Avez-vous des sentiments pour Emmanuelle ?

Il prend l'air gêné.

— Eh bien... oui. Enfin... je veux dire, pas de l'amour, non, mais du désir. Elle est drôle, intelligente. Et on côtoie le même univers.

— Comment a-t-elle pris cette rupture ?

— Bien, répond-il, mal à l'aise. J'imagine qu'elle espérait plus mais...

Sa voix change soudain et devient plus assurée, plus forte, comme lorsque nous sommes au country club.

— Je ne quitterai jamais Rachel et les filles.

« Parce que, vous voyez, je suis un type bien ! »

— Pourquoi ?

— Parce que...

Sa voix se brise.

— Parce que je les aime. Je t'aime, Rachel. Tu es tout pour moi. Et les filles aussi. J'ai merdé, c'est tout. J'ai cru que personne n'en souffrirait parce que je ne pensais pas que tu l'apprendrais. Je savais que ce n'était pas sérieux, que ça ne durerait pas. J'ai été stupide, je le sais. Comme un gamin qui veut son jouet.

Il fait une moue et ressemble tellement à Grace à cet instant que j'ai le cœur qui chavire.

— Je t'aime, me murmure-t-il.

— J'en ai, de la chance !

Et nous avons un petit rire, qui nous surprend tous les deux.

— OK, Rachel, à vous maintenant de me dire ce que vous ressentez.

— Eh bien..., commencé-je, avant de sentir la Rachel d'avant resurgir sous la carapace : timide, gênée d'être obligée de se confier à une étrangère, horrifiée par les vagues de colère et de chagrin qui la submergent sans autorisation ni contrôle.

Reconnaissante envers Adam d'avoir dit ce qu'il vient de dire. Reconnaissante et tellement soulagée !

Il m'aime. Il ne veut pas me quitter. C'était juste une passade.

OK, d'accord, mais il a quand même dit que tu l'ennuyais et qu'Emmanuelle était super brillante. Il ne t'a jamais dit cela à toi.

Je me raidis et finis par répondre :

— Je suis très en colère.

Laney opine du chef et me sourit pour m'encourager.

— Je ne lui fais plus confiance, parce que, la première fois que je lui ai posé la question, il m'a menti. Il voulait continuer à s'envoyer en l'air avec sa star du porno et c'est tout. Il a même fallu que je me fasse faire un dépistage la semaine dernière, ce qui n'était vraiment pas prévu. J'ai dit à la baby-sitter que j'allais chez la pédicure.

— Mais tu n'as *pas* attrapé de MST. Je suis prudent, fait remarquer Adam.

— Tu veux une médaille ?

Je me tourne de nouveau vers Laney.

— J'ai du mal à accepter que, pour lui, assouvir ses fantasmes sexuels soit plus important que neuf années de mariage, que nos filles et que cette vie précieuse et si belle que nous avons construite...

— Que *tu* as construite, tu veux dire, précise Adam. C'est *ta* vie, *ta* vision de ce qui est beau et précieux.

— Ah oui ? Et depuis quand est-ce qu'elle est différente de ta vision à toi ? Depuis qu'Emmanuelle et son corps parfait sont arrivés dans ta vie ? Hein ? C'est toi qui voulais au moins deux enfants ! Toi qui m'as encouragée à ne pas travailler ! Tu as même acheté notre maison sans me consulter ! Alors arrête avec ton couplet « tu as étouffé mes rêves » et toutes ces conneries !

Je me suis mise à crier. Adam est tétanisé. J'ai le visage en feu et les jambes tremblantes. Je ne supporte plus d'être assise à côté de lui et me jette sur l'autre canapé. Je ne veux même plus le voir.

Comment en est-on arrivés à un tel gâchis ?

Laney se penche vers moi.

— Rachel, voulez-vous rester mariée à Adam malgré son infidélité ?

— Je n'en sais rien, dis-je à mi-voix en attrapant un mouchoir pour m'essuyer les yeux. Je n'en sais rien. Pour le moment, je le déteste.

— Eh bien, moi, je t'aime, insiste Adam, qui s'impatiente. Le sexe et l'amour sont deux choses différentes.

— Va te faire voir.

— Très chic. On dirait ta sœur.

— Je ne te permets pas de parler de ma sœur.

— Bien, dit Laney. Adam, je veux maintenant que vous regardiez Rachel et que vous lui disiez que vous êtes désolé.

— Je le lui ai déjà dit je ne sais combien de fois depuis que c'est arrivé.

— Enfin, depuis que j'ai tout découvert, tu veux dire. Tu as quand même essayé de me faire culpabiliser la première fois que je t'ai posé la question.

— Redites-le-lui, Adam, en la regardant vraiment.

Il se tourne vers moi et au bout d'une seconde ses yeux noisette n'expriment plus de l'irritation mais... de l'amour.

— Je suis tellement désolé, Rachel, murmure-t-il. Vraiment désolé.

C'est là que c'est difficile, quand l'amour s'en mêle. Je soutiens son regard et j'ai soudain l'impression d'être vieille.

— Nous allons en rester là pour cette semaine, dit Laney. Mais c'était un très bon début.

Pour une raison que je ne m'explique pas, Adam est plutôt joyeux dans la voiture.

— Ça s'est bien passé. J'avais des doutes mais ça s'est bien passé.

Je ne réponds pas. J'ai la tête dans un étau.

— Est-ce que je peux espérer récupérer ma femme ? me demande-t-il avec un sourire en coin.

— Quoi ?

— On peut dormir ensemble ce soir ? Tu me manques.

— Je ne pense pas, Adam.

Il soupire et tapote le volant du doigt.

— Quand, alors ?

— Quand j'en aurai envie. Ce qui n'est pas le cas.

Non mais écoutez-moi parler ! On dirait Jenny, celle qui a toujours la repartie facile.

Je me préférais avant.

— Je pensais tout ce que j'ai dit, tu sais, ma chérie, reprend Adam d'une voix douce.

— Que j'étais ennuyeuse ou que tu étais désolé ?

— Mais je *suis* désolé ! Faut-il te le dire sur tous les tons ?

— Peut-être.

— Alors allons-y : je suis désolé, je suis désolé, je t'aime, pardonne-moi.

Il a l'air de s'amuser, et je suis trop fatiguée pour me fâcher encore.

J'ai le front collé à la vitre glacée. Une petite bruine tombe sur le pare-brise. Nous passons devant les jolies maisons de Cambry peintes avec goût en gris, blanc, jaune, vert sombre et rouge sang. Les seuils sont décorés de pensées et de forsythias en fleur, et les pelouses sont grasses et vertes.

— Est-ce que ça t'embête de me déposer au cimetière ?

— Non, bien sûr, ma puce, répond-il.

C'est de nouveau mon gentil Adam, celui que j'aime.

Il entre dans Eden Hills, le vaste cimetière vallonné de Cambry et de trois autres villes voisines. J'ai toujours aimé venir ici. Ce n'est qu'à deux kilomètres de la maison. Maman ne le supporte pas et Jenny ne s'y est pas rendue depuis des années, mais moi je viens deux fois par mois m'occuper de la tombe de papa. La dernière fois, c'était il y a une semaine avec les filles. Elles savent que leur grand-père est au ciel mais ne m'ont pas encore posé la question qui fâche : comment est-il mort ? Grace demandera la première, j'en suis sûre.

— Je rentrerai à pied, dis-je à Adam tandis qu'il se gare près du secteur où se trouve papa.

— Tu es sûre, ma chérie ? Il pleut. Enfin, bon, tu aimes la pluie, me dit-il avec un sourire triste.

— Bien sûr que je t'aime, dis-je alors, ne pouvant m'en empêcher.

Je l'aime et, comme dit Laney, on n'y arrivera qu'en étant sincères.

— Moi aussi, je t'aime, répond-il, les larmes aux yeux.

C'est à la fois rassurant et triste.

— Prends ton temps. Je m'occupe des filles.

— Sois gentil avec Jenny, lui dis-je en ouvrant la portière.

— Oui. Tiens, prends ça, au cas où tu aurais froid.

Il attrape son manteau à l'arrière et me le tend.

Je marche en tenant le manteau jusqu'à la tombe de papa et regarde Adam s'en aller, puis j'étends le manteau sur l'herbe mouillée et m'assois dessus, curieusement rassurée par l'odeur de la pluie sur la pierre. Certaines des tombes datent d'avant la Révolution. La famille de Mme Brewster, tout comme les Hale, a un vrai mausolée. Plusieurs secteurs sont reliés par des allées sinueuses, avec des arbres immenses, des statues d'anges. Tout autour du cimetière, il y a une grille en fer. Quand les filles seront plus grandes, je les emmènerai faire du vélo ici.

Du moins, si nous habitons encore là.

Je nettoie un peu la tombe, où sont éparpillées des cosses d'érable.

Mon père aurait été furieux de toute cette histoire. Il aurait collé son poing dans la figure d'Adam en apprenant ça. Papa et maman formaient un couple merveilleux qui ne s'est jamais désuni. On les voyait échanger des sourires complices quand ils pensaient qu'on ne les regardait pas. Ils ne faisaient qu'un. Je n'ai jamais attendu autre chose d'une relation. Je voulais être une aussi bonne mère que maman avant la tragédie, et trouver l'homme qui ne se lasserait jamais de moi.

Mes parents sont restés mariés dix-sept ans, et se connaissaient depuis vingt. Lorsque j'y pense maintenant, vingt ans, c'est une éternité.

Je voudrais tant qu'il soit là aujourd'hui. On ne se sent nulle part autant en sécurité que dans les bras de son père, on n'a pas besoin d'y avoir l'air forte ou magnanime. On redevient la petite fille de son papa et cela suffit pour aller mieux, même si cela ne change pas grand-chose.

Je lève les yeux en entendant comme un chuintement. Un homme à vélo descend l'allée centrale du cimetière en essayant d'éviter les flaques. C'est Leo, le gérant de Jenny, qui a été si gentil avec moi l'autre soir.

— Salut ! dit-il en s'arrêtant.

— Bonjour, Leo. Il fait un peu humide pour se balader à vélo, non ?

— Pas tant que ça.

Il descend, met la béquille et vient me rejoindre. Il lit l'inscription sur la pierre tombale : « *Robert James Tate, mari chéri, père adoré.* »

— Je suis désolé, me dit-il en s'asseyant près de moi sur le manteau d'Adam.

C'est la première fois que je suis aussi près d'un homme depuis... ouh là ! Depuis que j'ai accouché, mais, si on fait abstraction de mon obstétricien, alors depuis l'époque où je travaillais encore, avec Gus Fletcher, qui avait des yeux rieurs et flirtait avec toutes les femmes du bâtiment, et se penchait par-dessus mon épaule pour me demander des modifications sur l'écran de mon ordinateur.

— Merci, dis-je au bout de quelques secondes. C'était un père formidable.

Leo hoche la tête.

— Ça va, vous ? me demande-t-il sans me regarder vraiment. Question idiote, désolé.

— J'imagine que Jenny vous a raconté.

— J'ai compris tout seul. Comment vont vos filles ?

— Bien. Elles sont merveilleuses.

— J'espère bien les rencontrer un de ces jours.

— Il paraît que vous êtes super avec les enfants.

Il sourit. Il n'est pas exactement beau, son visage est trop anguleux, mais c'est ce qui le rend attirant.

— J'aime les enfants.

— Vous en avez ?

— Non.

— Et vous n'êtes pas marié ?

— Non. Mais ne me branchez pas avec votre sœur. Elle est déjà à moitié amoureuse de moi.

Il rit et je me mets à rire aussi.

— Pourquoi ? Ce ne serait pas une bonne idée ?

— Oh ! je n'en sais rien. Je ne suis pas un modèle de stabilité et de sérieux.

— Vous êtes bien sentencieux.

— Peut-être, mais sincère.

Il passe sa main dans ses cheveux trempés. Il devrait porter un casque...

— Je peux vous poser une question, Leo ?

— Bien sûr.

— Vous promettez de dire la vérité ?

— Promis.

— Est-ce que je suis jolie ?

Il lève les sourcils.

— Très.

— Sur une échelle de un à dix ?

— Là, maintenant, 8,75, mais quand vous n'êtes pas trempée 9,25. Vos cheveux ne sont pas terribles sous la pluie.

Je me recoiffe un peu.

— C'est vrai. Bon, vous êtes très indulgent.

— Non, je suis juste.

— Et Jenny ?

— Trois.

— Oh allez ! Elle est à dix !

Il hausse les épaules, d'une adorable façon.

— Vous êtes sûr que vous ne voulez pas sortir avec elle ?

— Je ne veux sortir avec personne. Mais merci quand même.

Il regarde vers la sortie.

— Je vous raccompagne ?

— Non, merci. J'ai besoin d'être un peu toute seule.

Besoin d'être un peu toute seule. Je lui parle comme à mes filles : maman a besoin d'être un peu toute seule. C'est ce que je leur dis quand je suis dans la salle de bains, mais elles entrent quand même et jouent par terre pendant que je fais ce que j'ai à faire. La salle de bains est devenue très conviviale.

— Parfait, alors, me dit-il en se levant et en me tendant la main.

C'est une belle main, très grande et chaude, avec de longs doigts de pianiste.

— Jenny m'a dit que vous aviez fait la Juilliard.

— Oui, piano et composition.

— J'adorerais vous entendre jouer un de ces jours.

— Je manque vraiment d'entraînement.

Il sourit et je m'aperçois que je le trouve très sympathique, même sans le connaître. Et je me sens bien avec lui, ce qui ne m'arrive jamais en présence d'un homme.

Il m'accompagne jusqu'à la porte du cimetière, me demande à nouveau si je n'ai pas besoin d'être escortée dans les rues mal fréquentées de Cambry.

— Ça va aller, je vous remercie, mais j'ai été contente de vous voir, lui dis-je sans me forcer.

— Moi aussi, Rachel.

Il remonte sur son vélo et s'en va.

— 9,25, me lance-t-il par-dessus son épaule.

— Mettez un casque, la prochaine fois, lui dis-je en retour. C'est la mère en moi qui parle.

8,75 sous la pluie... Pas si mal pour quelqu'un qui va sur ses quarante ans. Evidemment, ma sœur est à dix, avec ses cheveux brillants, ses grands yeux, son sourire en coin et sa peau sans défaut.

Quant à cette garce d'Emmanuelle, elle est à dix aussi, mais dans un genre différent, plus vulgaire. Elle me fait penser à un mannequin du magazine du *New York Times* : légèrement terrifiante, d'une beauté parfaite, sèche et anguleuse, à l'exception de sa bouche, grande, charnue, gourmande.

Je ne me presse pas pour rentrer. Je veux faire durer encore un peu mon temps toute seule.

Jenny

— Ne me juge pas, me dit ma sœur dès que je décroche le téléphone.

On est lundi matin, c'est mon jour de repos.

— Je déteste quand on me dit ça. C'est comme les gens qui disent : « Ne le prends pas mal mais tu as une de ces têtes ! »

Je suis en train de boire un café debout dans ma cuisine et j'observe Leo, sa scie dans les mains devant son tas de bois, l'air complètement désemparé.

— Ne quitte pas, Rachel.

Je mets ma main sur le téléphone et crie par la fenêtre :

— Arrêtez tout de suite avant de vous couper un doigt !

Il laisse instantanément tomber sa scie et me sourit comme s'il attendait que j'intervienne.

— Je t'écoute, dis-je à ma sœur.

— J'ai besoin que tu m'accompagnes quelque part mais je ne veux pas que tu essaies de me dissuader, d'accord ? Je serai chez toi dans vingt minutes.

Elle raccroche sans attendre ma réponse. Je suis intriguée parce que ce n'est pas son genre d'être aussi directive, et c'est plutôt rafraîchissant.

Je descends retrouver Leo dans le jardin.

— Pourquoi cherchez-vous à vous mutiler ? Ce ne serait pas terrible pour votre carrière, si ?

— Bonjour, Jenny.

Il est décidément trop craquant ! Le genre d'homme qu'on a envie de chouchouter, de câliner, d'embrasser pendant des heures.

Il prend son petit air malicieux et, avant qu'il ne me sorte sa réplique sur le fait que je me rince l'œil, je lance : « Un homme-objet ne sait rien faire, c'est bien connu ! »

— Bien envoyé !

Il porte un jean et un T-shirt, comme tous les jours, à part quand il rend visite à sa mère. Il a une sacrée collection de T-shirts. Celui d'aujourd'hui est gris un peu fané avec une inscription en bleu pâle de la Starfleet Academy[1]. Ça craint. En même temps, je n'ai rien à dire, ce n'est pas comme si je ne connaissais pas la Starfleet Academy.

— Que faites-vous ? Enfin, que cherchez-vous à faire ?

A y regarder de plus près, son tas de bois a une forme vaguement triangulaire.

— Une rampe pour Loki.

Je regarde le chien, qui n'est pas très vaillant.

— Une rampe vers... le paradis ?

— Non, vers mon lit, ce qui revient quasiment au même si j'en crois les rumeurs, répond-il avec un clin d'œil.

— C'est ce que vous disent tous les chiens mal léchés que vous faites grimper dessus, c'est ça ?

Je pose mon pied sur la « rampe », qui s'écroule aussitôt.

— Je ne suis pas le roi de la menuiserie.

— Sans blague ? Mais pourquoi est-ce que vous ne le hissez pas sur votre lit vous-même ?

Leo hésite.

— Il a de l'arthrite et ça lui fait mal quand je le soulève.

Il détourne le regard.

J'ai compris : il ne veut pas faire piquer son chien, quand bien même ce serait la meilleure chose à faire. J'essaie de trouver quelque chose de gentil à dire, mais rien ne me vient alors je m'accroupis et caresse l'oreille de Loki, qui répond par un grognement.

— Il a du tempérament, dis-je sans conviction.

1. La Starfleet Academy est un lieu d'entraînement dans l'univers de fiction de *Star Trek*. (NdT)

— C'est un super chien.

Oui, bon, je n'irais pas jusque-là, mais cette dévotion à la Old Yeller[1] est touchante.

— Je dois sortir avec ma sœur aujourd'hui. On peut voir ça plus tard ?

— Ce serait super, Jenny.

Pour une fois, il n'use ni de la séduction ni du pathos, ses deux états habituels.

— Dites bonjour à votre sœur pour moi.

A ce même instant, Rachel arrive, me fait signe, et je vais la retrouver.

— Alors ? Complètement sous le charme ? me demande-t-elle tandis que j'attache ma ceinture de sécurité.

— On dirait, oui. Il est honteusement séduisant.

— Je l'ai croisé au cimetière l'autre soir. Il ne t'a pas dit ? Il était sorti faire un tour à vélo.

J'ai souvent vu Leo sur son vélo mais bizarrement jamais au volant d'une voiture. Enfin, bon, je suis toute la journée à la boutique, et quand je suis à la maison il est avec ses élèves, qui me torturent à coups de *Three Blind Mice, Pop Goes the Weasel,* et *Twinkle Twinkle, Little Star*[2]. Il m'a déjà prévenue qu'autour de Noël j'aurais des envies de meurtre.

— Alors, on va où, Rachel ?

Elle ne me répond pas « en enfer », mais dix minutes plus tard, nous y sommes : au Centre de chirurgie esthétique et de rajeunissement, au cœur d'un magnifique complexe commercial à la sortie de la ville.

— Tu n'as aucun besoin de tout ça, lui dis-je d'un ton catégorique. Rachel, il ne faut pas laisser Adam te faire douter de toi, si c'est ça le problème.

— Ne me juge pas, rétorque-t-elle en claquant la portière. Je viens seulement pour une consultation.

1. *Old Yeller* est un film américain de 1957 sur l'amour d'un jeune garçon pour son chien. Le titre français est *Fidèle Vagabond*.

2. Comptines américaines.

— Mais tu es parfaite ! Tu es ravissante, Rachel ! On continue à te demander ta carte d'identité quand tu sors ! Tout le monde pense que c'est moi la plus vieille !

— Je me sens juste un peu... fanée, c'est tout.

— Alors achète-toi du vernis à ongles vert ! Tu n'as besoin de rien d'autre !

Elle se tourne vers moi, furieuse.

— Je veux consulter un chirurgien plasticien, OK ? Je pensais que ce serait plus facile si tu m'accompagnais, mais si tu continues comme ça il vaut mieux que tu t'en ailles.

Je vois.

— Je suis désolée, c'est juste que je t'aime et que je te trouve magnifique.

— Je sais. Merci.

Elle pousse un grand soupir et me regarde avec un air navré.

— Ecoute, mon ego en a pris un coup, là, et je veux juste... me renseigner. J'ai une amie, Ella, qui s'est fait faire deux ou trois trucs...

— Elle est complètement refaite, tu veux dire ! Elle a des seins comme des obus !

— Mais, même avant, je trouvais que j'avais l'air un peu fatiguée et j'y pensais déjà.

— Ah bon ? Depuis quand ?

— Jenny, j'ai quand même le droit de décider des trucs sans prendre immédiatement mon téléphone pour t'avertir. Tu veux m'aider, là, ou bien quoi ?

— Euh, oui, oui. Désolée, allons-y ! dis-je avec un sourire forcé.

Depuis qu'elle a découvert cette photo sur le téléphone d'Adam, Rachel m'a tout raconté. Je suis au courant pour la thérapie conjugale. Je sais qu'elle a demandé qu'Emmanuelle soit mutée et qu'il a répondu que c'était impossible. Je sais aussi qu'elle a appelé son opérateur téléphonique pour savoir s'il a une autre ligne. Qu'elle a cassé le cadre de leur photo de mariage et l'a ré-encadrée. Je sais que son test de dépistage est négatif, et qu'elle a fait exprès un soir de mettre trop de sel dans le dîner d'Adam, qui l'a quand même mangé.

Mais elle ne m'a jamais parlé de chirurgie esthétique.

A l'intérieur du cabinet médical, il fait sombre comme dans une grotte. Les vitres sont opaques et il y a un code d'accès. On a davantage l'impression d'entrer aux services secrets que chez un médecin. Une fois mes yeux habitués, je trouve l'endroit tout à fait joli. Il y a une fontaine parfumée au concombre et au citron ainsi que de l'eau bouillante pour le thé, plusieurs canapés noirs stylés avec de petites tables cubiques aux extrémités. Des chants d'oiseaux s'échappent de haut-parleurs invisibles. Derrière le comptoir de réception jaillit une fausse cascade, ce qui me rappelle que j'ai bu trois tasses de café ce matin.

Crispée et rouge de timidité, mais aussi peut-être de honte d'être ici, Rachel s'adresse à mi-voix à la secrétaire. C'est pourtant assez classique, non ? Le mari a une aventure, alors la femme décide d'aller faire de la chirurgie esthétique. Sauf que ce n'est pas du tout son genre.

La jolie secrétaire à la voix douce remplit son dossier et nous nous asseyons.

— Bonjour, nous dit une femme assise à côté de moi.

Je fais un bond en arrière puis essaie de me trouver une contenance. On dirait qu'elle a pris une batte de base-ball en pleine poire. Elle a le visage gonflé et violet, les cheveux en bataille, et porte un pyjama et des pantoufles. Elle a un pied énorme et des tuyaux s'échappent de son haut de pyjama.

Je parviens enfin à lui dire bonjour à mon tour, mais Rachel, plongée dans un magazine, fait mine de n'avoir rien vu.

— Vous venez pour vous ?

— Non ! Euh, non, non. Pas encore. Un jour, peut-être, je ne sais pas.

— En tout cas, le Dr Louper est super. Je regrette d'avoir attendu si longtemps.

— Com... combien de temps ?

— J'aurais dû faire ça à soixante ans, dit-elle sans remuer les lèvres du tout. J'en ai quatre-vingt-deux, croyez-le ou non.

En fait, elle n'a pas d'âge tellement sa peau est tendue et violette. On dirait une aubergine.

— Et que vous êtes-vous fait faire ?

— La totale. Les paupières, du Botox, un peu de rembourrage, le menton, les pommettes, la bouche, un lifting du cou, des implants mammaires, une liposuccion du ventre, un remodelage des fesses...

— Oh ! en effet ! dis-je dans un souffle.

J'ai du mal à imaginer la souffrance, sans parler du prix, qu'impliquent toutes ces opérations. J'ai l'impression qu'elle me sourit, à moins que ce ne soit une grimace. Un remodelage des fesses ? A quatre-vingt-deux ans ? J'ai bien l'intention de laisser mes fesses tranquilles, à quatre-vingt-deux ans !

— Je me suis décidée pour la totale d'un coup, plutôt que de revenir dix ou douze fois. Une bonne anesthésie, et c'est parti !

— Et donc vous souffrez beaucoup, là ?

— Le martyre. Je ne vais pas vous mentir : je me suis fait renverser par une voiture à seize ans, eh bien, là, c'est pire. Pendant les trois premières semaines, j'ai pleuré pour avoir de la morphine.

Je n'en crois pas mes oreilles, moi qui ne supporte pas d'avoir mal.

— Rachel Carver ! appelle une infirmière.

Rachel pose son magazine et se lève, en se frottant les mains sur sa jupe.

Je me précipite derrière elle et lui souffle à l'oreille :

— Tu as entendu ça ? Elle a pleuré pour avoir de la morphine !

— Tu pourrais juste te calmer un peu ?

— Mais, Rachel, on dirait que cette femme a été attaquée par un gorille !

Elle ne répond pas. Ce que je dis n'est peut-être pas sympa mais, bon sang, ma sœur n'a vraiment pas besoin de tout ça !

L'infirmière nous emmène dans une vaste salle de consultation, bien plus belle qu'un cabinet médical lambda où on est serré comme des sardines. Elle donne à Rachel une blouse en éponge toute douce et, une fois que ma sœur s'est changée, le docteur arrive. C'est une femme, l'air tout ce qu'il y a de plus normal, c'est rassurant : environ soixante ans, un nez assez fort et sympathique, des poches sous les yeux.

— Bonjour, je suis le docteur Louper, se présente-t-elle. Rachel, c'est ça ? Ravie de vous rencontrer. Alors vous êtes intéressée par notre formule « spécial mère de famille » ?

— Mmm, fait ma sœur.

— Mais pourquoi pas ?

Ou plutôt, pourquoi ?

— Eh bien, je vais avoir quarante ans dans deux semaines, dit Rachel, la voix un peu tremblante.

— Vous êtes superbe, pour quarante ans !

Classique, le compliment à double tranchant : « A quarante ans on est déjà vieille et exténuée, mais vous non ! »

— Le plus important, c'est que vous le faites pour vous, pour vous sentir mieux après. Alors pourquoi pas ? Je lis ici que vous avez trois filles et j'imagine que, comme beaucoup de mamans, vous pensez à elles d'abord, non ? Alors voyez-le comme un cadeau juste pour vous, pour les années à venir.

Rachel a l'air rassurée. Je ne lève pas les yeux au ciel, mais ce n'est pas l'envie qui m'en manque.

— Voyons un peu tout ça, propose le Dr Louper.

Elle passe les quinze minutes suivantes à examiner Rachel comme un cheval de course. C'est tout juste si elle ne lui demande pas de lui montrer ses dents. Elle lui pince, tâte et soupèse le ventre, les seins, les cuisses et les fesses.

— Bien. Alors, nous avons un peu de relâchement par ici, d'affaissement par là, un peu de cellulite ici et bien sûr ce surplus de peau. Vous avez eu des triplées, après tout ! Vous êtes héroïque !

J'acquiesce :

— Ah, ça, c'est sûr !

Le docteur sourit.

— Il suffirait de faire une petite reprise du ventre et de se débarrasser du surplus de peau, de remonter votre nombril par ici, et de resserrer tout ça pour que vous ayez l'air d'une adolescente, parce que franchement vous n'avez pas beaucoup de poids à perdre.

— Elle n'a pas *du tout* de poids à perdre, ne puis-je m'empêcher de corriger.

— Votre sœur a raison. Pour vos seins, je suggère de les remonter un peu pour remettre ces chers petits bien à leur place, et de très légers implants si vous avez envie qu'ils soient un peu plus gros.

Elle a un sourire encourageant, mais je ne parviens pas à effacer de mon esprit la femme-aubergine.

— Et puis, tant que nous y serons, pourquoi pas une petite lipo des cuisses ? Vous n'en avez quasiment pas besoin mais pas mal de femmes font ça maintenant, et je réinjecte ensuite la graisse dans les lèvres pour les repulper un peu.

Bien sûr ! Et Rachel sera alors la plus heureuse des femmes, car qui ne rêverait pas devant un tel programme ? Après tout, est-ce que nous ne sommes pas toutes ravies de nous dandiner devant notre miroir en petite tenue, à vérifier que nos lèvres sont assez repulpées ? J'essaie de donner le change mais je pense que mon dégoût se lit sur mon visage.

— Nous pouvons aussi vous resserrer un peu le vagin de manière à augmenter votre plaisir sexuel, ainsi que celui de votre mari.

A cet instant, ma sœur fond en larmes. Dieu merci !

— Pourriez-vous nous laisser une minute ? dis-je en la prenant dans mes bras.

L'air désolé, le docteur sort en emportant son horrible bloc-notes.

— Rachel, ma pauvre chérie, lui dis-je en la serrant très fort.

Elle sanglote.

— Tu n'as absolument pas besoin de tout ça, insisté-je, la voix brisée par l'émotion.

— Je sais, murmure-t-elle. Mais... je ne peux pas m'en empêcher. Je me déteste d'être venue ici, mais... Emmanuelle est... tellement belle, Jenny ! Tellement magnifique ! Une beauté diabolique !

J'ai envie de répondre « et alors ? », ou bien « on s'en fiche », ou encore « ce n'est pas ce qui compte », mais je sais bien que ça compte pour elle.

— Elle ne peut pas être si belle que ça.

— Si !

— Eh bien, en tout cas, sa foufoune est hideuse.

Ma sœur se met à rire et à pleurer en même temps, et j'ajoute :

— Et en plus c'est une garce.

Elle me sourit, les yeux pleins de larmes.

— C'est tellement bon de t'entendre dire toutes ces choses que je n'arrive pas à faire sortir, répond-elle en s'essuyant les yeux.

Le Dr Louper ouvre la porte et demande si tout va bien.

— Oui, répond Rachel. C'est juste que je ne me sens pas prête.

— Je comprends parfaitement. Il faut le faire pour les bonnes raisons, dit-elle d'une voix douce. Revenez me voir si vous changez d'avis.

Du coup, j'emmène ma sœur déjeuner et nous parlons de mes clientes : la Russe qui veut une robe entièrement brodée de cristal Swarovski, quand bien même ce sera tellement lourd qu'elle pourra à peine marcher, ou celle qui porte des soutiens-gorge bonnet F et s'est mise à pleurer lorsque je lui ai annoncé que ce ne serait pas un problème de lui faire sa robe.

— Et avec Kimber, comment ça s'est passé ?

— Eh bien, c'était un rendez-vous intéressant : Mme Brewster veut une robe princesse sans décolleté, avec des manches longues pour que le moindre centimètre carré de peau soit couvert. Elle est arrivée avec des photos immondes, c'était à pleurer. Kimber est d'une patience d'ange, mais je doute que ce soit la robe de ses rêves.

— Jared est complètement fou d'elle.

— Et Kimber s'illumine à chaque fois qu'elle prononce son nom.

— Tu penses que ça va marcher entre eux ? me demande Rachel en chipotant sa laitue.

— Oui, je pense, et j'en ai vu tellement que je sens bien les choses.

— Et Adam et moi, tu penses que ça va marcher ?

— Je... je n'en sais rien. Et toi ?

— Il faut que je lui laisse une chance, non ?

Je repense alors à ma sœur devant ce médecin, à son test de dépistage et aux cinq jours qu'elle a passés à attendre le résultat.

— Non, Rachel, tu mérites mieux que ça.

Un éclair de gratitude traverse son visage, puis s'efface presque aussitôt.

— Mais j'adore ma vie, dit-elle d'une voix si faible que je l'entends à peine, et ça me rend malade de la perdre.

Puis elle se ressaisit.

— Mais au fait tu as un rendez-vous ce soir ! Avec Jimmy Grant, c'est ça ?

— Oui, et il a intérêt à être normal, Rachel, ou sinon tu vas m'entendre !

Elle me regarde d'un air presque joyeux. Jimmy est ce papa divorcé dont les filles vont à l'école avec mes nièces.

— Il est tout ce qu'il y a de plus normal, et plutôt beau gosse. Ça pourrait marcher.

C'est tout ma sœur, ça. Elle patauge dans la mouise jusqu'au cou mais elle ne pense qu'à faire mon bonheur.

Nous allons ensemble chercher les filles et je passe une heure à jouer avec elles (et à me déplacer quelques vertèbres ce faisant). Puis je m'en vais, car je ne veux pas croiser Adam, qui rentre plus tôt depuis quelque temps, sans compter que j'ai promis à Leo de l'aider pour cette rampe. Et qu'il y a ce rendez-vous, bien sûr.

Je suis retournée à Manhattan l'autre jour pour le dernier essayage d'une cliente adorable, comme je les aime : à la fois admirative et pleine de doutes devant sa robe. Il fallait que j'agrandisse un peu sa jupe au niveau du ventre, parce qu'elle est enceinte de trois mois et que ça commence à se voir. Elle a quarante-trois ans, et son fiancé et elle sont au comble du bonheur à l'idée d'avoir ce bébé. Ça prouve bien que j'ai encore le temps, moi qui ai sept ans de moins !

J'ai été frappée en retournant à New York de voir combien la ville m'était à la fois étrangère et familière. Je n'ai eu aucun problème pour trouver la bonne sortie sur West Side Highway et pour rejoindre la 14e Rue. Je savais où me garer dans Greene Street et où m'arrêter pour le déjeuner — c'est chez Benny's que l'on trouve les meilleurs burritos du monde.

Mais au bout de quelques semaines je n'ai déjà plus l'impression d'être chez moi ici. Cette ville m'est toujours apparue comme tellement vivante, une créature énorme dont le ventre recèle une foule de trésors : des impasses dans l'Upper West Side, où se cachent de minuscules jardins qui invitent au repos, ce SDF sur Madison Avenue qui, contre un billet de cinq dollars, vous fait des commentaires sur votre tenue, l'immeuble de brique désaffecté dans la 81e, où l'on peut entrer par le jardin de derrière et faire le tour du propriétaire dans les pièces vides, le lever du soleil au mois de juin dans Central Park, un paradis doré où les chants d'oiseaux rivalisent avec les sirènes de police rassurantes, rassurantes parce qu'on sait alors que ceux qui nous protègent ne sont pas loin.

Je ne m'attendais pas en revanche à ce que la créature bienveillante et toute-puissante m'oublie si vite. Après avoir toléré l'étudiante de dix-huit ans que j'étais, puis célébré ma réussite professionnelle, elle m'a oubliée sitôt que j'ai franchi le Henry Hudson Bridge. New York est habitué à voir partir ses enfants adoptifs : dès que l'un d'entre eux s'en va, un autre prend sa place.

Et, même si c'est difficile à avaler, je suis contente. J'ai presque honte de l'avouer mais j'aime Cambry, la ville où je suis née, plus que je ne le pensais. J'aime ses maisons et ses vieux arbres, ses ruelles, ses cours minuscules. Je connais chacune des bosses que font les racines sur les trottoirs. Je sais aussi que la fille cadette des Ortega a une voix magnifique et que le chat qui monte à l'arbre devant la fenêtre de ma chambre est celui des Capistranos. Je connais Miles et Ben, les deux papys qui jouent aux échecs devant chez le coiffeur du centre-ville, et je sais que chez Luciano les aubergines au parmesan à emporter sont meilleures qu'au Firenze où elles sont trois fois plus chères.

Je sais enfin que lorsque cette musique remarquable s'échappe du 11, rue des Magnolias, comme en ce moment, Evander James est en train de prendre sa leçon de piano. Leo a quelques bons élèves, quelques élèves lamentables, et puis il a Evander.

Des notes lourdes et inquiétantes résonnent dans l'appartement de Leo. Je reste à regarder ce jeune garçon dont les mains courent sur le clavier et dont le corps entier, les bras, les épaules, accompagnent la musique. Il a le visage empreint d'intensité et de ferveur. On a l'impression d'assister à un phénomène naturel, comme si son corps était parcouru de courant électrique.

Même moi, je vois bien qu'il est exceptionnel.

Leo est assis à côté de lui, en retrait, et le regarde, les bras croisés et le front plissé par la concentration. Il me voit et me fait un clin d'œil, puis se retourne vers son élève.

La musique s'arrête. L'enfant reste immobile et silencieux une minute, avant de se tourner vers Leo, qui se penche en avant et lui montre la partition en disant quelque chose. Puis ils se lèvent tous les deux et sortent aussitôt.

— Bonjour, madame l'espionne, me dit Leo.

— Bonjour, cher maître, dis-je à Evander.

— C'est *lui* le maître, me corrige Evander à mi-voix.

— Vraiment ? Je trouve qu'on dirait plutôt Voldemort.

Evander sourit. Leo également, ce qui me chatouille délicieusement le bas-ventre.

— Evander ne part pas tout de suite, me dit Leo en regardant une mère et sa fille qui viennent vers nous.

— Bonjour, Leo ! Comment ça va ?

Une de ces mères morfales, comme je les appelle, qui mangent Leo des yeux et lui apportent sans arrêt des gâteaux. (Au moins, moi, je ne risque pas de lui faire ce genre de cadeau.) Celle-ci traîne de force une petite fille d'une dizaine d'années à l'air malheureux, un panier à pique-nique hors de prix dans l'autre main. Elle me fait un petit signe de tête et m'oublie immédiatement.

— Surtout, ne vous fâchez pas, dit-elle à Leo en ronronnant comme une chatte. J'avais préparé beaucoup trop pour le déjeuner alors je vous ai apporté ça. Et puis Renley adorerait que vous veniez dîner à la maison un soir. Ce n'est pas pour me vanter mais j'ai pris des cours à l'Institut culinaire !

La Renley en question ne manifeste pas le moindre intérêt pour la conversation.

— Bonjour, Renley, tu as travaillé, cette semaine ?

— Non, répond-elle avec un regard noir. Qu'est-ce qu'il fait ici, lui ? Il est pauvre. Il ne peut pas se payer des cours.

Evander baisse la tête.

— C'est mon meilleur élève, répond Leo d'une voix ferme. Le meilleur que j'aie jamais eu et que j'aurai probablement jamais.

— Quand même, Leo, ce n'est pas très gentil de votre part de dire ça devant Renley...

— Mais c'est pourtant vrai. Renley, tu n'arriveras jamais au niveau d'Evander. Je pourrais te mentir et te dire que tu as du talent et qu'avec de la persévérance tu vas y arriver, mais ce n'est pas vrai. Evander, lui, sait déjà jouer Bach, Chopin et Debussy, tandis que tu peines encore sur *Ragtime Raggles* au bout de trois mois. Alors soit tu t'excuses, soit tu te trouves un autre professeur.

Si je n'étais pas encore tout à fait sûre d'être amoureuse de lui, ça y est !

Renley regarde Evander.

— Je suis désolée, Evander, lui dit-elle avec sincérité.

— Mais vous n'avez pas à parler comme ça à ma fille ! s'écrie la morfale.

— C'est pourtant ce que je viens de faire.

— Ça suffit comme ça. Viens, Renley, on s'en va ! rétorque-t-elle d'un ton glacial.

— Chouette ! Merci, monsieur Killian ! Ne le prenez pas mal, mais c'est ma mère qui voulait que je joue du piano. Au revoir, Evander !

Evander est tout gêné.

Elles s'en vont, la mère ulcérée, la fille enchantée.

— Voilà mon dîner qui m'échappe, remarque Leo. Bien. Tu veux continuer à jouer, Evander ? Jenny et moi avons une rampe à chien à construire.

— Je peux vous aider ? demande-t-il.

— Bien sûr, dis-je. Surveille Leo, qu'il n'aille pas se couper un doigt ou deux.

Leo n'a touché à rien depuis ce matin. Les planches sont découpées et il y en a le bon nombre : quatre pour le cadre, un morceau de contreplaqué et quatre tasseaux, pour que Loki ne glisse pas, comme sur une passerelle.

— Qui vous a découpé le bois ?

— La vendeuse.

— Je me disais aussi...

Il prend ma réponse avec le sourire.

— Evander, mon grand, tiens-moi ça, dis-je en lui tendant un tasseau et en ramassant le marteau. Je vais clouer celui-ci et ensuite ce sera ton tour.

C'est un très beau petit garçon, avec des cils immenses et les yeux verts de Derek Jeter[1], un futur bourreau des cœurs, qui plus est pianiste prodige.

1. Célèbre joueur de base-ball de l'équipe des Yankees de New York.

— Comment ça se fait que vous savez fabriquer ça, et pas M. Killian ?

— Nous n'avons pas tous les mêmes talents, Evander. Ne m'en demande pas plus, répond Leo en s'asseyant dans son transat et en étirant ses longues jambes.

Loki s'écroule à côté de lui. (Je ne peux pas m'empêcher de vérifier qu'il respire encore.)

— C'est mon métier, l'assemblage. Je suis couturière. Je fabrique des robes de mariée.

Evander me regarde à peine, il est encore très intimidé, même si c'est la quatrième ou cinquième fois que nous nous voyons. J'enfonce un clou et lui tends le marteau.

— A toi, maintenant.

Il le prend avec précaution et frappe une première fois pour essayer, puis une deuxième. Je l'encourage et il recommence : tap, tap, tap. Comme il ne veut pas y aller trop fort, il frappe une bonne cinquantaine de fois avant d'enfoncer le clou.

— Bravo !

— Merci, répond-il avec un petit sourire.

— Est-ce que je peux te poser une question ?

— Non, Jenny, je ne vous épouserai pas, intervint Leo, et Evander est un peu jeune, quant à lui, n'est-ce pas, mon gars ?

Evander rit et plante un nouveau clou tandis que je secoue la tête.

— Qu'est-ce que tu ressens lorsque tu joues comme tout à l'heure ?

Pendant une minute, il ne répond rien et se contente de regarder le sol. Puis il lève les yeux vers moi et dit d'une voix si faible que je l'entends à peine :

— Je sens la musique qui grandit et grandit à l'intérieur de moi, et puis elle monte dans ma poitrine, descend le long de mes bras et arrive jusqu'au bout de mes doigts.

Je jette un coup d'œil à Leo, qui n'en perd pas une miette.

— C'est douloureux ?

Il rit.

— Oh non ! La musique est une amie, ma meilleure amie.

— Tu joues beaucoup ?

— Non, pas vraiment. Cinq ou six heures par jour. Je préférerais ne pas être obligé d'aller à l'école parce que là-bas je n'entends plus la musique à l'intérieur de moi.

Certains jours, à l'école de couture, c'était la même chose pour moi. Je cousais jusqu'à 4 heures du matin, au point qu'en me levant j'entendais littéralement mon dos craquer.

Ce n'est plus pareil ces derniers temps, peut-être parce que cela fait longtemps et que je n'ai plus la passion du début.

Je reprends le marteau et montre à Evander la suite des opérations.

Une demi-heure plus tard, la mère d'Evander gare sa Honda au pare-chocs cabossé et aux jantes rouillées.

— Coucou, mon grand !

Le visage d'Evander s'illumine. Il rentre dans la maison en courant chercher ses affaires tandis que Leo se déploie pour sortir de son transat (c'est qu'il est grand, cet homme) et aller parler à Mme James. Je n'entends pas ce qu'ils se disent mais elle a l'air heureuse, et lorsque Evander passe en courant à côté de moi en lançant un « au revoir, miss Jenny ! », je ne peux m'empêcher de ressentir un petit pincement de jalousie et de tristesse.

Comme je voudrais un enfant ! Un petit gars comme Evander, timide et étrange, solitaire et adorable. Ou alors une petite fille sérieuse comme Grace, ou bien vive comme Rose ou encore douce comme Charlotte. Ou même comme Renley. Je saurais la recadrer en moins de deux, lui apprendre la politesse et la gentillesse. Je serais une maman aimante, rigolote et ferme à la fois. J'apprendrais à mes enfants qu'ils sont exceptionnels bien sûr, mais pas plus exceptionnels que n'importe quel enfant. Ils se coucheraient tôt, mangeraient des légumes. On se ferait des câlins et je leur lirais des histoires, ici, dans la seconde chambre, celle que le soleil vient illuminer chaque matin, et mon mari viendrait m'apporter un café et il...

— Jenny ?

— Quoi ? fais-je, brutalement tirée de ma rêverie.

Mme James est partie et je suis toujours à genoux juste devant Leo, ce qui est une position un peu bizarre. Je me relève tant bien que mal.

— Vous avez presque fini, non ? Il faut que je file.

— Moi aussi, en fait. Et, oui, j'ai fini.

Ses yeux ne sont pas bleus mais gris aujourd'hui, sans doute à cause du ciel.

— Vous voyez quelqu'un ce soir ?

— Oui.

Il ne fait pas de commentaire.

— Ma sœur m'a arrangé un rendez-vous avec un de ses amis. Nous allons chez St Arpad, à Ossining.

C'est Jimmy qui a choisi. Il habite là-bas, contrairement à son ex-femme et ses enfants, qui vivent à Cambry.

— Au St Arpad ?

— Oui, c'est un restaurant hongrois.

— Je sais, c'est là que je vais, moi aussi.

— Vraiment ? Tiens, tiens, monsieur Rien-de-sérieux a un rendez-vous ? Je vous pensais plutôt du style coup d'un soir.

Il a un rendez-vous ! Et voilà, je suis jalouse !

— Super, je vais pouvoir la voir ! Ou alors on pourrait dîner tous les quatre, non ? Vous voulez qu'on y aille ensemble ? Et si on décidait d'un code au cas où ça se gâterait ?

J'en fais peut-être un peu trop, là. Il n'a pas l'air de trouver ça drôle.

— Ce n'est pas un rendez-vous de ce genre. C'est une vieille connaissance.

Son regard s'évade et il ajoute :

— Ecoutez, soyez sympa, au restaurant, ne venez pas me parler, et ne me dites pas bonjour, OK ?

Je suis prise de court.

— Ah ? C'est agréable !

— Elle n'est, disons, pas facile. Si vous pouviez faire comme si on ne se connaissait pas, ce serait mieux.

— OK, je ne croiserai pas votre regard et je sortirai à reculons pour ne pas vous offenser. Je peux aussi aller nettoyer vos toilettes, éventuellement, maintenant que j'ai terminé la rampe pour votre chien ?

— C'est un peu compliqué. Je ne veux juste pas que vous vous rencontriez.

— Oh ! c'est bon !

Je laisse tomber le marteau sur le perron et je gravis les marches, furieuse, avant de claquer la porte de chez moi, histoire d'être claire.

« Ne venez pas me parler. » Pourquoi a-t-il dit un truc pareil ? Je suis locataire dans une maison dont il est le gérant (incompétent, devrais-je ajouter, vu qu'il ne s'est encore occupé de rien et que l'eau de ma douche est soit bouillante soit glacée). Je *pensais*, étant donné le nombre de fois où il est passé chez moi et le nombre de conversations que nous avons eues depuis un mois, que nous étions, disons, amis.

J'en conclus que non, puisque je n'ai pas le droit de venir lui dire bonjour.

Le restaurant est sombre, feutré et classique, avec des serveurs compassés aux cheveux blancs, en grande tenue, qui parlent hongrois (enfin, je crois) à voix basse et se déplacent en silence avec des plateaux appétissants. Jimmy et moi sommes installés sur des banquettes à l'écart, et il m'a embrassée sur la joue quand je suis arrivée. C'est vrai qu'il est beau. Je le savais déjà via Facebook, Twitter et Google, mais c'est encore plus vrai en live. Cheveux bruns, yeux bleus, taille moyenne. J'aime aussi son eau de toilette : Armani pour homme, je pense. Et il a des mains soignées.

Cela dit, j'ai du mal à dire s'il me plaît, vu que cinq tables plus loin il y a Leo, en grande conversation avec une femme aux cheveux magnifiques, blonds et lisses. En passant à côté d'elle, j'ai vu qu'elle était très jolie et qu'elle portait une robe rouge. « Une vieille connaissance », tu parles ! Le rouge est *la* couleur de la séduction. A part ça, je ne vois pas grand-chose à cause du gros chauve qui me bouche la vue, mais je vois Leo, qui me fait face (sans jamais croiser mon regard, bien sûr, puisque je n'ai aucun intérêt à ses yeux).

Il a sa tête des mauvais jours. Même lorsqu'il sourit, on dirait que son chien vient de mourir. Et, même si je n'ai pas le droit de le regarder, ce beau visage triste me fait bêtement de la peine.

Un minuscule serveur, qui a l'air d'avoir au moins quatre-vingt-dix-sept ans, vient nous réciter à toute vitesse la liste des spécialités. Son prénom, Szabolcs, est indiqué sur son badge, et je ne comprends pas un traître mot de ce qu'il nous dit. Il pourrait tout aussi bien nous raconter qu'une meute de loups est en train de dévorer ses arrière-petits-enfants dans la cuisine. Je hoche la tête en souriant.

— Je prendrai le poulet.

Il me demande alors quelque chose avec plein de *sht* et de *tsz* et de *ejht*, et je réponds que c'est parfait. C'est comme ça qu'on se retrouve à manger du chat.

— Pour moi, ce sera un goulasch, commande Jimmy.

Szabolcs se retire à pas lents. Je proposerais bien de l'aider mais je ne voudrais pas créer d'incident.

— Alors, comme ça, vous êtes divorcée ? me demande Jimmy.

— Oui, depuis un an et demi.

— C'est dur.

Il se ressert du vin. J'ai à peine touché à mon verre. Nous avons commandé une bouteille car Jimmy trouvait que c'était moins cher.

— Non, non, ça s'est passé d'une manière très civilisée, dis-je avec un sourire forcé.

Jimmy tend son bras au-dessus de la table et me prend la main. Il me dit quelque chose d'incroyablement gentil et sensible, mais viril quand même (bon, là, tout de suite, je ne trouve pas quoi). *Au contact de sa main, mon bras frissonne. Je réponds que je ressens exactement la même chose et nous passons le reste de la soirée à ne pas réussir à nous quitter des yeux. Nous rions beaucoup, il me raccompagne et me dit qu'il n'arrive pas à croire que nous soyons si bien ensemble, et...*

Non. Ça ne marche pas. Pas avec Leo juste en face de moi.

Tout à coup, je me mets à penser à Owen avec nostalgie. Je n'y pensais plus depuis deux ou trois jours et voilà que son souvenir revient, douloureux : ses drôles de cheveux de petit garçon, son sourire adorable. Le regret de ma vie d'avant me frappe violemment.

Je me demande ce qu'ils sont en train de faire, Ana-Sofia et lui. Il cuisinait, enfin, il cuisine, très bien. Il est sûrement en train de préparer le dîner pendant que sa femme donne la tétée à Natalia, qui n'a certainement jamais pleuré depuis sa naissance et commence déjà à apprendre une troisième langue. Comme elle vient d'un pays où les principes sont moins stricts, Ana-Sofia va sûrement accepter un verre de vin (curieusement, l'Américain de base pense que tout est mauvais pour sa santé), et Owen va l'embrasser tendrement sur la bouche.

Quand nous nous sommes rencontrés, Owen n'embrassait pas si bien que ça, mais je lui ai appris un ou deux petits trucs. Jimmy boit pendant que je cherche vainement de quoi faire démarrer notre conversation.

— C'est joli, ici.

— Mmm, répond-il.

Leo tousse mais je ne tourne pas la tête.

Szabolcs finit par apporter nos plats et, grâce au ciel, le mien sent divinement bon : du poulet dans une sauce ambrée, saupoudrée de paprika orange, accompagné d'une montagne de pommes de terre écrasées. Jimmy attaque son goulasch direct.

Naturellement revigorée par mon assiette, je me sens remplie d'énergie conversationnelle.

— Et vous, Jimmy, vous êtes divorcé aussi, n'est-ce pas ?

— Oui, répond-il sans rien ajouter, avant de s'envoyer une bonne gorgée de vin pour faire passer le goulasch.

Nous en restons là. Je renonce et me mets à déguster mon succulent poulet. Comment faire pour boire cette incroyable sauce ? Si ça se trouve, Jimmy ne le remarquerait même pas si je me mettais à la laper sous son nez.

Je lui demande s'il aime lire. Non. (Sérieux ? Et il assume ?) Je lui demande s'il regarde la télé. Oui. Les combats d'arts martiaux. (Il se fiche de savoir si moi je la regarde.) Je lui demande s'il a des frères et sœurs. Oui. S'il fait du sport ? Ça lui arrive.

Et puis zut.

En même temps, je ne peux pas m'empêcher de regarder Leo. Ce n'est pas ma faute s'il est pile dans ma ligne de mire ! A moins de me cacher les yeux avec la main, je suis quasiment obligée de le voir.

Il a des cheveux magnifiques. C'est insensé, pour un homme, d'avoir des cheveux pareils, d'un brun cuivré avec ces accroche-cœur comme un empereur romain. Il les porte courts, en arrière sur le front, mais s'il les laissait pousser c'est évident qu'il aurait la chevelure d'une princesse Disney. Il ne mange pas grand-chose. Et n'a pas l'air de boire beaucoup non plus. Il ne fait qu'écouter la femme à la robe rouge en hochant la tête de temps en temps.

Jimmy, en revanche, vient de vider dans son verre le reste de la bouteille.

— Vous allez boire ça ? me demande-t-il.

— Oui, dis-je en rapprochant mon verre.

— Tant pis.

Et il boit la moitié du sien.

— Alors, votre sœur, c'est celle avec les triplées, c'est ça ? me demande-t-il d'une voix un peu forte.

Il faut que je m'assure qu'il ne rentre pas en voiture. Je pousse un soupir.

— Oui, trois filles, le soleil de ma vie.

— Ah, super.

— Et vous, des filles aussi, n'est-ce pas ?

— Non, je disais : super, encore une qui veut des gosses. Je veux dire, c'est bien pour ça que vous êtes ici, non ?

— Euh, je vous demande pardon ? dis-je alors en me rendant soudain compte que la moitié du restaurant s'est tue.

— Vous voulez des gosses ?

— Eh bien, oui, mais ce n'est pas pour ça que je...

— Bingo ! Donc vous me voulez pour mon fluide, c'est ça.

— Quoi ? Mais... non !

— Bien sûr que si ! Vous voulez mon sperme !

— Jimmy, vous pourriez parler moins fort ?

— Vous savez quoi ? Je suis un être humain, d'accord ? Une personne de chair et d'os !

— Oui, je le sais bien.

— Vraiment ? Parce que j'ai plutôt l'impression que tout ce qui vous intéresse, c'est mon sperme. Vous êtes allée voir ma page Facebook, n'est-ce pas ?

— Non !

En fait, si, mais je n'ai rien vu qui concerne son sperme, Dieu merci.

— Que diriez-vous d'un peu de romantisme, pour commencer, hein ? Ne pourrions-nous pas d'abord échanger nos noms de famille, avant d'en venir à ma carte génétique ?

On dirait que j'ai touché une corde sensible. Ou alors, ce qui est plus probable, il est soûl et très con.

— Bien, dis-je en me levant, ravie d'avoir fait votre connaissance, je vais régler ce que je dois au maître d'hôtel.

— Et je vous ferai passer un échantillon pour que vous puissiez voir si j'ai ce qu'il vous faut.

— Je connais déjà la réponse.

Dommage, personne n'entend ma riposte car il continue de vociférer.

Je me dirige vers la sortie. Un des garçons me fixe, l'air intrigué. Super. Je passe pour la chasseuse de sperme. Les gens chuchotent sur mon passage. En revanche, Leo m'ignore et ne vient pas à mon secours. Non que j'en aie besoin mais, s'il se levait maintenant et venait m'embrasser sur la joue, ce serait sympa, c'est sûr.

Le maître d'hôtel n'étant pas à son poste, j'attends, tous les yeux rivés sur moi. Ah, le voilà enfin ! Zoltan. A côté de lui, le serveur de tout à l'heure fait jeunot.

— Tout délicieux, oui ? susurre-t-il.

— Oui, merci. Dites-moi ce que je vous dois.

Il soupire.

— Votre serveur ? Qui ?

Je n'ai pas la moindre idée de la façon dont se prononce son fichu prénom. Je tente vaguement une série de consonnes indistinctes.

— Il me semble que c'est un nom qui commence par un *c*, avec un *a* et un *z* aussi.

Pendant ce temps, Jimmy continue sa diatribe contre une société où l'homme ne sert à rien d'autre qu'à fournir des spermatozoïdes et où, si cela ne tenait qu'à elles, les femmes enfermeraient les hommes dans des cellules pour ne les en sortir que pendant leur période d'ovulation. A cet instant, cela ne me paraît pas une si mauvaise idée que ça.

— Si je vous laisse soixante dollars, ça ira ?

— Je revenir bientôt, murmure Zoltan, avant de s'éclipser.

La vache ! J'avais oublié à quel point ça craint, un rendez-vous foireux !

Voici maintenant que Leo et la robe rouge s'approchent. Je regarde fixement devant moi avec hostilité, espérant que Leo comprendra le message. Je me gratte le nez avec le majeur au cas où ce ne serait pas assez clair.

— Bon, c'était super de te revoir, lui dit la robe rouge. Tu as l'air en forme.

— Toi aussi, répond Leo. Tu ne veux pas que je te raccompagne jusqu'à ta voiture ?

Il me lance un regard que je fais semblant de ne pas voir.

— Va plutôt dans une banque de sperme ! me crie alors Jimmy.

La blonde enfile son imper. (Un Burberry, évidemment. Mais pourquoi faut-il qu'elle soit si jolie ?) Puis elle prend le visage de Leo entre ses mains, et je me raidis, prête à encaisser le choc.

Mais ils ne s'embrassent pas. Leo attrape ses deux mains et l'empêche d'aller plus loin. Elle n'a pas l'air étonnée, et continue de le fixer, les yeux embués de larmes.

— Leo...

— Je sais, l'interrompt-il. Merci, Beth, vraiment, merci. Je te raccompagne.

Il me regarde à nouveau puis il lui tient la porte. Que veut-il que ça me fasse ?

— Achète-toi une seringue, salope ! me crie encore Jimmy.

Des Hongrois cacochymes l'ont pris par les épaules et le tirent lentement vers le fond du restaurant où j'espère qu'ils vont le fouetter à coups de tuyaux d'arrosage, le noyer dans de la crème ou user de n'importe quelle autre arme à leur disposition.

Mon vieil ami Szabolcs avance à petits pas jusqu'à moi.

— Dîner offert par la maison, me chuchote-t-il.

— OK, parfait. Merci.

Je suis donc restée tout ce temps à me faire humilier devant tout le restaurant pour rien.

Je sors, et la pluie calme le feu de mon visage. Je respire à fond puis monte dans ma voiture.

Sans blague, je commence à envisager la seringue d'un œil différent.

C'est mon cinquième rendez-vous depuis mon divorce. Deux fois, les types étaient sympas, ils m'ont dit qu'ils adoreraient me revoir mais ne m'ont jamais rappelée. J'ai attendu le temps qu'il fallait (six jours, d'après ce que j'avais lu dans tous mes manuels de drague) et j'ai repris contact avec John (par téléphone et non par SMS) et puis avec Marcus. Je leur ai parlé (toujours en suivant les conseils de mes manuels) d'une exposition sur la construction du métro au musée de la ville de New York (normalement, les hommes aiment) et à Marcus d'un atelier de dégustation de bière (*idem*) auxquels je me rendais (ce qui prouvait que j'avais des centres d'intérêt en dehors de mon travail), et je leur ai proposé de m'accompagner.

Les deux fois, je suis tombée sur leur répondeur et ils ne m'ont jamais rappelée.

Pour ce qui est des trois autres, le premier m'a raconté en détail la première fois où il avait vu sa mère nue et l'effet que cela lui avait fait (beaucoup trop d'effet, en fait). Le deuxième était assez sympa, mais notre histoire a capoté dès la fin du dîner lorsqu'il a trouvé une dent dans ses fettucine. Il est resté très calme, et le patron nous a offert le dîner (nous n'avions plus très faim, de toute façon) avec en plus un avoir de 250 dollars en dédommagement. Une fois qu'on est sortis, il s'est mis à rire et m'a avoué que c'était sa dent, et qu'il faisait tout le temps ça. Il s'était fait arracher une molaire et la gardait spécialement pour ça. Quant au troisième, il est arrivé, il s'est assis, m'a regardée longuement avant de jeter un œil sur son téléphone et de repartir.

Et enfin Jimmy et son « fluide ».

C'est à se demander comment j'ai fait pour trouver Owen.

On s'est rencontrés à une fête. Il était interne et je venais juste d'être embauchée par Vera Wang. J'étais tellement fière et sûre de moi que j'aurais dragué Robert Downey Jr. lui-même. Owen était là, beau, amusant et si adorable, normal et gentil ! Il m'écoutait, riait à mes blagues, m'appelait quand il avait dit qu'il le ferait, et je ne réalisais pas alors à quel point c'était chose rare et précieuse.

J'ai trente-six ans, j'en avais vingt-sept quand je l'ai rencontré. C'est peut-être ça qui cloche, mon âge.

Là, tout de suite, je m'en fiche. Sauf qu'en fait non, je ne m'en fiche pas du tout.

En arrivant chez moi, je vois que tout est éteint chez Leo. Bien. Tant mieux ! Qu'il se tape la robe rouge ! Beau comme il est, il ne va pas vivre comme un moine, j'ai bien compris. Mais il ne cherche rien de sérieux et je ne l'intéresse pas, en tout cas, pas sur ce plan. Je vais faire comme s'il était homo.

En tout cas, c'est super : quand on regarde ma mère, ma sœur, moi, aucune n'a réussi son mariage, aucune !

Ah oui, il y a ma tante Angela. Et ma meilleure amie d'enfance, et aussi mes voisins à Greenwich, qui formaient un super couple.

Mais tout de même, vous voyez ce que je veux dire, à part ces trois exemples, personne n'est heureux.

Et si j'adoptais ? Ou plutôt si j'allais dans une banque de sperme ? Je me prendrais en photo là-bas et je l'enverrais à Jimmy avec un petit mot : « *Merci pour la bonne idée !* »

Ou alors c'est peut-être le moment de prendre un chien.

On frappe à ma porte. Par la fenêtre, j'aperçois Leo.

— Il n'y a personne, je réponds.

— OK, d'accord.

Et une seconde plus tard la porte s'ouvre.

— J'ai la clé, s'excuse-t-il. Je suis le gérant.

Ma gorge se serre. Il n'a pas le droit de se conduire de cette façon et ensuite de refuser de coucher avec moi, de m'épouser et d'être le père de mes enfants. Je sais que c'est idiot mais je ne peux pas m'empêcher de me dire ça.

— Justement, vous êtes nul, comme gérant.

— Je sais. Je suis désolé.

Zut. Il est désolé. Et voilà que je m'attendris. C'était plus facile de jouer les adolescentes vexées.

Il s'approche de moi, me prend les mains, et moi j'ai le cœur qui fond.

— Jenny, il faut me croire quand je vous dis que je ne suis pas celui qu'il vous faut. Vous êtes super, mais...

— Oh ! taisez-vous ! m'écrié-je en retirant mes mains. Evidemment que vous êtes celui qu'il me faut. C'est juste que vous avez peur !

Il sourit, de ce beau sourire triste et paradoxal.

— Faites-moi confiance.

— Et pourquoi ? Vous m'insupportez !

— Parce qu'il le faut. Vous êtes ma seule amie.

Alors il m'embrasse sur le front, et je sens sa barbe naissante me piquer doucement la peau. J'ai à la fois envie de lui sauter dessus et de fuir à toutes jambes.

Mais il se détourne et s'en va, emportant mon pauvre petit cœur avec lui.

A 3 heures du matin, je décide de le « googliser », comme je le fais déjà régulièrement avec Owen. Je n'en suis pas fière mais il faut bien se distraire, non ? J'ai mis des alertes Google sur lui et Ana-Sofia, alors je pourrais aussi fouiller un peu le passé de Leo et comprendre pourquoi il dit qu'il n'a pas d'amis.

Finalement, je renonce, d'abord parce que ces alertes ne me mettent pas du baume au cœur lorsque je lis combien ils sont généreux et parfaits tous les deux ; ensuite parce que ça ne m'aide pas spécialement à tourner la page ; et enfin parce que j'ai l'intuition que Leo Killian mérite mieux que ça.

En fin de compte, il se pourrait bien que je sois sa seule amie.

Rachel

Je suis retournée dormir avec Adam. Dormir, pas coucher. La colère finissait par m'épuiser, même si elle était légitime et visait à lui faire comprendre que *tout était sa faute*. A la question de Laney sur ce que j'aimerais qu'Adam fasse pour me prouver sa bonne foi, j'ai répondu : qu'il *soit* de bonne foi. « C'est difficile de pardonner, m'a-t-elle dit, comme si j'étais dure et sans cœur. Vous n'êtes pas obligée de lui faire de nouveau confiance tout de suite, mais vous devez essayer d'accepter cette trahison et de la dépasser. »

Donc, une fois de plus, c'est à moi de faire le boulot. Déjà, pour notre mariage, même si c'était un vrai bonheur, c'est moi qui ai tout organisé. Plus tard, quand on a compris qu'on avait un problème pour avoir des enfants, c'est encore moi qui m'y suis collée, avec toutes ces piqûres horribles qui m'obligeaient à me cacher dans les toilettes pour pleurer au bureau. Tout le monde le savait, mais la gentillesse de mes collègues me faisait pleurer encore plus. Adam, lui, n'avait que deux choses à faire : porter des caleçons et me faire l'amour plus souvent. La grossesse, pareil : pour ma pomme, la cicatrice de douze centimètres et le bourrelet au ventre ! L'entretien de la maison, encore moi. L'anniversaire de sa mère, *idem*. Les vacances, les week-ends, toujours moi.

Et, même si je ne veux pas mettre nos filles sur le même plan que tout ça, c'est quand même moi qui suis à 99,9 % chargée de les élever.

Et maintenant c'est notre couple qu'il faut que *je* reprenne en main. Il faut que je lui pardonne, que j'accepte ses excuses, que je dépasse tout ça. Alors, dans notre lit, ce soir, je suis raide comme un piquet. Tout à l'heure, il m'a regardée avec ses yeux de cocker, il m'a dit merci, et j'ai eu un mal fou à ne pas lui faire un doigt d'honneur. A cet instant précis, je hais notre lit. Celui de la chambre d'amis, au moins, est moins chargé de souvenirs, parfait pour une seule personne.

Mais donc il faut que je dépasse tout ça, sinon la rage va me ronger jusqu'à l'os.

Je me mets à penser à Emmanuelle, pour qui, au moins, j'éprouve une haine que rien ne peut émousser. J'imagine la forme que prendra ma vengeance : sans raison particulière, la première idée qui me vient est de la pousser dans un escalator au centre commercial. Je vois les semelles rouges de ses Louboutin au moment où elle fait la culbute. Je m'imagine aussi en train de la gifler. Ou encore je l'imagine derrière un arbre à nous observer tandis que nous sommes tous les cinq assis dans l'herbe pour un pique-nique, Adam, fou amoureux et ne pouvant détacher ses yeux de moi, les filles, joyeuses et occupées à chanter. Elle serait là, folle de jalousie de me voir avec tout ce qu'elle n'a pas, comprenant soudain qu'elle n'était qu'un plan cul. En me voyant si comblée, elle aurait le visage grimaçant et baigné de larmes, avec des traces de mascara partout.

Si seulement les choses pouvaient se passer comme ça.

Déjà, elle n'a pas été mutée, ce qui m'a flanqué un coup supplémentaire. Adam prétend qu'il n'a pas la main sur ces choses-là, que je n'ai qu'à en parler à Jared et voir s'il peut la renvoyer, puisque c'est mon ami plus que le sien. Une fois encore, c'est à moi de m'y coller. Or il sait pertinemment que je ne vais pas en parler à Jared.

Ce qui fait qu'Adam et Emmanuelle continuent de se voir et de se parler, je suppose. Je lui ai demandé de faire son CV et de chercher ailleurs. Il a éclaté de rire et m'a demandé si j'avais une idée de l'état du marché du travail pour les avocats : « Si tu veux qu'on garde cette maison, Rachel, que les filles continuent d'aller dans leur petite école privée hors de prix et fassent de la danse l'an prochain, alors il vaut mieux que je reste où je suis. »

Et ça recommençait, la vague menace : « OK, j'ai pas été réglo, mais il ne faut pas trop pousser non plus. » Il faut que j'en parle en séance de thérapie, même si je suis sûre que Laney penche plus de son côté que du mien.

Dieu merci, ce soir, j'ai mon club de lecture. J'ai vraiment besoin de sortir et de me changer les idées. Le club est constitué d'Ella Birkman, de Claudia Parvost, de Debbie Mean et de Kathleen Rhodes. Ce soir, nous allons chez Ella, et Adam me fait bien remarquer qu'il rentre plus tôt pour que je puisse prendre une douche et me changer. Pour le dîner, il refait aux filles des macaronis au fromage en boîte.

— Ce serait bien qu'elles mangent des légumes, dis-je.

— Non, non, maman, pas la peine, répond Grace.

— Oh non, maman ! reprennent en chœur Rose et Charlotte, ce qui me donne le mauvais rôle comme toujours.

Même pour les brocolis, il faut que je me batte.

— Si. Maman a raison, dit Adam, confirmant ainsi que je suis bien la méchante dans l'histoire.

— Bonne nuit, mes chéries, dis-je, mais Grace refuse obstinément de me tendre la joue, si bien que je dépose un bisou sur sa tête.

— Tu sens bon, me dit gentiment Rose.

— Merci, mon ange.

— Pourquoi tu sors, maman ? Moi, je veux que tu restes à la maison ! dit Charlotte.

— Comment ? Moi qui pensais que tu adorais les soirées avec papa ! s'exclame Adam. Eh bien, si tu n'aimes plus, nous allons devoir appeler le gros méchant ours !

Ravies, les filles hurlent de peur, tant et si bien que Charlotte se fait pipi dessus. Je les vois alors dans vingt-cinq ans, sur le divan de leur psychanalyste, en train de raconter que leur mère sortait tous les soirs boire avec des amies, *« tandis qu'avec papa au moins on s'amusait »*.

Le club de lecture se réunit une fois par mois à peu près. A part les séances chez la thérapeute et quelques soirées de temps en temps avec ma sœur, je suis à la maison 29 soirs sur 30. Malgré tout, mes filles m'en veulent, alors qu'elles ne se plaignent jamais quand leur père a des réunions tardives. (Ou des parties de jambes en l'air, comment savoir ?) Moi, je sors une fois pour ce club de lecture stupide et on me le fait payer.

— Prends du Clorox pour nettoyer le pipi, dis-je à Adam.

Il me suit dans l'entrée, en disant aux filles de l'attendre.

— Tu vas leur raconter ? me demande-t-il à voix basse.

Je fais mine de ne pas comprendre.

— Raconter quoi à qui, Adam ?

— Ecoute, murmure-t-il, je sais que je ne suis pas en droit d'exiger ça de toi, mais bon, moins il y aura de gens au courant, plus ce sera facile pour nous de trouver une solution.

— Tu aurais dû y penser avant, alors.

— Je sais, chérie.

Une irritation passagère se lit sur son visage. Je le connais tellement bien. C'est son expression pour dire « je me suis déjà excusé » et « qu'est-ce que tu veux que je fasse de plus ? »

Il lit aussi sur mon visage à moi. Je parie que j'ai mon air « je te déteste », un air qui n'existait pas avant la fameuse photo.

— Raconte-leur, alors, si ça te fait du bien, finit-il par lancer.

— Papa, papa ! Tu viens ? crie Charlotte.

— Bonne soirée ! lui dis-je.

Je ne vais rien raconter du tout, il le sait très bien et moi aussi.

Une heure plus tard, nous avons terminé d'échanger nos avis de lectrices perspicaces pour attaquer la meilleure partie de la soirée : la séquence ragots. Je n'écoute que d'une oreille, obsédée par mon mari. Est-il en train d'envoyer des SMS coquins à Emmanuelle ? De regarder du porno sur Internet ? De chatter avec des gamines de dix-huit ans ? Je n'aurais jamais imaginé tout ça il y a seulement quelques semaines. Et ce soir je ne peux pas m'empêcher de me dire que je n'aurais peut-être pas dû le laisser seul.

— En fait, voilà, déclare Ella, je pense qu'il n'est avec elle que pour le sexe.

Cette remarque attire mon attention.

— Ce que je veux dire, c'est qu'elle donne des idées aux hommes.

— De qui parles-tu ?

— De Jared et de sa fiancée tatouée, répond Debbie.

— Ce n'est pas le genre de Harmon, en tout cas, dit fièrement Claudia. Il n'aime que les femmes qui ont de la classe.

Le mois dernier, Claudia n'est pas venue, et Ella et Debbie ont commenté longuement la sexualité de Harmon pour en conclure qu'il était peut-être homo.

— Rachel, toi qui les connais tous les deux, qu'en penses-tu ?

J'avale une gorgée de vin rouge, consciente que j'aurai mal à la tête tout à l'heure.

— Ils sont vraiment amoureux, dis-je en lorgnant le brie.

C'est super gras mais je m'en sers un bon morceau quand même et je le mange.

— Une sorte de conte de fées, alors, demande Kathleen.

— Sa mère est tatoueuse, explique Debbie. C'est des gens spéciaux.

— Non, tu dis n'importe quoi, Debbie, comme d'habitude. Sa mère est infirmière. Elle a repris des études vers quarante ans, en fait.

— Il paraît que c'est ta sœur qui fait sa robe, dit Kathleen. D'ailleurs, sa boutique est magnifique !

— Oui, c'est vrai, fais-je. Je lui dirai de ta part.

— Oh ! Bliss ? C'est ça ? demande Debbie. Alors, à quoi ressemble cette robe ? Super vulgaire, j'imagine. Une robe de pute ?

— Arrête, Debbie, c'est méchant, réplique Kathleen.

— Ma sœur ne fait jamais de robes de pute super vulgaires, répliqué-je d'un ton inhabituellement sec. Si tu te remaries, il faudra que tu ailles chez quelqu'un d'autre.

— Ouh là, ça, c'est envoyé ! s'exclame Claudia en tapant dans la main d'Ella.

— Mais enfin, Rachel, me demande Debbie en riant jaune, qu'est-ce que tu as en ce moment ?

Je vois bien que ça lui ferait plaisir d'apprendre que j'ai un truc horrible, genre un cancer.

Je ne vais évidemment pas m'amuser à leur raconter pour Adam et Emmanuelle. Ce n'est pas le genre d'amies à qui on se confie, sauf Kathleen peut-être mais je ne la connais pas encore assez bien. Ella et Claudia, surtout pas, et quant à Debbie je l'ai connue au lycée et c'était déjà une vipère. Si je le leur disais, elles prendraient aussitôt le parti d'Adam parce qu'il a des relations. Il n'y a qu'à voir combien d'amies de Jenny l'ont laissée tomber pour Ana-Sofia. Et pourtant Jenny est douée pour l'amitié, pas comme moi qui ai toujours été trop timide. Moi, j'ai Jenny, j'avais Adam et j'ai maman.

Il faudrait peut-être que je me fasse de nouvelles amies. Je croise le regard de Kathleen, qui me sourit comme si elle devinait quelque chose.

La conversation porte maintenant sur le mariage de Jared, qui promet d'être énorme. Elles tueraient père et mère pour être invitées. On se demande qui va fournir le gâteau (Cottage Confection, bien sûr, Mme Brewster veut ce qui se fait de mieux).

— Est-ce qu'Adam est témoin ? demande Ella.

Non, mais il couche avec une nana du bureau, enfin, il couchait, enfin, c'est pareil, suis-je sur le point de répondre.

— Non. Je suis désolée, mesdames, je vais être obligée d'y aller. J'ai oublié qu'il fallait que je fasse des cupcakes pour l'école demain matin.

C'est la vérité. Et c'est bien la première fois que je me montre indigne de cette immense responsabilité ! Le directeur de l'école m'a dit : « Rachel, nous avons besoin de vous. Vos cupcakes sont les seuls sans gluten et pourtant délicieux ! » Sur le moment, j'ai été super flattée. Comme s'il y avait de quoi !

Je sors et me dirige vers ma voiture. Kathleen m'emboîte le pas.

— Dis donc, si on déjeunait ou prenait un café ensemble un de ces jours ?

— Avec grand plaisir.

Pour la première fois de la soirée, je souris sans me forcer.

— Tout va bien, Rachel ?

J'hésite. Ça me ferait tellement de bien d'avoir une amie autre que Jenny à qui me confier, mais nous nous connaissons si peu.

— Oui, oui, ça va, merci.

— Tu parles ! répond-elle en soupirant. Bon, je retourne à nos grands débats littéraires.

Elle lève les yeux au ciel et retourne vers la maison.

Je monte dans ma voiture et démarre car l'heure est venue de montrer au monde qui est la championne des cupcakes.

Le lendemain, Adam me fait la surprise de venir assister au petit spectacle des filles, ce qui provoque un certain émoi dans l'assemblée de parents et grands-parents. Dans ce genre d'événements, où règne un certain sexisme, il y a essentiellement des femmes, à l'exception de Gil Baines, un pompier aux horaires flexibles, et de Maury Benitz, qui se présente aux élections municipales et a besoin de se montrer.

A de très rares exceptions près, il n'est jamais venu ici en pleine journée, mais aujourd'hui, à 10 h 11, le voici qui débarque.

— Dis donc, tu en as, de la chance ! murmure Claudia. Salut, Adam ! Ça va ?

— Je viens voir mes petites princesses, répond-il, très à l'aise, en passant un bras autour de mes épaules. Et ma reine, bien sûr !

— Ce que vous êtes agaçants, tous les deux, dit-elle en souriant avant de se tourner vers la scène.

— En voilà une surprise, dis-je doucement à Adam sans le regarder.

— J'ai décidé de m'améliorer, chuchote-t-il en déposant un baiser dans mon cou.

Je suis parcourue d'un frisson, de crainte ou de plaisir ? Je ne sais pas, peut-être les deux. Cathy, l'institutrice des filles, nous désigne de la main : regardez donc les Carver ! Quel beau couple !

Pendant la demi-heure qui suit, nous admirons nos filles, trois petites marguerites qui sortent en gigotant de sous une couverture marron, pour symboliser le cycle de la nature. Elles chantent une petite chanson sur la pluie et le soleil, et je sens mes yeux me piquer, comme à chaque fois qu'elles font ce genre de choses. Les enfants sont si beaux et si innocents. Les miens en particulier, même s'il se peut que je ne sois pas parfaitement objective.

Elles méritent de grandir en sécurité dans une famille heureuse, tout comme moi jusqu'à la mort de mon père.

Adam me tend un mouchoir. Il en a toujours sur lui, je le sais : c'est moi qui les lave et les repasse. Je me dis qu'il en a peut-être déjà prêté un à Emmanuelle, qui sait pour quoi faire, et du coup je ne le prends pas. Et je me remets à imaginer cette grognasse en train de dégringoler dans l'escalator.

Sauf que les femmes comme elle ne tombent jamais, même quand une épouse trompée les pousse. D'une manière ou d'une autre, elles se rattrapent toujours.

Les filles sont follement heureuses de voir leur papa à la fin du spectacle. Elles l'entourent de leurs jolis petits bras et l'assaillent de questions : il les a entendues chanter ? Il veut voir leurs copains Tyrion et Gracelyn ? Puis elles le tirent jusqu'aux toilettes pour lui montrer les minuscules cuvettes dont elles sont si fières.

— Quelle chance vous avez ! me dit Cathy. C'est un homme merveilleux.

— Oui, fais-je par automatisme.

— Il n'est pas seulement beau, il est attentionné ! murmure Claudia. Si en plus tu me dis que c'est un bon coup, je te tue.

— Votre mari est tellement gentil d'être venu, me dit alors une femme plus âgée, une grand-mère, à en juger par la ferveur avec laquelle elle a joué des coudes pour être au premier rang et filmer tout le spectacle. A mon époque, les maris ne venaient jamais.

C'est déjà l'heure de partir. La chose frustrante, avec ces manifestations qui ont lieu au moins trois fois par mois, c'est qu'on récupère les enfants plus tôt. Je n'aurai pas de temps pour moi aujourd'hui. Dire qu'on paye des milliers de dollars pour que les filles viennent ici.

Personne ne me félicite pour mes cupcakes. J'ai fait de la pâtisserie jusqu'à 3 heures du matin, en prenant bien soin de stériliser le plan de travail, les moules, le saladier et le mixer pour qu'Aria Temkowski ne fasse pas un choc anaphylactique. Je les ai recouverts d'un glaçage spécial : ils étaient vraiment magnifiques, ces cupcakes, mince !

Mais elles ont toutes les hormones en folie et ne pensent qu'à regarder Adam avec des yeux de merlan frit.

— Il faut que je file, me dit-il en allant vers le parking. Les filles, vous étiez merveilleuses !

— C'était qui, la mieux ? demande Rose.

C'est nouveau, cet esprit de compétition. Je me demande si ça vient de moi et de ce que je ressens à l'égard d'Emmanuelle.

— Vous êtes toutes les trois les préférées de papa, leur dit-il en se baissant pour les embrasser.

C'est un bon père, je le sais.

— A ce soir, me dit-il doucement avant de me déposer un baiser délicat sur les lèvres. Je t'aime.

— A ce soir.

Je lis dans ses yeux qu'il est déçu qu'il n'y ait pas de suite à ma phrase, ces mots que je lui disais dix fois par jour, avant.

Sa patience ne va pas durer éternellement...

J'attache les filles dans leur siège et m'installe au volant.

— Attends, s'écrie Grace, on n'a pas pris de cupcakes ! Ils sont où ?

— Oh nooon, gémit Rose.

— Maman, alleeez ! renchérit Charlotte.

Pas question que je retourne là-bas pour entendre chanter les louanges de mon mari !

— Vous savez quoi ? On va aller acheter de la glace à la place ! Qui en veut ? Moi, en tout cas ! Et en plus vous pourrez choisir ce que vous voulez à mettre par-dessus !

Elles n'en reviennent pas.

— C'est vrai ? demande Grace.

— Oui, tout ce que vous voulez ! Deux parfums, même !

Une fois chez Ben & Jerry's, elles se lâchent complètement : banane, noix, pépites et miettes d'Oreo pour Charlotte, spirales de guimauve, pépites de chocolat, amandes et biscuits pour Grace, vermicelles colorés et oursons en guimauve pour Rose.

Pendant qu'elles mangent, nous parlons de tout et de rien. Elles sont visiblement ravies que je ne passe pas mon temps à leur essuyer la bouche ou à leur dire de manger moins vite (je me retiens à grand-peine). C'est décidé, à partir de maintenant, c'est avec moi qu'on fait les trucs rigolos. Tant pis pour les légumes !

Nous remontons dans la voiture après avoir fait exprès d'utiliser plein de savon dans les toilettes parce qu'à la maison il n'y a pas de distributeur amusant comme ici. On va sauter le déjeuner. Je vais juste les laisser se défouler un peu dans le jardin. Et je me demande même si ce ne serait pas le moment d'aller chercher un petit chien. En tout cas, c'est moi qui leur en parlerai et qui les emmènerai le choisir au magasin. A moins qu'on n'en prenne trois, un chacune ? On va bien voir qui est rigolo dans cette famille, non mais.

Et après ça : la sieste, et un moment rien qu'à moi. Justement, je ferais bien quelque chose pour moi aujourd'hui : passer une commande sur Internet, ou regarder *The Avengers* juste pour le plaisir des yeux. J'ai presque quarante ans, mais je ne suis pas encore morte !

— Maman, je me sens pas bien, dit alors Charlotte.

Et, immédiatement après, un bruit identifiable entre tous.

Celui d'un petit estomac trop plein. Elles vomissent toutes les trois à la suite, bing, bang, boum.

— Maman, Charlotte a vomi, et moi aussi ! s'écrie Rose, scandalisée, avant de recommencer.

— Maman, maman, viens ! hurle Grace. Fais quelque chose !

Et rebelote.

Je me gare dès que je peux mais je ne me sens pas très bien non plus. Cette odeur ! Aigre et sucrée et je ne sais quoi d'autre... Ah si ! Les céréales du petit déjeuner et les carottes avec le houmous de tout à l'heure !

— Oh, mes chéries, maman est vraiment désolée, leur dis-je en me penchant vers elles.

Grace se sent obligée de me vomir dessus, du coup.

— Maman ! s'écrie-t-elle, horrifiée par ce qu'elle vient de faire.

— Maman ! Suis malade ! dit Rose.

— Maaaamaaaaan, chouine Charlotte et, comme pour prouver sa bonne foi, elle en remet une couche.

Je ne me sépare jamais de mes lingettes et commence à les nettoyer. Charlotte pleure parce qu'elle a sali sa robe préférée, Grace est en colère parce qu'elle a du vomi tout chaud sur les genoux et Rose hurle parce qu'elle a recraché un nounours entier et que ça lui fait peur.

— Je suis désolée, mes puces, fais-je en essayant de ne pas pleurer moi aussi. On va rentrer le plus vite possible à la maison, d'accord ?

Je referme leur portière et tout à coup je pousse une sorte de rugissement primal qu'heureusement les filles ne peuvent pas entendre parce qu'elles sont encore en train de geindre. Je sanglote, mes mains tremblent et je ne peux pas m'arrêter de crier. Je suis là, effondrée, couverte de vomi, sur le bord de la Route 9. Je ne peux pas reprendre le volant dans cet état. Je fais une vraie crise d'hystérie. Il n'y a qu'à entendre les cris abominables qui sortent de ma gorge, oh mon Dieu !

Je veux que tout redevienne comme avant. Adam me manque.

L'amour de mon mari me manque. Je n'arrive pas à gérer tout ça. C'est trop dur, c'est tout.

A ce moment-là, une voiture s'arrête et un homme en sort.

— Rachel ? dit-il en s'approchant de moi.

Je suis encore en train de pleurer et j'ai besoin d'un petit laps de temps pour le reconnaître. Il sourit, ses sourcils forment deux arcs de cercle joyeux. Ça y est, je sais.

— Salut, Gus, fais-je entre deux hoquets. Je suis contente de te voir. Tu vas bien ?

A l'intérieur de la voiture, le volume sonore a atteint des sommets.

— Ça va, ça va bien. Pas toi, on dirait. A moins que tu n'aies l'habitude de sortir couverte de vomi...

— C'est mes filles, je leur ai fait manger trop de glace et elles ont été malades.

Mes pleurs redoublent.

Il fait la grimace.

— C'est moche.

Je hoche la tête en essayant de me calmer. Je fais des bruits de chat étranglé.

— Tu veux de l'aide ?

— Quoi ?

— Tu veux que je t'aide ? On dirait des belettes enragées, là-dedans !

— Euh, non, non, ça va aller.

— Je peux ouvrir la portière ?

Je fais oui de la tête. Il ouvre et les trois filles se taisent instantanément à la vue de cet inconnu.

— Vous devez être les trois sœurs Vomita ?

— C'est pas drôle, dit Rose, que sa remarque fait rire puis vomir de nouveau.

— Pas terrible, ça, lui dit Gus.

Et il se met à fouiller dans le sac à dos de Rose pour en sortir sa boîte à pique-nique.

— Si tu as encore envie de vomir, fais-le là-dedans, OK ? Et toi aussi, princesse Vomita.

Charlotte prend sa boîte Hello Kitty pendant que je donne la sienne à Grace, une boîte avec un dessin de voiture, dans un style différent.

— Maman, pourquoi tu pleures ? me demande Rose.

— Oh, ma puce, lui dis-je en me rendant compte qu'elle a raison, c'est parce que je n'aurais pas dû vous donner toute cette glace. Je suis désolée que vous soyez malades.

— C'est pas grave, répond-elle gentiment, ce qui fait redoubler mes larmes.

— Tu sais quoi ? Je vais te suivre jusque chez toi, propose Gus.

— Non, c'est...

— Mais si, enfin, c'est la moindre des choses !

Une heure plus tard, les filles sont propres et moi aussi. Je leur ai donné un bain, je les ai mises en pyjama et couchées pour la sieste.

— On t'aime, maman, dit Grace, à moitié endormie (elle parle souvent au nom de ses sœurs).

— Moi aussi, mes petits anges. Je vous aime tellement.

Je vais dans ma chambre enfiler un jean et un pull. Je me suis lavée pendant que les petites jouaient dans leur bain. Je ne me remaquille pas. Mes cheveux ont l'air d'avoir été épargnés par le désastre, mais je les brosse et les attache avant de descendre.

Gus vient d'entrer, un seau et de la lessive dans les mains.

— J'ai fait ce que j'ai pu, dit-il, mais, la vache, c'est terrifiant. Il va sans doute falloir démonter la voiture ou bien y mettre le feu, me prévient-il avec un sourire malicieux.

— Est-ce que je t'offre un café ou bien faut-il que tu repartes travailler ?

— Avec plaisir.

Il se lave les mains dans l'évier et je fais un café. Je sors mes biscuits à l'avoine et aux myrtilles bio, issus du commerce équitable, et nous nous installons dans la cuisine.

— Ça va, le boulot ?

Gus travaille toujours pour Celery Stalk Media, l'entreprise où je suis restée pendant sept ans avant de partir au sixième mois de grossesse, au grand soulagement de ma boss, terrorisée à l'idée que les filles puissent naître d'une minute à l'autre. C'était, c'est toujours, une entreprise très agréable, d'une quinzaine de salariés, un endroit détendu, on ne pouvait pas rêver mieux. Nous mettions au point des logiciels de jeux éducatifs pour enfants. Je n'ai pas vraiment gardé le contact. Certaines de mes collègues sont passées voir les filles quand elles avaient quelques mois, mais c'était une période épuisante dont j'ai un souvenir très flou. Chaque année, pour Noël, j'envoie une carte avec une photo des filles et reçois quelques mails de félicitations.

Beaucoup de femmes dans l'entreprise étaient sous le charme de Gus, un homme incroyablement gentil, plus mignon que beau, avec un visage rond, les cheveux en brosse et un début de calvitie qu'il n'essaie pas de cacher. Il n'est pas très grand. Un jour, Adèle, notre boss, l'a interrogé sur ses origines. Il a répondu qu'il était italien et avait une grand-mère inuit, ce qui expliquait qu'il ait ces yeux rieurs. Je pense que ce qui fait son succès auprès des femmes est tout simplement son aptitude au bonheur.

Une fois, il m'a invitée à sortir, deux jours après mon premier rendez-vous avec Adam. Il m'a demandé très simplement si je voulais qu'on aille boire un verre et ça m'a surprise, car nous travaillions ensemble depuis plus de deux ans sans qu'il ait manifesté le moindre intérêt pour moi. Je suis devenue rouge pivoine et j'ai bredouillé que je ne buvais pas mais qu'on pourrait peut-être sortir un soir faire l'happy hour avec les autres dans un endroit qu'Eliza voulait essayer.

Il a compris le message et n'a pas eu l'air de m'en vouloir. Et honnêtement j'ai oublié tout ça, prise par le début de mon histoire avec Adam, si grand et si beau et qui m'avait envoyé des fleurs dès le lendemain avec une carte où il avait écrit : « Vous me plaisez beaucoup, Rachel Tate. » J'ai toujours cette carte dans notre album photo, collée avec une des roses du bouquet.

— Tu vois quelqu'un, Gus ?

Bizarrement, je lui pose la question sans aucune gêne. Une fois qu'un type vous a vue couverte de vomi, en train de sangloter sur le bord de la route...

— Non, me répond-il. J'ai été avec quelqu'un pendant quelque temps. Une chouette fille qui s'appelle Alice. On a vécu un peu ensemble, mais...

Il hausse alors les épaules.

— Pas trop douloureux, alors ?

— Je n'ai pas dit ça, répond-il avec un petit sourire. C'est une femme bien, mais nous n'étions pas faits l'un pour l'autre. On est restés amis.

— Ma sœur et son ex sont restés amis. Je ne comprends pas bien comment c'est possible.

— Par moments, ça fait bizarre, oui.

Il se tait mais je vois bien que son optimisme que nous aimions tant ne l'a pas quitté. Cette impression que Gus Fletcher n'a jamais connu de jours difficiles. C'est naïf mais rassurant.

— Tes filles sont adorables au fait, même malades.

— Oui, enfin, je suis désolée que Grace t'ait mordu.

— Penses-tu !

Il boit une gorgée de café, toujours avec ce même regard joyeux.

— Tu sais quoi, mon mari a eu une liaison.

— Ah, merde.

Je me mets alors à tout lui raconter : la photo, les dénégations, ma culpabilité, ma certitude en les voyant dans le bureau, ma rage, ma peur, ma douleur atroce, mon envie de la jeter dans l'escalator, ce qui le fait bien rire, et moi aussi.

Je ne pleure pas, je raconte simplement. Et il m'écoute. Je parle pendant presque trois quarts d'heure, et quand je me tais il pose sa main sur la mienne, puis l'enlève.

— Je suis vraiment désolé, se contente-t-il de me dire en me regardant avec gentillesse.

— C'est moi qui suis désolée d'avoir tout déballé comme ça.

— Non, ce n'est pas un problème.

Il a l'air tellement gentil. Je me demande ce qui serait arrivé s'il m'avait demandé de sortir avec lui juste une semaine plus tôt. De tous mes collègues, c'était lui que je préférais.

Bon. Les regrets, ça ne sert à rien.

Un quart d'heure plus tard, il s'en va.

— Merci pour tout, lui dis-je d'une voix mal assurée, tellement je suis émue par la gentillesse, la bienveillance et la disponibilité dont il a fait preuve aujourd'hui.

— Je suis bien content d'être passé dans le coin. Remercie tes filles, surtout !

Je ne peux pas douter de sa sincérité.

Et il ajoute avec un sourire :

— Appelle-moi si tu as besoin d'un autre nettoyage pour ta voiture !

Il s'en va et le soir même, alors qu'Adam est en train de regarder les Yankees et moi de consulter le site de Pinterest dans l'idée de repeindre notre chambre, je reçois un mail.

C'est Gus, avec son numéro de téléphone et ces mots :

J'ai été vraiment content de te voir.

Jenny

Depuis que j'ai ouvert Bliss, j'ai onze nouvelles clientes. Et j'ai aussi décidé de vendre quelques modèles déjà confectionnés. Après tout, je n'ai jamais eu de vitrine jusqu'ici et ça me semble ridicule de garder huit robes au magasin au lieu de les vendre. Comme me l'a fait si justement remarquer Andreas (entre deux chapitres torrides de son roman homo-érotico-urbain), un achat compulsif ou deux ne feraient de mal à personne.

Si bien que j'ai dessiné quelques robes supplémentaires, que nous nous sommes quasiment crevé les yeux à confectionner, lui et moi. Tout en travaillant, nous débattons de l'orientation sexuelle de nos idoles et de l'éventualité que ce soient de bons coups. Il me parle de son roman, de son copain et de son désir de fréquenter aussi quelques hétéros de temps en temps.

Avec tout ça, j'ai moins le temps de penser à ma sœur. Je ne vois pas comment l'aider et ça me mine. Je ne sais pas combien de scénarios j'ai imaginés pour faire disparaître mon beau-frère, qui m'ont ensuite plongée dans des abîmes de culpabilité, parce que jusqu'ici j'adorais Adam. Il la rendait tellement heureuse.

Et maintenant elle ne décroche plus quand je l'appelle.

— Qu'est-ce qui ne va pas chez Rachel ? me demande maman un jour où je n'ai trouvé aucun prétexte pour la dissuader de venir.

Elle fait le tour de la boutique, tâte les tissus, laisse échapper quelques bruits désapprobateurs de temps en temps. Andreas, avec qui elle n'est pas très à l'aise (un homme ? dans un magasin de robes de mariée ?), lui a apporté un café et il l'observe attentivement en buvant le sien, adossé au comptoir. Il s'est inspiré d'elle pour un personnage.

Je fais l'hypocrite.

— Je n'en sais rien. Moi, je trouve qu'elle a l'air en forme. On s'est bien amusées, avec les filles, l'autre jour.

En fait, je les gardais et Rachel n'a pas dit un mot, elle était toute pâle et préoccupée.

— Elles sont venues chez moi. On a fait une cabane en coussins, et Rose...

— Tu penses que Grace est autiste ?

Ça, c'est ma mère tout craché. Capable de te plomber l'ambiance en moins d'une seconde.

— Non, réponds-je fermement.

— En tout cas, il y a quelque chose qui ne va pas chez ta sœur en ce moment. On se demande bien quoi ! Elle a tout ce dont on peut rêver. Enfin, bon, il ne faut pas trop s'y fier. Moi, j'avais tout ce dont on peut rêver et j'ai tout perdu en un instant. Je lui ai dit de faire un effort pour relativiser et de savourer sa chance.

Je respire un grand coup tandis qu'Andreas, soudain très inspiré, fonce sur son ordinateur.

— Peut-être que tu idéalises un peu les choses, maman, dis-je doucement, la boule au ventre. Peut-être que tout n'était pas si parfait que ça, mais que tu as oublié.

— Oh, je t'en prie, ton père et moi étions fous amoureux. Nous ne pouvions pas nous passer l'un de l'autre.

Alors, pour commencer, je n'ai aucune envie d'entendre parler de la vie sexuelle de mes parents (normal, non ?). Et deuxièmement je suis tellement exaspérée par cette relecture de l'histoire que je ne peux pas m'empêcher de dire :

— Oui mais, tu te souviens, la dernière année où tu travaillais tellement et où papa...

— Tu es jalouse, c'est ça, ma chérie ? A cause d'Owen et d'Ana-Sofia et de leur bonheur ?

Il vaut toujours mieux qu'on parle de moi plutôt que de

Rachel, même si ce besoin qu'a notre mère de dire qu'elle a eu une plus belle vie, un mariage et une famille plus réussis me blesse. Je crois qu'elle a été vexée que Rachel ait eu des triplées. Après tout, cela lui faisait un tiers de filles en plus qu'à elle. Ajoutez à cela le bonheur sans nuages de ma sœur, et cette candeur, cette innocence qui émanent, enfin, émanaient d'elle. Du coup, il faut à chaque fois que maman y aille de sa pique : la facilité avec laquelle elle est tombée enceinte, le nombre idéal d'enfants, deux selon les études qu'elle a lues et qu'on n'a jamais retrouvées mais ça ne l'empêche pas de se réclamer de tous les experts.

Et bien sûr papa, ce saint, le père et le mari parfait.

Pourtant, comme toujours, j'ai pitié d'elle malgré ma colère. Elle aimait mon père et ne se remettra jamais de sa mort.

— Allez, viens, maman. Je t'emmène déjeuner. Ils ont tout refait au Hudson's et c'est vraiment joli, maintenant.

— Tu devrais venir essayer cet endroit à côté de chez moi. Vraiment top. La meilleure cuisine française dans tout le nord-est du pays, d'après le *Times*.

— Ah bon ? Ça s'appelle comment ?

— Je ne me souviens plus.

Elle dit ça parce qu'elle ne veut pas que je puisse vérifier sur Google et lui donner tort à propos de la critique du *Times*.

— Nous y avons déjeuné, Betty et moi. Le chef est venu nous saluer et nous a fait une entrée spéciale. Incroyable ! Du jamais-vu !

— Je sais, je sais, maman, il n'y a rien de mieux que Hedgefield. Mais on y va quand même ? Je t'invite.

— Très bien, répond-elle en prenant un air de victime. Je pensais juste que ça t'intéresserait de connaître un endroit nouveau. Ne le prends pas mal.

Deux heures plus tard, maman m'embrasse sur la joue et je fais un SMS à Rachel pour la prévenir qu'elle pourrait bien débarquer. Du coup, Rachel l'appelle, soi-disant depuis la salle d'attente du médecin. Maman en profite pour la mettre en garde contre les vaccins et lui dit en substance que, vaccins ou pas, elle ne pourra pas protéger ses filles contre tous les dangers.

Je me demande si elle ne serait pas plus heureuse en sachant que son mari n'était pas si parfait que ça. Elle pourrait tourner la page et cesser de le pleurer.

Mais c'est trop tard, maintenant. Bizarrement, je suis certaine qu'elle se complaît dans son malheur.

En revanche, je devrais peut-être en parler à Rachel. Sauf que ça pourrait la dissuader de quitter Adam, car elle se dirait que, si papa a été infidèle, alors Adam a le droit de l'être aussi. Ou au contraire peut-être que cela la rassurerait de savoir que papa aimait énormément maman et que son aventure n'avait pas mis fin à leur bonheur.

Je n'en sais rien mais je veux absolument éviter d'aggraver la situation.

— Ça t'ennuie, si je pars un peu plus tôt ? me demande Andreas en passant la tête dans mon bureau alors que je suis en train de dessiner une robe sirène pour une cliente. Je dois voir Seth ce soir.

— Pas de problème. Essaie juste de savoir s'il n'a pas un frère hétéro pour moi.

— Il a une sœur lesbienne. Tu veux essayer ?

— Peut-être un jour. Ce serait plus facile qu'avec les hommes, sans doute.

— Tiens-moi au courant, répond-il.

Je me retrouve seule dans la boutique.

J'ai une montagne de boulot mais... je ne sais pas, je manque d'énergie, je suis en pilote automatique, ces jours-ci. J'adore toujours faire des robes, mais ça fait longtemps que je n'ai pas ressenti de vraie excitation. J'espérais que cela me remotiverait d'ouvrir ma propre boutique mais ça ne vient pas. Mes robes sont toujours ravissantes, et mes clientes, ravies. Je suis sans doute la seule à savoir qu'il manque quelque chose.

Je me mets à regarder une des robes en vitrine, si réussie dans son style néo-hippie, avec les épaules nues, des manches longues et une taille Empire. J'ai pris beaucoup de plaisir à la faire mais la jeune femme a annulé son mariage, ce qui explique que j'ai gardé la robe, qui lui allait pourtant très bien et qu'elle adorait. Le problème, c'était le marié, pas la robe. La sonnette de la porte retentit. Ma cliente arrive. C'est Kimber qui vient essayer la robe que j'ai bâtie en mousseline à partir des dessins approuvés par Mme Brewster.

Malheureusement, le dragon est avec elle, le chignon aussi serré qu'un casque et le visage glacial.

— Entrez, entrez, leur dis-je en embrassant Kimber, qui m'adresse un grand sourire. Je suis très contente de vous voir, venez donc dans le salon d'essayage. Je vous offre un thé ? Un café ?

— Finissons-en au plus vite, dit Mme Brewster.

Le sourire de Kimber diminue, puis disparaît.

— Mais bien sûr, réponds-je d'un ton enjoué. Alors, la robe sera confectionnée dans cette magnifique soie que nous avons choisie la dernière fois. Ceci n'est que le modèle d'essayage pour qu'on ait une idée. Je vais vous dire ce qu'il reste à décider et on se mettra au travail pour que tout soit parfait.

— J'ai trop hâte ! dit Kimber en joignant les mains.

Comme il fallait impérativement couvrir les tatouages selon la consigne de Mme Brewster à laquelle Kimber et moi avons obéi, j'ai opté pour un modèle très élégant et ajusté, avec un décolleté en cœur et une ravissante jupe drapée. Les manches trois quarts et le corsage de dentelle devraient camoufler la plupart de ses tatouages colorés. Le dos aussi est en dentelle. Le tissu choisi est une soie ivoire parce que le mariage est en juillet et que cela ira merveilleusement bien avec le teint mat et la silhouette de la mariée.

— Je vais vous aider à vous habiller, Kimber, et ensuite nous vous montrerons, madame Brewster.

En guise de réponse, celle-ci regarde sa montre.

Kimber se dévêt et je vois alors ses sous-vêtements rose vif ainsi que ses tatouages : des rosiers grimpants qui montent depuis ses hanches pour se rejoindre autour de son cou, des ailes d'ange entre les omoplates et un tatouage intégral des bras. Je n'en voudrais pas pour moi mais ça lui va bien, avec ses cheveux roses et ses oreilles multipercées. Elle a l'innocence d'un ange, version rock.

— Ce que c'est amusant ! dit-elle. Pourvu que ça plaise à Mme Brewster. J'ai vraiment envie qu'on s'entende bien.

L'aveu est touchant.

— Si Jared vous aime, je suis sûre qu'elle aussi, et sans vouloir me vanter cette robe est parfaite. Vous allez être magnifique. Allez-y, passez votre tête là-dedans, ne regardez pas tout de suite, laissez-moi d'abord remonter la fermeture. Sur la vraie robe, ce sera des boutons, mais ça vous donnera une idée.

Elle ferme les yeux et me laisse faire.

La robe lui va à la perfection. Ce corps qu'elle a ! On dirait Scarlett Johansson.

— On voit encore mes tatouages, dit-elle en fronçant les sourcils vers le miroir.

— Je sais, mais ce n'est que la sous-robe, le corsage et la jupe, vous voyez ? Il manque la dentelle, que nous devons choisir aujourd'hui, alors je vous ai fait cette petite veste pour que vous vous rendiez compte. Refermez les yeux, d'accord ?

Elle glisse ses bras dans les manches et me laisse boutonner la veste.

— Vous pouvez choisir la dentelle que vous voulez : de la dentelle filaire, qui sera un peu moins légère, ou bien quelque chose de beaucoup plus fin. Je pense que la deuxième option serait la meilleure mais c'est à vous de voir. Et, si vous voulez que ça brille un peu, je peux rajouter des perles.

— Oh oui, des perles !

Je ferme le dernier bouton.

— Ouvrez les yeux !

Elle reste bouche bée, à la fois stupéfaite et rêveuse.

— C'est vraiment moi ?

— Mais absolument. On va lui montrer ?

Nous sortons retrouver Mme Brewster, qui reste impassible, tandis que Kimber est rayonnante.

— Qu'en pensez-vous ?

— On voit encore ces tatouages ridicules. Je pensais que vous aviez compris le problème.

— Ce n'est que la dentelle d'essayage. Nous pouvons choisir un modèle de dentelle plus couvrante si...

— Non, pas de dentelle. Il ne faut rien voir du tout. C'est un mariage religieux, pas une cérémonie civile. Le père de Jared est pasteur de cette communauté. Il ne faut pas que son fils ait l'air d'épouser une... prostituée !

Nom d'un chien !

Kimber a du mal à avaler sa salive, et ses yeux sont brillants de larmes.

— Je suis certaine que Jared a fait un merveilleux choix, madame Brewster, dis-je, récoltant au passage un regard glacial. Kimber, c'est votre mariage, qu'en dites-vous ?

Elle regarde Mme Brewster.

— Eh bien, euh, je pense qu'il faut que ce soit plus opaque, je comprends ce que veut dire Mme Brewster. C'est un jour très formel alors peut-être pas de dentelle du tout. Sinon... je veux dire... la coupe est très belle, alors le tissu n'est pas si important, si ?

— C'est un peu provocant, poursuit Mme Brewster. La chute de reins est bien trop soulignée. Pourquoi pas une taille plus haute ? Une robe princesse serait plus appropriée pour un mariage à l'église.

Kimber n'avait qu'une demande : tout sauf une robe princesse, ce dont nous avions discuté ensemble lors de nos deux premiers rendez-vous.

— Je peux peut-être en essayer une, dit-elle d'une toute petite voix.

— Bien. Jennifer ?

— C'est Jenny, en fait, pas Jennifer.

— Pouvez-vous nous bricoler une robe princesse ?

Je m'efforce d'être aimable.

— Je ne bricole rien mais oui, je peux confectionner une robe princesse à temps pour le mariage, si c'est ce que souhaite Kimber.

— Alors voyons pour le tissu. Vous avez du satin ?

Elle se lève, passe devant Kimber et se dirige vers les échantillons.

Dix minutes plus tard, elle a choisi un satin traditionnel, lourd et lustré. Sous son regard critique, je dessine rapidement une robe de Cendrillon classique : col haut, manches longues et dos couvert.

— Ce sera très chaud, en particulier s'il fait beau, dis-je à la future mariée, qui se ronge les ongles, debout derrière Mme Brewster.

— Vous n'avez qu'à coudre des coussinets pour la transpiration.

— Kimber ? Vous voudriez ajouter quelque chose ?

Elle s'avance un peu et regarde.

— Eh bien, peut-être un peu de brillant ? Juste un peu ?

— Bien sûr, je peux mettre des perles par ici et peut-être aussi là.

— Non, déclare Mme Brewster, c'est vulgaire.

— Mais j'ai beaucoup de choix : du cristal Swarovski, des perles de semence, ou alors...

— Il faut que ce soit sobre. Sans fioritures. Simple, comme était ma robe.

— D'accord. Banale, ça me va, fait Kimber.

— Je n'ai pas dit banale, rétorque Mme Brewster sans desserrer les dents.

C'est la première fois depuis le début du rendez-vous qu'elle s'adresse directement à Kimber, et son hostilité est palpable.

— J'ai dit sans fioritures. C'est une question de bon goût, Kimber, il faut que vous le compreniez, puisque vous allez sortir en société avec mon fils.

J'ai du mal à imaginer qu'elles s'entendent bien un jour, malgré l'espoir de Kimber.

Mes yeux vont de l'une à l'autre, mais Mme Brewster ne daigne pas m'accorder un regard.

— Laissez-moi vérifier quelques mesures, dans ce cas, dis-je en attrapant mon mètre.

— Kimber, si ça ne vous ennuie pas de revenir dans le salon d'essayage.

Une fois que nous y sommes, je lui chuchote :

— Kimber, ne la laissez pas vous imposer sa loi. C'est votre mariage.

— Mais je... je veux juste qu'elle soit d'accord, répond-elle à mi-voix. Une fois que nous serons mariés, elle se détendra un peu, j'en suis sûre. Je ne veux pas partir du mauvais pied. Ce n'est qu'une robe.

— Vous avez raison, mais ce n'est pas n'importe quelle robe. Il ne faut pas que vous la trouviez affreuse.

— Oh, mais non. Je suis sûre qu'elle sera belle, Jenny.

Un ange, vraiment. Avec ses grands yeux bleus et sa bouche en bouton de rose. Je la serre dans mes bras et lui dis :

— Vous allez avoir des bébés magnifiques, Jared et vous.

— Merci, répond-elle en rougissant. J'ai hâte. J'adore les enfants. Les triplées de votre sœur, je les adore !

Elle se change et Mme Brewster me donne ses prochaines disponibilités, sans me demander les miennes. Mais, encore une fois, j'ai besoin qu'elle me recommande. Si elle me raye de sa liste, la boutique risque d'en souffrir.

— Kimber, je ne vous ai pas demandé, quel est votre métier ? Chanteuse professionnelle ?

Mme Brewster a un petit rire.

— Je suis nutritionniste. Enfin, pas vraiment. Pas encore. Je suis en train de terminer ma formation. Je travaille au collège, à la cantine. J'essaie de faire manger des légumes aux enfants, m'explique-t-elle avec un grand sourire.

— Super. Ce doit être intéressant de travailler dans une école.

— Oui, c'est ce que j'ai toujours voulu faire.

— Bien, merci, Jenny, nous interrompt Mme Brewster. Kimber, allons-y, il faut passer chez le traiteur.

Je soupire en les voyant partir puis me mets à ranger la boutique avant la fermeture. Pauvre Kimber ! Je me demande si Jared est conscient de ce que lui fait endurer sa mère. Je vais peut-être demander à Rachel de lui en toucher deux mots. Mais bon, Rachel a déjà assez de problèmes comme ça. Je vais proposer à Kimber une sortie entre filles, voilà ce que je vais faire, avec Rachel et moi. Ça fera du bien à ma sœur aussi.

Je rentre chez moi. Aucune musique ne monte d'en bas aujourd'hui, mais au moment où je me sers un verre de vin j'entends frapper fort à ma porte.

— Jenny ! Jenny ! Vous êtes là ?

J'accours.

— Leo, mais qu'est-ce que... ? Oh non !

Il tient Loki dans ses bras. Le chien est secoué de spasmes.

— Il fait une attaque. Vous pouvez me conduire chez le véto ?

— Bien sûr !

J'attrape mes clés, descends les marches quatre à quatre et ouvre la portière arrière pour Leo, qui monte dans la voiture.

— Où est-ce ?

— Les urgences, à Poughkeepsie. Vous pouvez foncer ?

Evidemment, je peux. J'ai vécu à New York, et la vitesse est un mode de vie, là-bas.

— Accrochez-vous, dis-je, mais il est penché sur son chien, qui tremble toujours, et il lui répète qu'il est son ami, qu'il ne doit pas mourir, pas l'abandonner.

J'ai la gorge nouée et les yeux pleins de larmes. Loki est vieux et je ne sais pas combien de temps vit cette race de chien, mais je ne peux pas m'empêcher de faire une petite prière pour qu'il ne meure pas tout de suite. Leo l'aime tellement.

— C'est sur Manchester Road, me dit Leo, laconique.

Je le regarde dans le rétroviseur. Il y a une immense tristesse dans ses yeux et sur tout son visage. Il fait de son mieux pour ne pas paniquer. C'est bouleversant.

— Je crois que je connais cet endroit, lui dis-je.

Il y a longtemps, Rachel a percuté un chat et nous avions emmené la pauvre bête là-bas. Le chat a survécu et Rachel lui a rendu visite chaque jour jusqu'à ce que quelqu'un l'adopte.

— Vous pouvez accélérer ? me demande-t-il, la voix brisée, tout comme mon cœur.

J'appuie sur le champignon.

Quand nous arrivons dans le parking, Leo n'attend même pas que la voiture soit complètement arrêtée et sort en trombe. Je lui cours après.

— C'est moi qui ai appelé, dit-il à la réceptionniste.

— Passez derrière, dit-elle, et Leo fonce.

Je m'apprête à le suivre, mais la femme m'arrête et me tend son bloc-notes.

— J'ai besoin d'avoir certaines informations.

— Je n'ai fait que le conduire ici. Je ne sais pas grand-chose.

— Voyons si vous pouvez au moins me donner son nom, son adresse, ce genre de choses.

Je voudrais rejoindre Leo.

— Ça ne peut pas attendre ?

— Non, il nous faut au moins ces informations-là et une garantie de paiement.

— Très bien.

Je prends le bloc et vais m'asseoir. Il y a là une femme avec un cacatoès et j'ai une drôle d'impression en la regardant. Je ne la reconnais pas tout de suite... et puis si.

C'est Dorothy.

La *Dorothy* de mon père.

Avec vingt-deux ans de plus mais, j'en suis sûre, c'est elle. Je le sens dans mes tripes. Je sens mon visage se mettre à cuire tandis que je me répète mentalement : *c'est elle, c'est elle, c'est elle.* Les cheveux blonds avec des racines sombres, toujours aussi jolie.

— Bonjour, me fait-elle, sans me reconnaître, évidemment.

J'étais la fille de son patron, pour qui elle a travaillé trois mois. Elle m'a vue cinq fois en tout et pour tout quand j'avais onze ans.

— Bonjour, dis-je en m'asseyant.

L'oiseau fait un drôle de bruit. La scène est étrange : Dorothy, la maîtresse de mon père, avec un oiseau exotique pour animal de compagnie.

— Il s'appelle Perry, me dit-elle.

— Ah ? Il est... très beau.

— Il s'est mis à s'arracher des plumes, alors par prudence j'ai préféré venir.

— Oui.

— Et votre chien, qu'est-ce qu'il a ?

— Euh... une attaque.

Je regarde le formulaire à remplir et note ce que je sais : le nom de Leo, son adresse, l'âge de Loki (quinze ans), sa race (un berger australien, bâtard), mais mon cœur bat à cent à l'heure et j'ai les joues en feu. D'abord parce que Leo est peut-être là-bas en train de faire ses adieux à son chien, et deuxièmement parce que je suis assise à côté de Dorothy !

Je me précipite au comptoir.

— Est-ce que je peux rejoindre mon ami, maintenant ?

— Ce n'est pas rare, une attaque, chez les vieux chiens, me dit la femme. Il va pouvoir rentrer chez lui.

— D'accord, merci.

Je vais me rasseoir. Dorothy me sourit.

— Il est mignon, ce chien, me dit-elle gentiment.

Il ne manquait plus que ça.

Et si je me présentais ? Je pourrais lui demander pourquoi mon père a fait ça et si elle était amoureuse de lui, si elle voulait l'épouser, s'il s'apprêtait à quitter ma mère. Je pourrais la traiter de tous les noms, lui dire qu'elle a sali mes souvenirs de mon père, mon papa, l'homme que j'aimais le plus au monde. Merci beaucoup, espèce de garce !

Je veux comprendre pourquoi. Je veux savoir comment

une femme peut coucher avec le mari d'une autre. Je veux savoir comment cette histoire a débuté, comment mon père a commencé à s'éloigner de ma mère. A-t-il cessé de l'aimer peu à peu, comme Owen avec moi ? Ou bien était-ce seulement une histoire de sexe et rien d'autre, comme pour ma sœur ?

J'espère qu'elle n'a jamais rencontré personne, qu'elle a passé des nuits blanches à penser à la pauvre veuve et aux pauvres orphelines, à la façon dont elle avait gâché et pollué les trois derniers mois de vie de mon père.

Je m'appelle Jenny Tate, je suis la fille de Robert Tate. Super. J'ai l'air maline, tiens ! Et si jamais elle répond : « Et alors ? » Ou bien « Robert qui ? » Et si je me trompe ? Si ce n'est pas Dorothy, en fait ?

Je ne me trompe pas. J'ai son visage imprimé dans ma mémoire depuis vingt-deux ans. On n'oublie pas la femme qu'on a vue en train d'embrasser son père.

Alors je reste là, comme une gourde, à faire semblant d'être absorbée par ce formulaire.

— L'amie de Leo Killian ? Vous pouvez y aller, maintenant.

Dorothy me souhaite bonne chance, et je reconnais son sourire, si gentil. Elle fait bien plus jeune que ma mère, encore maintenant.

— A vous aussi, dis-je avant de suivre le vétérinaire au bout du couloir.

— Comment va-t-il ?

— On lui a donné des médicaments et il est un peu groggy, mais ça va.

Elle ouvre la porte de la salle d'examen et je vois Leo assis par terre en train de caresser le ventre de son chien. Ses yeux bleus sont humides mais il me sourit.

— Ça va ? dis-je en chuchotant, et sans y penser je me penche et dépose un baiser dans ses cheveux.

— Oui, oui.

J'écoute la vétérinaire nous expliquer que, même si c'est

impressionnant, ce n'est pas rare et cela passe tout seul. Loki est vieux mais il est en forme. On s'occupe visiblement très bien de lui. Elle lui prescrit des fortifiants et s'accroupit pour le caresser, elle aussi.

— Vous pouvez y aller. Passez juste voir Gina avant de partir.

Nous la remercions en chœur et restons un peu assis là, moi sur la chaise, Leo par terre avec son chien. Il finit par lever les yeux vers moi et me dire :

— Allons-y.

— OK.

Lorsqu'on arrive dans la salle d'attente, Dorothy n'est plus là.

— Est-ce que par hasard vous connaissez le nom de cette dame ? Celle avec le cacatoès ? Je crois que je la connais, demandé-je tandis que Leo tend sa carte de crédit.

— Euh, laissez-moi vérifier. Elle s'appelle Dorothy Puchalski.

Dorothy Puchalski. Ce nom me fait l'effet d'un coup de tonnerre.

Je dépose Leo et Loki et fonce chez Luciano prendre du gratin d'aubergines, de la focaccia et de la salade. Je vais ensuite directement chez Leo. Assis à côté de la panière de Loki, il est en train de caresser son vieux compagnon. Qui ronfle.

— Tout le monde va bien ?

— Beaucoup mieux.

J'installe le repas sur la table, ouvre une bouteille de vin rouge et nous en sers un grand verre à chacun. Leo se lève. Il fait plus vieux. Le pauvre n'est pas encore remis de ses émotions. Dieu sait ce que ce sera s'il a un jour des enfants !

— Dites, vous l'avez trouvé où, ce chien ?

Leo boit une gorgée de vin.

— Dans un refuge.

— Il paraît que c'est le meilleur choix.

— Oui.

Il hésite à me regarder en face, comme s'il était gêné que j'aie été témoin de la scène de ce soir.

— Alors, qui est cette Dorothy Puchalski ? me demande-t-il.

J'ai un petit mouvement de recul. Je ne pensais pas qu'il avait entendu.

— Euh, une vieille connaissance de mes parents.

— Comment est mort votre père ? s'enquiert-il ensuite le plus naturellement du monde.

Pourquoi pas, puisqu'il sait que mon père est mort et qu'il a même vu sa tombe, le jour où il a rencontré Rachel au cimetière. Moi, je n'y vais plus depuis des années.

— Il a été tué au cours d'un cambriolage dans un magasin. Il était passé s'acheter un soda glacé au melon. Il adorait ça.

Il ne répond rien mais, bon sang, je n'ai jamais vu de ma vie un visage aussi expressif ! Est-ce le choc d'avoir revu Dorothy ou bien de lire autant de compassion dans les yeux de Leo, en tout cas j'ai une boule dans la gorge, tout à coup.

Depuis des années, je raconte comment est mort mon père, cela fait partie de moi, comme d'avoir une sœur ou d'être brune, mais à cet instant je préfère ne rien ajouter parce que je sens que je vais me mettre à pleurer, ce qui ne m'est pas arrivé depuis très longtemps. En racontant l'histoire à Owen, j'avais éprouvé presque de la satisfaction à être enfin intéressante et à voir ses yeux sombres s'attendrir.

Là, ce n'est pas la même chose, parce que Owen, à bien y repenser, était ce Dr Parfait, toujours en empathie avec tout le monde. Venant de Leo, cette empathie a plus de valeur.

Je change de sujet.

— Mon ex et son épouse modèle m'ont invitée à dîner dans l'appartement que j'habitais autrefois. Vous voulez venir ? Ça devrait être assez drôle.

— Ah oui alors !

Il a retrouvé le sourire, et une expression ironique a remplacé son air désolé. Nous voici revenus en terrain connu.

— C'est quand ? Peu importe d'ailleurs, je vais m'arranger. J'annulerais un dîner à la Maison-Blanche pour ne pas rater ça.

Je me lève pour desservir et il se met debout.

— Je suis contente que ça vous amuse, lui dis-je à mi-voix, et surtout ne vous gênez pas pour vous moquer de mon cœur brisé.

— Vous n'avez pas le cœur brisé. Vous avez dépassé ce stade.

— Dites, est-ce que c'est difficile d'être une femme cachée dans le corps d'un homme ? Parce que vous connaissez si bien le cœur des femmes que je me dis...

Il se penche alors et m'embrasse. Il pose juste ses lèvres chaudes contre les miennes, et cela dure une seconde de trop pour n'être qu'un baiser amical, mais pas assez pour que je sache quoi faire de mes mains ou de ma bouche.

— Merci pour ce soir, Jenny Tate, dit-il en me regardant avec gratitude. Vous êtes une amie précieuse.

— Merci à vous, Leo Killian, de m'embrasser comme ça, histoire de m'embrouiller et de me laisser croire que je vous plais.

— Mais c'est le cas.

— Je vous plais au point que vous voudriez coucher avec moi ?

— Evidemment. Je suis un homme.

— Mais vous ne voulez pas vous engager.

— Voilà.

Je lève les bras au ciel.

— Je déteste les hommes !

Il a l'air amusé.

— Prenez un chat.

— Je vais peut-être faire ça, oui. A plus tard.

— Jenny.

Son visage ressemble à un ciel de Nouvelle-Angleterre, tantôt ensoleillé, tantôt gris. Je n'ai jamais vu ça. A cet instant, ses yeux sont pleins d'une tristesse qui s'amoncelle comme de gros nuages, et il a l'air sur le point de me faire un aveu important, inédit. J'en ai des frissons.

— Oui, murmuré-je.

Il ne répond pas tout de suite et baisse les yeux. Lorsqu'il les lève de nouveau, je vois qu'il a changé d'avis.

— Merci encore, se contente-t-il de me dire, avant d'ouvrir la porte pour que je sorte.

Rachel

Ces derniers temps, Adam est un mari parfait, ce qui a le don de m'irriter. Je ne sais pas pourquoi, je ne suis plus moi-même. Toutes ses petites attentions : m'offrir des fleurs, faire quelques courses pour qu'on dîne en tête à tête après avoir couché les filles... tout devient suspect, comme une manière de se racheter ou... de m'acheter. Nous en avons parlé chez la thérapeute mardi soir.

— Je fais tout ce que je peux pour lui montrer à quel point je veux que notre mariage marche, dit Adam. Mais rien n'y fait, c'est comme si j'étais définitivement banni.

Pas faux, me dis-je.

— Qu'en pensez-vous, Rachel ? me demande la thérapeute.

— J'ai l'impression qu'il essaie de me prouver qu'il est le meilleur mari du monde, et, même si je pense en effet qu'il devrait se traîner à mes pieds (Jenny, *sic*), j'ai toujours l'impression qu'il n'est pas sincère, dis-je en regardant mes mains.

Adam lève les bras au ciel.

— Alors quoi ? Comment est-ce que je peux te faire changer d'avis ?

Je ne réponds pas tout de suite. En fait, tu ne peux pas, c'est ça, la réponse.

— Adam, si je savais, je te le dirais. Tu as trahi ma confiance. Tu m'as trompée et, quand je t'ai demandé des comptes, tu m'as menti. Tu m'as juré fidélité dans une église et tu n'as pas tenu parole, alors comment veux-tu que je te croie aujourd'hui ?

— Comme si j'étais le premier mari infidèle, s'empresse-t-il de commenter.

— Je suppose que le fait que tu voies Emmanuelle tous les jours ne m'aide pas à oublier. S'il y avait une chose à faire, ce serait quitter ta boîte.

Il pousse un grand soupir.

— Nous en avons déjà parlé des dizaines de fois.

Il se tourne vers Laney comme pour dire : « *Ah, ce que les femmes sont irrationnelles !* » avec ce regard navré que je connais si bien.

— Je ne peux pas démissionner. Je ne retrouverais jamais un poste aussi bien payé par ici. Je pourrais postuler dans un cabinet public et gagner cinq fois moins, mais alors il faudrait que Rachel renonce à notre maison et à l'école privée des filles et peut-être même qu'elle se remette à travailler.

— Est-ce quelque chose que vous envisagez, Rachel ?

— Oui.

Ce n'est pas vraiment un mensonge, je n'ai juste pas encore complètement considéré la chose.

Ce que je veux par-dessus tout, c'est retrouver ma vie d'avant. Et me retrouver moi-même. Je me manque (si une telle chose est possible). Je suis nostalgique de la façon dont je regardais Adam, mon superbe, drôle et merveilleux mari. Je suis nostalgique de cet étonnement et de ce bonheur que je ressentais à l'idée qu'il m'avait choisie, moi. De cette joie parfaite lorsque nous étions tous les cinq. Même si les filles étaient intenables ou renversaient leur verre quand nous les emmenions quelque part, je ne cessais jamais de sourire. Ce n'était pas de l'autosatisfaction, c'était le bonheur, le vrai bonheur, tout simple.

— Bien, Adam, si nous essayions de creuser un peu ? suggère Laney.

— OK, marmonne-t-il, furieux. Vous savez ce que j'aimerais, c'est qu'on arrête un peu de s'acharner sur moi et qu'on change de sujet.

— Je vous en prie, allez-y.

Il se tourne vers moi.

— Tu es en colère parce que j'ai eu cette aventure, d'accord, je comprends parfaitement. Mais t'es-tu seulement posé la question de pourquoi c'est arrivé ?

— Oui, j'y ai beaucoup réfléchi.

— Est-ce que tu t'es dit que peut-être j'avais l'impression que tu n'avais plus autant envie de faire l'amour ?

— Quoi ! m'écrié-je. Comment oses-tu ? On le faisait tout le temps, bien plus souvent que tous les couples que je connais !

— Oui, mais tu n'y prenais plus vraiment de plaisir.

— Quoi ?

— Que voulez-vous dire, Adam ? Pourquoi pensez-vous cela ?

Il regarde Laney et croise les jambes.

— Elle s'endort. Pendant. Pas avant, pendant.

Il dit cela avec la même gravité que s'il avait découvert mon laboratoire d'amphétamines dans la cave.

Je rougis.

— Tu pensais que je n'avais pas remarqué, c'est ça ? me demande-t-il, conscient d'avoir repris la main. Alors peut-être que je t'ai trompée parce que je voyais bien que cela te pesait d'avoir avec moi une relation de couple normale.

— Rachel, voulez-vous ajouter quelque chose ?

— Oui. C'est vrai, je me suis assoupie une fois. Les filles avaient une gastro et je n'avais pas dormi depuis cinq nuits, mais ça ne veut pas dire que je n'aime pas ça ! J'ai fait bien attention à préserver notre vie sexuelle, même si une fois, OK, je me suis endormie.

— Tu imagines un peu quel effet ça m'a fait ?

— Et à moi, Adam ? J'étais épuisée ! Alors quoi, ça veut dire que je n'ai pas le droit d'être fatiguée sans que tu ailles tirer un coup ailleurs ?

Et voilà que ça recommence ! Moi qui n'étais jamais vulgaire !

— Rachel, laissez-moi vous poser juste une question : pourquoi ne pas avoir tout simplement dit à Adam que vous étiez fatiguée et que vous vouliez dormir ?

J'hésite.

— Parce que… je ne voulais pas qu'il pense que j'étais ce genre de femme.

— Un être humain normal ?

— Non, une femme trop fatiguée pour faire l'amour avec son mari.

— Mais c'était pourtant le cas ! Peut-être juste ce jour-là, sans doute d'autres fois aussi. Vous refusez qu'Adam vous voie telle que vous êtes, et cela crée de la distance entre vous.

— Alors… c'est ma faute ? Cette aventure, c'est à cause de moi ?

— Non, non, pas du tout. Il est le seul responsable dans cette histoire. Mais la vraie intimité ne se résume pas aux relations sexuelles régulières. Il faut lui donner la possibilité de vous comprendre. Vous êtes une femme pleine d'énergie et une maman merveilleuse qui a créé un foyer chaleureux.

— Et c'est mal ?

— Non, pas du tout, mais peut-être que votre mari a du mal à trouver sa place.

— Exactement, confirme Adam.

Je le regarde.

— Alors, si je te demande de me masser le dos, de préparer le dîner de temps en temps et de nettoyer les salles de bains le week-end, tu te sentiras plus utile et tu ne seras plus tenté d'aller voir ailleurs ?

— Oui, répond-il sans conviction.

— Laissez-le prendre sa place dans votre univers, Rachel. Vous n'êtes pas obligée d'être parfaite.

Première nouvelle.

— Nous en resterons là pour ce soir, mais je trouve que nous progressons bien. A la semaine prochaine.

Nous reprenons la voiture et traversons la ville en passant devant la maison où j'habitais autrefois, et devant le parc.

— Si on sortait prendre un verre ? propose Adam en s'arrêtant à un stop.

Il est tendu, mais je sens bien qu'il fait des efforts.

J'accepte parce que Laney nous a conseillé de partager des moments d'intimité, et pas seulement au lit. Et puis il faut que je montre moi aussi que je fais des efforts.

— On va au Storm King ?

Je suis d'accord. Je n'y suis jamais allée. C'est le point de ralliement des nouveaux arrivants à Cambry : les hipsters, les artistes et les étudiants en doctorat, ceux qui hésitent à franchir la ligne rouge qui les sépare encore du monde du travail.

C'est un endroit élégant et tamisé, avec des fauteuils de cuir blanc, des tables en verre et un néon bleu derrière le bar. Je me sens bien, tout d'un coup. Jenny garde les filles et je lui envoie un SMS pour la prévenir. Elle me répond : « Prenez votre temps. On s'éclate ! » Son enthousiasme me fait plaisir parce que je sais combien elle en veut à Adam ces jours-ci. J'apprécie cette... solidarité.

— J'ai l'impression de faire l'école buissonnière, me dit alors Adam, et, sans en avoir l'expérience, je comprends ce qu'il veut dire.

Au lieu de commander du vin blanc comme d'habitude, je demande un Martini bien tassé, avec trois olives.

Adam lève un sourcil et commande la même chose. Nous nous taisons en attendant que le serveur nous apporte nos verres. Je bois une grande gorgée. Dieu, que c'est mauvais ! Mais je regarde Adam et lui souris.

— Bon, ne parlons plus de toute cette affaire (l'euphémisme que nous employons pour évoquer ce qui nous arrive). Et ne parlons pas non plus des filles.

— Marché conclu, dit-il en me tendant sa main, dans laquelle je tape en riant.

Je me passe la langue sur la lèvre supérieure, comme si je savourais l'espèce de tord-boyaux dans mon verre.

— J'ai fait un rêve la nuit dernière, me dit-il, en fixant mes lèvres. Je ne suis pas sûr qu'il faille que je te le raconte.

— Vas-y, dis-je en avalant une nouvelle gorgée de Martini.

— Eh bien, j'étais seul. Je ne savais pas si tu étais sortie ou si nous avions divorcé, mais j'étais seul avec les filles et je me rendais compte peu à peu que tu ne revenais pas. Je pensais d'abord que tu m'avais quitté et puis je me rendais finalement compte que tu étais... morte.

Il guette ma réaction.

— Oh, mais je fais tout le temps ce genre de rêve, lui dis-je. Mais moi c'est en pleine journée !

J'éclate de rire et il me regarde stupéfait, avant de rire à son tour.

— Sans blague !

— Si, si ! Je vérifie sans arrêt que ton assurance vie est bien en règle parce que je n'ai pas l'intention de me serrer la ceinture. Tout se passe de façon tragique et digne parce que tu meurs d'une horrible manière. Ensuite, je me fais un peu éclaircir les cheveux.

Je ris de la façon tellement naturelle et amusante dont je raconte tout ça.

— Juste ciel, mais écoutez-moi ça ! s'exclame-t-il en riant lui aussi. Et tu te remaries, dans cette belle histoire ?

— Mais oui, avec un homme merveilleux, un pompier, je crois. Très musclé, avec un tatouage sur l'épaule.

— Merde, alors. Je n'ai plus qu'à aller me jeter sous un train ce soir, moi !

— Ce serait généreux de ta part, oui, et je te promets que j'entretiendrai ton souvenir chez les filles.

Nous nous mettons à flirter, je ne sais pas comment cela nous vient mais nous flirtons, et bon sang qu'il est séduisant, beau, sexy ! Des femmes au bar le dévorent des yeux, mais il ne regarde que moi et soudain je réalise que je suis capable de lui pardonner. C'est arrivé à d'autres avant nous. Et nous pourrions même en sortir renforcés. Je ne suis plus aussi naïve, je suis une femme avertie, désormais, une vraie Européenne : mon mari a eu une aventure, OK, mais c'est de l'histoire ancienne, et bientôt tellement ancienne qu'on s'en souviendra à peine, ou alors juste pour rire. « *Tu te souviens quand tu m'as trompée ?*

Avec... elle s'appelait comment, déjà ?» Et Adam répondra : «*Ouais, je pensais vraiment qu'à ça, pas vrai ?*»

Nous n'attendons même pas d'être à la maison. On le fait dans la voiture, et c'est torride. On se saute dessus comme à vingt ans. Je jouis avant même qu'il ait enlevé son pantalon et je jouis encore lorsqu'il me pénètre. L'odeur de son cou, ces bruits que je connais si bien et que j'aime tellement, ils font partie de ma vie ! Je ne veux pas renoncer à lui, je veux que nous soyons de nouveau ensemble. Je vais faire ce qu'il faut. Il veut du hard, il va en avoir !

Les jours suivants, je plane un peu. C'est plus facile d'être heureuse et, même si je ne suis pas encore tout à fait moi-même, je ne suis plus aussi amère ni rancunière.

J'essaie d'exprimer ce que je ressens à Jenny à qui je téléphone pendant la sieste des filles. Je fais des cookies aux flocons d'avoine et aux raisins secs, les préférés de Charlotte cette semaine. Elles viennent de terminer les snickerdoodles (les préférés de Grace), et la semaine prochaine je referai ceux au chocolat (que Rose préfère). Moi aussi, j'aime ceux aux flocons d'avoine, et si l'amour a une odeur c'est celle de mes cookies aux raisins secs encore tout chauds. Ou de mes filles lorsqu'elles se réveillent de leur sieste.

Ou celle d'Adam le matin : un mélange de sel et de sueur et de l'odeur fraîche de nos draps qui ont séché au vent et au soleil.

— Je pense qu'on a passé un cap, dis-je à ma sœur.

— Alors vous recouchez ensemble ?

J'ai les joues qui chauffent. *On baise*, oui, plutôt.

— Mmm.

— Préservatifs, hein ?

— Jenny, c'est bon, là !

Un reste de honte après la visite chez le médecin me noue l'estomac et je suis mortifiée et furieuse contre Jenny de me l'avoir rappelée.

Oui, j'en utilise, juste au cas où.

J'ajoute les raisins secs à ma pâte et je mélange. Jenny ne dit toujours rien.

Ça lui arrive parfois, elle plonge comme un sous-marin qui partirait en mission secrète. Et elle refait surface avec un scoop, en général.

— Tu t'es déjà demandé, pour papa et maman ? m'interroge-t-elle calmement.

— Demandé quoi ?

Nouveau silence.

— Si leur mariage était aussi heureux que maman veut bien le dire.

Je ne comprends pas bien.

— Jenny, on y était. Et *oui*, ils étaient incroyablement heureux ensemble. Pourquoi poses-tu cette question ?

— C'est juste que ça semble un peu trop parfait quand elle en parle.

— Eh bien, d'abord, oui, c'était un p... de mariage parfait ! (Nouvelle Rachel qui baise son mari et jure comme un charretier !) Et deuxièmement qu'est-ce que ça peut faire, qu'elle idéalise le passé ? C'est tout ce qui lui reste.

— Il lui reste aussi le présent.

Toujours le même refrain. Quelquefois, je trouve que Jenny juge trop. Je ne sais pas combien de fois elle a suggéré à notre mère de prendre des cours, de partir en voyage, de faire du bénévolat, de travailler. Du coup, je m'inquiétais de ce qu'elle pouvait penser de moi, qui étais mère au foyer. En fait, elle ne m'a jamais rien dit d'autre que combien elle m'admirait pour ça, et elle avait l'air sincère.

— Maman fait ce qu'elle peut. Sois indulgente, Jenny, son mari a été tué tellement jeune !

— C'était il y a vingt-deux ans.

— Je sais compter.

J'ai un ton cassant. La nouvelle Rachel a le droit de parler d'un ton cassant.

— Mais bien sûr, excuse-moi. Alors, qu'ont fait les filles aujourd'hui ?

— On avait les bébés nageurs. Et Rose a enfin mis la tête sous l'eau.

— Bravo ! Je l'appellerai plus tard pour la féliciter, OK ?

— Tu penses ! Bon, il faut que j'y aille. Des cookies à faire cuire et du linge à plier.

— OK, Martha Stewart[1] ! Bisous !

— A toi aussi !

Je sais bien qu'elle m'a posé cette question sur les filles pour calmer le jeu. Elle les adore, ça ne fait pas de doute.

Je repense à notre séance aux bébés nageurs. Ella m'a complimentée sur mon poids et m'a demandé quel régime j'avais fait. J'avais envie de répondre : le régime spécial aigreurs d'estomac. Tu devrais essayer. Si tu veux, je peux présenter Emmanuelle à ton mari.

C'est vrai que, bizarrement, la vision de mes hanches saillantes me plaît, et à Adam aussi, d'ailleurs. C'est ce qu'il m'a dit quand on était en train de baiser hier soir.

Soudain, une vague de tristesse me submerge sans prévenir. Heureusement, j'entends dans le babyphone les filles qui se réveillent de leur sieste, et je monte en courant les retrouver.

Quelques jours plus tard, Jared m'appelle pour qu'on déjeune ensemble. Je m'organise pour que Donna aille chercher les filles. Ma mère, à qui je l'ai demandé en premier, l'aurait fait mais, comme elle m'a expliqué d'une voix lasse, elle déteste conduire avec les filles, ne sait pas les attacher dans leur siège, et puis s'il arrivait quelque chose ? Elle est à la fois jalouse de Donna et reconnaissante.

Je laisse donc la voiture familiale à Donna et prends le cadeau qu'Adam s'est offert pour son quarantième anniversaire : un

1. Animatrice de télévision et femme d'affaires américaine, spécialisée dans l'art de vivre.

coupé Jaguar décapotable (rouge, bien sûr). Nous la prenons quand nous sortons en amoureux ou bien pour aller au club. Je ne l'ai jamais conduite mais je ne demande pas la permission. Après tout, ce qui est à lui est à moi.

Je me rappelle la plaisanterie que quelqu'un avait faite à l'anniversaire : mieux vaut une Jaguar qu'une maîtresse, ha ha !

La nouvelle Rachel a dépassé tout ça, et elle ne prend même pas la peine de prévenir Adam qu'elle sort déjeuner avec un ami.

Je mets une minute à comprendre comment démarrer, mais j'y arrive. C'est une sublime journée de mai et, avec la capote baissée, je sens les parfums des lilas et des pommiers en fleurs. Dans la grosse voiture, ça sent plutôt le jus de pomme et les gâteaux. Au moins, ça ne sent plus le vomi. Adam a amené la voiture pour un lavage complet après ce jour désastreux.

Je ne lui ai jamais raconté que Gus était venu me sauver la vie.

La vérité, c'est que j'adore avoir des secrets. Gus et ses yeux rieurs ne sont pas comparables à l'entrejambe d'Emmanuelle, mais ce souvenir me réconforte et m'excite aussi un peu.

J'ai les cheveux qui volent et je pose mes lunettes de soleil sur ma tête pour les coincer. Très nouveau, ça aussi : moi au volant de la Jag ! Je passe devant Bliss et sa si belle devanture. On y voit sa dernière création : une robe princesse rose brodée de brillants minuscules, si légère et vaporeuse qu'elle pourrait s'envoler. J'ai lu dans le journal que la boutique était le joyau de ce quartier, et ça m'a rendue jalouse un instant. Ma sœur n'habite ici que depuis un mois et déjà les gens font la queue devant son magasin. J'ai même entendu dire aux bébés nageurs qu'une descendante de Roosevelt allait lui commander sa robe, mais Jenny ne m'en a pas parlé.

D'une certaine manière, elle est plus intégrée que moi à Cambry. Elle connaît les serveuses de Blessed Bean par leur prénom, est allée à un vernissage un soir et s'est inscrite à un cours de Zumba au YMCA. Un jour où l'on se promenait avec les filles, un des vieux messieurs noirs qui s'assoient chaque jour devant chez le coiffeur l'a apostrophée. Moi, je ne leur avais jamais adressé la parole et je me suis alors dit que j'étais raciste, mais Jenny a toujours été comme ça, capable de se faire des amis sans y penser, juste en disant bonjour. Moi aussi, je dis bonjour, mais il y a toujours cette timidité idiote et incontrôlable qui m'empêche de me lier comme elle.

Je connais les mamans de l'école, ainsi que d'anciennes copines de classe ou des gens au country club. Je connais la bibliothécaire des enfants mais pas les adultes qui l'aident, bien que j'y aille une fois par semaine.

Je me dis soudain que j'aimerais avoir plus d'amis.

Je m'arrêterai à la boutique après le déjeuner si j'ai le temps. Ou pas. J'irai peut-être faire autre chose, un soin du visage à l'institut du coin de la rue. Et pourquoi pas m'acheter de nouvelles chaussures, comme celles que porte Jenny. Fini les talons plats !

Sauf que, si j'écoute la Rachel d'avant, je vais rentrer à la maison planter les pensées qu'on a choisies l'autre jour avec les filles. Mais cela me ferait sans doute du bien d'avoir du *vrai* temps pour moi.

J'entre au Hudson's, un petit restaurant très sympa qui autrefois était un bar crasseux et glauque investi par des alcooliques profonds. Jared est déjà là et m'accueille avec un sourire. Nous nous installons à une table près de la baie vitrée pour pouvoir admirer le fleuve.

— Merci d'être venue, me dit-il.

— Mais avec plaisir !

Jared me fait penser aux chiens qu'il y avait chez lui, des golden retrievers, toujours gais, toujours en train de remuer la queue. Il a le caractère de son père, notre pasteur. Pas celui de sa mère, qui ne m'a jamais proposé de l'appeler par son prénom et ne manifeste jamais la moindre joie de me croiser ni au club ni en ville.

Jared compense. C'est une des rares personnes avec qui je me sente à l'aise, avec qui je puisse être moi-même.

— Tu as des photos des filles ? me demande-t-il, et je sors aussitôt mon téléphone pour les lui faire admirer.

Les filles l'adorent, elles l'appellent « tonton Jared » et il leur dégote toujours des cadeaux étranges et merveilleux pour leur fête ou leur anniversaire.

— Qu'est-ce qu'elles sont mignonnes ! Regarde Charlotte, c'est toi ! Et Grace, c'est Adam tout craché, non ? Ouh là, et Rose ? Elle a l'air d'aimer, dis donc ! Elle mange quoi en fait ? De la boue ?

— Non, Jared, c'est du pudding. Je ne nourris pas mes filles avec de la boue, figure-toi.

Il rit et nous passons la commande : un énorme burger pour lui, avec des frites et un milk-shake. (Il est maigre comme ce n'est pas permis, et depuis toujours.) Pour moi, une salade avec l'assaisonnement à part, histoire de garder mes hanches pointues. Quand nos plats arrivent, il en vient à l'objet de notre rencontre.

— Alors, Rachel, Kimber se demandait si tu accepterais d'être demoiselle d'honneur à notre mariage. Qu'en penses-tu ?

— C'est vrai ? Mais bien sûr que oui ! Pourquoi ne m'a-t-elle pas posé la question elle-même ? dis-je en buvant une gorgée d'eau.

— Elle avait peur que tu refuses.

— Mais pourquoi refuserais-je ? Bon, je suis un peu vieille pour ça, mais c'est un grand honneur.

— Moi, je suis un peu âgé pour me marier pour la première fois, fait-il remarquer.

— Mais non, tu as juste mis un peu de temps à trouver la bonne.

— Elle est super, non ?

— Je l'aime beaucoup. Elle est très... spontanée.

— Oui ! C'est exactement l'adjectif qui convient !

Sa joie s'éteint un peu.

— Le problème, Rachel, c'est que ma mère la déteste et qu'elle lui en fait voir de toutes les couleurs. Elle a reçu une éducation très différente de la mienne, et ma mère s'efforce de bien le lui faire sentir. Kimber fait son possible pour s'adapter, mais on voit bien qu'elle n'est pas...

— Dans le moule.

— Exactement. Et c'est pour ça que je l'aime.

— Peut-être qu'on pourrait sortir ensemble toutes les trois, avec Jenny.

Il fait un large sourire.

— J'espérais bien que tu le proposerais, Rachel. Tu es un amour. Ecoute, je la retrouve au bureau à 14 heures. Il faut qu'on voie ensemble un truc pour le mariage, le gâteau ou quelque chose comme ça. Tu veux passer lui dire bonjour ? Elle va être tellement heureuse que tu aies accepté !

— D'accord, avec plaisir.

Je m'interromps, soudain traversée par une pensée horrible.

— Qui d'autre est invité ? Des gens que je connais ? Des gens du bureau ?

Je m'imagine tout d'un coup poser sur des photos avec Emmanuelle. Après tout, ils sont peut-être amis, vu que Jared aime bien tout le monde.

— Il n'y aura personne du bureau. Juste son cousin et un couple d'amis, tous tatoués. Ma mère ne s'en remet pas.

Et il continue de me raconter, bien plus au courant de son propre mariage qu'Adam ne l'était.

Depuis que je sais pour Emmanuelle, j'ai très envie de poser des questions à Jared mais je n'y arrive pas. Je ne veux pas lui donner trop d'importance en demandant à mon meilleur ami de jouer les espions. Et, honnêtement, j'aurais trop peur qu'il devine et que notre vieille amitié soit ensuite entachée de pitié. En plus, la relation de travail qu'il entretient avec Adam en souffrirait parce qu'il a toujours été clair que, si Adam et lui s'entendent bien, Jared est d'abord *mon* ami.

Ce qu'on ne réalise pas tout de suite quand on apprend que son mari a eu une liaison, c'est qu'il va falloir beaucoup mentir. Ce dernier mois, pour la première fois, j'ai menti à ma mère, à mes beaux-parents (Dieu merci, ils habitent en Arizona), à la sœur d'Adam, qui vit au Portugal mais nous écrit souvent des mails et envoie aux filles de jolis cadeaux de ses voyages. J'ai aussi menti à l'institutrice, qui me demandait si tout allait bien, et à mes copines du club de lecture. J'ai même menti à Jenny. C'est devenu un réflexe et je n'y pense même plus.

En quittant le restaurant, je monte dans la Jaguar, ce qui amuse Jared.

— Je crois que c'est la première fois que je te vois conduire ça.

— Parce que c'est la première fois que je la conduis.

Il monte dans sa BMW et nous nous dirigeons vers Triple B. Kimber attend dans le hall, vêtue d'une blouse paysanne, d'une jupe arc-en-ciel et d'une veste en cuir. Elle porte une douzaine de bracelets qui cliquettent lorsqu'elle se lève d'un bond. Son visage rosit quand elle aperçoit son chéri.

— Salut ! C'était sympa, votre déjeuner ?

— C'était super. Merci beaucoup d'avoir pensé à moi pour être ta demoiselle d'honneur. J'ai hâte !

— Sérieux ? Oh, Rachel, merci ! Vraiment ? Je veux dire, bien sûr tu es la plus vieille amie de Jared et tout, mais ça me fait tellement plaisir !

Elle me prend dans ses bras.

— Merci.

— Merci à toi. Dis, on pourrait peut-être sortir boire un verre un soir avec ma sœur ?

— Carrément ! s'exclame-t-elle.

— Ce n'est pas le tout, nous avons un gâteau à goûter, dit Jared. On y va, ma puce ? Au revoir, Rachel, et merci encore.

Il m'embrasse sur la joue, fait un signe de la main à Lydia, la réceptionniste, et ils sortent ensemble vers le soleil. J'espère qu'ils seront heureux. Je n'imagine pas Jared la tromper. Il est tellement fidèle, je veux dire, il est resté ami avec la fille timide qui prenait le bus scolaire avec lui, alors qu'il a rencontré des centaines de gens depuis. Qui fait ça, si ce n'est les gens fidèles ?

— Je suppose que vous voulez voir Adam ? me demande Lydia.

— Quoi ? Euh, oui, bien sûr !

Elle décroche le téléphone pour le prévenir, mais je l'arrête.

— Inutile, Lydia, j'y vais directement.

Parce que j'ai de nouveau comme une intuition, ce fourmillement qui me parcourt les jambes et les bras. Je marche dans le couloir, vite et en silence, en espérant ne pas être obligée de discuter avec une connaissance, et j'arrive au bureau d'Adam.

La porte est fermée.

J'ouvre et je les vois, en train de s'embrasser.

Ils se séparent d'un bond. Le maquillage d'Emmanuelle a coulé, son rouge à lèvres s'est effacé.

— Chérie, dit Adam.

Je reste là, pétrifiée.

Au moins, aujourd'hui, je suis bien habillée, voilà la première chose que je me dis. La dernière fois, je ressemblais à une petite fille. Aujourd'hui, je suis plutôt sexy. Pas autant qu'elle, c'est sûr, mais pour moi c'est déjà pas mal. Elle porte une robe en tricot rouge très près du corps, avec une fente au milieu, une encolure large et des manches longues. Elle est de ces femmes qui n'ont pas besoin de montrer quoi que ce soit pour être sexy, au contraire. Ses cheveux roux sont attachés en queue-de-cheval, et je me rappelle tout à coup cette remarque qu'avait faite Jake Golden au country club : une rousse dans une robe rouge, et c'est l'érection garantie. Golden est un con, mais cela étant dit, oui, Adam a une érection.

Il faut que je m'en aille. Clairement, c'est le moment où l'épouse sort, la tête haute, en redressant les épaules, et s'en va... où ça ? Où donc va l'épouse à ce moment-là ? Eh bien, je suis dans un cabinet d'avocats, non ? Alors je n'ai qu'à aller directement chez un avocat de la famille. Ou alors chez Jared. Je pourrais aller dans son bureau, qui est d'ailleurs bien plus grand et plus prestigieux que celui d'Adam. Ah, mais non, il est en train de goûter des gâteaux. Si mon père était vivant, j'irais pleurer sur son épaule toutes les larmes de mon corps. Chez Jenny. Je vais aller chez Jenny. Ou à la maison. Sauf que les filles vont se rendre compte que ça ne va pas, et elles vont faire la foire. C'est toujours comme ça.

J'ai encore la main posée sur la poignée de la porte.

— Je m'en vais, dit Emmanuelle.

Elle attrape un mouchoir en papier et s'essuie les yeux puis se glisse hors de la pièce. Sa main m'effleure, et je recule brusquement comme si elle avait la lèpre.

— Rachel, dit Adam d'une voix douce. Entre et ferme la porte.

J'obéis, et reste debout devant ce canapé où il explique ce qu'est une niche fiscale à ses clients et se concerte avec Bruce, son assistant juridique, et puis s'envoie en l'air avec sa maîtresse.

— Assieds-toi.

— Non.

— Ce n'est pas ce que tu penses, me dit-il. Elle est mal parce que... je lui ai dit que c'était fini. Elle est entrée ici, elle s'est jetée à mon cou et tu es arrivée.

— Tu me prends vraiment pour une idiote, Adam ?

— Pas du tout.

— Tu couches toujours avec elle.

— Non, je te jure que non !

— Laisse tomber, Bill Clinton, et profite bien de ton célibat !

Je lui tourne le dos pour m'en aller, mais il m'attrape par le bras et prend soudain un air furieux.

— Tu veux divorcer ? C'est vraiment ça que tu veux, Rachel ? Tu veux la garde partagée ? Tu veux que les filles aient une belle-mère ? Tu veux emménager dans un appartement minable ? Parce que, jusqu'à nouvel ordre, c'est moi qui paie les factures.

— Et donc ? Ça t'autorise à aller voir ailleurs ? Tu te permets de me tromper parce que, pendant ce temps-là, je m'occupe de nos trois enfants à la maison ? Tu crois vraiment que le juge ne va pas te plumer jusqu'à l'os ? Et tu crois aussi que Jared Brewster va te garder comme collaborateur ?

Son visage prend soudain une expression mauvaise.

— Je vois. Dommage, vraiment, que tu n'aies pas pu l'épouser. Toutes ces années gâchées, à attendre qu'il te remarque !

Je ne daigne pas lui répondre.

— J'emmène les filles chez Jenny. Passe un bon week-end. Je suis sûre que ta pouffiasse sera ravie de savoir que tu es libre.

Sur ce, je sors pour de bon, la tête haute, les épaules en arrière. J'arrive à marcher jusqu'à la voiture et, là, je vomis sur la banquette.

Jenny

Même si je l'ai déjà vu en costume (en train de dormir dans son vieux transat), Leo tout propre, rasé de près et hyper-élégant, c'est un spectacle... waouh !

Costume gris, chemise noire, cravate grise à motifs, on le dirait tout droit sorti de *GQ*. Il est grand et plutôt maigre, ce qui me donne presque envie de lui faire des petits plats. Ses cheveux ondulés coiffés en arrière, ses yeux si... et ses pommettes tellement sexy !

— On ferme la bouche et on arrête de se rincer l'œil, me dit-il. Vous êtes prête ?

— Comment ? Euh, oui.

— Allez, Jenny ! Arrêtez de fantasmer !

— Vous êtes... superbe !

Il fronce les sourcils d'un air incrédule.

— Et si on se disait tout ça dans la voiture ? Vous n'êtes pas mal non plus, au fait.

— J'espère bien, vu le prix que m'a coûté cette robe.

— Pour impressionner votre ex. Un classique de la psychologie féminine.

— Ce serait plutôt pour impressionner la femme de mon ex, mais oui.

Ce soir, nous dînons chez Ana-Sofia et Owen, alors oui, bien sûr que j'ai acheté une robe ! C'est mon rayon, quand même, peut-être le seul domaine où je peux prétendre la surpasser. Non que ce soit une compétition (parce que, si c'est le cas, ça fait un bon moment qu'elle a gagné). Quoi qu'il en soit, je porte une robe blanche de chez Catherine Deane, brodée, avec des finitions en cuir, et mes Manolo Blahnik en daim noir et blanc impression léopard. Mais attention, à chaque fois que je dépense une telle somme pour une tenue, je donne l'équivalent à une œuvre. Et de toute façon ça fait partie de mon boulot de représentation d'être ravissante (en tout cas, c'est ce que je me dis pour justifier mes achats douteux !).

— Au fait, c'est vous qui conduisez, me dit Leo. Attendez, j'emmène Loki.

— Quoi ? Non, pas question !

— Soit il vient, soit je ne viens pas, me déclare-t-il avec son air navré. Enfin, Jenny, s'il avait une attaque ? Je ne le laisse pas !

— Mais je ne les ai pas prévenus !

— Et alors ? Il faut les bousculer un peu, les sortir de leur petit monde parfait ! Peut-être que Loki vous rendra service en allant vomir sur les pieds de la nouvelle femme.

— J'avoue, ça me plairait assez. Mais si c'est sur ma robe je vous jure que je l'abandonne sur l'autoroute.

Il se penche vers moi et je manque défaillir.

— Mais non, vous ne ferez jamais ça. Vous êtes bien trop gentille, murmure-t-il.

— Ce n'est pas évident d'arrêter de fantasmer quand vous vous mettez à flirter comme ça avec moi.

— Compris !

Je m'assois au volant tandis que mon futur amoureux qui n'en est pas un va chercher son chien et l'installe à l'arrière. Loki grogne en me voyant mais j'ai l'habitude, maintenant. Ce qui est nouveau, en revanche, c'est l'odeur.

— Il paraît qu'on peut laver les chiens, fais-je remarquer à Leo, qui prend place à côté de moi.

— Oui, mais il n'aime pas les bains.

— Une de mes nièces non plus, mais on lui en donne quand même.

Je démarre et nous partons.

Leo vérifie que Loki est bien installé et le caresse, même s'il est de mauvaise humeur et qu'il pue. J'admire vraiment son adoration pour cet animal. Ce serait bien si l'animal en question pouvait manifester un minimum de tolérance à mon égard. Après tout, je le vois presque tous les jours. Maintenant qu'il fait beau et que les journées ont rallongé, Leo passe encore plus de temps dehors dans son transat. J'ai tenté de les amadouer l'un et l'autre à grand renfort de nourriture, mais cela n'a marché que sur le maître.

Sinon, nous n'avons pas échangé de nouveau baiser. J'en ai presque souhaité que Loki ait une autre attaque.

— Alors, parlez-moi un peu de M. et Mme Parfait.

— Dr Parfait et Dr Parfaite, plutôt. Elle a un doctorat de quelque chose, et lui est chirurgien plasticien, le genre qui répare les difformités faciales, pas celui qui refait des seins. Elle dirige une fondation qui creuse des puits dans des pays du tiers-monde.

— Je les déteste déjà tous les deux.

— Merci pour votre loyauté, cher ami.

Il a un petit sourire et je m'efforce de ne pas foncer dans le 4x4 de la file d'à côté.

— Et alors, que s'est-il passé entre vous pour en arriver là ?

— Je ne sais vraiment pas.

— Bien sûr que si, vous savez !

— C'est Owen qui a voulu divorcer. Moi, j'étais très heureuse.

— Vraiment ? Il vous a prise complètement par surprise ? Aucun signe avant-coureur ? Le bonheur parfait, et tout à coup le choc ?

— Mais oui.

— Jenny, j'ai du mal à croire que vous soyez si bête.

Mes mains se crispent sur le volant. A l'arrière, Loki vient de lâcher un vent et l'odeur est pestilentielle. Je lance un regard noir à Leo et baisse ma vitre.

— J'aimerais autant ne pas analyser l'échec de mon mariage, là, tout de suite.

— Mais c'est le moment idéal, au contraire. Alors, pas de signe ?

— Peut-être que si mais je n'ai pas compris. Je pensais que c'était normal.

— Quoi, par exemple ?

Il s'est tourné vers moi et il y a dans son regard quelque chose qui pousse à la confidence. Cet intérêt, cette bienveillance, cette touche d'humour (ou d'ironie).

— Racontez-moi tout. Les femmes adorent me parler.

Je soupire.

— Il voulait voyager, plus que moi. Il partait chaque année trois mois pour Médecins sans frontières et voulait partir davantage. Il restait de plus en plus tard au travail. Il n'était pas intéressé quand on évoquait ce que moi je faisais.

Au lit, c'était moyen. Il ne riait plus à mes blagues. Il s'est lassé de moi.

— Les hommes sont des cons, soupire Leo.

— A qui le dites-vous !

Je mets mon clignotant et prends la sortie qui mène à mon ancien quartier.

Ana-Sofia m'accueille à la porte en poussant son habituel cri de joie.

— Jenny, quel bonheur de te voir ! Que tu es belle !

Je suis surtout beaucoup trop habillée, oui ! Ana porte un pantalon de soie sauvage fluide et un haut blanc tout simple à la coupe asymétrique. Des vêtements Eileen Fisher qui lui vont très bien, avec sa silhouette élancée et super fine. Les pieds nus, pas de maquillage, pas de vernis et ses longs cheveux lisses simplement ramassés en queue-de-cheval.

Et voilà, je me suis complètement trompée de tenue !

— Vous devez être Leo, dit-elle en l'embrassant sur les deux joues. Entrez, entrez ! Oh ! Vous avez emmené votre chien ! Salut, toi !

Et Loki, l'haleine toujours aussi putride et le ventre plein de gaz, remue sa petite queue atrophiée et se laisse caresser les oreilles, le traître.

— En effet, vous ne m'avez pas menti en disant qu'elle était belle ! me souffle Leo.

— Ça m'aide beaucoup, cette remarque, fais-je sans desserrer les dents.

Owen m'embrasse alors chaleureusement.

— Jenny ! Tu m'as manqué. Je suis bien content de te voir. Enchanté, Owen.

— Son ex-mari, c'est ça ? Leo Killian. Enchanté.

— Est-ce que je vous offre quelque chose à boire ?

— Avec grand plaisir, répond Leo.

— Et toi, Jenny ?

— Et comment ! La même chose que toi. Où est Natalia ?

— Elle dort, répond Ana-Sofia. Tu n'as pas vu sa chambre, si, Jenny ? Viens jeter un coup d'œil !

Je la suis dans le couloir, où sont déjà accrochées au mur trois photos en noir et blanc de la petite famille. Ce qui était autrefois mon bureau a été transformé en chambre de bébé, la plus jolie que j'aie jamais vue : des murs couleur pêche à motifs blancs, une série de gravures de Winnie l'ourson, des mobiles venus de pays lointains et des dessins colorés ainsi qu'un tapis bigarré rouge et orange qui ajoutent de la gaieté à la pièce. Un mur entier est couvert d'étagères où sont rangés des livres d'enfants dans plusieurs langues, et un hamac rempli d'animaux en peluche (sûrement tous tricotés à la main dans de la laine bio par des nonnes dans les Alpes suisses) est suspendu au plafond.

Ce qui me touche le plus au milieu de tout ça, c'est l'inscription « Papa t'aime fort », et, en dessous, dans une autre écriture : « Maman aussi ! » Natalia dort, couchée sur le dos, ses petites mains au-dessus de la tête, sous la couverture en satin blanc que je lui ai faite.

Je l'adore. Je ne peux pas m'en empêcher. C'est l'enfant de l'homme avec qui j'ai été mariée et d'une femme douce et généreuse, et puis je l'ai mise au monde. C'est débile, mais j'aime tant ce bébé que j'en ai les larmes aux yeux. Ana-Sofia me pose la main sur le dos.

— Tu es tellement gentille avec nous, me dit-elle.

Oh, ta gueule, ai-je envie de répondre, mais au lieu de ça je lui souris.

Nous retournons dans le salon, où deux autres couples sont arrivés. Nous faisons les présentations : Felicia et Howard, Bitty et Evan.

Heureusement que je suis venue avec Leo ! Sinon, je serais la seule célibataire en face de trois couples mariés, comme dans cette scène horrible de *Bridget Jones*. Ou bien peut-être qu'Ana-Sofia aurait fouillé dans sa réserve de cœurs à prendre et m'aurait trouvé quelqu'un. Et pourquoi pas, en fait ? Mettre fin à ma solitude devrait être sa priorité, non ? Et pourquoi, du coup, Owen ne m'a-t-il pas déjà présentée à un de ses merveilleux copains médecins ? *« Jenny, je te présente Alessandro, il est cardiologue. »* (Non, laisse tomber, il y a trop d'urgences.) *« Il est ophtalmologiste, et j'ai pensé que vous pourriez vous entendre. » Alors je plonge dans les yeux sombres d'Alessandro. Oui, il est italien, de Venise. Ses yeux brillent et lorsque nous nous embrassons...*

Je me rappelle alors soudain le baiser de Leo, qui n'était pas un simple baiser d'amitié. Je le regarde et il lève un sourcil, comme s'il lisait dans mes pensées.

Les autres couples sont sympas. De vrais bobos new-yorkais, qui passent Thanksgiving à distribuer la soupe populaire puis s'arrêtent acheter une bouteille de vin à 300 dollars pour dîner chez leurs amis dans un appartement au dernier étage en terrasse. Ils écoutent NPR[1] (moi aussi, mais pas tous les programmes) et vous envoient des pétitions à signer en ligne contre le massacre de... (population martyre à compléter au choix). Comme si ça servait à quelque chose !

Felicia Balewa est nigériane et réalise des documentaires pour dénoncer l'injustice sociale. Son mari, Howard (patronyme Vanderbilt), est producteur de cinéma, Bitty Lamb (que je connais) est gastro-entérologue (comment peut-on choisir une spécialité pareille ?) et son mari lève des fonds pour une association renommée qui aide à l'éducation des filles en Inde.

1. La radio publique, censée être plus élitiste.

Tout ceci est fantastique, je ne dis pas le contraire. Je suis très heureuse qu'ils servent à la soupe populaire et s'engagent auprès des... (enfants malheureux à compléter au choix). C'est juste cette autosatisfaction qu'ils en tirent tous lorsqu'ils discutent comme ça de leurs activités et de leurs compétences...

Alors je m'y mets aussi : « Je n'ai pas encore trouvé l'activité bénévole qui me convient, mais bon, je viens à peine de m'installer. Ce qui est sûr, c'est que je vais former des apprentis, absolument. » (A mon crédit, c'est une idée que j'avais déjà... Je n'ai juste pas encore eu le temps de la concrétiser.) « Oui, c'est terrible, comme nos villes se dégradent. On doit pouvoir faire plus pour protéger les jeunes. » Je suis consternée en m'entendant parler.

Au moins, Leo n'écoute pas. Il est en train de regarder la bibliothèque, uniquement composée de grands livres en papier glacé, de beaux livres sur ce genre de sujets importants.

Je soupire.

L'apéritif n'en finit pas. Nous mangeons des crackers bio sans gluten, issus du commerce équitable, avec du fromage de brebis bio aux herbes bio issues de l'agriculture locale. Ana-Sofia nous parle des derniers puits creusés par sa fondation. Felicia raconte sa dernière interview sur CNN à propos de son documentaire sur une école clandestine ouverte par une amie de Malala. Bitty et Owen discutent de Médecins sans frontières et de leur prochaine destination.

Pas évident de placer mes robes de mariée dans la conversation.

Owen doit sentir que je suis mal à l'aise. Il vient à côté de moi et me pose la main sur l'épaule.

— L'oncle de Bitty est venu nous voir récemment, dit Evan avec son accent magnifique. On l'a emmené voir cette exposition au Frick. C'était superbe. Ils nous ont organisé une visite privée, évidemment, pour qu'il ne soit pas importuné.

— Qui est ton oncle, Bitty ? lui demandé-je.

— Ça me gêne à chaque fois de le dire, répond-elle en baissant les yeux avec un sourire.

— Je vais te donner un indice, propose Evan. Son oncle est un auteur assez connu. Il est passé dans cette émission, tu sais, celle d'Oprah ?

— Wally Lamb ? dis-je, comme si j'étais en finale d'un jeu télévisé. *Eh oui, les gars, je sais lire !* Wally Lamb est ton oncle ?

Elle sourit en haussant les épaules.

Un ange passe en l'honneur du grand homme dont je suis presque sûre que j'ai lu les livres, enfin, un ou deux. Du coup, je me promets de les lire tous, parce que je me sens bête, tout à coup.

A cet instant, derrière le canapé où il dormait depuis le début, Loki se lève, s'étire et lâche un vent interminable et pestilentiel.

— Oh non ! Un chien ! J'ai peur des chiens, s'exclame Felicia.

— Alors ne vous en approchez pas, dit Leo, pas plus rassurant que ça.

— Et vous, Leo, dans quoi travaillez-vous ? demande Evan.

— Je suis professeur de piano.

— Il est diplômé de la Juilliard, n'est-ce pas, Leo ? ajouté-je.

Il me lance un regard noir.

— Mais nous avons un piano ! fait remarquer Ana-Sofia en désignant le demi-queue. Ce serait merveilleux que vous nous jouiez quelque chose.

— Je ne joue plus, désolé, répond Leo en se servant du vin.

— Le dîner est prêt, annonce Owen.

— Tu te souviens que je suis végétarienne ? lui demande Bitty. Je ne supporte aucun produit d'origine animale.

— Mince, j'aurais pas dû mettre mon soutien-gorge en jambon cru.

Personne ne rit à ma blague, sauf Owen, heureusement, qui me prend par l'épaule et me conduit vers la salle à manger. Les invités ne sont pas vraiment mon genre, et Leo ne se montre pas sous son meilleur jour, mais Owen reste Owen, si gentil avec moi.

— J'entends le bébé, excusez-moi, dit Ana-Sofia.

— Je viens avec toi, dit Felicia. J'ai trop envie de la prendre dans mes bras.

— Jenny, tu viens me donner un coup de main ? me demande Owen en me guidant vers la cuisine, sa main posée dans le creux de mes reins. Ana m'a demandé de surveiller le couscous, mais franchement je ne sais pas ce qu'il faut faire.

Pendant les quelques minutes qui suivent, nous nous affairons dans la petite cuisine au design élégant : asperges, semoule, patates douces et quinoa. Comme autrefois. Même si, lorsque nous étions mariés, nous préparions des choses plus simples : poulet rôti, pot-au-feu, lasagnes, et parfois un dîner japonais quand Owen avait envie de se lancer. Ce qui est certain, c'est que nous avons nos marques dans cet espace et l'habitude de cuisiner ensemble. Il passe derrière moi, je lui rappelle où se trouvent les cuillères de service. J'imagine qu'ils ont gardé le même agencement.

— Alors, Leo et toi, c'est sérieux ? me demande-t-il.

— C'est un ami. Nous avons fait connaissance quand j'ai emménagé.

Owen hoche la tête.

— Dis-moi, Owen, ça fait quoi d'être papa ?

Son visage change, s'adoucit et s'illumine en même temps.

— C'est dingue. Elle m'a souri l'autre jour et ça m'a touché... mais alors, en plein cœur ! Tu vois ce que je veux dire, Jen ?

Il s'essuie les yeux.

— Je regrette tellement de n'avoir pas su plus tôt que je voulais des enfants. Je me suis trompé.

Que répondre à ça ? *OK, alors débarrassons-nous d'Ana-Sofia et élevons Natalia ensemble !* Ou sinon : *Vas-y, fais-moi mal, ne te gêne pas !*

— Ça arrive à pas mal de gens, j'en suis sûre.

Apparemment, Natalia, le bébé parfait, s'est rendormie. Ana et Felicia reviennent à table et la discussion part sur le cinéma étranger. Leo me lance un regard désespéré et se ressert du vin. Ana lui sourit comme pour s'excuser.

— J'ai toujours trouvé que *Le Septième Sceau* était le meilleur Bergman, déclare Howard.

— Non ! Tu plaisantes ? s'exclame Evan. Est-ce qu'au moins tu as vu *La Source* ? C'est dix fois meilleur !

— Ils ont passé un vieux documentaire incroyable l'autre soir à l'Angelika, dit Bitty : *Deus E O Diablo Na Terra Do Sol*. Il faut le voir sans les sous-titres si on veut vraiment en profiter. Je pense que c'est le meilleur film socio-économique des années 1960.

— Vous m'enlevez les mots de la bouche, dit Leo.

— Vraiment ? s'écrie Bitty.

— Non.

Super. Je pense qu'il a un peu trop bu. Cela dit, si ce n'était pas moi qui conduisais, je pense que j'en serais au même point. Mais enfin il n'est pas spécialement aimable ce soir, limite grossier et pratiquement muet.

— Je viens de revoir *Citizen Kane*, dit Howard.

— Pour la vingtième fois ! renchérit sa femme.

— Ce message sur l'innocence et la corruption, c'est tellement fort...

A ce moment-là, Ana-Sofia arrive de la chambre en tenant Natalia dans ses bras comme un précieux petit paquet et elle me le tend. Je respire cette odeur incomparable de bébé et la petite tête se niche dans le creux de mon cou.

— Sa tatie Jenny lui manquait, dit Ana-Sofia.

Ah, les bébés, quelle merveille ! J'aimerais tant en avoir ! Cette confiance et cet abandon adorable, la soie si douce des cheveux. Je ferme les yeux et me laisse envelopper de chaleur, de douceur et d'amour.

Leo se lève.

— Il faut que je sorte le chien. Excusez-moi !

On se passe le bébé de bras en bras, tout le temps (interminable) où Leo est sorti avec Loki.

Pour compenser son manque de conversation, j'essaie de faire des efforts. Ils ne sont pas si terribles, ces gens, après tout. Ils sont même plutôt sincères, même si ça me fait mal de le reconnaître. D'accord, ils ont de l'argent, mais comme beaucoup de New-Yorkais, comme Owen, et comme moi aussi, d'ailleurs. Si bien que je bavarde agréablement, et parviens même à faire avouer à Felicia, du haut de ses principes, qu'elle regrette le jambon. Je leur parle de mes mariées, d'Andreas... C'est agréable aussi parce que Owen intervient de temps à autre pour que je raconte telle ou telle anecdote ou pour évoquer tel ou tel souvenir commun.

Mais la star de la soirée, c'est Natalia. Elle sourit et fait de petites mimiques. Je ne peux pas détacher mes yeux d'elle et, lorsque c'est le tour de Felicia de la prendre, je sens la jalousie s'emparer de moi. Elle habite à deux pas d'ici. Elle peut la voir quand elle veut.

Leo finit par revenir, va se laver les mains à la cuisine et nous rejoint.

— La nuit est très douce, dit-il en se rasseyant, tandis que Loki s'écroule dans le salon.

— Voulez-vous tenir le bébé ? lui propose Felicia en lui tendant Natalia comme si c'était une miche de pain.

— Non, merci.

Je ne comprends pas comment il peut résister à l'envie de câliner ce bébé ou de toucher ses pieds minuscules qui s'agitent dans sa direction.

— Vous avez des enfants, Leo ? lui demande Ana-Sofia.

— Non.

Un silence gênant s'installe. Ces réponses monosyllabiques sont lassantes, à force.

— Mais Leo est super avec les enfants.

— Cela doit être tellement gratifiant d'initier les enfants à la musique, déclare Ana.

— Parfois, oui.

— Raconte-leur Evander.

Mais il ne répond pas, et au lieu de cela il se sert du vin.

— Evander est un enfant prodige, dis-je pour couvrir son silence. Leo pense qu'il a un énorme potentiel. Vous entendriez comment cet enfant joue ! Il est incroyable. Il me donne la chair de poule, et pourtant je n'aime pas la musique classique.

Je souris à Leo, qui reste de marbre.

— Tu te souviens, Jenny, le soir où je t'ai emmenée au Met écouter *La Flûte enchantée* et que tu t'es endormie ? me rappelle Owen avec tendresse.

— Je ne me souviens pas de l'opéra, mais de la sieste, oui !

Nous nous mettons alors à parler de musique, et Leo m'agace. Il est probablement le plus calé d'entre nous sur le sujet mais il n'ouvre pas la bouche, sauf pour siroter son vin. Ou plutôt pour l'engloutir. A chaque fois que quelqu'un tente de le faire participer à la conversation, il coupe court.

Je regrette de l'avoir emmené.

Je me lève alors pour aider Ana-Sofia à débarrasser les assiettes à dessert (puisque personne d'autre ne se propose).

— Non, Jenny, reste assise, tu es notre invitée, me dit-elle gentiment.

— Ça n'a pas toujours été le cas, si ? s'enquiert doucement Leo. Il me semble qu'avant elle était chez elle ici. Elle doit bien se rappeler où tout cela se range.

Le silence se fait autour de la table, et j'ai les joues en feu.

C'est alors qu'une toux plus que suspecte retentit, celle d'un chien sur le point de vomir. Et en effet Loki vomit, en plein sous la table basse.

— J'y vais ! m'écrié-je avec un certain soulagement à l'idée de quitter la table et de ne plus avoir à résister à l'envie de flanquer un grand coup dans le tibia de Leo.

Ana-Sofia nous assure que ce n'est pas grave, que ce tapis n'a aucune valeur, que c'est juste un vieux truc qu'elle a rapporté de Syrie il y a quelques années. (La connaissant, c'est sans doute un cadeau inestimable offert par une tribu locale.)

Mais je sais où se trouvent les serviettes en papier et elle a le bébé dans les bras, alors oui, je vais aller nettoyer (en essayant de ne pas être malade moi aussi, vu que le dîner était délicieux, car il faut reconnaître qu'elle cuisine non seulement végétarien mais en plus très bien).

Owen m'aide, mais Leo non. Ce mal embouché a sorti la laisse du chien et les deux se tiennent prêts à partir sur le pas de la porte.

Je vais me laver les mains dans la cuisine.

— Jenny, je ne sais pas exactement ce qu'a voulu dire Leo, me dit Owen, mais j'espère que tu sais combien nous sommes heureux de t'avoir pour amie, Ana-Sofia et moi.

— Je sais, oui. Il... il ne sait pas de quoi il parle.

Owen me regarde longuement et il me prend la main. En bon chirurgien, il a toujours pris soin de ses mains. Elles sont douces et soignées, les ongles parfaitement coupés. Et son alliance toute neuve brille à son annulaire gauche.

J'ai toujours aimé ses mains, si parfaites et si tendres. Il me massait les épaules presque chaque soir, car il savait que j'avais passé une bonne partie de ma journée penchée sur une machine à coudre ou sur un patron, et il plaisantait en disant que c'était aussi bon pour ses mains, que cela les renforçait en prévision des gestes minutieux qu'il avait à faire pendant les opérations. Quand on faisait l'amour, ce que je préférais, c'était les caresses de ses mains si douces sur ma peau.

— Je suis content de t'avoir vue. Nos conversations me manquent.

J'ai la gorge qui se noue.

— Eh bien... à moi aussi.

— On pourrait peut-être déjeuner ou dîner ensemble de temps en temps, juste toi et moi. Pour se voir vraiment.

— Oui, ce serait sympa. (Je m'éclaircis la voix.) Bon, je vais y aller, là, je crois.

Je dis au revoir à tout le monde, ce qui est des plus gênants vu que Leo reste planté sur le pas de la porte comme un gosse qui aurait hâte de partir de chez sa grand-mère. Ana et Owen me raccompagnent jusqu'à lui, et il ne manifeste toujours rien. De drôles d'ondes se dégagent de lui. Une tension liée au chien, j'imagine.

— Merci pour cette bonne soirée, dis-je à nos hôtes en les embrassant.

— Heureux d'avoir fait votre connaissance, Leo, dit Owen.

— A bientôt, j'espère, ajoute Ana.

— Plaisir partagé, parvient à répondre Leo.

— Je t'appelle pour un déjeuner, OK ? me dit Owen, avant de prendre le bébé des bras d'Ana pour lui faire faire un petit geste de la main vers moi.

C'est sans doute mon imagination mais je crois bien que Natalia Geneviève m'a souri. J'ai le cœur qui se serre mais je m'efforce de faire bonne figure, le temps que la porte se referme.

Le chien refusant de monter dans l'ascenseur, Leo le soulève, provoquant un faible grognement. Je regarde ses yeux embrumés par la cataracte. Pauvre bête. D'abord cette attaque, et maintenant ces problèmes digestifs. Leo devrait sans doute abréger ses souffrances. Le chien me rote à la figure. Il ne manquait plus que ça. L'odeur est répugnante.

La porte de l'ascenseur s'ouvre et Leo pose le chien à terre. Je fais un signe au portier, Steve, toujours aussi gentil, et il hoche la tête en réponse. Il m'a oubliée, on dirait. Tant pis.

Dehors, où il vient de pleuvoir, l'air est humide et acide. Autour de nous se joue la musique omniprésente de la ville : klaxons, sirènes de pompiers, le métro qui freine et redémarre...

Leo m'interroge :

— On y va, ou bien vous voulez vous recueillir encore quelques minutes ?

— Vous avez été particulièrement infect ce soir, Leo. Je dois dire que j'attendais mieux.

— Je n'ai pas léché assez de bottes ? Désolé.

— Ce n'est pas ce qu'on vous demandait ! Juste faire poliment la conversation, ça aurait été pas mal, déjà.

— Je vois, j'aurais dû me servir d'Evander, par exemple, comme faire-valoir, pour que tous ces gens puissent dire ensuite :

nous connaissons un petit garçon noir qui prend gratuitement des cours de piano. N'est-ce pas un merveilleux signe d'espoir pour le monde ?

— Mais non, enfin ! On était juste en train de parler de musique et l'histoire d'Evander est intéressante, c'est tout !

— Oui, mais c'est d'abord et avant tout un enfant.

— Un enfant qui a un talent incroyable. Quel est le problème, Leo ?

— C'est vous, le problème ! Avec vos efforts pour impressionner la galerie, y compris votre ex-mari !

Un chien blanc miteux passe sur le trottoir et Loki aboie. Le maître nous lance un regard noir.

— Très bien. Allons-y, dis-je en fouillant dans mon sac pour trouver les clés.

Par chance, nous avons trouvé à nous garer à deux pas. Leo, avec ses grandes jambes, me dépasse (il faut dire que je suis perchée sur mes talons), et je n'essaie pas de le rattraper.

D'autant que ce quartier me manque. C'est dans l'Upper West Side que l'on trouve les plus belles maisons et les plus beaux bâtiments d'avant-guerre, mais il y a quelques merveilles dans l'Upper East aussi. Je prends mon temps, m'arrête pour admirer une belle vitrine ou un porche. Ces maisons sont comme de vieux amis, avec leurs murs de brique brune et leurs portes en chêne, et, même si je ne connaissais pas tout le monde, j'ai quelques amis ici. J'étais un peu chez moi.

Tout à l'heure, Leo m'a demandé si j'avais vu des signes avant-coureurs que mon mariage prenait l'eau. J'aurais pu lui répondre que, durant tout le temps qu'a duré ma vie de femme mariée, j'ai eu l'impression de jouer à la grande personne. « Voyez un peu ce bel appartement ! Et regardez mon mari, ce grand médecin ! » « Nous sortons chez des amis ! » « J'ai rencontré Tim Gunn ! Je ne plaisante pas ! »

Et ce soir j'ai ressenti la même chose à ce dîner où j'étais invitée. J'ai discuté avec des gens intéressants et sympas, la nourriture était soignée, le vin, délicieux, la conversation, brillante (prétentieuse aussi, parfois). Mais bon, s'ils aiment les films suédois et les documentaires, après tout ! Il en faut.

Et ce n'est pas comme si de mon côté je n'avais rien à raconter !

Je monte dans la voiture dans un silence délibérément glacial. Leo installe son chien puant derrière puis s'attache. Nous ne disons rien pendant le début du trajet, et lorsque nous arrivons sur l'autoroute Leo finit par déclarer :

— Ce que je ne comprends pas, c'est pourquoi vous cherchez à conserver l'amitié de votre ex-mari. Il vous a rejetée, il a retrouvé quelqu'un à la vitesse de la lumière, il lui a fait un bébé en un temps record, et vous n'en avez pas encore assez bavé.

— Ce que moi je ne comprends pas, c'est pourquoi vous voulez absolument qu'Owen soit un sale type. C'est faux. C'est un type bien.

— Qu'il aille se faire voir.

— Leo, vous avez trop bu.

— Pas assez, vous voulez dire.

— En tout cas, vous feriez mieux de vous taire.

— Vous voulez savoir le fond de ma pensée ?

— Certainement pas.

— Je crois que, s'ils cherchent à rester proches de vous, c'est parce qu'ils n'assument pas ce qu'ils vous ont fait.

— Et que m'ont-ils fait ?

— Lui vous a laissé tomber, en vous disant qu'il ne voulait pas d'enfants, et un an plus tard il est papa. Ça ne vous rend pas folle ?

— A quoi bon ? Il n'a pas fait exprès de ne plus m'aimer.

— Peut-être ne vous a-t-il jamais aimée.

— Merci. Ça me fait du bien, ce que vous me dites.

— Pourquoi ne lui dites-vous pas une bonne fois pour toutes ce que vous avez sur le cœur ? « Hé, Owen, je mérite autre chose que les miettes que tu me jettes, et tu ne soigneras pas ton sentiment de culpabilité en m'invitant à tes dîners prétentieux. Tu m'as fait du mal, alors allez vous faire voir, toi et ta femme parfaite ! » C'est ça que vous devriez lui dire. Si vous voulez le noter...

— Sans commentaire.

— C'est un idiot qui n'a pas compris que l'amour est une décision, pas juste un sentiment.

— Comme c'est bien dit, rétorqué-je. Venant d'un homme qui passe le plus clair de son temps à boire, vautré dans un transat. Un phobique de l'engagement amoureux, diplômé de la Juilliard mais refusant de s'asseoir au piano devant quiconque qui soit âgé de plus de quatorze ans afin de préserver son pauvre ego fragile, et qui plus est incapable de changer une ampoule dans la maison dont il est censé être le gérant !

— Vous ne savez rien de moi, Jenny !

— C'est vrai, vous faites tout ce qu'il faut pour ça.

Nous sommes interrompus par les hoquets de Loki.

Leo se retourne et le caresse.

— Ça va, mon chien ?

Je soupire.

— Leo, combien de temps encore allez-vous garder ce chien ? Vous ne pensez pas que ça finit par être de l'égoïsme ?

Merde.

Il me regarde comme si je venais de lui arracher le cœur et d'en dévorer un gros bout.

— Je suis désolée. Je n'aurais pas dû dire ça, pardon.

Il ne répond rien, ce que je trouve injuste. J'ai été gentille et me suis excusée, alors que lui ne s'est pas excusé pour tout ce qu'il m'a dit de beaucoup moins gentil.

— Voulez-vous que nous passions à la clinique pour vérifier que tout va bien ?

Il accepte.

— Merci.

Je fais donc admirer ma robe Catherine Deane par tout le personnel de la clinique vétérinaire ouverte vingt-quatre heures sur vingt-quatre. Loki est déclaré « plutôt en forme pour son âge » et nous rentrons à la maison avec des cachets qui devraient à la fois lui donner de l'énergie et soigner son estomac.

Il est presque 3 heures lorsque nous arrivons à la maison. J'ai rendez-vous dans cinq heures avec une mariée pour des retouches (elle a enfreint la règle sacrée qui consiste à ne plus prendre un gramme après le dernier essayage, mais je n'ai pas le choix : elle ne va pas avancer toute nue jusqu'à l'autel). J'ai les yeux rouges, mal aux pieds et à la tête.

— Je suis désolée pour ce que j'ai dit à propos de Loki, redis-je à Leo alors qu'il pousse le portillon. Vous êtes un bon maître, pas un égoïste, je le sais.

— Non, vous aviez raison.

Il me regarde et, dans la lueur rose pâle du réverbère, ses yeux sont si tristes que les miens se remplissent de larmes.

— Je suis vraiment désolée.

Alors il lâche la laisse de Loki et me prend dans ses bras, des bras forts, terriblement enveloppants et chaleureux. Je passe mes bras autour de lui et le serre à mon tour. Mon cœur se pose sur sa poitrine. Il sent le savon, la crème à raser et le vin rouge, et j'aimerais rester là toute la nuit.

— Moi aussi, je suis désolé, murmure-t-il.

Puis il s'écarte et rentre chez lui. Je monte les marches jusqu'à ma porte en m'efforçant au maximum de ne pas pleurer.

Rachel

Ma sœur n'est pas chez elle quand j'arrive, mais j'ai la clé. Je dépose mes deux énormes sacs marins et sors les filles de la voiture. Je les ai emmenées dîner au mexicain et ensuite courir au parc pour qu'elles se fatiguent un peu et qu'elles soient sages. Lorsque je les appelle pour le bain, elles sautent de joie parce qu'elles adorent la vieille baignoire victorienne de Jenny. Ensuite, nous lisons des histoires et je les borde dans le très grand lit de la chambre d'amis, trois petites fleurs au milieu de la montagne d'oreillers.

— Est-ce que papa aussi va dormir chez Jenny ? demande Grace en se frottant les yeux de sommeil.

— Non, papa a beaucoup de travail en ce moment.

Il n'y a qu'à demander à sa pouffiasse.

C'est clair, je lui donne une sacrée liberté en partant comme ça. Mais que puis-je faire d'autre ? Le tenir en laisse ? Mettre un verrou à sa braguette ?

Lorsque les filles sont endormies, je me sers un verre de vin et allume la télévision. Je ne cherche pas à joindre Jenny, elle est peut-être sortie avec quelqu'un et je m'impose déjà assez comme ça.

Je somnole dans son grand canapé rouge, et me réveille en entendant la porte d'entrée. Ma montre affiche 3 h 16, houlà !

Jenny entre, magnifique, comme toujours.

— Salut, dis-je, et elle sursaute.

— Tiens ! Mais...

En deux secondes, elle a compris.

— Oh ! ma pauvre chérie !

Et pour toute réponse je me mets à pleurer, alors elle me prend dans ses bras et me serre fort.

— Je ne voulais pas te laisser un message, dis-je, le nez fourré dans son cou. J'ai dû partir. Il n'a pas... Ils sont encore... Je suis allée à son bureau aujourd'hui et, en entrant, je les ai vus s'embrasser comme si c'était la fin du monde. Alors, je suis partie.

Elle me laisse pleurer et me réconforte par des paroles et des gestes affectueux. Quelle maman elle ferait ! En tout cas, bien meilleure que la nôtre, qui ne saurait que pleurer encore plus fort que moi.

Je finis par me moucher un grand coup, et Jenny se lève pour me préparer un chocolat chaud. En la regardant marcher doucement, pieds nus dans sa petite cuisine, je me dis que je n'ai pas passé assez de temps avec elle dans cet adorable appartement. J'avais peur de laisser mon mari seul chez nous, faire Dieu sait quoi dès que je ne serais plus là pour le surveiller.

Elle pose une tasse devant moi et s'en sert une à son tour, puis s'assied en face de moi.

— Je suis vraiment contente que tu sois venue, me dit-elle, et mes yeux se remplissent à nouveau de larmes.

— Je crois que je vais demander le divorce, murmuré-je.

Elle hoche la tête et pose sa main sur la mienne.

— Tu as raison. Tu mérites un mari qui irait jusqu'à faire vœu de chasteté plutôt que de te tromper, Rachel. Je le pense sincèrement.

— Je le préciserai dans mon profil quand je m'inscrirai sur un site de rencontres, dis-je en riant entre deux sanglots.

— Absolument, répond-elle avec un sourire.

J'aime tellement ma sœur. Mon Dieu, mais qu'est-ce que je ferais sans elle ?

— J'ai une idée, annonce-t-elle.

— Tant mieux parce que moi, à part venir ici, je n'ai aucune idée de quoi faire.

— Eh bien, pourquoi est-ce que tu ne me laisses pas les

filles ce week-end pour partir quelque part ? On est vendredi, enfin, samedi même, alors va prendre l'air. Je ne sais pas, moi... dans le Maine ? Ou à Cape Cod. Loin des filles, loin d'Adam. Fais-toi plaisir : lis, va à l'institut de beauté, commande-toi des cocktails, dors dans un grand lit toute seule. Qu'est-ce que tu en dis ? Ton mari gagne des fortunes, il est grand temps que tu en profites, non ?

J'approuve. Je sais exactement où aller.

Dix minutes plus tard, j'ai réservé la suite au dernier étage du Tribeca Grand Hotel.

Sans les filles, je me sens presque comme une étrangère chez moi. On est samedi matin. Jenny a dû passer à la boutique pour un essayage puis elle est rentrée et m'a mise dehors. Je la soupçonne d'avoir annulé des rendez-vous. Il faudra que je trouve un moyen de la remercier.

J'ai envoyé un SMS à Adam pour le prévenir que les filles passaient le week-end chez elle, que je partais m'installer trois jours à l'hôtel pour réfléchir et que je l'appellerais mardi en rentrant. Oui, mardi. La boutique est fermée le lundi et Jenny a insisté pour que je reste jusqu'à mardi. J'ai demandé à Adam de ne pas être là lorsque je passerais chercher quelques affaires. Il m'a répondu que c'était d'accord, que je prenne mon temps, que j'avais raison de partir et qu'il espérait que ce serait sympa.

Il m'a aussi laissé trois messages vocaux, que j'ai écoutés seulement après notre échange de SMS. Dans les trois, il est tout penaud :

« Rachel, il faut que tu me croies. Elle s'est jetée sur moi. Elle ne l'accepte pas, mais c'est pourtant bien fini entre nous. Je sais bien que ça avait l'air d'autre chose mais c'était un baiser de rupture. »

« Rachel, je t'en supplie, je suis tellement désolé pour tout ça. Je t'aime tant. Appelle-moi, s'il te plaît. »

Et le troisième, le pire :

« Rachel... (s'ensuivit d'un long silence, puis sa voix se brise.) Je ferais n'importe quoi pour que tu me pardonnes.

J'y réfléchirai plus tard.

J'ouvre ma penderie et attrape deux robes (Jenny doit m'envoyer des noms de restaurants), mon plus joli pyjama, en soie, rayé rose et blanc, offert par Adam pour la dernière fête des Mères, un pantalon noir et une blouse blanche, parce que Jenny dit que si on a la blouse blanche qui va on est sûre de ne pas faire d'erreur. Et celle-ci, que je n'ai mise qu'une fois, m'a été offerte par elle, justement : élégante et structurée. Et enfin mes bottines en daim rouge avec les talons métalliques.

Je prends une douche, me sèche les cheveux et me maquille avec plus de soin que d'ordinaire. Au lieu de mon maquillage expéditif de mère de famille, une touche de blush et un peu de mascara, je sors le grand jeu : yeux de chat, fond de teint, rouge à lèvres.

Une fois habillée, je me regarde dans le miroir et c'est à peine si je me reconnais.

C'est étrange, et même un peu excitant.

Une heure et demie plus tard, quand je me présente à la réception du Tribeca Grand Hotel et donne mon nom, Sylvia, la réceptionniste, sursaute :

— Madame Carver, depuis le temps que nous vous attendions !

C'est à elle que j'ai téléphoné de si nombreuses fois et, oui, figurez-vous qu'elle est bien suisse !

Elle fait signe à un garçon d'étage, qui prend ma valise. J'ai aussi apporté mon ordinateur et des livres.

— J'espère que vous serez satisfaite de votre séjour chez nous, me dit-elle. N'hésitez pas à me contacter personnellement si vous avez besoin de quoi que ce soit.

— Je vous remercie, dis-je d'une voix basse et chaude.

Je me demande pour qui elle me prend. Peut-être pour une actrice dont elle n'arrive plus à retrouver le nom ? (Oui, enfin, bon.) Peut-être une scénariste ou une productrice ? Une romancière célèbre qui a besoin de solitude pour créer ? Une femme d'affaires, une avocate de renom invitée régulièrement sur CNN ?

En tout cas, sûrement pas pour une mère au foyer trompée par son mari et qui cherche à se faire passer pour ce qu'elle n'est pas.

Je monte avec elle dans l'ascenseur, le cœur battant. Pourtant, dans la glace, je vois le reflet d'une femme très calme, belle, mince et grande (merci, les bottines), avec à la main un sac à la fois cher et discret.

Personne ne pourrait imaginer que j'ai trouvé un bout de hamburger tout sec dans mon soutien-gorge ce matin en me déshabillant.

— Voici votre suite, me dit Sylvia en passant la clé électronique devant le détecteur.

Elle ouvre la porte.

C'est... juste magnifique ! Et je pèse mes mots. Même si je l'ai déjà vue des dizaines de fois en photo, cette suite est à couper le souffle : sophistiquée, chaleureuse, gaie mais sans excès, avec des lampes originales, des tables basses surprenantes et de larges baies qui dominent le sud de Manhattan, si beau.

— Laissez-moi vous montrer le reste en détail.

Des fleurs fraîches sont disposées dans tous les coins de la suite. A 3 heures ce matin, quand j'ai appelé, on m'a demandé quelles étaient mes fleurs préférées et j'ai dit les pivoines. Il n'y en a pas moins de cinq bouquets, mélangées à des branches de cerisier. On pourrait tenir à dix sur le canapé en cuir marron, et j'ai aussi un bar, plus un autre coin où m'asseoir. Tout est tellement immaculé et le lit est fait avec un tel soin que j'ose à peine y poser mon sac à main.

Et, bien sûr, un escalier conduit au toit-terrasse. Nous montons, et j'ai du mal à retenir un rire d'excitation. Sur la terrasse sont installés des transats et de gros coussins, ainsi que des palmiers en pots. La vue sur le bas de Manhattan est prodigieuse, avec la statue de la Liberté qui brille au loin. Il y a un immeuble juste en face, et je vois les baies vitrées de l'appartement du dernier étage. Sont-ils en train de me regarder, en se demandant qui est cette femme fabuleuse qui a la chance d'être là ? *Ce n'est pas celle qui a gagné un oscar l'an dernier ? Non ? Tu es sûr ?*

Sylvia m'encourage de nouveau à faire appel à elle si j'ai besoin de quoi que ce soit, puis elle s'en va.

Lorsque je travaillais pour Celery Stalk, il m'arrivait de voyager. Notre entreprise avait un accord avec les hôtels Westin, qui étaient jolis et très confortables. Chaque année, Adèle nous emmenait dans une ville différente et elle se réservait la suite (après tout, c'était sa boîte). Elle nous invitait à prendre un verre, et on en profitait bien ! J'adorais ces hôtels, regarder la télé au lit, un luxe que je ne pouvais m'autoriser qu'en voyage d'affaires. Je me souviens que je trouvais qu'Adèle avait de la chance, que sa suite était dingue, qu'elle la méritait, mais que moi je ne séjournerais jamais dans un endroit pareil.

Mais alors, ici, c'est encore plus... incroyable.

J'attrape mon téléphone pour raconter à Adam l'hôtel, les fleurs, le bar, et puis ça me revient : non, pas lui.

Alors Jenny, du coup.

— Salut, Rachel ! Alors ?

— C'est dingue ! J'adore. J'aimerais tellement que tu me rejoignes !

— Non, non. Il faut que tu sois un peu seule. Oublie tes soucis. Les filles sont des anges.

Là dessus, j'entends des cris et quelque chose qui tombe.

— Sauf Rose, mais ne t'en fais pas, je maîtrise. Je m'éclate ! Je les adore ! J'aurais dû t'envoyer en week-end depuis longtemps pour les avoir rien qu'à moi ! Ça ne t'embête pas, hein, si je dis à tout le monde qu'elles sont à moi ?

Je souris. Elle sait si bien comment me parler.

Je lui promets de ne pas rester enfermée à l'hôtel et de ne pas rentrer avant la date prévue, mardi. Je promets aussi de me chouchouter.

— Tu peux appeler Donna, si tu ne t'en sors plus, dis-je à Jenny. Ou bien si tu dois sortir faire des courses. Tu as son numéro, hein ?

— Oui, oui, tu me l'as laissé. Allez, profites-en bien, maintenant. Mes filles m'attendent ! Je t'embrasse.

— Moi aussi.

Je raccroche et fais une nouvelle fois le tour de ma suite. Je suspends mes vêtements, installe mes affaires de toilette sur l'étagère immense de l'immense salle de bains. Je range bien tout pour ne pas gâcher l'ordre impeccable qui règne ici. Quand on a trois enfants du même âge, le désordre fait partie de la vie, malgré tous les efforts que l'on peut faire. Alors ici je compte bien profiter du contraire.

Une fois installée, je regarde l'heure.

Il est 11 h 22.

Je meurs de faim.

Je décroche le combiné.

— Que pouvons-nous faire pour vous, madame Carver ? demande une voix.

Ils connaissent mon nom !

— Bonjour, j'aimerais commander un déjeuner.

— Mais bien sûr. Quelle spécialité du chef vous ferait plaisir ?

Je commande un cheeseburger (au bœuf Angus, évidemment) au bleu et bacon, avec des pommes allumettes et une salade verte. Une bouteille de... non, attendez. En fait, je prendrai un martini hibiscus.

Vingt minutes plus tard (parce que je suis une VIP et que je loge dans la suite en penthouse pour quelques jours), mon room service arrive.

— Mademoiselle aimerait-elle être servie sur la terrasse ? me demande le serveur.

Mademoiselle aimerait bien, oui. Et c'est ce qu'elle fait.

J'ai emporté un livre, pas un de ceux choisis par le club de lecture, non, un bon roman bien prenant sur une meurtrière dans l'Angleterre victorienne. Tout en lisant, je lève régulièrement les yeux pour admirer la vue et je me concentre aussi sur le confort parfait de ma chaise longue.

Pendant une heure, je ne fais que cela : manger, boire et lire. Ensuite, comme la tête me tourne un peu, je descends dans ma chambre, je me déshabille complètement et je grimpe dans mon lit. Je ne dors jamais nue, mais aujourd'hui si.

Ces draps sont d'une douceur inouïe. Je m'endors aussitôt.

En me réveillant, je prends un bain dans la fabuleuse baignoire (il y a même un coussin spécial pour poser sa tête), je lis encore un peu puis décide d'aller faire du shopping. L'hôtel fournit des vélos bleus rigolos, alors pourquoi pas ? J'en prends un et je m'élance dans les rues pavées. C'est la première fois que je fais du vélo à Manhattan, et je suis à la fois grisée et terrifiée. Je parviens sans encombre jusqu'à la piste cyclable le long de l'Hudson et je me détends un peu.

J'ai la tête vide, c'est agréable. Le soleil de cette fin mai plonge la ville, un vrai miracle architectural, dans une lumière dorée et bleutée. Je n'ai jamais voulu vivre ici et j'ai toujours eu du mal à accepter que Jenny veuille quitter Cambry, mais aujourd'hui je la comprends. J'habiterais peut-être un de ces petits bâtiments de brique ou bien un appartement moderne dans un immeuble élégant. Je ferais connaissance avec mes voisins et je travaillerais peut-être pour Domani Studios, la grande agence de pub qui m'a fait une proposition dans le passé.

Je repousse les bouffées de tristesse qui m'assaillent par intermittence. Jenny a raison : je suis là pour en profiter.

N'empêche, je me demande comment papa et maman y sont arrivés. Honnêtement, je ne me rappelle pas la moindre dispute entre eux. Papa n'a même jamais *posé* les yeux sur une autre femme, et ce ne sont pas les occasions qui manquaient, pourtant. Je me souviens les avoir espionnés durant leurs fêtes depuis les escaliers, et combien j'étais fière du couple qu'ils formaient, le plus beau, le plus heureux, le plus affectueux. Je me souviens que certains couples se chipotaient tout le temps, que d'autres s'ignoraient, et j'avais même une fois entendu deux femmes raconter comment une telle avait trompé son mari. J'étais tellement reconnaissante à mes parents d'être heureux. Grâce à eux, j'avais grandi en sécurité.

Dieu sait que je ne veux rien d'autre pour mes filles, mais comment y parvenir seule ?

Je me demande si Adam prend bien la mesure de ce qu'il a fait.

Je change de direction et roule vers Soho. Il est temps de refaire ma garde-robe. Temps de jouer à Julia Roberts dans *Pretty Woman*, le fantasme de toutes les femmes. L'argent que je vais dépenser est sûrement celui qu'Adam gardait en réserve pour s'acheter son bateau. Ou pour gâter sa pouffiasse. Après tout, il faut bien qu'ils aillent dans des hôtels pour s'envoyer en l'air. Et puis il doit bien l'inviter au restaurant de temps en temps. Ou lui offrir des bijoux, de la lingerie sexy. Il adore la lingerie sexy. C'est d'un banal.

Alors tant pis pour toi ! Adieu, le bateau ! Je vais chez Armani à la place.

Ce que les gens ne comprennent pas au sujet des vêtements qu'on s'achète, c'est qu'il ne s'agit pas tant des vêtements eux-mêmes que de la promesse du bonheur qu'on aura à les porter, de toutes les choses merveilleuses que l'on fera avec, du regard des gens qui apprécieront cette femme qui sait si bien se faire plaisir. D'une façon générale, je porte des vêtements simples, bien coupés et jolis. Je suis plutôt une maman bien habillée. Mais aujourd'hui je me suis acheté des vêtements, des bijoux et des pinces à cheveux qui me font passer pour une femme intéressante, une femme imprévisible et chic, stylée. Quelqu'un qui compte.

De retour dans ma suite, je défais mes paquets et je prends une longue douche en essayant tous les produits de bain exotiques et parfumés de l'hôtel. Enveloppée dans le peignoir luxueux, je vérifie mes mails, ignore ceux d'Adam et clique sur le lien d'un restaurant fourni par ma sœur. Oh ! Très chic ! Un peu intimidant mais magnifique !

J'appelle ensuite Jenny et parle aux filles, les écoute me raconter qu'elles se sont déguisées avec tatie, ont fait des cookies avec tatie, se sont cachées dans les placards de tatie. Elles me manquent. Elles me manquent tellement que j'en ai une douleur dans la poitrine.

Mais ça leur fait du bien de s'éloigner de moi de temps en temps, je le sais. C'est juste que j'imaginais autre chose, comme week-end, pour me détendre. Etre avec Adam, par exemple, et faire ce petit séjour à l'occasion de notre dixième anniversaire de mariage.

Je me dis que je vais enfiler une de mes nouvelles tenues, me maquiller et sortir, seule, dans un de ces endroits que Jenny m'a recommandés. Avec un livre, peut-être.

Mais je me sens soudain lasse. Je ne peux pas. Pas ce soir.

J'ai quand même très faim.

J'appelle une nouvelle fois le room service et, quand mon repas arrive, je me sens obligée de m'excuser, de dire que j'ai trop de travail en retard pour sortir. Après tout, j'ai toujours voulu séjourner ici. C'est un rêve qui se réalise. Alors je retourne sur le toit, et je sirote mon vin en admirant les lumières qui s'allument une à une. Les filles doivent être couchées, maintenant.

Je regrette de ne pas pouvoir leur dire bonsoir dans leur lit. Je suis partie depuis une journée et j'ai déjà envie de rentrer. Je vais regarder un film, voilà ce que je vais faire. Dans mon lit, bien confortablement installée, sans rien pour me déranger, un film entier sans interruption. Je vais mettre mon joli pyjama, prendre ma bouteille de vin, et ça va être top !

Demain, j'irai dans un de ces restaurants, même si cet hôtel est parfait. Peut-être que quelqu'un pourrait me rejoindre. Pourquoi pas Kathleen ? Non, elle m'a dit que ses parents venaient ce week-end. Pas Ella, pas Claudia. Elles renifleraient partout comme des requins attirés par l'odeur du sang. C'est déjà assez difficile comme ça d'être obligée de les croiser à l'école.

La plupart des contacts que j'ai enregistrés sur mon téléphone ont un lien avec les enfants. Je fais dérouler la liste : *Dr Catro*, leur pédiatre, *Dr DeSoto*, leur dentiste, comme dans le livre de William Steig que les filles adorent, *Donna*, leur adorable baby-sitter, *la maman d'Emily*, dont je ne connais pas le prénom mais dont la fille vient parfois jouer chez nous.

Gus Fletcher.

Aucun lien avec les enfants.

Gus Fletcher et ses yeux rieurs. Il m'a envoyé son numéro par SMS après l'incident de la voiture et je l'ai enregistré. Ce n'est pas par hasard, si ?

L'instant d'après, je compose son numéro. Un samedi soir, il est probablement sorti, au moins avec des amis. Je prie pour tomber sur son répondeur.

— Allo ?

Je sursaute en entendant sa voix.

— Gus ?

— Oui ?

— C'est... c'est Rachel. Rachel Carver. Rachel Tate Carver.

— La femme aux enfants qui vomissent ?

Je souris.

— J'espère qu'ils ne sont pas en train de vomir là, maintenant, mais oui.

— Pour info, je ne connais pas d'autre Rachel. Alors laisse tomber les noms de famille.

— Ah, d'accord.

Je sens mes orteils se crisper. C'est la première fois que j'appelle un homme pour lui proposer de sortir avec moi. Cela a toujours été l'inverse.

— Qu'est-ce que je peux faire pour toi, Rachel ? me demande-t-il de sa voix chaude.

— Eh bien, je suis à New York ce week-end et je me demandais si tu voudrais dîner ou bien boire un verre avec moi, demain, dimanche.

Un long silence s'ensuit.

— Je te dois bien cela, après tout. Tu as vraiment été grand prince l'autre jour. Et j'étais contente de te revoir.

— Alors, dans ce cas, c'est d'accord.

— Vraiment ?

— Oui.

— Super ! Je suis descendue au Tribeca Grand Hotel.

— Sympa.

— Tu n'imagines même pas ! Tu veux venir voir ma suite ? C'est assez incroyable.

— Entendu. A 19 heures ?

— Parfait. A demain, alors.

Donc, demain, je prends un verre avec un homme charmant qui n'est pas mon mari.

Un petit signal s'allume dans mon cerveau. C'est déjà assez compliqué comme ça sans que moi aussi je me mette à... à quoi, au fait ? Je ne tromperais jamais Adam. Même dans les circonstances actuelles. Je suis certaine que Gus en est bien persuadé aussi, mais je vais mettre les points sur les *i* demain.

Malgré tout, la perspective de passer cette soirée avec lui, comme si c'était un rendez-vous galant (et le « comme si » est important ici), est délicieusement émoustillante et risquée, comme un soufflé au chocolat au dessert.

On sait qu'on ne devrait pas, mais on en mange quand même.

Jenny

Je n'avais jamais réalisé à quel point j'aimais la solitude avant d'avoir mes nièces en pension. Ni combien c'est agréable de finir un repas sans renverser, casser, faire tomber ou jeter quelque chose. Ni, bien sûr, la joie d'aller aux toilettes sans être accompagnée.

Samedi, tout s'est très bien passé, mais aujourd'hui elles ont le diable au corps. Depuis 5 h 43 du matin.

Comme je suis leur tatie Jenny rigolote, on dirait que les petits anges (qu'elles sont lorsque ma sœur est dans les parages) se sont métamorphosés en véritables cyclones semant le chaos et la destruction. L'effet de nouveauté n'agit plus : elles grimpent partout, jettent de tout dans tous les sens. Je retrouve Grace perchée dans la cuisine en train de taper sur la suspension avec une cuillère en bois.

— Grace, ma puce, non ! C'est dangereux !

Je la descends de là et aperçois alors un minuscule postérieur dépasser du placard où je range mon robot culinaire et ses lames super affûtées.

— C'est toi, Rose ?

Je tire ma nièce par les pieds.

— Sors de là, ma puce, il y a des choses très pointues là-dedans !

— Z'adore les soses pointues, dit-elle en essayant de se dégager pour repartir dans le placard. T'es messante, tatie, ze veux y aller !

Seigneur !

Grace commence à tambouriner sur les portes des placards

avec la cuillère en bois, que je ne suis pas parvenue à récupérer. Elle tape Rose sur la tête, ce qui la fait hurler comme si on lui arrachait les ongles.

— Oh, ma chérie, ça va ? dis-je en tentant d'enlever la cuillère des mains de Grace. Attends, je vais aller chercher de la glace. Grace, dis à ta sœur que tu es désolée.

— Non, rétorque Grace en faisant une mine boudeuse. C'était un accident.

— Eh bien, dis-lui que tu n'as pas fait exprès et que tu es désolée de lui avoir fait mal.

Grace a l'air sur le point d'exploser.

— Non ! C'était un accident ! Un accident !

Je devrais peut-être appeler un exorciste.

Soudain, je m'aperçois que Charlotte n'est plus dans les parages.

— Ne bougez pas d'ici, dis-je à mes deux hurlantes. Charlotte ? Lottie ? Où es-tu, mon ange ?

Grâce à Dieu, la porte d'entrée est fermée à clé, elle n'a donc pas pu sortir. Pas dans le salon, pas non plus dans les toilettes du bas, ni dans le cellier. Je fonce à l'étage : pas dans sa chambre.

— Charlotte, réponds-moi tout de suite !

Elle me répond peut-être mais impossible de l'entendre, avec les deux autres qui se chamaillent en bas.

— Charlotte !

Elle est dans ma salle de bains, assise sur le lavabo, les pieds ballants, et regarde par la fenêtre.

— Tatie, s'écrie-t-elle joyeusement. J'ai fait pipi !

Je retiens un juron. En effet, oui, elle a fait pipi, sauf qu'elle n'a pas enlevé sa salopette, et donc il va falloir la changer entièrement.

J'entends un grand fracas en bas, et fonce avec Charlotte furieuse et trempée sous le bras. Trois saladiers qui devaient être dans le placard sont maintenant en mille morceaux.

— Personne ne saigne ?

— Si, moi, ici, répond Rose en me tendant sa main, où pas une goutte de sang n'est visible.

— Non, tu ne saignes pas.

— Si, dedans. Je saigne dedans, tatie.

Misère ! Et si elle avait raison ? Si c'était une hémorragie interne ? J'appelle Rachel ?

— Tiens, dit Grace en ouvrant le placard où sont rangés les ingrédients pour la pâtisserie et en sortant un sachet de pastilles de chocolat. Tu vas guérir avec ça.

— Merfi, Grace, dit gaiement Rose en déchirant le sachet.

Un kilo de pastilles de chocolat se déverse sur le sol.

— Caca ! Caca ! hurle Charlotte en se blottissant dans mes bras.

— Mais non, c'est pas du caca ! proteste Rose.

Grace commence à piétiner le chocolat.

Au secours ! Je regarde l'heure : encore quatre heures à tenir avant de les coucher. Au minimum. Et une bonne heure et demie avant qu'il soit acceptable de boire un verre de vin. Mais au fait, non, je ne vais pas pouvoir boire, vu que je suis la seule adulte responsable ici. Quelle horreur !

La porte s'ouvre et Loki entre, suivi de Leo.

— Dites, on se tait un peu, d'accord ? dit-il en regardant mes nièces.

Elles font silence.

— T'es qui, toi ? demande Rose, en croisant les bras sur sa poitrine.

— Je m'appelle Leo.

— Pourquoi t'es là ?

— Parce que je suis le propriétaire. Et toi ?

— A cause de tatie Jenny.

Comment ça ? Depuis quand est-il le propriétaire ?

Vautrée par terre, Charlotte mange les pastilles de chocolat sans les mains. Tout un art.

— Leo, je vous présente mes trois terreurs, plus connues

sous les noms de Grace, Charlotte et Rose Carver, mes adorables et très sages nièces.

— Il s'appelle comment, ton chien ? demande Rose en se rapprochant de Leo et en s'accrochant à sa jambe, son petit pouce dans la bouche.

— Loki, et il mange les petites filles qui font du bruit.

Rose sourit sans enlever son pouce de sa bouche.

— Il n'est pas très gent...

Je m'interromps car Loki s'est couché sur le dos et il attend, les pattes en l'air. Leo s'accroupit et prend la main de Rose.

— Il veut que tu le caresses, explique-t-il, tandis que Loki se met à remuer la queue pour confirmer.

Grace et Charlotte s'approchent aussi et se mettent aussitôt à lui parler : « Loki, c'est un drôle de nom. » « Ne me mords pas, Loki. » « Je crois qu'il m'aime bien. » « Pas manger, Loki ! »

Leo se relève.

— Vous voulez un peu de compagnie ? J'ai fini mes cours pour aujourd'hui, me propose-t-il.

— Oh oui, alors !

Une demi-heure plus tard, la cuisine est propre, Charlotte, changée, Leo et les filles, assis autour de la table, en train de faire de la pâte à modeler à l'aide d'un kit entièrement bio au nom douteux de « Petits esprits créatifs », que je gardais en réserve en prévision de leur visite. Charlotte, qui n'est pas d'humeur créative, s'affaire à boucher tous les trous de la table.

— Tu nous chantes des chansons ? réclame Grace.

Leo la regarde et ne se fait pas prier.

— Il était une fois une tatie Jenny qui avait trois nièces : Pooh, Plum et Penny. Elles adoraient faire du fouillis, et mettre de beaux habits, tous les habits de tatie Jenny.

— Pas mal, murmuré-je.

Il chante bien. Pas étonnant.

— Souvenirs de la Juilliard.

— Je s'appelle pas Pooh, proteste Rose en se fourrant une boulette de pâte à modeler dans la bouche. Je s'appelle Rose.

— Ça ne se mange pas, ma puce, dis-je en mettant mes doigts dans sa bouche.

Quand on a des enfants, on ne fait pas de chichis...

— Tu fais quoi, Leo ? demande Grace.

Il lui montre sa sculpture, rose avec des yeux globuleux verts et quatre pattes.

— C'est Loki, répond-il.

Les filles éclatent de rire, et ce son cristallin me va droit au cœur.

— Loki est marron, noir, blanc et gris, pas rose, fait remarquer Grace.

— Il est un tout petit peu rose, répond Leo, et il brille un peu aussi.

Il prend quelques sequins dans la boîte et fabrique un collier à son chien.

— Et surtout n'oublions pas ses pois violets, ajoute-t-il en attrapant la pâte violette.

— Loki l'est pas violet, dit Rose.

— Ni ses rayures jaunes, continue Leo en lui faisant un clin d'œil.

Elle lui sourit : encore une sous le charme !

Loki finit par ressembler à un monstre, mais les filles sont ravies.

— Je peux l'avoir ? demande Charlotte.

— Non, moi ! s'écrie Rose.

— Il est pour moi ! renchérit Grace.

— Il est pour tatie Jenny, répond Leo en me le tendant.

— Les filles, voulez-vous regarder un film, maintenant ?

Une fois les trois installées côte à côte sur le canapé et captivées par *Mon voisin Totoro*, je peux m'attaquer de nouveau au nettoyage de la cuisine. Leo entre en enjambant Loki, le vrai (enfin, ce qu'il en reste).

— Merci d'être venu, lui dis-je.

— Je vous devais bien ça.

— Ah bon ?

Il hausse les épaules.

Je me sers d'un cure-dents pour enlever la pâte que Charlotte a fourrée partout.

— Vous voulez que je lance le dîner ? propose-t-il.

— Euh, oui, d'accord !

— Quel menu pour ces petites princesses ?

Il ouvre le frigo et fait l'inspection de mon stock.

— N'importe quoi qui se mange.

— Spaghettis et boulettes ?

— Elles adorent. Et j'ai même de la sauce maison, rien que ça ! Une des rares choses que je sache faire.

J'ouvre le cellier et en sors un bocal de sauce tomate et un paquet de spaghettis. Leo prend de la dinde hachée, du lait et des œufs et commence à fouiller dans mes placards.

C'est risqué de jouer à ce jeu-là avec un homme qui refuse de s'engager, qui prétend ne vouloir rien de sérieux, ne pas aimer les bébés tout en étant super avec les petits et même les moins petits, et qui se montre avec moi à la fois jaloux, amical et inaccessible.

Mais c'est tellement agréable en même temps !

— Est-ce que j'ai bien entendu, tout à l'heure ? Cette maison est à vous ?

Il me lance un bref regard.

— Oui.

— Je comprends mieux pourquoi vous êtes si nul comme gérant.

— En effet.

— Mais pourquoi alors est-ce que je paye mon loyer à l'agence plutôt qu'à vous directement ?

— Parce que c'est plus simple comme ça. Et je ne voulais pas que mon locataire sache que je suis le propriétaire et s'imagine que je suis un magnat de l'immobilier plein aux as.

— Le nouveau Donald Trump.

Il sourit et casse un œuf sur la dinde hachée.

— Je vais soigner ma coiffure.

— Surtout pas ! Vous avez les plus beaux cheveux de la terre.

— Pas faux.

— Mes nièces vous adorent, dis-je en sortant du frigo de la laitue heureusement pas trop flétrie.

— Evidemment qu'elles m'adorent, comme toutes les femmes, non ?

Je lève les yeux au ciel.

— Non mais alors, quel prétentieux !

— Je suis désolé d'avoir été si odieux l'autre soir, me dit-il sans me regarder.

J'ai les jambes qui flageolent.

— Au cas où vous ne l'auriez pas remarqué, je suis jaloux de votre ex-mari.

— Qui ne l'est pas ? Sa vie est un modèle.

— Ce n'est pas pour ça, petite sotte.

Je jette un coup d'œil aux filles, Dieu merci captivées par leur film. Loki est blotti contre Grace, la tête sur ses genoux.

— Pourquoi, alors ?

— Parce que vous tenez toujours à lui.

Je sens en moi comme un mélange d'agacement et de pâmoison, une sensation à laquelle je devrais donner le nom de « léonite ».

— Qu'est-ce que ça peut vous faire ? Je ne vous intéresse pas, et en ce qui me concerne vous êtes gay, vous vous souvenez ?

— J'ai le droit d'être paradoxal. Ce n'est pas réservé aux femmes.

— Paradoxal comment ? Vous voulez que je m'intéresse exclusivement à vous afin que vous puissiez m'ignorer superbement ?

— Oui, exactement.

— Vous savez que, si vous vous décidez à redevenir hétéro, on peut envisager quelque chose.

— Rien de sérieux, ma jolie.

— Ecoutez, vous êtes né pour fonder un foyer. Vous seriez capable d'avoir douze enfants.

Il met les boulettes dans la sauce, puis se lave les mains.

— J'ai déjà été marié.

Il doit lire ma stupéfaction sur mon visage. Il... il n'en avait jamais parlé.

— Qu'est-ce qui s'est passé ?

Il ne me regarde pas mais continue de frotter ses précieuses mains de pianiste.

— Elle m'a quitté.

Ah. Je comprends mieux pourquoi il est si perspicace à propos de ce que je ressens pour Owen.

— Vous avez envie de m'en parler ?

— Non.

Il lève sur moi ses yeux clairs et indéchiffrables.

— Par contre, je vais aller voir ce film avec les filles.

Sur ces mots, il quitte la cuisine et je l'entends dire quelque chose aux petites.

Ainsi, il a eu un chagrin d'amour. J'imagine qu'il ne s'en est toujours pas remis, d'où son refus de s'engager.

Bizarrement, c'est une satisfaction d'apprendre que Leo est divorcé. J'avais donc raison : il *est* né pour fonder un foyer. C'est juste qu'il n'est pas tombé sur la bonne personne.

Et peut-être que la bonne personne, c'est moi.

Je fais semblant de ne pas entendre la petite voix dans ma tête qui dit : *Ne nous emballons pas, n'allons pas tout de suite choisir le tissu de la robe, hein ?* Je ne supporte plus d'entendre cette petite voix. Et puis ça crève les yeux : il est en train de regarder un film avec mes trois nièces, il adore son vieux chien puant jusqu'à en être ridicule, il sait faire les boulettes, cet homme est le mari et le père idéal.

Le dîner se passe dans la joie et la bonne humeur. Les filles sont folles de Leo et ne savent plus quoi faire pour lui prouver leur amour : elles mastiquent leurs boulettes la bouche ouverte, se collent des spaghettis sur la tête et dans le nez, font des bulles dans leur verre... Loki est sous la table, à l'affût de tout ce qui tombe.

Leo leur chante des chansons en faisant semblant de jouer du piano sur la table. Même s'il ne fait que semblant, je ressens une joie étrange à regarder ses mains immenses aux doigts longs et agiles, et à l'écouter chanter. Il ne mange presque rien, mais il boit un verre de vin, un seul.

Dans cette maison, l'étage du haut est fermé à clé. L'agent immobilier m'a expliqué que c'était là que le propriétaire entreposait ses affaires.

Je me demande si je ne pourrais pas aller voir un peu ce qu'il y cache.

— Merci, tatie Jenny, pour ce bon dîner, dit Leo en se levant et en ramassant son assiette.

— Merci, tatie Jenny, pour ce bon dîner, répètent les filles pour lui faire écho.

Je les emmène en haut et leur donne un bon bain, puis je leur lis une histoire.

— On veut que Leo nous lise une histoire, demande Grace.

— Oui, oui ! Leo ! reprennent en chœur Rose et Charlotte.

Rose prononce « Weo », c'est trop mignon.

— Leo ! Votre présence est requise ici !

Pas de réponse.

— Il est peut-être en train de promener Loki, leur dis-je.

Alors nous finissons l'histoire, je les borde et nous appelons Rachel pour qu'elles puissent raconter leur bonne journée à leur maman : le parc, la partie de cache-cache, le pipi dans le lavabo, Loki...

— Elles ont été impeccables.

Bon, j'en rajoute un peu.

— Et toi, comment ça va ?

— Oh, ça va, ça va, me répond Rachel.

Je perçois une légère hésitation dans sa voix.

— Mais vous me manquez, ajoute-t-elle.

— Tu fais quoi ce soir ?

— Je retrouve un vieil ami de Celery Stalk pour boire un verre, et peut-être pour dîner.

— Très bien. Bravo.

Elle ne dit rien puis me demande :

— Adam a téléphoné ?

— Oui. C'est Grace qui a décroché, je ne voulais pas lui parler.

La vérité, c'est que je ne voulais pas que les filles m'entendent le traiter de tous les noms.

— Je me demande s'il passe le week-end avec… elle, dit ma sœur.

Je ne sais pas quoi répondre.

— Ecoute, profite de ton dîner et de l'hôtel et envoie-nous des photos, d'accord ? Bisous !

— A toi aussi, bisous !

— Pourquoi elle est partie, maman ? demande Rose.

— Pour s'amuser un peu.

— Mais elle s'amuse avec nous ! s'étonne Grace.

— Oui, c'est même avec vous qu'elle s'amuse le plus. Elle vous aime tellement. Mais elle sait que tatie vous aime beaucoup aussi, alors elle a bien voulu partager un peu. Vous êtes mon cadeau !

Ces mots font taire toutes les protestations. Je les embrasse, me remplis de leur odeur, j'emmène Charlotte faire un ultime pipi et la remets au lit.

— Je vous aime, mes chéries.

— Nous aussi, on t'aime, me déclarent-elles.

Leo n'est pas en bas, mais la cuisine est propre.

Quelle bénédiction, un homme capable de ranger une cuisine !

Maintenant, enfin, j'ai le droit de me servir un verre, et je n'en ai jamais eu autant besoin de toute ma vie.

Je me sers un cabernet et vais au salon.

Ma sœur n'avait pas l'air très bien. Et puis, toujours cette crainte qu'Adam ne soit en train de profiter de son absence pour voir sa maîtresse… comme je la plains !

Je parierais ma chemise que c'est ce qu'il fait. Je parie qu'il a dit à Emmanuelle (c'est vraiment un nom de star du porno !) que sa femme ne le comprend pas, qu'elle est compliquée et exigeante et Dieu sait quoi encore. Que rien ne va plus depuis très, très longtemps, mais qu'il lui doit quand même d'essayer de recoller les morceaux, même si tout le monde sait bien qu'une femme n'est jamais aussi compréhensive qu'une maîtresse.

Je me demande ce que papa disait à Dorothy. « Ma femme ne pense qu'à son travail » ? « Ma femme a vieilli » ? « Au lit, c'est un peu plan-plan » ?

Peut-être que ce serait le moment de revoir Dorothy et d'avoir une petite conversation avec elle. Ou pas. Oh, mon Dieu, je ne sais plus !

Personnellement, j'ai toujours trouvé qu'il n'y avait pas mieux que de faire l'amour avec mon mari. Nous nous connaissions si bien, chacun savait ce que l'autre aimait. Il y avait cette confiance, cet amour et cette amitié réciproques. C'était toujours bien.

Je me demande comment ça se passe entre Owen et Ana-Sofia. Sûrement incroyablement bien. De quoi donner la foi à mon athée d'ex-mari.

Ma porte s'ouvre et Leo entre avec Loki.

— Les filles sont couchées ?

— Oui. Mais elles seraient sûrement folles de joie si vous alliez leur dire bonne nuit.

— Non, non, je les exciterais.

Il s'assied à côté de moi sur le canapé, et Loki se couche à ses pieds sans grogner, pour une fois. Ça s'améliore.

Leo se met alors à me regarder, de ses yeux doux et gris, légèrement amusés, et j'ai des papillons dans l'estomac. Il pose ses doigts sur mon visage et gratte un peu.

— Vous avez de la sauce tomate, là.

— Ah, merci.

Puis sa main glisse derrière ma tête et il m'attire vers lui. Je pose ma main sur sa poitrine et sens les battements forts de son cœur.

— Juste pour s'amuser, murmure-t-il. D'accord ?

Sa voix me bouleverse.

— D'accord, dis-je dans un souffle.

Ses yeux me sourient puis il se met à m'embrasser et sa bouche est... disons... experte. C'est un baiser langoureux, doux et profond qui me remue complètement. Il pose ses lèvres au coin des miennes, puis m'embrasse de nouveau de sa bouche parfaite, en se penchant au point qu'il est presque allongé sur moi, son corps élancé pesant délicieusement sur le mien. Mes mains remontent le long de ses bras musclés, glissent sur ses épaules et son cou, et je lui rends ses baisers.

— On ne peut pas... les filles sont... enfin..., parviens-je à peine à murmurer.

— Je sais, chuchote-t-il en déposant un baiser sous mon oreille. Ce n'est que le tour de chauffe, ajoute-t-il en m'embrassant dans le cou, ce qui me fait littéralement fondre. Au fait, elles repartent quand ?

Puis il se redresse et me sourit, et j'ai l'impression que ce sourire contient tout ce dont j'ai toujours rêvé.

Et la petite voix se tait pour ne laisser entendre que le bruit de nos baisers et la musique de mon bonheur.

Rachel

Quand Sylvia, la réceptionniste suisse, m'appelle pour me demander si j'attends bien un certain M. Gus Fletcher, je parviens à lui répondre de le faire monter. Si Adam savait que je reçois un homme dans ma suite pour aller boire un verre et dîner dehors avec lui, il ne le supporterait pas.

Je suppose que c'est le but. Après tout, lui, il a couché avec une femme ; moi, je ne fais qu'aller dîner avec un vieil ami.

Je n'en suis pas moins nerveuse pour autant. Je m'éponge les aisselles avec des Kleenex et bois un peu d'eau, vérifie mon rouge à lèvres, et encore une fois mes aisselles.

On frappe à la porte et je vais ouvrir.

— La vache ! s'exclame Gus.

— Oui, je sais, c'est grand. C'est un peu bête, tout ça pour moi seule. Je veux dire... ce n'est pas que je veuille... enfin, bref. Salut ! Ça va ?

— Non, je voulais dire : la vache, tu es superbe !

Je ne réponds pas tout de suite.

— Oh ! Merci !

Je porte une des tenues que j'ai achetées hier : une robe fourreau rouge qui m'a coûté plus cher que ma première voiture et des escarpins à lanières et hauts talons. Je suis maquillée et je me suis fait couper et éclaircir les cheveux.

Il me regarde encore une seconde puis se penche pour m'embrasser sur la joue.

— C'est sympa de te voir propre et pas couverte de vomi.

Je souris, un peu gênée.

— Tu me fais visiter ? C'est sans doute la seule fois de ma vie où je verrai un endroit pareil, alors je veux bien boire un verre ici.

Quand il sourit, ses yeux ne sont plus que deux petites fentes sombres.

— Gus, lui dis-je. Il ne faut pas que tu croies que je cherche à... enfin, tu vois ?

— Je sais, je sais. Ce serait trop beau. Il va où, cet escalier ?

— A la terrasse sur le toit. A ma disposition. Et à la tienne.

Nous montons admirer la vue.

— Magnifique. Alors, où allons-nous dîner ? Je meurs de faim.

Comme je me suis dégonflée hier et que je suis restée toute la soirée dans ma chambre, j'ai réservé pour ce soir dans un de ces restaurants hyper-branchés recommandés par ma sœur. Nous y allons à pied, moi perchée sur mes talons et trébuchant sur les pavés, avant que Gus ne finisse par m'offrir son bras.

— Désolée, lui dis-je. Pas facile de changer de look.

— Tu es ravissante, répond-il. Mais c'est pas nouveau.

Lui porte une chemise blanche sur un jean noir et des Converse montantes, ce qui lui donne un air beaucoup plus dans le coup que moi. Autant me trimballer avec une pancarte : « Pas d'ici mais qui fait de son mieux pour faire croire le contraire. »

— Mais dis donc, c'est pas Gwyneth Paltrow ? demande une passante.

Je me retourne pour regarder.

— Où ça ?

Gus éclate de rire.

— Je crois bien qu'elle parlait de toi, Rachel.

— Sérieux ?

— Mais oui.

Curieusement, cela me redonne confiance, tout comme de marcher au bras de Gus. Je le connais depuis plus longtemps qu'Adam et je réalise que son amitié m'a beaucoup manqué depuis quatre ans.

— C'est là ? demande-t-il en s'arrêtant devant un restaurant.

— Oui.

Le maître d'hôtel nous déshabille du regard puis barre un nom sur sa liste.

— Par ici, je vous prie, dit-il en nous emmenant vers le fond du restaurant.

C'est un endroit tout simplement incroyable : Robert De Niro est assis à la table qui est à côté de la nôtre ! Il nous adresse un bref salut de la tête en nous voyant arriver, sans interrompre sa conversation.

— Dis donc, Gwyneth, tu as vu qui est assis à la table d'à côté ?

— Je crois que je vais faire pipi dans ma culotte, tellement je suis excitée ! Et après des triplées c'est pas évident de se retenir !

Il éclate de rire.

Je l'apprécie décidément beaucoup. Je crois que ça fait mille ans que je n'ai pas été en compagnie d'un homme que j'apprécie autant.

A Celery Stalk, on était nombreux au service création. Je partageais une énorme table de travail avec Liara, une lesbienne piercée et tatouée qui parlait tout le temps et faisait mon éducation sur les merveilles de sa vie amoureuse. Je n'avais jamais besoin de relancer la conversation. Elle était extravertie, drôle et appréciée. Et moi j'étais la bosseuse de service.

Gus me sollicitait toujours pour travailler sur ses projets. Il était (il est toujours) concepteur. J'étais plutôt discrète et je ne brillais pas spécialement, mais j'étais consciencieuse et il m'appréciait pour cela.

Je ne me suis jamais rendu compte que je lui plaisais jusqu'à cette invitation venue un jour trop tard.

Nous commandons du vin et nous nous mettons à parler, des collègues d'abord, puis de lui, et de sa compagne qui l'a quitté l'année dernière.

— Est-ce que tu as senti le coup venir ? lui demandé-je.

Il me regarde longuement.

— Oui, et je ne sais pas si on aurait dû faire plus d'efforts pour que ça tienne ou au contraire rompre bien avant. Quoi qu'il en soit, elle avait déjà l'air de savoir que c'était fini, et ça a été très dur.

— Je suis désolée pour toi.

Je suis sincère en disant cela, parce que franchement je n'imagine pas qu'on puisse quitter Gus.

Il hausse les épaules.

— Enfin, bon, je m'en suis remis. Je m'en remets toujours. J'ai bien pensé me jeter sous un train mais...

— Très surfait : regarde Anna Karenine.

— Exact. En plus, c'est hyper-XIXe siècle. Du coup, je me suis contenté d'écouter du Beck et de manger de la glace.

— Beck ? C'est vrai ? Tu aurais moins souffert en passant sous un train.

Il rit de nouveau, d'un rire sonore et assumé. De Niro ou pas.

Nos plats arrivent et nous les attaquons.

— Mon Dieu, je crois que je n'ai jamais rien vu ni mangé d'aussi bon, dit Gus.

— Pas surprenant, si Bobby De Niro dîne ici.

— C'est vrai, ça, on peut l'appeler par son petit nom, maintenant.

— Ecoute, il est à la table d'à côté, ça me paraît justifié.

Gus me sourit et mon ventre me chatouille, alors je baisse les yeux.

La Rachel d'autrefois n'aurait jamais osé inviter un type mignon au restaurant, et encore moins blaguer comme ça avec lui. Elle n'aurait jamais mis cette robe. Il n'y a que le dépit qui puisse expliquer tout ça.

Sauf que je ne ressens pas le moindre dépit, je me sens juste... très bien.

Et ça fait longtemps que ça ne m'est pas arrivé.

— Alors, dis-moi tout, dit Gus en posant sa fourchette, est-ce que je suis ici pour rendre ton mari jaloux ? Parce que j'imagine que, si tu es venue passer le week-end ici, c'est à cause de lui.

— Il ne sait pas que tu es ici, mais tu as raison, c'est à cause de lui.

Je bois une gorgée de vin.

— On traverse un moment de crise.

— Tu as envie d'en parler ? Je veux dire, je t'ai raconté pour Anna Karenine, alors c'est ton tour.

Je regarde son beau visage, ses cheveux bouclés et son inaltérable sourire.

— Je ne crois pas, non. Parlons plutôt d'autre chose, d'accord ? Je ne t'ai pas invité pour parler de mon mari ni pour le rendre jaloux. Je t'ai invité parce que tu es la personne la plus gentille que je connaisse.

Il repose sa fourchette et me regarde longuement.

— Je crois qu'on ne m'a jamais fait de plus beau compliment.

Puis il se remet à dîner en souriant, et je sens monter en moi une vague de chaleur qui n'a rien à voir avec le vin que je viens d'avaler.

Il est presque minuit lorsque nous quittons le restaurant, et on entend de la musique dans tout le quartier.

— Tu as envie d'aller quelque part, maintenant ? me demande Gus.

J'hésite.

— Si tu veux, on peut rentrer et profiter de ma terrasse.

Je me sens idiote de dire ça. Le cliché de la femme blessée qui dépense l'argent de son mari pour le punir.

Mais la vue de la terrasse est spectaculaire : la statue de la Liberté dans toute sa poignante beauté, le Woolworth Building dans toute sa majesté. Je fais monter une bouteille de vin, que Gus débouche, et nous restons assis dans notre fauteuil sans rien dire, à contempler les lumières de la ville et à écouter sa rumeur. J'enlève mes chaussures et m'enveloppe dans la douce couverture fournie par l'hôtel.

— Rachel ?

Il n'utilise jamais mon diminutif, comme la plupart des gens.

— Je voudrais juste que tu saches quelque chose. Je t'ai

toujours appréciée, et j'ai même toujours eu un petit faible pour toi, tu le sais.

— Je ne le savais pas jusqu'au jour où tu m'as proposé de sortir avec toi.

Je me sens rougir un peu. Je suis contente que l'obscurité me protège.

— C'est pourtant la vérité, et aujourd'hui encore.

J'attends la suite qui ne vient pas.

— Moi aussi, je t'apprécie, Gus, mais tant que je suis mariée il n'y aura rien d'autre.

— Je sais et je ne te demande rien. Mais il fallait que tu saches.

Il se redresse et conclut :

— Et sur cette remarquable déclaration je vais me retirer.

Je le raccompagne.

— Merci d'être venu.

— Merci à toi de m'avoir appelé. J'ai été honoré, me répond-il en souriant.

Soudain, ma gorge se noue.

— Bonne nuit, Gus.

— Prends soin de toi.

Il m'embrasse sur la joue et j'ai tout à coup envie de tourner la tête pour que nos lèvres se touchent, mais je ne le fais pas et je referme la porte.

Quoi qu'il advienne, je garderai le souvenir de cette soirée comme un trésor. C'était un moment parfait en compagnie d'un homme gentil à qui je plaisais autrefois, et à qui je plais toujours dix ans plus tard, qui n'a rien tenté mais s'est simplement montré honnête et charmant.

Puis je vais faire ma toilette, après avoir suspendu ma robe avec soin. Brossage des dents. Fil dentaire.

Je me rappelle un soir, avant toute cette histoire, où Adam était rentré dans la salle de bains pendant que je me brossais les dents, m'avait caressé les fesses et m'avait dit :

— Est-ce que tu sais à quel point tu es belle ?

Et j'avais ri, la bouche pleine de dentifrice. Je me souviens de m'être trouvée bien chanceuse d'avoir un mari qui voulait me caresser les fesses et me faisait des avances.

Qu'est devenu cet homme ? Est-ce parce qu'une fois je me suis endormie ? Est-ce que tout cela est un peu ma faute ?

Si on oublie l'adorable Gus, je suis mariée à Adam Carver. Il a prononcé des vœux, mais moi aussi. Tout à coup, je réalise que cette histoire n'a pas tué mon amour pour lui, qu'elle n'a fait que le masquer, le contrarier. *Je suis tellement idiote de t'aimer encore.*

Cette femme au restaurant tout à l'heure, qui flirtait avec ce type mignon, assise à côté de Robert De Niro... c'est sûr, elle est séduisante, mais elle a un mari, trois enfants, et son couple prend l'eau.

Demain, on n'est que lundi, mais je vais rentrer chez moi. Ma place est là-bas, à Cambry-on-Hudson, dans ma maison blanche aux volets bleus, avec mes filles.

Et peut-être que ma place est aussi aux côtés d'Adam.

Jenny

En me réveillant le lendemain matin, je trouve trois petits corps chauds blottis contre moi. Elles se sont levées à 5 heures, autant dire à l'aube blême, alors je les ai amadouées pour qu'elles viennent se recoucher avec moi et que je dorme un peu plus.

En pensant à Leo.

Mon corps est encore tout fébrile. Nous avons passé des heures à nous embrasser hier soir, dans un état délicieux entre désir et tendresse, sur le canapé qui grinçait. Nous avons aussi parlé, à mi-voix, et ri. Puis mangé de la glace vers minuit, avant de nous embrasser encore. Et en partant il m'a plaquée contre la porte d'entrée et m'a donné un long baiser passionné. Il a posé ses mains sur mes hanches et m'a soulevée. J'ai accroché mes jambes autour de lui, le dos appuyé contre la porte, et je n'ai jamais vécu de moment plus sexy de toute ma vie. Puis il m'a reposée au sol, en me caressant les cheveux.

— N'oublie pas de payer ton loyer, a-t-il murmuré tout contre ma bouche en souriant, puis il est parti et j'ai titubé jusqu'au canapé où je me suis affalée, béate.

— Tatie, tatie, j'ai envie de faire pipi, me dit Rose en me tirant de ma rêverie.

— On y va, ma puce.

Dehors, il pleut, une petite pluie régulière. On est lundi, et j'entends le bus scolaire qui vient chercher les enfants du quartier. Les filles n'ont pas école le lundi et nous allons donc passer la journée ensemble, juste elles et moi, à moins que Leo ne vienne car il n'a pas de cours avant 14 h 30.

Le lundi, d'habitude, je vais travailler à la boutique. Il faut que je fasse le nouveau patron en mousseline pour la robe princesse de Kimber Allegretti. La pauvre, ce n'est tellement pas son genre ! Je la verrais beaucoup mieux dans un modèle super sexy époque Gatsby le magnifique, avec plein de perles et un dos nu pour montrer tous ses tatouages, qu'elle adore. La robe doit être à l'image de la mariée, après tout, pas à celle d'une belle-mère revêche. Mais Kimber veut lui faire plaisir, alors avec un peu de chance je vais arriver à lui faire une robe qu'elle ne déteste pas trop.

J'ai aussi quelques croquis à terminer pour des jeunes femmes contactées à la journée portes ouvertes et deux ou trois finitions à faire sur une ceinture brodée pour une mariée du Connecticut. Mais tout ça peut attendre. Je vais travailler à la robe de Kimber ici, dans la pièce du haut. C'est la première fois que j'ai les filles rien que pour moi un peu plus longtemps, et je suis ravie. C'est un bon test avant d'avoir des enfants.

Je parie que Leo ferait un père fantastique. Sa façon d'être avec tous ses élèves, mais encore plus avec Evander, et avec mes nièces... Tant d'hommes affirment qu'ils ne veulent pas d'enfants jusqu'à ce qu'ils aient rencontré la bonne personne ! Il n'y a qu'à voir Owen : il trouve génial d'être papa et il en est le premier surpris. Et aujourd'hui cela ne me fait plus rien du tout d'y penser.

Je fais aux filles des crêpes en forme d'animaux (ou presque), puis les débarbouille et leur donne casseroles et ustensiles divers (notamment le batteur à œufs, qui les fascine toujours) pour qu'elles s'amusent pendant que je nettoie la table de la cuisine. Ensuite, nous dessinons. Elles adorent me regarder faire des croquis de robes que je les laisse colorier.

Pendant leur sieste (Dieu merci, ce sont de grosses dormeuses), je démarre la dernière version de la robe de Kimber dans l'autre chambre. Je pense que, pour Mme Brewster, l'idéal serait une burqa. La pudeur est une chose (et j'ai déjà réalisé plein de robes pour des femmes pudiques), mais là ce n'est pas ça. Je pense que le message est clair : Mme Brewster veut faire comprendre à Kimber qu'elle espérait mieux pour son fils chéri.

A 14 h 30 pile, j'entends quelqu'un parler dans le jardin en bas. C'est une des élèves de Leo, une drôle de femme, dans les quarante ans, qui m'a avoué il y a deux semaines avoir toujours voulu se mettre au piano et avoir senti un déclic en voyant Leo pour la première fois. J'ai bien envie d'ouvrir la fenêtre mais je ne veux pas avoir l'air d'espionner. Et je le fais quand même. Je monte au troisième. C'est calme, évidemment. Je ne vois pas Leo impliqué dans une histoire genre *Fleurs captives*.

Qu'est-ce qu'il peut bien cacher ici ?

Ma main se pose toute seule sur la poignée. Heureusement que la porte est fermée à clé parce que, même si je ne pense pas que je serais entrée, on ne sait jamais. Il ne doit y avoir là-dedans que des partitions et des meubles, rien d'autre.

J'aimerais tant en savoir plus sur Leo. Et je n'ai pas envie d'aller chercher sur Google. Je voudrais qu'il m'en parle, lui. Quelque chose a démarré entre nous hier soir, je l'ai senti.

Quand les filles se réveillent, je leur donne un énorme carton pour qu'elles s'amusent avec. Elles s'assoient à l'intérieur et gloussent de joie, font semblant d'être dans une fusée avant de le retourner pour le transformer en cabane à bébés chats et lapins.

Je les mitraille et envoie quelques photos à Rachel parce que, telle que je la connais, ses filles lui manquent.

Mon téléphone sonne et je m'empresse de répondre, dans l'espoir que ce soit Leo.

Hélas, non.

— Salut, maman.

— Où est ta sœur ? Elle m'a envoyé un SMS pour me dire qu'elle partait en week-end avec des amis. Où a-t-elle bien pu aller ? Et pourquoi ?

— Elle passe juste un peu de temps entre filles.

Je préfère mentir parce que, si maman apprend que Rachel est toute seule, elle va paniquer.

— Les filles sont chez moi.

— Quoi ? Mais pourquoi ?

— Parce que ce sont mes nièces et que je les adore.

— Mais pourquoi ne m'a-t-elle pas demandé à moi ?

Parce que tu ne loupes pas une occasion de lui dire que ça t'épuise de les garder.

— Parce que je l'ai suppliée de me les confier.

— Tatie, tatie, regarde, je suis un chat ! s'écrie Grace en miaulant et en repliant ses doigts comme des griffes.

— Tu me fais peur !

— Moi aussi, te fais peur, tatie ! dit Rose. Moi, suis un messant lapin.

— Mais oui, très méchant ! Et sinon, maman, qu'est-ce qui t'amène ?

— Moi, je suis un gentil chat, claironne Charlotte en se glissant sur mes genoux et en se mettant à ronronner.

Je les aime tellement. Je dépose un baiser sur les cheveux de Charlotte, et elle blottit contre moi son petit corps tout chaud.

— J'aimerais que Rachel emmène Rose chez un orthophoniste, dit maman. Elle parle vraiment moins bien que les deux autres !

— Mais pas tant que ça. Et je suis sûre que, s'il y a un vrai problème, Rachel s'en occupera sans que tu aies besoin de lui en parler.

— Oui, enfin, entre ça et l'autisme de Grace...

— Maman, arrête ! Elle n'est pas du tout autiste et j'aimerais bien que tu ne répètes pas ça à Rachel à tout bout de champ !

Charlotte glisse de mes genoux pour aller retrouver ses sœurs dans le carton.

— Et pour Charlotte, tu as aussi un diagnostic, j'imagine ?

— Je ne serais pas étonnée qu'elle soit lesbienne.

Je lève les yeux au ciel, exaspérée.

— Bon. Tu voulais quoi, maman ?

— Les filles me manquent, c'est tout. J'ai beaucoup de mal à voir ta sœur, ces derniers temps, je ne sais pas pourquoi, et elle me manque aussi. Elle me cache quelque chose et je ne comprends pas quoi. Vous avez toujours eu vos petits secrets, toutes les deux.

Et voilà que ça me reprend, j'ai pitié d'elle. Elle est toujours un peu en dehors du coup. C'est sa faute, mais ça ne veut pas dire qu'on ne doive pas la plaindre.

— Mais c'est grâce à toi qu'on est si proches.

— Oui, enfin, bon, puisque mes petites-filles sont chez toi, est-ce que je peux au moins passer les voir ? Je les aime, tu comprends, et je n'ai pas d'autres petits-enfants. Et Dieu sait que je les ai attendues longtemps ! Et toi qui te sépares d'Owen juste au moment où il était prêt à devenir père !

J'en reste bouche bée. Elle sait pertinemment que ce n'est pas du tout comme ça que ça s'est passé.

Elle se fiche pas mal de savoir ce que ces années d'infertilité ont signifié pour Rachel et Adam. Elle se fiche pas mal de savoir que je désirais avoir des enfants et que le destin m'a joué un sale tour. La colère remplace peu à peu mon apitoiement de tout à l'heure. Je finirai peut-être un jour par m'habituer aux coups bas de ma mère.

— Devine qui j'ai revu l'autre jour, lui demandé-je alors.

Oui, je sais, c'est mesquin.

— Qui ?

— Dorothy.

Elle ne dit plus rien pendant quelques secondes.

— Dorothy qui ?

Voilà. Elle l'a parfaitement resituée.

— Elle a travaillé avec papa à une époque.

— Vraiment ? Je ne vois pas, non.

Sa voix est assez détachée.

— C'était une mère célibataire. On lui donnait nos vêtements trop petits pour sa fille.

— Si tu le dis... Bon, je peux venir ou pas ?

J'entends une portière claquer et je regarde par la fenêtre. Rachel ? Avec un jour d'avance ?

— Attends, maman, j'ai une visite, là, tout de suite. Je te rappelle plus tard, OK ?

Puis, prise de remords, je rajoute :

— Bisous !

Et je raccroche.

— Les filles ! Regardez un peu qui est là ! C'est maman !

Les filles se précipitent à la fenêtre et tapent aux carreaux avec leurs petits poings. Ma sœur lève les yeux, et son visage s'éclaire. Elle nous fait des signes des deux mains et nous envoie des baisers, puis sort quelques paquets de sa voiture.

— Viens, tatie ! m'ordonne Grace. Maman est là !

Dès qu'elle entre, les filles se précipitent sur elle et je ne peux pas m'empêcher d'avoir un pincement au cœur. Je les avais pour moi depuis deux jours, je pouvais les câliner, les consoler, leur lire des histoires. Enfin, bon, il est presque l'heure de leur dîner. Je peux peut-être convaincre Rachel de me les laisser cette nuit encore.

— Vous avez été sages avec tatie ? leur demande-t-elle en les couvrant de baisers.

— Oh oui, l'assure Rose. Très sazes.

— Elles ont été parfaites. On s'est très bien entendues.

Les filles se mettent alors à raconter toutes ensemble chaque minute de leur séjour.

— On a fait des crêpes, maman ! On a dormi dans le lit de tatie, maman ! J'ai fait pipi dans ma culotte ! On a chanté des chansons ! Et l'ami de tatie nous a inventé une chanson rien que pour nous ! Et il a fabriqué un chien tout rose !

— Leo est venu me donner un coup de main à un moment où elles étaient un peu excitées.

Ça me fait tout drôle de prononcer son prénom.

— Ah bon ? s'étonne Rachel.

Puis elle se tourne de nouveau vers ses filles.

— J'ai des cadeaux pour vous !

Les filles se ruent sur les paquets.

Nous préparons le dîner, donnons le bain et lisons une

histoire. Rachel reprend les choses en main. Elle a décidé de rester jusqu'à demain. Je suis heureuse parce que cela fait très longtemps qu'on n'a pas dormi sous le même toit, avec ma sœur. Depuis le dernier voyage d'affaires d'Adam, il y a deux ans, en fait.

Est-ce qu'il la trompait déjà à cette époque ?

Comme je sais qu'elles lui ont manqué, je laisse Rachel coucher ses filles. Je l'entends leur chanter leurs chansons préférées et rire à leurs petites phrases adorables.

Si j'ai un jour des enfants, j'aimerais être comme elle. Cette sensation de manque revient sans arrêt par surprise, comme ça.

Sait-on jamais, sait-on jamais... Des petits aux cheveux bouclés, doués pour la musique et avec des sourires à tomber.

J'accueille Rachel avec un verre de vin. Il a cessé de pleuvoir, même si le ciel reste chargé. J'allume une lumière dans la cuisine.

— Alors ? Je ne t'attendais pas avant demain.

Elle soupire.

— Vous me manquiez trop. J'ai essayé. Je suis allée visiter les Cloîtres aujourd'hui et j'ai fait un bon déjeuner, mais j'avais vraiment envie de rentrer.

— Adam t'a appelée ?

Elle acquiesce.

— Il m'a envoyé un mail et des SMS, mais je n'ai pas répondu.

— Et ?

— Il n'arrête pas de me répéter que ce n'est pas ce que je crois, qu'il n'est plus avec elle.

— Tu le crois ?

— Je n'en sais rien. Qu'en penses-tu ?

Non mais tu plaisantes, j'espère ! Je m'abstiens de répondre.

Elle m'interroge du regard.

— Vas-y, dis ce que tu penses.

Je me jette à l'eau.

— OK. Alors, tu lui as donné une seconde chance, et tu l'as trouvé en train d'embrasser cette pouffiasse, ce qui n'est pas particulièrement bon signe, si ? Il faut appeler un chat un chat, c'est tout.

Elle fait tourner son verre à pied.

— J'ai dîné avec un homme hier soir.

C'est pas vrai.

— Ah bon !?

— Oui. Tu te souviens de Gus Fletcher, un gars de mon boulot ? Avec des yeux rieurs ?

— Ah oui, lui. Dans mon souvenir, il était très sympa.

— En effet. J'étais vraiment contente de le revoir.

L'émotion qui lui embuait les yeux un peu plus tôt a disparu.

— C'est juste qu'avec lui j'avais l'impression de jouer à être quelqu'un d'autre. Je ne sais plus quoi faire, Jenny. Je ne sais même plus très bien qui je suis. Hier soir, cette femme élégante et bien coiffée au bras d'un homme sympathique, ce n'était pas moi. En vrai, j'avais envie d'être chez moi. Je ne suis pas faite pour les hôtels, les restaurants, tout ça. Même si on a vu Robert De Niro, figure-toi ! Il était à la table d'à côté. Mais tout ça, ce n'est pas moi !

Elle détourne le regard et ravale un sanglot.

— Rach, ma chérie, tu es partie deux jours. C'était juste une petite bouffée d'air, une pause. Tu as le droit. C'est même nécessaire. Vous n'avez fait que dîner ensemble, Gus, toi et Bob De Niro ?

Elle me sourit timidement.

— Oui, et puis il m'a raccompagnée à mon hôtel et on a pris un verre sur la terrasse, pas dans ma chambre. On a discuté un peu et puis il est parti. Il m'a embrassée sur la joue, mais rien de plus.

Evidemment. Ce n'est pas son genre. De toute notre vie, je ne l'ai jamais vue aussi triste et perdue que ces dernières semaines, et j'en ai le cœur chaviré.

— Alors, comme ça, tu as vu Robert De Niro ?

— Mais oui, et il m'a fait un petit signe de la tête.

— Il faut dire que tu es super bien coiffée.

Elle se met à rire et je suis soulagée.

— Si je résume, tu es descendue dans un hôtel fabuleux, tu as dîné avec un mec très sympa et tu as croisé une star du cinéma. Plutôt pas mal...

— C'est sûr.

— Tu sais, Rach, c'est normal que tu sois toute chamboulée par cette histoire. Tu as le droit d'être en colère. Tu faisais complètement confiance à ton mari, et tu découvres qu'il s'envoyait en l'air.

— Tais-toi ! Si les filles t'entendent.

— Impossible. Mais c'est vrai, ce que je te dis, Rach. Et peut-être qu'il continue ! C'est normal de te sentir comme... comme...

Je me souviens comment je me sentais lorsque Owen m'a annoncé qu'il voulait divorcer.

— ... comme si ton monde s'écroulait.

— C'est ça, et tu sais, Jenny, combien j'aimais ce monde.

Son visage se crispe et elle se met à pleurer pour de bon, et moi aussi, pendant que j'y suis !

— C'est comme à la mort de papa, me dit-elle en s'essuyant les yeux avec une serviette en papier. La vie était parfaite et puis tout à coup c'était fini, et rien n'a plus jamais été comme avant. Est-ce qu'il faut que je divorce ? Ou bien est-ce que je dois essayer de dépasser cette histoire ? Par moments, je le déteste tellement que je pourrais le tuer, et puis hier il me manquait, Jenny. Il me manquait, tu te rends compte, Jenny ? Quelle idiote je fais !

Des larmes coulent sur ses joues. Elle est si perdue, et tellement triste. Je me retiens pour ne pas me mettre à sangloter moi aussi. S'il voyait Rachel à cet instant, est-ce qu'Adam continuerait de penser que sa pouffiasse en vaut la peine ? La peine de briser ce cœur généreux, attentionné et merveilleux, tout ça juste pour prendre son pied ?

Le salaud, l'ignoble et dégueulasse menteur ! Il n'y a pas de mots pour le qualifier.

Au même moment, on frappe à ma porte.

— Ce doit être Leo, dis-je, un peu gênée.

J'aperçois mon reflet dans le miroir de l'entrée : les yeux humides, le nez rouge et le visage gonflé. On a vu mieux.

Ce n'est pas Leo, c'est Adam.

— Est-ce que ma femme est ici ?

Je le fixe, haineuse. Pour moi, il a perdu le droit de considérer Rachel comme *sa* quoi que ce soit.

— Va au diable, Adam.

— Jenny, je t'en prie, est-ce que Rachel est ici ?

— Ma sœur est ici, oui. Mais je ne suis pas sûre qu'elle prévoie de rester très longtemps ta femme.

Je souffre pour Rachel. Autrefois, j'aimais beaucoup Adam Carver, son charme, son rire, sa gentillesse envers ses filles, mais là j'ai juste envie de lui coller un coup de pied bien placé. Pas qu'un seul, d'ailleurs.

Il me regarde avec un air de martyr.

— Tu peux s'il te plaît arrêter de gérer sa vie à sa place et lui dire que je suis là ?

— Je vais demander à ma sœur si elle a envie de te voir, mais en attendant tu descends d'ici. C'est chez moi.

Je tremble de colère. Je lui ferme la porte au visage, sans la claquer pour ne pas réveiller les filles, et retourne dans la cuisine.

Ma sœur est blanche comme un linge.

— Je ne veux pas le voir, pas maintenant. Je rentrerai à la maison demain, mais je ne veux pas le voir ce soir.

— Bien sûr, je comprends, dis-je en me baissant pour la serrer dans mes bras. Ne bouge pas, je reviens tout de suite.

Je sors sur le seuil. Adam m'a obéi et il attend sur le trottoir. Je ne suis pas fâchée de lui faire sentir le mépris qu'il m'inspire.

— Elle refuse de te voir, et elle a bien raison. Alors au revoir.

Il ne bouge pas d'un pouce.

— Va-t'en, Adam.

— Rachel ! se met-il soudain à crier. Rach, mon amour, je

t'en prie ! Tu me manques tellement ! Vous êtes toute ma vie, les filles et toi !

En une seconde, je suis devant mon beau-frère, le visage collé au sien.

— Pas de ça ici, connard, et pas maintenant. Elle ne veut pas te parler.

— Rach, ma chérie, je t'en prie. C'est un malentendu ! Il faut que tu me croies. Emmanuelle ne signifie rien pour moi !

— En tout cas, assez pour que tu couches avec elle, non ? Je te donne deux secondes pour remonter dans ta voiture ou j'appelle la police.

En disant cela, j'enfonce mon index dans sa poitrine.

— A moins que ce ne soit moi qui appelle la police, Jenny, réplique-t-il. C'est toi qui m'agresses, là.

— Du bout du doigt, en effet ! Soit je suis super impressionnante, soit tu es vraiment une mauviette. Je crois que je vais opter pour la seconde explication.

— Rachel ! Rachel ! Je t'en supplie ! beugle-t-il par-dessus mon épaule.

— Adam, tais-toi, lui dit Rachel depuis la porte d'entrée. Les petites dorment.

Il prend une expression suppliante.

— S'il te plaît, Rachel.

Je n'ai jamais frappé personne de toute ma vie, mais ce n'est pas l'envie qui m'en manque, là. Je me tourne vers ma sœur, qui se mord les lèvres.

— Il part, ne t'en fais pas.

— Non, je ne partirai pas, réplique-t-il, la voix brisée. Je vais dormir sur ce trottoir s'il le faut. Mais je ne partirai pas avant que tu m'aies parlé.

— Rentre à la maison, Adam, lui répond Rachel sans conviction.

— Tu as entendu, dis-je d'un ton agressif.

— Va te faire voir, Jenny ! me lance-t-il sur un ton bien différent de celui dont il use avec ma sœur.

— Rentre chez toi, Adam ! C'est toi qui as tout foutu en l'air, alors montre un peu ce que tu as dans le pantalon et assume ! Elle ne veut pas te voir !

Et je le pousse de nouveau, plus fort.

C'est alors que les choses tournent au vinaigre. Dans ce quartier, les arbres ont été plantés n'importe comment il y a cinquante ans, et les racines dépassent partout sur les trottoirs. Repoussé avec une force herculéenne par mon doigt enragé, il recule, trébuche sur une racine et tombe sur les fesses contre une poubelle métallique, qui va heurter une voiture en stationnement.

Au même instant, une voiture de police patrouille dans la rue. La sirène et le gyrophare se mettent en marche instantanément.

Ils vont croire que je l'ai agressé, c'est sûr.

— Bon Dieu, Jenny, calme-toi ! s'écrie Adam, assez fort pour que Rachel l'entende.

Moyen subtil de me faire porter le chapeau. Et ça fonctionne, évidemment.

— Jenny, mais qu'est-ce que tu as fait ? Calme-toi ! s'exclame-t-elle en dévalant les marches.

— Je n'ai rien fait. Il est tombé ! Dis-lui que tu es tombé, espèce de minable !

Je fais un pas de plus vers Adam, avec l'intention de l'aider à se relever, mais je suis retenue par quelqu'un derrière moi : Leo.

Il me soulève sans difficulté vu qu'il est bien plus grand que moi et me force à reculer de quelques pas, comme si j'étais dangereuse.

— Mais qu'est-ce que tu fais ? Lâche-moi !

— Jenny, calme-toi et tais-toi !

— Je l'ai à peine touché, OK ? Ce connard est tombé parce qu'il n'a aucune coordination, c'est tout !

— Chut. Tu n'as pas envie qu'on t'emmène au poste, si ?

La question fait mouche. Je me fige. Ah, OK, je comprends. La scène pourrait être mal interprétée : Adam recroquevillé dans un coin, Rachel au bord de la crise de nerfs, et moi penchée au-dessus de la victime.

Merde.

Le flic descend de voiture. Rachel s'accroupit à côté d'Adam et lui demande si ça va, en posant la main sur son épaule. Elle n'a jamais supporté de voir quelqu'un souffrir.

Et re-merde.

— Monsieur, dit l'agent de police, vous allez pouvoir vous relever ?

— Je crois, oui, répond Adam.

Il n'a jamais été très dur au mal. Un jour, il est même allé tout seul aux urgences, convaincu d'avoir une pneumonie, alors qu'il avait juste le nez bouché. Cette histoire nous avait bien fait rire.

— J'ai mal au dos. Je pense que je me suis déplacé quelque chose quand elle m'a poussé.

— Je ne t'ai pas poussé, Adam ! Il est tombé sur les fesses ! Il a trébuché !

Je m'entends parler comme un mari violent en train d'expliquer pourquoi sa femme a un œil au beurre noir. Leo a raison. Ils vont m'arrêter.

— Restez où vous êtes, madame, et calmez-vous.

Puis il s'adresse à Rachel.

— Avancez par ici, madame, s'il vous plaît.

Il saisit sa radio et indique.

— Dispute conjugale au 11, rue des Magnolias. Blessé à confirmer.

En quelques minutes, la rue est remplie de voitures de police. Des hordes de voisins (qui d'ordinaire semblent plutôt m'apprécier mais me regardent aujourd'hui d'un drôle d'air) sont sortis pour profiter du spectacle, et je fais mon possible pour avoir l'air inoffensive et douce, ce que je suis, d'ailleurs.

On questionne Adam, puis Rachel. Leo est interrogé à titre de témoin (et hélas il dit la vérité : quand il est arrivé, j'étais penchée au-dessus de mon beau-frère). Loki aboie furieusement depuis son appartement, ce qui ajoute à l'ambiance très policière de cette soirée.

— Je peux rentrer calmer mon chien ? Il est très vieux.

— Certainement, répond le flic. J'ai encore quelques questions à poser à Mme Carver.

— Bon, tu sais où me trouver, me dit Leo.

— Oui, merci.

Il presse ma main puis s'en va retrouver son seul amour.

Je me sens terriblement seule après son départ. Je croise le regard de Rachel et lui fais un sourire un peu grimaçant.

Elle détourne les yeux, et j'ai comme un haut-le-cœur.

— OK, dit le policier en venant me retrouver, l'air soupçonneux. Il ne souhaite pas porter plainte.

— Contre qui ? Le trottoir ? Parce que c'est comme ça qu'il a trébuché, vous savez. Ces racines sont dangereuses.

— Ecoutez, madame, si vous voulez éviter les gros ennuis, gardez votre sang-froid.

— Je n'en ai pas.

— Ne m'obligez pas à faire un rapport.

— Je vous prie de m'excuser, monsieur l'agent.

— Je préfère ça.

Adam signe une feuille en me regardant.

Rachel a laissé Adam pour aller vérifier que les filles allaient bien, et ça m'a contrariée parce que les fenêtres de la chambre sont ouvertes et que, s'il y avait un problème, on l'entendrait. Mon emploi de baby-sitter a pris fin prématurément, on dirait.

Il faut lui reconnaître ça, Adam a bien manœuvré. Pas étonnant qu'il ait réussi à cacher sa double vie.

— Rentrons discuter à l'intérieur, lui dit Rachel, après le départ des flics et des voisins.

Je suis toujours dans le jardin, sans savoir quoi faire, avec Leo, qui est ressorti.

— Non, répond Adam. Jenny me déteste, et je peux la comprendre. Je ne mérite pas mieux. Mais, Rachel, on n'arrivera à rien si tu restes ici. Je t'aime. J'aime nos filles.

Il s'interrompt une seconde.

— Et notre vie d'avant me manque.

On dirait que c'est la formule magique, parce que je sens que Rachel hésite.

— S'il te plaît, ma chérie, lui murmure-t-il, et, s'il ne m'avait pas fait ce coup de tout à l'heure, je le suivrais presque, mais je ne suis pas dupe.

Rachel, en revanche, si. Et voilà qu'ils tombent dans les bras l'un de l'autre, qu'elle pleure et qu'il lui chuchote des choses à l'oreille, et je ne peux alors pas m'empêcher de dire :

— Rachel, tu n'es pas sérieuse ! Tu ne vas pas repartir là-dedans ! Tu mérites mieux que ce connard !

Elle se redresse et fait volte-face.

— Ce connard est le père de mes filles, Jenny, rétorque-t-elle. Nous sommes une famille. C'est facile pour toi de donner des conseils. Tu ne sais pas de quoi tu parles.

Je reçois ses mots comme une gifle.

— Mais, Rachel, je...

— Ce ne sont pas tes affaires.

— Mais c'est toi qui es venue me chercher ! Et je suis là depuis le premier jour ! Comment peux-tu me dire ça ?

— Eh bien, maintenant, je n'ai plus besoin de toi, OK ? Merci pour tout ce que tu as fait, mais Adam a raison. C'est à nous de trouver la solution, pas à toi.

Elle se tourne vers Adam.

— Je vais chercher les filles, et on rentre.

— Je viens t'aider. Si tu es d'accord, Jenny. Si tu m'autorises à polluer ta maison le temps d'aller récupérer mes filles, dit Adam.

— Oui, je... D'accord.

J'ai les mains qui tremblent. J'en veux tellement à Rachel d'être si naïve une fois de plus ! Elle qui n'était même pas capable de voir ce qu'il y avait sur cette photo ! Un arbre, c'est ça ! Et puis c'était juste un malentendu, Adam ne la tromperait jamais, non, tiens, tu parles ! Même Leo, qui ne les connaissait pas, avait deviné.

Elle veut que je m'occupe d'elle, ce que je fais, et ensuite elle me le reproche. Elle a besoin d'une épaule où pleurer, la mienne, et ensuite elle m'en veut de me mettre en colère.

C'est injuste, merde !

Cinq minutes plus tard, je les regarde embarquer les filles (que rien, pas même un ouragan, ne pourrait réveiller) dans leur minivan. Rachel s'éloigne avec un brusque geste de la main dans ma direction. Adam ne dit rien mais, au moment de monter dans la voiture, il vient vers moi et me dit :

— J'apprécierais que tu cesses de lui mettre des images insensées dans la tête, Jenny. Tu ne fais que jeter de l'huile sur le feu.

— Moi ? Mais dis plutôt ça à ta pouffiasse quand elle t'envoie des photos porno !

Il me sourit. Il *sourit* et monte dans sa voiture, me laissant seule sur le trottoir, avec le petit Delfuego qui joue au basket juste en face.

Il recommence à pleuvoir, et mes larmes brûlantes se mélangent à la pluie glacée sur mes joues.

— Jenny, rentre, me dit doucement Leo depuis la porte.

J'obéis et m'avance vers lui. Je n'ai pas fait trois pas que je suis déjà en train de brailler.

— Comment peut-elle m'en vouloir, à *moi* ? Elle est... C'est moi la méchante, dans cette histoire, maintenant ? dis-je entre deux sanglots.

Leo cherche du regard un rouleau de papier absorbant et me le tend. Je le prends et me mouche tandis qu'il me fait entrer dans son salon toujours immaculé.

— Elle lui a tout donné ! Trois beaux enfants, son cœur, chaque heure de sa vie qu'elle consacre à sa famille et à lui. Elle le prenait pour un dieu vivant, et pendant ce temps-là il fait quoi ? Il s'envoie en l'air avec une morue !

Je ne reconnais plus ma voix dans ces braillements idiots. Je me déteste de pleurer comme ça, de faire cette tête affreuse, je déteste que ma sœur soit fâchée contre moi, et retournée avec son mari.

Loki, qui pour une fois prend mon parti, se montre affectueux. Il s'approche, la langue pendante et l'haleine fétide, et pose sa tête sur mes genoux.

— Pourquoi les hommes ne voient-ils pas leur bonheur ? Pourquoi faut-il qu'ils foutent tout en l'air ? Hein, pourquoi, Leo ?

— Je ne sais pas, ma jolie, dit-il à mi-voix.

— Elle sait qu'il couche avec elle, elle n'est pas idiote. Vendredi dernier, il était encore dans son bureau avec sa pétasse, et ce soir sa femme est en train de le consoler ! Mais pourquoi lui donne-t-elle cette seconde chance ? Est-ce qu'on peut comme ça oublier que son mari vous a menti encore et encore...

Ma voix se perd dans les aigus.

— Je n'ai capté que vingt pour cent de ce que tu viens de dire. Il n'y a que Loki qui puisse entendre, là, me dit Leo en passant son bras autour de moi.

Loki se couche et pose sa gueule sur mon pied. Je me mouche et j'essaie de retrouver une contenance.

— Mon père a trompé ma mère, tu sais. Tout le monde les prenait pour le couple parfait, mais lui aussi l'a trompée. Et puis il est mort, et je n'ai même pas eu le temps de lui en vouloir.

Leo pose un baiser sur mes cheveux et se tait.

— J'aurais dû le dire.

— Pourquoi ?

— Parce que alors il ne serait peut-être pas allé acheter ce soda.

— Ah, parce que tu peux tout contrôler, tu crois ? C'est bon à savoir.

— Ne te moque pas de moi.

Je suis tellement bien, la tête posée sur sa poitrine, à sentir son odeur chaude. Pas plus tard qu'hier soir nous étions en train de nous embrasser. Ça me semble une éternité.

— Tu penses que je devrais parler à Rachel de cette histoire ?

— Aucune idée.

— Leo, s'il te plaît.

— Ma puce, je n'en ai sincèrement pas la moindre idée. Je ne suis pas doué pour ces trucs.

Mais il me caresse la tête et c'est tellement bon.

— J'ai peur que, si elle apprend pour papa, elle prenne ce prétexte pour rester avec Adam.

— T'en penses quoi, Loki ?

— Je suis furieuse qu'elle m'en veuille. J'ai fait tout ce que j'ai pu.

— C'est vrai. Tu es une très gentille sœur, d'après ce que j'ai pu observer.

De nouveau, j'ai les larmes aux yeux, je prends un mouchoir et me mouche.

— Je n'arrive pas à comprendre les hommes, dis-je d'une voix mal assurée. Ils ont tout et pour une partie de jambes en l'air ils sont capables de gâcher tout ce qui est beau dans leur vie. Mais pourquoi ? Pour le sexe ? Est-ce que c'est important au point de mentir à sa femme et à ses enfants et de les humilier comme ça ? En les laissant croire qu'ils n'ont plus aucune importance ?

Et s'il était arrivé la même chose à Leo ? Il pourrait peut-être l'ouvrir un peu et me rassurer au lieu de me laisser vider mon sac et déverser tout mon fiel comme ça...

— Tu en penses quoi, Leo ? dis-je en levant la tête vers lui.

— Rien.

Je repose la tête sur sa poitrine.

— Et, même quand ils ne vous trompent pas, ils trouvent le moyen de vous briser le cœur et de vous culpabiliser ensuite. Mais vous avez à peine le temps de vous interroger sur ce que vous avez raté qu'ils ont déjà rencontré la prochaine femme de leur vie et qu'ils vous laissent à un coin de rue, en train de vous demander comment vous avez fait pour ne vous rendre compte de rien.

Nous savons très bien tous les deux de qui je veux parler.

— Qu'est-ce qu'elle raconte, Loki ? demande Leo.

Mais son visage est plein de douceur. Il me prend la tête entre ses mains, pose un baiser sur mon front, puis sur ma joue.

— Tous les hommes ne sont pas des briseurs de cœur, murmure-t-il. Alors essuie-toi un peu pour que je puisse t'embrasser, maintenant.

Il a son sourire de toujours, mais je vois autre chose dans ses yeux bleus et clairs : de la tendresse, de la compassion.

De la tristesse.

A-t-il brisé le cœur de sa femme ? Il en a l'air parfaitement incapable. Il est si drôle et si gentil. Non, c'est son cœur à lui qui a été blessé.

Je m'essuie les yeux et me mouche. Ce n'est pas ce qu'il y a de plus sexy à regarder, mais il ne fait aucun commentaire. Je vois juste son sourire, ses yeux, ses cheveux magnifiques.

Je suis à peu près sûre d'être amoureuse de Leo Killian.

Je lui demande :

— Alors, c'est aujourd'hui notre première nuit ?

— Oui.

Et il se met à m'embrasser, longtemps. Il prend mon visage dans ses mains, passe ses doigts dans mes cheveux et m'embrasse, m'embrasse, jusqu'à ce que le désir me fasse battre le cœur à tout rompre. Mon corps tout entier est tendu et collé au sien, totalement submergé par ce désir doux et chaud. Il m'emmène alors dans sa chambre, et notre nuit tient toutes ses promesses.

Vraiment toutes.

Rachel

Je ne sais pas si je dois croire Adam sur le moment où leur liaison a pris fin. J'ai presque l'impression que ça n'a pas d'importance, parce que je suis tellement fatiguée. Fatiguée de moi-même, de lui, fatiguée de ne pas savoir, d'être triste, d'être paniquée. Je n'ai qu'une envie : regarder *Game of Thrones* et me dire que j'aime vraiment bien Tyrion.

Mais je veux bien croire ce qu'il m'a dit dans la rue, qu'il veut que je revienne. Un week-end sans moi ni les filles, voilà exactement ce qu'il lui fallait : un aperçu de la vie qu'il aurait avec une famille défaite, des journées entières sans voir Charlotte, Grace et Rose.

Sans me voir, moi.

La maison n'est pas vraiment en désordre lorsque nous rentrons après la débâcle chez Jenny, mais les signes de mon absence sont visibles partout en bas : le lave-vaisselle qui n'est pas vidé, la pile de courrier dans la cuisine, le linge à plier dans le panier. Je vois bien qu'il a passé le week-end ici, et pas avec elle. Il y a une assiette sur la table basse, un seul verre avec un fond de vin, autant de preuves qu'il avait peur de passer le week-end avec elle, cette garce briseuse de ménages.

Une impression de soulagement m'envahit.

Nous montons les filles et les recouchons. En les embrassant chacune son tour, Adam leur chuchote qu'il les aime.

Et il les aime vraiment. Je le sais.

Ensuite, nous nous regardons, sans trop savoir quoi faire.

— Viens, il faut qu'on parle, me dit-il en cherchant ma main.

Nous nous asseyons dans le salon et il me sert un verre de vin. Nos épaules se touchent.

— Quelle scène chez Jenny ! murmuré-je, ne sachant pas très bien quoi dire d'autre.

— Oui, étonnant, répond-il sèchement.

J'en mourrai si cette histoire s'ébruite : Jenny Tate, Adam et Rachel Carver en train de se battre dans la rue, jusqu'à ce que la police intervienne. Ces derniers temps, je n'ai pas cessé d'être reconnaissante envers ma sœur pour mille raisons, mais pas ce soir. Elle est toujours tellement sûre d'elle, toujours à prendre les choses en main. (Ça me va bien pour le moment d'oublier que c'est moi qui suis allée la chercher.) Mais, honnêtement, si les filles s'étaient réveillées et avaient vu par la fenêtre leur tante en train de se battre avec leur père !

Je déteste cette façon qu'elle a de me traiter comme si j'étais débile légère. Et maman pareil.

Ma colère envers Jenny masque un peu les autres sentiments, plus compliqués, que j'éprouve.

— Comment s'est passé ton week-end ? me demande Adam.

Curieusement, je m'en souviens à peine. C'était comme un rêve il y a longtemps. La suite, la vue, le shopping... Gus.

Si, lui, je m'en souviens.

— C'était bien. J'ai dévalisé Soho, j'ai vu Robert De Niro et j'ai dormi dans une suite extravagante.

— Tu le mérites, ma chérie. Tu mérites ce qu'il y a de mieux.

Soit. Cela étant, j'imagine mal Gus dire une chose aussi banale.

— Adam, il faut que tu rompes avec Emmanuelle.

Son nom m'écorche la bouche.

— Si j'ai le moindre soupçon que tu es encore avec elle, alors ce sera fini pour de bon entre nous. C'était ta dernière chance.

— C'est fini, Rach. Je te le jure. Je le jure sur la tête de nos...

Il allait dire « filles », mais je le coupe avant.

— Non, ne jure pas sur les filles.

— D'accord, mais c'est vraiment fini. Tu es tout pour moi, Rachel. J'ai compris la leçon.

Pourquoi avais-tu besoin d'une leçon, Adam ? Comment n'as-tu pas appris ces choses-là tout seul ?

— Je ne veux plus que tu travailles avec elle. Je ne le supporterai pas. Trouve un autre boulot.

Je suis exigeante, n'est-ce pas ? Cette nouvelle Rachel n'a pas que des défauts, il faut croire.

— C'est d'accord, ma chérie. Tu as raison. Je vais en parler à Jared dès demain.

— Parfait. Allons nous coucher. Je suis morte.

Nous ne faisons pas l'amour, mais lorsque nous nous réveillons son bras est sur moi, et je ne sais pas si cela me fait plaisir ou non.

Il nous reste une dernière séance avec la conseillère conjugale. Maman garde les filles (elle pense que nous sortons dîner). Donna est occupée, et je n'ai pas demandé à Jenny comme d'habitude parce que je suis toujours furieuse contre elle. Je reconnais que c'est injuste mais il faut bien que je passe ma colère sur quelqu'un, et elle peut encaisser. De nous deux, c'est elle la plus solide. Elle me traite toujours comme si j'étais trop fragile pour la vraie vie.

Là encore, je suis injuste.

Adam raconte à Laney sa confrontation avec Jenny, comme s'il était dans un bar avec des copains. Elle doit être bien entraînée à rester impassible car son visage ne manifeste rien.

— Qu'avez-vous pensé de tout ça, Rachel ?

— J'étais très en colère, dis-je calmement. Je déteste étaler mes problèmes conjugaux sur la voie publique.

— En l'occurrence, c'est plutôt Adam qui les étalait.

— J'étais désespéré, proteste Adam. J'avais l'impression que si elle restait une heure de plus chez sa sœur notre mariage serait fichu.

— Pourquoi cela ?

— A cause de Jenny. Elle ne m'a jamais aimé.

Je le regarde avec stupéfaction.

— C'est faux.

— Eh bien, je pense qu'elle était un peu jalouse de nous deux. Elle est très protectrice envers Rachel, non pas que tu en aies besoin, ma puce, alors quand elle m'a vu arriver elle s'est sentie dépossédée.

— Pourquoi donc ?

— Parce que Rachel m'aime plus qu'elle, se contente-t-il de répondre.

Je ne réagis pas.

— Je suis certaine que Jenny vous en veut énormément de cette liaison, dit Laney.

Je décide d'intervenir, car je n'ai pas envie qu'on s'attarde sur ma sœur.

— Ecoutez, Adam et moi restons ensemble, voilà où nous en sommes. Et je suis fatiguée de parler de tout ça.

— Moi aussi ! s'écrie Adam avec un rire de soulagement.

— Très bien, répond-elle d'une voix calme et mesurée. De nombreux couples réagissent comme vous, en mettant les événements derrière eux. Ce qui peut se passer, c'est que vous croyiez le problème résolu et puis qu'il resurgisse un jour.

Je n'en peux plus de ces choses qui resurgissent. Autrefois, cela n'existait pas.

Elle nous fait le coup du long silence, attendant que l'un de nous deux prenne la parole.

Or nous nous taisons.

Elle doit lire quelque chose sur mon visage, car elle finit par dire :

— Si vous en ressentez le besoin, n'hésitez pas à me rappeler.

— Merci, vous nous avez bien aidés.

Je ne reconnais pas cette voix distante, celle de la nouvelle Rachel, celle qui porte des talons hauts qu'elle a achetés à Soho.

Des talons comme Emmanuelle pourrait en porter.

Plus tard dans la semaine, pendant que les filles sont à l'école et Adam au bureau, je passe à Bliss. Comme à chaque fois, je suis frappée par la beauté sensuelle des créations de ma sœur : le chatoiement des tissus, la pureté d'un décolleté, le scintillement d'un corsage brodé de perles. Jenny a un talent stupéfiant, et sa boutique est... chaleureuse, accueillante et époustouflante à la fois.

A son image.

Je lui dois des excuses.

— Salut, Doris Day, me dit Andreas.

— Salut, Rock Hudson. Ma sœur est là ?

— Elle a un essayage dans un quart d'heure, avec Kimber. Mais là elle est toute seule.

Jenny apparaît au même instant.

— Tiens ! s'exclame-t-elle en rougissant. Viens, on va derrière.

Je la suis jusqu'au salon d'essayage où une énorme robe de mousseline est suspendue contre le mur. Je m'assieds sur le canapé de satin abricot que je l'ai aidée à choisir, il y a des lustres, j'ai l'impression.

— Jenny, je suis désolée.

— Moi aussi, mais je ne l'ai pas poussé, je l'ai à peine touché et il a trébuché.

Je hoche la tête.

— Alors, vous vous êtes remis ensemble ? me demande-t-elle en évitant mes yeux.

— Oui, on essaye. Et ça a l'air de marcher.

Elle parvient à peine à me regarder, et la Rachel d'avant resurgit alors, cette idiote sentimentale, et la supplie en silence de la prendre dans ses bras.

— Jenny, il faut que tu me soutiennes. Je ne supporterais pas que tu détestes mon mari et le père de mes enfants.

— Je comprends. Mais ne me reproche pas de savoir ce que je sais, ce que *tu* m'as dit. Je ne peux pas m'empêcher de le détester, c'est mon rôle.

— Précisément !

— Eh bien, il se trouve que oui, je le déteste ! Il t'a blessée. Il t'a fait souffrir !

— Alors que vas-tu faire ? rétorqué-je. Faire de ma vie un enfer parce que les deux personnes que j'aime le plus ne peuvent pas se supporter ?

— Non, non.

Elle prend une grande inspiration en pinçant les lèvres.

— Je lui pardonnerai, mais pas pour lui. Je le ferai pour toi. Ça va juste prendre un peu de temps. Je ne peux pas pardonner et oublier d'un coup comme ça. Je veux dire, toi, tu as pardonné à Owen ?

J'ai un mouvement de recul.

— Owen a épousé quelqu'un d'autre et il a eu un bébé dans la foulée, alors non, je ne lui ai pas pardonné, parce qu'il n'a pas reconnu ses torts.

Ce que je peux être sentencieuse !

— Et Adam, il lui a pardonné ?

— Oui ! Tu as du mal à le croire, hein ? Je regrette de t'avoir dit tout ça. Si je ne t'avais pas mêlée à cette histoire, tu ne serais pas en train de nous juger. Mais, bon sang, tu sais très bien que tu aurais repris Owen tout de suite, et que tu le reprendrais même aujourd'hui !

Elle penche la tête et réfléchit avant de me répondre :

— Ça a été longtemps vrai, mais ce n'est plus le cas.

— Pourquoi ? Parce que tu as le béguin pour Leo ? Fais attention, Jenny, il pourrait bien être le prochain à te briser le cœur. Tu ne vois que ce que tu as envie de voir, mais ne sois pas naïve.

— Venant de toi, c'est le comble ! Qui est-ce qui n'a pas été fichue de faire la différence entre un sexe et un arbre ?

C'est la première fois que nous nous disputons. On s'est déjà chipotées, oui, mais quand on était adolescentes, parce que l'une prenait toute l'eau chaude ou empruntait des vêtements à l'autre sans lui demander. Mais pas comme maintenant. C'est affreux. J'en ai le cœur tout chaviré mais je ne sais pas quoi dire d'autre.

Dieu merci, Andreas frappe à la porte.

— La future Mme Brewster est là, nous annonce-t-il d'une voix chantante avant de faire entrer Kimber, la mère de Jared et une femme que je ne connais pas.

— Tiens ! s'exclame joyeusement Kimber. Coucou, Rachel ! Bonjour, Jenny ! Maman, je te présente Rachel Carver, une de mes demoiselles d'honneur, et voici l'incroyable Jenny !

Je me lève pour embrasser Kimber, tends la joue à Mme Brewster puis serre la main de la mère de Kimber.

— Rachel. Enchantée, madame Allegretti.

— Oh ! je ne m'appelle plus Allegretti. Le père de Kimber est mort quand elle était petite et je me suis remariée quelque temps après, mais ça n'a pas marché, alors... Enfin, bref, pas très intéressant, tout ça ! En tout cas, je suis ravie de faire votre connaissance. Appelez-moi Dorothy.

Comme d'habitude, Mme Brewster nous fixe comme si nous étions une bande de crapauds.

Dorothy m'inspire immédiatement de la sympathie.

— Kimber m'a beaucoup parlé de vous.

— Ah, c'est ma petite chérie. Ma meilleure amie, n'est-ce pas, ma puce ?

— C'est vrai. Bon ! Alors, Jenny, on y va ?

Mais elle voit la robe contre le mur, et son sourire se fige.

Je regarde ma sœur, qui ne dit rien et a l'air... bizarre.

— J'adore tes cheveux, Kimber ! Tu les as teints, dis-je pour meubler.

— Oui, c'est plus convenable, il me semble, tu vois. Marron au lieu de rose.

— Moi, j'adorais le rose, dit sa mère tandis que Mme Brewster la fusille du regard.

Dorothy fait mine de ne pas comprendre. Bien fait pour l'autre. Il était temps qu'on arrête de lui lécher les bottes.

— Quelqu'un veut un café ? demande Andreas.

— Non, merci, répond Mme Brewster. Finissons-en avec tout ça.

Ma sœur réagit enfin.

— Je suis Jenny, Jenny Tate, dit-elle en tendant la main à Dorothy.

Dorothy prend un instant l'air étonné puis sourit.

— Bonjour. Dorothy.

— Nous nous sommes vues l'autre jour chez le vétérinaire. Comment va votre oiseau ?

— Bien, bien ! Merci. Et le chien de votre ami ?

— Bien aussi.

Jenny se tourne vers la mariée.

— Venez dans le salon d'essayage, Kimber, me dire ce que vous en pensez.

Elle la prend par le bras et la conduit vers le fond.

— Comment allez-vous, Eleanor ?

Je l'appelle par son prénom exprès parce que je sais que ça l'énerve. La nouvelle Rachel s'en fiche. Je connais cette femme depuis que j'ai cinq ans, tout de même !

— Je vais bien, me répond-elle sans prendre de mes nouvelles à son tour.

Nous attendons sans rien dire ou presque. Dorothy, qui était chaleureuse tout à l'heure, a maintenant l'air tendue. Enfin, bon, en présence de Mme Brewster, même un bébé panda aurait l'air tendu. Dorothy fait craquer ses doigts, ce qui fait sursauter l'autre pimbêche.

Kimber arrive enfin, et le premier mot qui me vient en la voyant est : puritaine.

Elle a un sourire inquiet.

— Oh, ma chérie, tu es... ravissante, lui dit sa mère, dont les yeux se remplissent de larmes.

— Ça va ? demande Kimber en regardant tour à tour sa mère et sa belle-mère.

— C'est bien. Au moins, on ne voit plus ces tatouages hideux, répond Mme Brewtser.

— Comment osez-vous ? rétorque Dorothy.

— Mais c'est pourtant vrai, dit l'autre d'une voix glaciale.

Le fait est qu'on ne voit pas de peau du tout. La robe n'est pas vilaine en soi, mais disons que ce n'est pas ce que ma sœur a fait de mieux.

Jenny ne s'intéresse qu'à Dorothy, bizarrement.

— Jenny, est-ce que tu vas rajouter quelques détails à la robe ? lui demandé-je.

— Je crois qu'il faudrait, oui, répond-elle en sortant de sa torpeur. Le satin est magnifique mais un peu trop simple, alors j'ai pensé à des incrustations de cristal.

— Pas question. Elle se marie dans l'église de mon mari, pas à Las Vegas, déclare Mme Brewster. Il faut qu'elle soit aussi convenable que possible.

— Que voulez-vous dire par là ? demande Dorothy.

Elle a vraiment le mérite de ne pas se dégonfler devant le vieux dragon. On ne peut pas déterminer de qui Jared tient sa gentillesse, en tout cas.

— Ma fille *est* convenable. Elle aurait l'air convenable même vêtue d'un sac.

— Si vous le dites. Mais elle va épouser le fils d'un pasteur.

— « Le seul homme qui ait jamais réussi à m'atteindre était le fils d'un prédicateur », me mets-je à chantonner.

Et le visage de Kimber s'éclaire.

— C'est notre chanson préférée ! C'est comme ça qu'on s'est rencontrés. Je la chantais dans un bar, et...

— Comme je le disais avant d'être interrompue par Rachel, il faut qu'elle se montre respectueuse envers l'Eglise et la famille dans laquelle elle entre.

— Et peut-être pourriez-vous vous-même témoigner du respect à ma fille, Eleanor.

Kimber tripote nerveusement ses nombreuses bagues en argent au milieu desquelles dépasse un diamant tape-à-l'œil.

— Maman, maman, tout va bien. J'aime beaucoup cette robe. Elle est bien. Elle est belle.

Et se tournant vers Jenny, elle ajoute :

— Ce sera super, n'est-ce pas ?

Le visage de Jenny se radoucit.

— Oui, vous allez être épatante, Kimber. Je vous parie dix dollars que Jared va pleurer en vous voyant. J'ai assisté à de nombreux mariages et je sais d'avance quels mariés vont pleurer.

Elle lui sourit, et je me rends compte à quel point j'aime ma sœur.

Mon Dieu, comme je déteste les conflits !

J'ai l'impression qu'elle lit dans mes pensées parce qu'elle me sourit à moi aussi.

Ça va aller.

Et même si je ne veux pas l'avouer, ni à Adam (parce qu'on essaie de recoller les morceaux) ni à Jenny (parce que ça ne l'aiderait pas à lui pardonner), j'aurais aimé être celle, l'autre soir, qui tenait tête à Adam et le traitait de tous les noms, se dressait là, comme une lionne qui défend son petit, tellement en colère que même la police l'a crue dangereuse.

Ma sœur est une battante.

Et je voudrais que mes filles réagissent comme elle si leur mari les trompait. Je voudrais qu'elles en viennent aux mains, qu'elles montent sur leurs grands chevaux et qu'elles soient intraitables.

Pas comme leur mère ces derniers jours.

Jenny

En rentrant chez moi après le dernier essayage de Kimber, j'ai besoin d'un verre de vin et de Leo. J'aurais bien besoin de Leo.

Or il est occupé avec Evander, qui joue un morceau mélodieux, fluide et aussi un brin triste. J'entre sans frapper (Leo m'ayant dit que ça valait mieux que d'espionner derrière la porte, et puis je crois qu'il voulait me donner sa clé, en toute amitié). Il m'aperçoit, me fait un clin d'œil et retourne vers son élève prodige. Evander ne s'interrompt pas, je doute qu'il se soit aperçu de ma présence. La musique prend de l'ampleur et devient plus puissante et impétueuse, avant de se radoucir de nouveau au point qu'on la sent plus qu'on ne l'entend. Les bras du jeune garçon ont l'air d'être en caoutchouc tant ils sont gracieux, et son visage, même de profil, est plein d'intensité, entièrement absorbé par la musique.

J'attends la fin du morceau. Evander sursaute en m'apercevant.

— Salut, mon grand, lui dis-je.

— Bonjour, miss Jenny, répond-il tout bas.

— C'était magnifique. J'en ai le cœur qui bat !

Son visage s'épanouit en un large sourire. La semaine dernière, il a perdu une incisive, ce qui le rend encore plus mignon.

— Merci, miss Jenny, je suis content que ça vous ait plu.

— Dis donc, tu serais pas en train de draguer ma copine ? demande Leo. Parce que je n'ai plus aucune chance, moi, si c'est ça.

Le sourire d'Evander s'élargit encore.

— Bien, poursuit Leo, deuxième morceau : *Invention à deux*

voix n° 5, en mi bémol majeur de Bach, ta préférée. Tu feras les yeux doux à miss Jenny tout à l'heure. Miss Jenny, vous ai-je dit qu'Evander passait une audition à la Juilliard pour intégrer le programme pré-universitaire ?

— Sans blague ! Waouh ! Evander, c'est super !

Je n'ai pas la moindre idée de ce que c'est, mais ça a l'air génial.

— Oui, miss Jenny, répond-il en me jetant un coup d'œil timide.

— C'est réservé aux enfants les plus doués, dit Leo, et qui s'entraînent beaucoup, n'est-ce pas, Evander ?

Puis, s'adressant à moi :

— Evander reste dîner. Miss Jenny, voulez-vous vous joindre à nous ?

Je suis au comble de la joie parce que je ne demande pas autre chose : une relation simple et facile, pas cette angoisse permanente de me demander s'il va me rappeler ou pas.

— Miss Jenny serait ravie, mais laissez-la monter se changer d'abord.

Je caresse Loki en passant, et il remue son petit bout de queue (on progresse) en me laissant lui grattouiller les oreilles. Il ne peut pas s'empêcher de grogner quand même, histoire de dire que ça suffit, mais bon, comme vieux chien puant, il y a pire.

En partant, j'entends Evander démarrer un morceau joyeux et archicompliqué.

Le fait d'être désormais attendue par quelqu'un le soir me console un peu d'avoir revu aujourd'hui la maîtresse de mon père, et qu'elle sache désormais qui je suis. Mais, quand j'y pense, j'en suis malade.

La mère de Kimber a été la maîtresse de mon père ! Ça alors !

J'enfile un jean et un pull en cashmere gris tout doux, lâche mes cheveux, change de boucles d'oreilles, et me sers un verre de vin.

Mon téléphone sonne et je regarde avant de répondre : c'est Owen.

— Salut ! On ne se connaît plus ! s'exclame-t-il. Ça fait bien une semaine qu'on ne s'est pas parlé !

En fait, oui, depuis le dîner de l'autre soir.

— Ça va, Owen ?

— Pas mal, oui. Je voulais juste entendre ta voix.

Je le connais depuis assez longtemps pour comprendre à l'intonation que ce « pas mal » veut plutôt dire « ça ne va pas du tout, non ».

Et sa dernière phrase est bien sentimentale, ou je me trompe ? Le timbre doux et profond de sa voix me fait toujours de l'effet. Je ne me souviens plus bien de la voix de mon père, mais elle ressemblait à ça.

— Quoi de neuf ?

— Oh ! rien. Tu es libre à dîner un de ces soirs ?

Je réfléchis. Après tout, le fait que je sois avec Leo ne m'empêche pas de voir Owen et Ana-Sofia.

— Bien sûr. Disons jeudi ?

— Je ne peux pas jeudi. Je donne une conférence à Columbia. Pourquoi pas vendredi ?

Le vendredi est réservé aux tête-à-tête romantiques, tout le monde sait ça.

— Eh bien... je vais voir. Je peux te rappeler ?

— Bien sûr.

Il hésite et ajoute :

— Tu me manques.

— Vous aussi, vous me manquez.

Je me rends compte qu'en fait non. Avant, je comptais les jours avant de m'autoriser à les appeler, pour ne pas avoir l'air trop en demande ni trop seule, mais juste comme une amie très proche.

— Je voudrais qu'on se voie juste tous les deux, sans Ana-Sofia, si ça te va, me dit-il. Elle a quelque chose ce soir-là.

— Ah, d'accord. Je verrai Natalia, au moins ?

— Eh bien, je pensais t'emmener au restaurant. On a trouvé une super nounou.

Euh... oui, c'est vrai que me retrouver avec mon ex à jouer au papa et à la maman ne serait pas très sain.

— Parfait.

Il ne répond rien.

— Tu es sûr que ça va, Owen ?

— Oui, oui, bien sûr. Je suis encore à l'hôpital. C'est juste que... je ne sais pas, tu me manques vraiment. Je n'ai pas le souvenir d'être déjà resté si longtemps sans te voir.

— Sauf quand tu partais avec Médecins sans frontières, je te rappelle.

— C'est vrai. Tu te souviens de cette fois où je t'ai appelée et que tu étais à un mariage ? Je m'étais complètement gouré dans le calcul du décalage horaire.

— Oui, je m'en souviens.

C'était au temps des débuts de notre amour. Il m'avait appelée de quelque part en Indonésie, et j'étais sortie précipitamment de la magnifique église bleu et ivoire de Saint-Thomas en étouffant la sonnerie de mon téléphone, pour pouvoir lui répondre sur le trottoir de la Cinquième Avenue, entendre sa voix, lui dire que je l'aimais et qu'il me manquait. Et lui me disait la même chose.

Eh oui !

C'était il y a longtemps. Cinq ans, peut-être ? Nous étions tout jeunes mariés.

— Il faut que j'y aille. On m'attend, lui dis-je.

— Ah ! OK, désolé, Jenny. Passe une bonne soirée et dis-moi pour vendredi. A bientôt, ma jolie !

« Ma jolie. » La force de l'habitude, probablement, ou juste une marque d'affection. J'appelle toutes mes mariées « ma jolie ».

Je raccroche, songeuse. Même si je n'ai pas la moindre dent contre lui, je trouve super que mon ex me dise que je lui manque et de ne pas être dispo pour lui parler.

En parlant de ça, je suis justement attendue par deux gentlemen en bas, alors allons-y.

Après le dîner, la mère d'Evander appelle. Leo lui parle à voix basse quelques minutes, puis me regarde.

— Tu crois que tu pourrais reconduire Evander chez lui ?

— Mais oui.

Je n'ai presque pas bu.

— Ta voiture est en réparation, Leo ?

— Non. On y va, maestro ?

Loki vient avec nous, c'est un fait acquis puisque Leo ne va nulle part sans lui. Nous traversons Cambry jusqu'à un quartier plus populaire, proche des carrières. C'est Evander qui m'indique le chemin. Ça m'étonne, car je croyais que Leo le raccompagnait de temps en temps.

La maison des James est divisée en deux appartements. Sur le trottoir, des jeunes sont rassemblés et chahutent bruyamment, jurent et se bousculent comme font les adolescents. Ils se taisent en voyant Leo descendre de voiture et accompagner Evander jusqu'à sa porte.

Après qu'il est entré chez lui, les jeunes se tournent vers moi et recommencent leur chahut. Le message est clair : « On vous fait peur, hein ? C'est chez nous, ici, OK ? » Je leur souris, mais en vain.

Leo revient tout de suite.

— Tu penses que c'est comment, pour Evander, d'être un musicien prodige et d'habiter ici ? lui demandé-je lorsqu'il remonte dans la voiture.

— Pas facile. Ses parents se demandent s'il faut qu'il continue la musique.

— Tu plaisantes !

— Malheureusement, non. J'essaie de faciliter les choses en ne leur faisant payer ni les leçons ni les taxis et en le gardant à dîner, mais un jour ou l'autre j'ai peur que...

— Et alors quoi ? Il se mettra à dealer comme tous ceux-là ?

Je désigne les gamins sur le trottoir, qui baignent dans une épaisse odeur de joint.

— On est en plein amalgame raciste, là, non, Jenny ?

— Non, la moitié de ces gamins sont blancs, mais tu sens cette odeur ? C'est de la marijuana, mon cher.

Il passe une main dans ses cheveux superbes et soupire. Je poursuis :

— Je pensais que c'était toi qui le raccompagnais chaque semaine.

— Non, je ne monte pas seul en voiture avec mes élèves. Trop de responsabilité.

Ça se comprend. Mais il a l'air tendu, ses doigts pianotent sur ses genoux.

— Alors, c'est quoi, ce programme pré-universitaire ?

— C'est un programme sur un week-end pour les jeunes prodiges. C'est très intense, mais s'il le suit il a quasiment la garantie d'être admis à la Juilliard ensuite.

— Il est si bon que ça ?

— Oui, et même plus encore.

J'imagine ce que ça serait d'aller un jour écouter Evander au Carnegie Hall, de pouvoir dire : « Je l'ai connu tout petit. Mon mari était son professeur. » Incroyable !

Je m'emballe un peu, là.

— Pourquoi est-ce que je ne t'entends jamais jouer ?

Il cesse de remuer les doigts et hausse les épaules.

— Je joue de temps en temps. C'est peut-être que tu es à la boutique.

Il ment, j'en suis sûre.

— Alors tu ne voudrais pas me jouer quelque chose quand on sera à la maison ? J'aimerais vraiment.

Il me lance un regard noir.

Je ne suis pas idiote. Je sens bien que j'ai dépassé la ligne jaune. D'abord, j'ai prononcé les mots que les hommes détestent : « quand on sera à la maison ». Techniquement, nous n'habitons pas ensemble, même si nous sommes dans le même bâtiment et dormons dans le même lit depuis deux semaines. Et ensuite je lui ai demandé de me jouer quelque chose. Ce n'est pas la première fois et il a toujours refusé. Pourtant, on attend d'un pianiste qu'il joue du piano, non ? En particulier, mesdames et messieurs les jurés, pour sa copine, et il m'a appelée comme ça tout à l'heure. Evander était témoin.

Le silence s'alourdit.

— Jenny, finit-il par me demander, tu te souviens quand je t'ai dit que je ne voulais rien de sérieux ?

— Oui. Je me souviens aussi que tu m'as dit que je devais te considérer comme homo et je ne crois pas avoir été d'accord.

— Je pense vraiment ce que j'ai dit. Nous sommes amis, des amis qui s'amusent ensemble, OK ? me dit-il d'une voix douce.

Et merde. Ma gorge se serre aussitôt.

— Et donc ça exclut le concert privé, c'est ça ?

— Entre autres choses, oui.

— Comme la pièce fermée à clé au grenier ? Ecoute, j'ai lu *Jane Eyre*, et je préférerais que ce soit la chambre rouge[1] plutôt que ton ex-femme, là-haut.

— Quelle chambre rouge ?

— Laisse tomber.

Même si je connais déjà sa réponse, je ne peux pas m'empêcher de lui poser la question suivante :

— Que dirais-tu de m'accompagner au mariage de Kimber et Jared dans quelques semaines ?

— Je ne vais jamais dans les mariages. On connaît les femmes : superstitieuses comme elles sont, elles se marcheraient dessus pour attraper le bouquet de la mariée.

Je hoche la tête, comme si ce n'était pas un problème : *Non, vraiment pas grave ! Après tout, nous, les filles, on aime bien y aller toutes seules.*

La plupart des hommes n'adorent pas les mariages. C'est normal, et puis nous sommes ensemble depuis très peu de temps. Il finira par s'y faire.

— Devine quoi : aujourd'hui, j'ai rencontré la maîtresse de mon père. Le monde est vraiment tout petit, parce que figure-toi que c'est la mère d'une de mes mariées. A l'époque,

1. Allusion à la chambre rouge de Christian Grey dans *Cinquante nuances de Grey*.

on avait même donné à sa fille des vêtements trop petits pour nous, Rachel et moi !

Leo, qui s'intéresse toujours beaucoup à mes histoires de famille (même si moi je ne sais rien des siennes), me regarde étonné.

— En effet !

Nous arrivons à la maison, Loki se redresse et me lâche un rot dans l'oreille. J'éteins le moteur et je reste là, les mains sur le volant.

— Elle a reconnu mon nom, et maintenant elle sait que je sais qu'elle sait. Tu comprends ?

— Euh, oui, je crois..., dit-il en souriant. Et toi, ça t'a fait quoi, de la voir ?

— Un choc. J'ai un peu flippé, dis-je en avalant ma salive. Ça m'a fait penser à mon père.

Leo replace une mèche de mes cheveux derrière mon oreille, l'air concentré.

— Tu veux que je vienne chez toi pour que tu puisses me raconter tout ça et pleurer sur mon épaule ? Et ensuite on se fera des câlins.

— Ça devient une habitude, non ?

Il sourit de nouveau, de son sourire ravageur, divin, le plus beau sourire que j'aie jamais vu, tellement vrai et imprévisible que son visage entier en est transformé, et que mon petit chagrin passager s'envole aussitôt.

Aucun doute, je suis amoureuse.

Rachel a peut-être raison. Un désastre se profile à l'horizon.

Rachel

Quelques semaines après mon week-end à New York, je reçois un paquet par la poste. C'est un livre emballé dans du papier cadeau venant de la petite librairie de la ville d'à côté : *Le Cauchemar de Dexter*, de Jeff Lindsay. A l'intérieur, je trouve une petite carte écrite à la main, comme on n'en voit plus jamais : « J'ai pensé que tu aimerais, Gus. »

Je connais l'histoire : c'est un serial killer qui ne s'en prend qu'à des méchants, mais je n'ai jamais eu le courage de regarder la série, et Adam, qui n'est pas fan de gore, non plus.

Gus se trompe, je ne lis jamais ce genre de livre, mais savoir qu'il a pensé à moi, qu'il pense à moi, me fait un bien fou. Et aujourd'hui j'en ai bien besoin parce que les filles ont un rhume des foins depuis six jours. A chaque fois qu'elles se mouchent, elles hurlent comme si on les brûlait vives. Je leur ai passé de la pommade Vicks sur la poitrine et sur la plante des pieds (si, si, ça marche), j'ai branché l'humidificateur, je les ai chouchoutées, leur ai fait du bon bouillon de poulet, me suis levée la nuit à chaque fois que Charlotte m'appelait parce qu'elle avait « la langue en carton », leur ai donné de longs bains et ai laissé couler la douche pour que la vapeur d'eau emplisse leur chambre. J'ai même dormi avec Grace dans la chambre d'amis l'autre nuit parce qu'elle avait une mauvaise toux, et l'ai emmenée chez le pédiatre le lendemain avec les deux autres pour m'assurer que ce n'était pas une pneumonie. Allez savoir pourquoi, depuis qu'elle est malade, Charlotte fait de nouveau pipi dans sa culotte, et il faut la changer quatre fois par jour. En plus, elle insiste pour mettre son col roulé rouge, qui est très difficile à enfiler avec sa tête toute ronde, et elle crie quand ça coince.

Et j'ai quand même réussi à faire régner la bonne humeur à la maison.

Alors maintenant qu'elles ont enfin à peu près récupéré leur forme et leur emploi du temps habituel, je me sers un verre de vin et m'installe au soleil sous le porche. On est début juin, à cette époque de l'année où le crépuscule répand sur l'Hudson une douce lumière rose et dorée et où les oiseaux se jouent sans fin des sérénades mélodieuses.

Je prends le livre avec moi et je commence à lire.

J'avais tort, et Gus avait raison : j'adore.

Je ne rentre que lorsqu'il se met à faire trop sombre pour lire et continue ma lecture, recroquevillée dans mon fauteuil. Adam est sur son ordinateur, entouré de dossiers et de papiers. Il est d'une humeur de dogue, mais je lui pardonne parce qu'il rentre beaucoup plus tôt le soir, dès six heures, et qu'on peut faire des choses ensemble, comme dîner avec Jared et Kimber, la semaine dernière, par exemple. Il s'est montré affectueux et attentionné, le mari parfait, mais je me suis surprise à regarder Jared en me demandant si je ne ferais pas mieux de le prévenir. De lui dire de ne jamais tromper Kimber, de prendre soin d'elle, parce qu'il est clair qu'elle l'aime profondément.

Evidemment, je n'ai rien dit. Je ne pense pas que Jared soit le genre infidèle. J'en mettrais même ma main à couper.

Très opportunément, Emmanuelle a quitté Triple B. Adam me l'a annoncé la semaine dernière. Il lui a dit qu'il ne pouvait plus travailler avec elle et, si surprenant que ça puisse paraître, elle a quitté le navire tout de suite et trouvé un autre boulot à New York avant qu'il ait eu besoin de le faire. Je suis super soulagée de ne plus risquer de tomber sur elle à la boulangerie ni à la poste. Et Adam était très content aussi parce qu'il apprécie beaucoup de travailler si près de la maison. (Traduction : je donne la priorité à ma famille, tu vois.)

Comme je ne lui faisais pas confiance, je suis allée à la ville voisine téléphoner à son bureau d'une cabine, et en prenant l'accent anglais j'ai demandé à parler à Emmanuelle.

— Mlle St Pierre ne travaille plus chez nous, m'a dit Lydia. Puis-je vous passer...

J'ai raccroché, à la fois soulagée et dégoûtée de ce que je venais de faire.

Mais elle est bien partie.

J'ai gagné.

Adam lève le nez de ses papiers. Je sens son regard sur moi mais je continue à lire. Ce livre est comme un rempart, un cadeau d'un ami, et comme je n'ai jamais parlé de Gus à Adam, je savoure mon petit secret.

Adam et moi dormons de nouveau ensemble et nous faisons l'amour. Enfin, c'est arrivé deux fois. Je ne peux pas dire que j'en ai très envie mais il le faut bien. C'est ce que font les couples mariés. Même si, chez nous, c'est avec des préservatifs.

— Pourquoi lis-tu ce livre ? me demande-t-il en examinant la couverture.

— Pour me donner des idées le jour où je voudrai me débarrasser de ton cadavre, fais-je sans lever la tête.

— C'est pas drôle. Non, mais dis-moi, chérie.

Si, c'est drôle, justement. Je le gratifie d'un petit sourire et reprends ma lecture.

Quelques jours plus tard, je propose à Jared de déjeuner avec moi. L'école se termine la semaine prochaine alors j'ai envie de faire des choses avec des adultes tant que je dispose encore de quatre heures libres dans la journée. Donna est ravie d'aller chercher les filles.

Je suis tentée de m'arrêter à la boutique mais j'y renonce. Avec Jenny, les relations sont encore un peu tendues. Je sais qu'elle veut que je divorce. J'ai l'impression que les gens qui n'ont pas d'enfants voient la vie en noir et blanc, ou quasiment. De toute façon, la nouvelle Rachel n'a plus autant besoin de sa sœur, ou en tout cas plus de la même manière. Je ne sais pas si c'est bien ou mal, mais rien que d'y penser je me sens oppressée. C'est peut-être pour ça que je recherche la compagnie de Jared, pour me retrouver moi-même.

Jenny est venue à la maison le week-end dernier pour mon anniversaire, mes quarante ans, et m'a offert un magnifique collier et une carte qui disait : « Tu es la meilleure mère que je connaisse. » Traduction : (Je sais très bien que tu ne restes avec lui que pour tes enfants.)

Mais est-ce que c'est vrai ? Ou bien est-ce que je reste pour moi, pour ne pas admettre mon échec ? Emmanuelle est partie, là dessus j'ai gagné, j'imagine, mais j'ai quand même un sentiment d'échec.

— Rachel ! Comment vas-tu ? s'écrie Jared en m'embrassant.

Nous parlons de Kimber et des dommages collatéraux autour de son mariage : sa mère a déjà fait démissionner trois organisateurs d'événements, et Kimber fait tout son possible pour la contenter.

— Assure-toi que ta mère ne l'écrase pas complètement, dis-je à Jared.

— J'essaie, mais Kimber veut tellement se faire aimer d'elle.

— Cela n'arrivera jamais, ne puis-je m'empêcher d'affirmer.

La nouvelle Rachel est cash !

— Je suis désolée, ce que je veux dire, c'est qu'aucune femme ne sera jamais assez bien pour son petit chéri.

Il sourit.

— Je n'arrête pas de répéter à Kimber qu'il faut qu'elle s'affirme. Ce n'est un secret pour personne que ma mère veut tout contrôler. Tu imagines quand nous aurons des enfants ? Mais Kimmy dit qu'il faut laisser passer la cérémonie, que ce n'est pas le plus important pour elle.

— C'est vraiment un ange. D'ailleurs, sa mère aussi est très gentille, et il se pourrait bien qu'elle ne se laisse pas faire par la tienne.

— Oui, je sais ! s'exclame Jared. Enfin quelqu'un qui lui résiste ! Sinon, écoute, tu peux dire non si c'est compliqué, mais est-ce que tu penses que tes filles pourraient être dans le cortège ?

— Oh, mais oui ! Elles vont être folles de joie ! Bien sûr ! Merci !

— C'est l'idée de Kimber. Elle adore les enfants.

On nous apporte nos plats : une salade pour moi et un énorme steak pour lui. Je parle un peu des filles, parce que c'est l'un des rares hommes que je connaisse qui aime les histoires des enfants des autres.

C'est un vrai ami, depuis toujours.

— Jared, est-ce que tu connaissais bien Emmanuelle St Pierre ?

— Bien sûr, me répond-il, et je vois tout de suite qu'il n'est au courant de rien (on lit en Jared comme dans un livre ouvert).

— Alors qu'est-ce qui lui est arrivé ? J'ai appris qu'elle avait quitté le cabinet.

— Oh non, pas vraiment, dit-il en s'essuyant la bouche. Je suis surpris qu'Adam ne te l'ait pas dit puisque c'est lui qui l'a recommandée pour le poste. Elle est maintenant dans notre bureau de Manhattan. C'est la nouvelle directrice du contentieux.

Je reste de marbre. Puis, comme il faut bien réagir, je hoche la tête.

— Ah bon.

— Vous étiez amies ?

— Non, pas du tout.

— Eh bien, elle a un appartement d'enfer à Trump Place. Elle nous a tous invités à un cocktail la semaine dernière. Très sympa. Ça m'étonne qu'Adam ne t'en ait pas parlé. Il y était aussi.

Mon cœur s'arrête net.

— On y est allés ensemble. C'était cool. On a pris une bière avant de rentrer. C'était sympa. On n'a pas souvent l'occasion de discuter tous les deux, à vrai dire. Au bureau, j'entends.

Il s'arrête.

— Rach ? Tout va bien ?

— Oui, oui.

— Tu es sûre ?

— Euh... oui, mais je crois qu'il y avait quelque chose de bizarre dans ma salade.

Je lui souris et bois un peu d'eau.

Adam y est allé en voiture avec Jared, ils ont pris une bière et il est rentré à la maison. Donc il n'a pas passé la nuit chez sa pouffiasse.

Mais il ne m'a pas non plus dit qu'il l'avait recommandée pour cette promotion. Ni qu'il était allé à une fête chez elle.

J'attends que les filles soient couchées avant d'entamer la dispute avec Adam.

— Alors tu m'as encore menti, lui dis-je calmement. Emmanuelle a eu une promotion chez Triple B, et c'est même toi qui l'as encouragée.

Il me regarde avec un air innocent, ou faussement gêné, comme ce fameux soir où il s'était indigné que je le soupçonne d'avoir une liaison. Au moins, je sais quand il me ment, maintenant.

— Mais si, je te l'ai dit, me répond-il.

— Non, Adam, fais-je sans desserrer les dents. Tu ne me l'as pas dit.

— Je suis sûr que si.

— Non ! Tu m'as dit qu'elle avait pris un poste ailleurs !

— Eh bien, c'est ça, Rachel. Elle travaille à Manhattan. Je ne vois pas où est le problème. Tu ne voulais plus qu'on travaille ensemble, on ne travaille plus ensemble.

Il lève les sourcils comme s'il se disait : « Ah, l'hystérie féminine ! »

J'ai des envies de meurtre.

— Ce que tu m'as dit exactement, Adam, c'est qu'elle avait eu une proposition plus intéressante ailleurs.

Son visage se crispe.

— Ecoute, dit-il alors d'une voix dure, elle aurait pu faire tout un foin, rendre la chose publique, se plaindre aux associés. Au lieu de cela, on a passé un accord.

— Ravie de l'apprendre.

— Je lui ai dit que j'allais la recommander pour cette promotion à condition qu'elle se taise.

— Donc elle t'a fait du chantage, elle a obtenu sa promotion et elle vit maintenant dans un appartement de rêve à Manhattan où tu es allé la voir l'autre jour sans me le dire. Bien joué, Adam ! C'est ce que j'appelle tirer un trait.

— Une fois de plus, tu interprètes de travers. Tu voulais que je trouve une solution, c'est ce que j'ai fait. Je ne suis pas obligé de démissionner, on garde mon salaire, mon plan d'épargne retraite et mon assurance santé, et cette histoire ne s'ébruite pas. Tu imagines toutes les langues de vipère à ton club de lecture si elles apprenaient ? Elles te dévoreraient toute crue !

Il s'approche de moi et me prend les mains.

— Il me semble que tout le monde est gagnant dans l'histoire, me dit-il d'une voix plus douce. Chérie, elle est partie. Je ne la verrai sans doute plus jamais. Est-ce qu'on ne pourrait pas oublier tout ça ? S'il te plaît ?

— Je voudrais bien, Adam, mais j'ai l'impression qu'à chaque fois que je commence à y parvenir un nouveau mensonge surgit.

Je continue, de plus en plus vite :

— Je voudrais bien oublier mais c'est toi qui es responsable de tout ça au départ. C'est toi qui m'as forcée à changer contre mon gré et je déteste ce que je suis devenue.

En disant ces mots, je fonds en larmes. Je suis secouée de sanglots dont la violence me surprend et je cache mon visage dans mes mains, incapable de me maîtriser.

C'est la première fois que je pleure vraiment devant lui depuis que j'ai découvert l'horrible photo.

— Oh ! ma chérie, me dit-il en me prenant dans ses bras.

Je suis furieuse de m'y sentir si bien, de sentir à quel point nous sommes faits l'un pour l'autre, et j'aime tant qu'il me caresse le dos et les cheveux. Je l'aime et je le déteste. Et je suis épuisée de ne pas arriver à choisir entre les deux.

— Ma puce, je t'en prie, ne pleure pas, murmure-t-il. Partons quelque part tous les deux. Pour une seconde lune de miel. Je t'aime, Rachel. Je t'aime tellement.

Je hoche la tête, simplement parce que je n'en peux plus

d'être en colère. Je suis vidée. A part mes filles, il ne me reste plus rien.

— On va laisser les filles à ma mère ou bien à Jenny, poursuit-il. On pourrait aller à Paris, non ? Ou dans les Caraïbes ? Depuis le temps que tu as envie d'y aller.

Finalement, quand je m'arrête de pleurer, nous décidons que nous partirons la semaine suivant le mariage de Kimber et Jared. Adam va appeler l'agence de voyages. Je n'aurai rien à faire.

— Et au moins je te verrai en bikini, me dit-il avec un clin d'œil.

Alors, grâce à toute cette histoire, Emmanuelle aura obtenu une promotion et une augmentation, Adam, une semaine de vacances, et moi, un test de dépistage.

Les yeux gonflés et rougis, je regarde la cuisine encore poisseuse et pleine de miettes, après qu'Adam a proposé de la ranger tout à l'heure. C'est une belle cuisine, mais de près elle est crasseuse. Il faudrait récurer les casseroles et nettoyer les giclures sur les boutons de la cuisinière. Les fleurs que j'ai cueillies la semaine dernière sont fanées dans leur bocal, d'où s'échappe une odeur d'eau croupie.

On dirait que cette maison ne sera plus jamais propre.

Jenny

Malgré les mises en garde de Leo sur son refus de s'engager sérieusement (je commence à connaître la chanson), notre relation a pourtant bien évolué. Il a été merveilleux avec moi depuis la dispute dans la rue. Nous sommes allés ensemble visiter la propriété Vanderbilt, main dans la main, et nous avons terminé notre balade dans un restaurant où le cheesecake était une preuve de l'existence de Dieu. Hier soir, nous sommes allés au cinéma voir un film totalement terrifiant sur un personnage possédé par le démon, qui a bien fait rire Leo tandis que je me recroquevillais dans mon siège (sans doute aussi un peu pour qu'il me serre contre lui). En rentrant à la maison, nous nous sommes littéralement sautés dessus, d'abord sur le canapé, puis par terre, puis dans ma chambre.

J'en suis à peu près certaine, ce que je pense depuis le début est vrai : cette histoire de ne rien vouloir de sérieux est temporaire. Les hommes disent toujours ça. Celui-ci a juste besoin de se détendre, de croire de nouveau en l'amour (l'expression est bien solennelle !). Après avoir passé quelque temps avec moi, il se rendra compte que je suis celle qu'il lui faut.

Et nous n'en sommes pas loin. Tenez, l'autre soir, je me suis réveillée au milieu de la nuit, et Leo était en train de me regarder, la tête posée sur sa main. Il me regardait, c'est tout. J'ai voulu dire quelque chose, mais il a posé un doigt sur mes lèvres, il m'a embrassée langoureusement et m'a attirée sur lui. Qui fait cela, je vous le demande, si ce n'est un homme amoureux ?

Je me dis tout cela dans la voiture en rentrant mardi soir.

Il pleut à torrents, une grosse pluie joyeuse tambourine sur mon parapluie à motifs tandis que je marche depuis l'endroit où je me suis garée jusqu'au n° 11, mon numéro préféré dans cette rue.

Je tombe sur une scène peu ordinaire : Leo perché sur une échelle devant ma porte, en train de nettoyer la gouttière. Ce n'est pas ordinaire, parce que je n'aurais pas cru Leo au courant que ce genre d'activité était nécessaire. Mais il est bel et bien là, trempé, les cheveux collés sur le front, son T-shirt (More Cowbell) plaqué contre son torse mince et le jean dégoulinant.

Je sens comme des chatouilles dans le bas-ventre en montant les marches.

— Bonjour, ma locataire, me dit-il en ramassant une poignée de feuilles. La gouttière est bouchée et je ne voulais pas que tu te mouilles, belle comme tu es dans tes vêtements chics et tes souliers de torture.

— Eh bien, finalement, tu t'en occupes, de cette maison ! Il faut que j'immortalise cette scène historique.

J'attrape mon téléphone et prends une photo de lui là-haut, en train de me faire un grand sourire en plissant ses yeux bleus. Celle-là, je vais la garder, c'est sûr !

Il jette une autre poignée de feuilles mouillées puis s'arrête pour contempler son travail.

— Eh bien, voilà, ce n'était pas si difficile.

— Tu as l'air étonné. C'est moins compliqué de vider une gouttière que de jouer le troisième concerto de Rachmaninov !

Il saute de son échelle et enlève ses gants.

— Dis donc, tu connais Rachmaninov ! Tu sais que tu m'excites, là.

Il prend mon visage entre ses grandes mains et m'embrasse.

— Ne t'excite pas trop, j'ai juste tapé « morceaux de piano les plus difficiles » sur Google, histoire de pouvoir t'impressionner.

— Mais ça marche très bien.

Il m'embrasse de nouveau dans l'escalier, où tout le quartier peut nous voir, et je laisse tomber mon parapluie pour l'embrasser à mon tour, sans me soucier de la pluie.

— Jenny ? fait une voix depuis le trottoir. Jenny ? Qu'est-ce que... c'est... que se passe-t-il ? Tu connais cet homme, au moins ?

Changement d'ambiance.

— Salut, maman, dis-je. Non, c'est juste un sans-abri qui s'était assis là, mais comme je me sentais un peu seule il a bien voulu me dépanner.

— Absolument, renchérit Leo. Elle m'a promis un bon repas et dix dollars pour aller boire un coup, alors pourquoi pas ?

Ma mère nous examine, les sourcils froncés. Elle est comme les chats, elle a horreur d'être mouillée alors elle porte un immense poncho noir, des bottes en caoutchouc, un fichu en plastique et un parapluie de portier d'hôtel. On lit sur son visage que ça ne l'amuse pas du tout.

— Maman, je te présente Leo Killian. C'est mon...

Zut, mon quoi ? Propriétaire ? Petit ami ? Plan cul ?

— Son amant, dit Leo en souriant.

Je fonds, pas juste à cause de ce qu'il a dit mais parce qu'il la provoque un peu. Il est solidaire, quoi !

Maman fait la moue.

— Oh ! Jenny, me dit-elle, navrée, je t'avais dit qu'il fallait te donner du temps. Tu n'as pas encore tourné la page.

— Ce n'est qu'une histoire de fesses entre nous, dit Leo. Mais on peut quand même en discuter en dînant. Je me suis mis à la cuisine.

Il s'est mis à la cuisine !

— Des lasagnes, me murmure-t-il. De la salade, du pain à l'ail et du vin rouge. N'en tire aucune conclusion hâtive.

— Bien sûr que si !

Je me tourne vers maman.

— Entre, maman. Tu restes dîner avec nous ?

Un quart d'heure plus tard, Leo et moi nous sommes changés, ma mère a digéré l'histoire du sans-abri et nous sommes assis autour de ma table de cuisine, Loki à nos pieds en train de ronfler. Evidemment, comme il n'est pas chirurgien plasticien, le charme de Leo n'opère pas sur ma mère. En revanche, sur moi, si.

— Vous gagnez votre vie comme professeur de piano ? demande ma mère, sceptique.

— Non, c'est bien pour ça que je vis aux crochets de votre fille.

Je me suis déjà fait la remarque que cette maison devait valoir un sacré prix, et que même si un flot ininterrompu d'élèves passe chez lui il est difficile d'imaginer que ses revenus lui ont suffi pour l'acheter. Il m'a expliqué un jour qu'il composait également. J'imagine que ça rapporte beaucoup.

— Dites-moi quelles sont vos intentions avec ma fille, demande maman. Elle est toujours amoureuse de son ex-mari, vous savez. Owen. Un médecin. Lui et sa femme viennent d'avoir un bébé.

— C'est absolument faux, maman, mais merci d'en avoir parlé.

— Je l'ai rencontré. Il ne m'a pas spécialement impressionné, déclare Leo d'un ton moqueur en se reculant sur sa chaise.

Le duel commence.

— Pas impressionné ? Owen ? Mais il est merveilleux ! C'est un *médecin*. Vous verriez ce qu'il fait ! Il change la vie des gens.

— Il a surtout laissé tomber votre fille.

— Allons, allons, dis-je en lui servant du vin. Tu me laisseras tomber, toi aussi, un jour.

Maman soupire.

— Mais enfin, chérie, pourquoi perds-tu ton temps avec un professeur de piano ?

— Elle a des besoins. Des besoins physiques. Vous comprenez, n'est-ce pas, Lenore ?

Elle lui lance un regard noir. Je me retiens de sourire.

La bataille se poursuit pendant tout le dîner, ce qui n'est pas étonnant puisque notre ange de la mort ne sait faire que ça. Maman l'a vraiment mauvaise de ne pas avoir été tenue au courant pour Leo et elle me le fait payer, quand bien même cela ne l'aurait pas empêchée de me sermonner à propos d'Owen qui était l'homme idéal et que j'ai tout raté et que je ne retomberai jamais sur quelqu'un d'aussi bien, etc.

Mais c'est bon d'avoir un allié, ce que Rachel ne sera jamais parce que si elle est de mon côté alors elle n'est plus de celui de maman, or elle veut toujours réconcilier tout le monde.

— Au fait, devinez quoi, dis-je une fois que tout le monde s'est resservi des excellentes lasagnes de Leo. On m'a demandé de faire la robe de mariée de la petite-nièce du roi du Liechtenstein. Ou peut-être de sa petite-cousine, en tout cas, elle est de la famille royale ! Et je pense que je serai invitée au mariage. Juste au cas où il y aurait un problème de robe, évidemment, mais quand même. Le Liechtenstein au printemps, ce devrait être sympa.

— Dommage que ce ne soit pas la Norvège, commente ma mère. Parce que voilà un pays que j'aimerais voir.

— Je pense que vous n'avez pas bien compris. On vient de proposer à Jenny de faire la robe d'une princesse, la reprend Leo.

— Oh ! je sais. Elle a beaucoup de talent. C'est juste que j'ai toujours voulu aller en Norvège.

— Alors réservez un vol, réplique-t-il. Bravo, Jenny, c'est impressionnant. Je suis sûr que ta mère est très fière. N'est-ce pas, Lenore ?

— Je le lui ai déjà dit.

— Non, je ne crois pas, insiste-t-il d'une voix douce.

— Très bien. Jenny, je suis très fière de toi. Je trouve juste que la Norvège est un très beau pays et je n'avais pas conscience que c'était un crime.

Son visage se ratatine et voilà que revient chez moi, comme à chaque fois, cette pointe de culpabilité. Je suis contente que Leo prenne ma défense, mais bon, c'est ma mère. Je suis habituée à ses petites piques et à ses critiques voilées.

— Moi aussi, j'adorerais aller en Norvège, dis-je pour imiter ma sœur.

Après tout, c'est la façon qu'a notre mère de prendre part à la conversation. Elle ne fait pas exprès d'être méchante.

Il est temps de changer de sujet.

— Leo, comment va Evander ? Evander est un de ses élèves, maman. Il est adorable.

Il me fusille du regard, et je réponds par un coup de pied sous la table.

— Il va bien. Très bien. Il sera largement prêt pour l'audition à la Juilliard.

Mais maman s'est sentie blessée et elle ne jettera pas l'éponge comme ça. Elle se sent de trop, c'est sûr.

— Je vais vous laisser à votre nuit tous les deux, dit-elle en se levant pour débarrasser. J'avais de toute façon l'intention de passer chez Rachel.

— Je vais ranger, maman. Merci d'être venue.

Je l'embrasse et Leo lui dit qu'il a été ravi de la rencontrer, ce à quoi elle répond par son regard de chien battu, avant de s'éclipser.

J'attrape mon téléphone et envoie un SMS à Rachel :

Maman arrive. Tu es prévenue.

— Ne sois pas trop dure avec ma mère, Leo. Elle n'a pas de mauvaises intentions.

— Ah bon. Je ne l'ai vraiment pas appréciée.

— Eh bien, c'est ma mère. Tu t'y feras.

— Je ne pense pas que je pourrai, non.

— Il faudra bien.

— Je ne crois pas, non, réplique-t-il en croisant les bras sur sa poitrine et en me regardant d'un air de défi.

Ah. Oui, bien sûr. Rien de sérieux entre nous.

— C'est vrai. Ce n'est pas comme si tu avais prévu de l'avoir pour belle-mère.

— Exact.

Sa réponse me fait mal. Et je vois dans son regard un éclair de tristesse, de chagrin, je ne sais pas.

Puis il se met à sourire, et c'est totalement injuste parce que ce sourire est plein de promesses : de jours heureux et ensoleillés, de longues soirées à rire, à manger de la glace et à faire l'amour.

Ses yeux restent tristes, pourtant.

Mon Dieu, si seulement il voulait bien me parler !

— Viens près de moi, tu veux ? demande-t-il en m'ouvrant ses bras.

Je suis trop faible avec les hommes.

Il m'embrasse, en glissant ses doigts dans mes cheveux.

— Je n'aime pas qu'on te contrarie, murmure-t-il.

— Sauf si c'est toi, dis-je en refusant de l'embrasser.

— Exactement.

Et il m'attire à lui, mais je résiste un peu alors il met ses bras autour de ma taille.

— Allez, viens. Je t'ai préparé le dîner, j'ai pensé à toi tout l'après-midi, j'ai défendu ton honneur et j'ai réparé ta gouttière.

— *Ta* gouttière, tu veux dire. Je ne suis que la locataire.

— Je rangerai ta cuisine, promis, si tu me pardonnes. Et je te masserai les pieds.

— Ça marche ! Je ne comprends pas comment ta femme a pu te quitter.

Les mots sont sortis tout seuls. Son visage se fige.

Mais bon, ce qui est dit est dit, alors...

— Non, sérieusement, pourquoi ? lui demandé-je d'une voix aussi douce que possible. Je t'ai déballé tout mon linge sale ; à toi, maintenant.

Il baisse les yeux et se frotte la tête, tandis que la pendule égrène les secondes qui passent.

Puis il inspire profondément et me dit :

— Tu sais quoi, Jenny, je n'ai pas envie de parler de ça, parce que nous n'en sommes pas là, toi et moi, et ce n'est pas près de changer. Je suis désolé, mais j'ai mes limites. Et notamment en termes de véritable intimité.

J'ai la gorge qui se serre.

— Waouh, quelle déclaration, docteur Phil !

Ça ne le fait pas sourire.

Si je n'étais pas si bête, je romprais dès maintenant. *Ecoute, Leo, tu es un type super mais nous n'avons pas les mêmes attentes. Je te souhaite d'être heureux, mais quant à moi je veux des enfants. Je veux une* « véritable intimité ». *Je veux être aimée.*

La pendule sonne.

— Une cuisine propre et un massage des pieds, c'était bien ça ? dis-je finalement. Quelle femme résisterait ?

Il me remercie d'un sourire, et dans ma tête une voix plus optimiste se fait entendre : *Vous vivez pratiquement ensemble. Ses paroles sont une chose, ses actes en sont une autre. Il va s'y faire.*

Je dois admettre que c'est un pari que je fais, raison de plus pour y croire.

Et, comme je l'ai déjà dit, je suis trop faible avec les hommes.

Quelques jours plus tard, je rentre tard à la maison. Une de mes mariées est venue de New York pour dîner avec moi et me montrer son album de mariage. C'était la cliente idéale : elle m'avait laissé faire tout ce que je voulais, et au bout du compte sa magnifique robe fourreau m'avait valu quatre nouvelles clientes. Il arrive souvent que je sympathise avec mes futures mariées. Il y a quelque chose de très intime à réaliser la robe pour le grand jour. Elle reflète la personnalité de celle qui la porte et de celle qui la fabrique. En l'occurrence, j'aime beaucoup la personnalité de Jo, et nous nous embrassons avant de nous séparer.

— Au fait, me dit-elle, j'ai oublié de te demander. Tu es avec quelqu'un ?

J'hésite un peu, puis lui réponds :

— En fait, oui.

— Je veux être invitée à la noce, alors, se contente-t-elle de me répondre, un peu surprise, puis elle me souffle un baiser et monte dans sa voiture.

L'idée me remplit de joie, et Leo, quoiqu'il s'en défende, a toutes les attitudes du meilleur compagnon du monde.

Je crois que je vais passer lui faire une surprise. Le soleil vient de se coucher et le ciel est bleu comme dans un tableau de Maxfield Parrish. Quoi de plus romantique ?

Mais en me garant j'aperçois un papier collé sur sa porte d'entrée. J'ai le cœur qui bat en descendant de la voiture.

« Les cours sont annulés aujourd'hui en raison d'une urgence. »

Mon Dieu. J'attrape mon téléphone : aucun message ni SMS, et je compose son numéro. Je tombe directement sur sa boîte vocale : « Leo, c'est moi. Je suis rentrée et j'ai vu ton mot. Rappelle-moi dès que possible, OK ? »

Il m'a peut-être laissé un mot. Je cours chez moi, mais il n'y a rien sur ma porte. J'entre en trombe et regarde partout où il serait susceptible d'avoir laissé un mot : rien à côté du téléphone, rien dans la cuisine, ni sur la table ni sur le frigo.

J'ai un pressentiment. Pourquoi ne m'a-t-il pas appelée ? Est-ce que l'état de sa mère a empiré ? Ou bien s'est-il blessé ? En essayant encore de bricoler, ou dans un accident de voiture, ou...

Mais non, puisque sa voiture est là. Je ne l'ai vu la conduire qu'une fois ou deux, mais c'est sa voiture.

Je retourne devant chez lui et je frappe à la porte. Pas de réponse. J'essaie d'ouvrir mais c'est fermé, alors j'utilise ma clé.

Mon cœur bat à tout rompre.

J'ouvre et j'allume la lumière de la cuisine. Comme nous passons plus de temps chez moi que chez lui, tout est comme d'habitude impeccable, aussi impersonnel qu'un magasin Ikea.

J'entre dans le salon et j'allume. Je pousse un cri et fais un bond en arrière.

— Leo ! Tu m'as fait une de ces peurs !

Il me lance un regard trouble.

Ah, OK, il tient à la main un verre d'une bonne taille et rempli d'un liquide qui n'est pas de l'eau, de toute évidence. La bouteille de Grey Goose posée sur la table confirme ma déduction digne de Sherlock Holmes.

— Ça va, mon p... pauvre ?

J'ai failli dire « mon poussin » mais, bizarrement, je n'ai pas osé.

— Jenny, j'ai envie d'être seul, répond-il en articulant avec peine.

Il est assis, le dos raide, exactement au milieu du canapé, et dans ce salon sans caractère il n'a pas l'air d'être à sa place ni de savoir comment se tenir.

— Que se passe-t-il ?

— Loki est mort.

— Oh non ! Je suis désolée pour toi, Leo.

Je m'assois à côté de lui et pose ma main sur sa jambe. Il boit une gorgée.

— Enfin, bon, il était vieux, comme tu me l'as fait remarquer si gentiment.

Je me mords la lèvre.

— Je suis désolée. Mais il a eu une belle vie.

— Vraiment, Jenny ? Tu en es sûre ?

Quelle question étrange ! Je retire ma main de sa jambe.

— Tout ce que je sais, c'est que tu l'aimais et que tu t'occupais très bien de lui.

— C'est vrai, oui.

— Quel âge avait-il ?

— Quinze ans.

— Ah oui, quand même !

— Ne perds pas ton temps à m'expliquer que son heure était arrivée, qu'il est au paradis des chiens et qu'il ne souffre plus de son arthrite ni de ses attaques, me dit-il en reprenant une gorgée. Je vendrais mon âme, pour ce qu'elle vaut, pour qu'il revienne. Ce chien stupide était tout ce qui me restait.

Ses mots me percutent en plein cœur.

Il m'a, moi, et il a ses élèves, tout de même !

Mais à cet instant il ne donne pas l'impression d'avoir envie qu'on le console.

— Je sais à quel point tu l'aimais et je suis vraiment triste pour toi.

— Tu n'as aucune idée de ce qu'il représentait, répond-il avec un petit rire.

— J'imagine que non.

Il pose sur moi un regard insondable, qui veut à la fois tout et rien dire. Tout ce qu'il ressent mais rien qu'il veuille me montrer.

Puis, étrangement, il se penche et dépose un baiser sur mon front.

— Tu es vraiment gentille, mais je vais te dire bonne nuit. Je suis tellement soûl que je crois que je vais m'écrouler dans mon lit.

Il se lève en chancelant et je me précipite pour le soutenir.

— Je vais t'aider à te coucher.

— Comme tu veux.

Je l'accompagne jusqu'à sa chambre, qui, comme le reste de l'appartement, n'a aucun charme. Sur la table est posé *Simetierre*, le roman du maître de l'insomnie, Stephen King. Je le pose par terre, des fois que ça lui donne des idées.

Il n'a pas l'air capable d'enlever son T-shirt.

— Je t'aide ?

Je le lui retire et remarque au passage qu'il est couvert de poils de chien. J'ai la gorge qui se serre et j'aimerais lui demander si Loki est mort paisiblement, dans son sommeil ou bien accompagné par le vétérinaire, ou si Leo a dû l'emmener en urgence parce qu'il souffrait le martyre.

Vu l'état de Leo, je crains que ce n'ait été le second scénario.

Il parvient à retirer son jean. Je soulève les couvertures et il se couche sans attendre. Il ferme les yeux instantanément, comme Rose dès qu'elle pose sa tête sur l'oreiller.

— Tu veux que je reste ? lui demandé-je en lui caressant les cheveux.

— Non, répond-il en soulevant les paupières. Non, merci, je veux dire.

— Tu es sûr ?

— Oui.

Et il referme les yeux.

Je vais lui chercher un verre d'eau, que je pose sur sa table de nuit, je prends *Simetierre* et je retourne dans le salon, avant de mettre la bouteille de vodka dans le freezer.

Je voudrais tant qu'il sorte de sa chambre et me demande de rester. Je lui ferais des œufs brouillés et des toasts et on regarderait un film, il poserait sa tête sur mes genoux et me dirait qu'il m'aime ou qu'il est content que je sois là. Et que c'était tellement bien ces derniers temps parce que Loki était gentil avec moi, même juste un peu.

Mais il ne bouge pas. Je reste écouter à sa porte quelques secondes. Pas un bruit.

Le lendemain, je vais chez lui avec du café pour prendre de ses nouvelles, mais il ne répond pas et je ne veux pas entrer comme hier soir. Il a besoin de récupérer, et moi j'ai deux rendez-vous. Ma sœur va venir après la sieste des filles parce qu'elles seront dans le cortège au mariage de Jared et j'ai proposé de faire leur robe.

Du coup, je lui envoie un SMS :

Je pense à toi. Appelle si tu veux et sinon à tout à l'heure.

Même si je m'inquiète pour lui, la journée passe très vite. Après mon premier rendez-vous, j'ai un appel d'une journaliste qui veut faire un reportage pour *Hudson Life*, sur Bliss et les robes de mariée sur mesure. Je l'invite et elle vient avec un photographe prendre des photos des robes exposées, de moi en train de faire des croquis ou de coudre, Andreas penché par-dessus mon épaule, et de ma deuxième cliente de la journée, ravie d'apparaître dans un magazine. Puis il faut que je les congédie pour me concentrer sur ma cliente qui veut un modèle « à la fois Grace Kelly et Gwen Stefani » (rencontre totalement improbable) et me sonde pour connaître mon impression sur le mariage de Kim Kardashian et Kanye West. Pas sûr qu'on sympathise...

Je ne regarde normalement jamais mon téléphone pendant un rendez-vous, mais aujourd'hui oui. Ah ! Un SMS de Leo !

Merci.

J'hésite entre inquiétude, agacement et déception. Non que je m'en fiche, bien au contraire ! J'aimerais le prendre dans mes bras, être auprès de lui. Je sais bien qu'il adorait ce chien et qu'il est effondré, mais bon, il pourrait me répondre autrement que d'un mot.

Ma redoutable mariée finit par s'en aller une demi-heure plus tard que prévu, et ma sœur arrive, suivie des trois filles.

— Tatie ! s'écrient-elles en se précipitant vers moi.

— Mes trésors ! m'exclamé-je en les serrant contre moi.

Je les couvre de baisers, puis elles se dégagent de mon étreinte et s'éparpillent dans tous les coins de la pièce.

— Ne touchez à rien, petits monstres, dit Andreas, ce qui les fait hurler de rire en s'accrochant à ses jambes.

— Au secours, Jenny ! s'exclame-t-il alors, ce qui les fait glousser encore plus fort.

Il est tout ce qu'il y a de plus sérieux, mais cela fait partie de son contrat de s'occuper aussi des petites filles dans les cortèges, à plus forte raison quand elles sont de ma famille.

J'emmène les filles et Rachel dans mon bureau et fais mine de les interroger.

— Est-ce votre premier mariage ? Oui ? Très bien. Et votre couleur préférée ? C'est quand ça brille ? La mienne aussi. Je pense que nous allons choisir trois robes de princesse, alors, qu'en pensez-vous ?

Je prends leurs mesures, et pour une fois elles sont toutes les trois sages comme des images, à glousser lorsque je place mon mètre sur leur adorable petit nombril. Rachel et moi n'avons pas de mal à décider ensemble pour les robes : on opte pour un modèle classique en corolle de satin blanc et de tulle avec une ceinture rose à pans et des couronnes de fleurs de soie rose.

— Oh oui, maman, des couronnes ! dit Grace.

— Des couronnes, des couronnes ! reprend Charlotte.

— Moi, ze veux du violet, réclame Rose.

Je demande ensuite à Andreas de s'occuper d'elles pendant quelques minutes.

— Non, répond-il.

— Tu n'as pas le choix. C'est moi la patronne et je te vire si tu refuses.

— Ouh la la, je tremble ! Mais j'ai un roman à écrire, moi !

— Et si je te donne une journée de congé ? Tu pourras la passer entièrement à écrire.

Il hésite.

— Allez, deux jours. Bon sang, Andreas, ce sont juste des enfants !

— Bon, tu as gagné, concède-t-il avec un soupir. Venez, les filles, si vous promettez de ne pas me mordre, je vais vous acheter des cookies à la boulangerie.

— Ça te va ? demandé-je à ma sœur, parce qu'elle est très stricte sur la nourriture entre les repas.

— Allez-y, dit-elle à Andreas en lui tendant un billet de vingt dollars qu'il refuse (je pense que secrètement il adore les enfants).

Les filles crient de joie en chœur et sautillent autour de lui.

— Andreas, tu me donnes la main ? Non, Rose ! C'est moi qui ai demandé la première !

— Dieu du ciel, faites que je meure, marmonne Andreas en levant les yeux. Je rentre aussitôt qu'il sera humainement possible. Dis donc, Blondie, j'ai dit quoi ? On ne mord pas !

Ils s'en vont, et soudain tout est calme.

— Comment ça va ?

— Bien, me répond Rachel, ça va bien.

— Tant mieux.

Un silence gêné s'ensuit.

— Rachel, tout ce que je veux, c'est que tu sois aussi heureuse que tu le mérites.

Mes mots sont assez formels mais sincères.

Elle sourit un peu tristement, et j'ai la gorge qui se serre.

— Je sais. Merci. Je veux la même chose pour toi, évidemment.

Elle se tait, puis reprend :

— Avec Adam, on essaie de recoller les morceaux. On va y arriver. Il faut y croire.

— Bien sûr, et euh... parfois, ça marche.

Ce serait le bon moment pour lui raconter l'histoire de notre mère.

Mais je ne peux pas. Elle ne sait rien, n'a jamais rien su, alors pourquoi irais-je empoisonner ses souvenirs ? Jusqu'à ce que je le voie en train d'embrasser Dorothy, mon père était parfait à mes yeux. Elle mérite de garder cette image de lui.

— Comment va Leo ? me demande-t-elle.

— Il va... eh bien... son chien est mort, alors il est plutôt déprimé.

— Dis-lui que je pense à lui, alors.

— Je le lui dirai, merci.

— Alors, vous êtes ensemble, c'est ça ?

— Oui, en quelque sorte. Mais tu avais raison, il est assez secret. Mais merveilleux en même temps.

Elle hoche la tête.

— Tu me manques, déclare-t-elle avant de fondre en larmes.

Nous nous retrouvons dans les bras l'une de l'autre, et c'est tellement bon parce que j'ai eu si peur que les choses ne soient plus jamais comme avant, que Rachel, ma sœur chérie, ma meilleure amie, ne me tienne à distance à cause de ce que je pense de son connard de mari.

Parce que je lui ai menti : je ne pardonnerai jamais à Adam.

— A moi aussi, tu m'as manqué, lui dis-je.

— Maman est comme un requin attiré par l'odeur du sang. Elle sait qu'il y a quelque chose, me raconte Rachel en s'essuyant les yeux avec un mouchoir en papier.

— Je sais, elle m'appelle tous les jours pour me tirer les vers du nez.

— Tu ne lui diras rien, hein ?

— Bien sûr que non !

Nous éclatons de rire, réunies par l'éternelle complicité qui lie les enfants face aux défauts de leurs parents.

— Peut-être qu'on pourrait sortir dîner un soir tous les quatre, Leo, toi, Adam et moi ? suggère Rachel. Ce serait sympa de le connaître mieux.

J'acquiesce sans enthousiasme.

— Je lui proposerai, mais comme je te disais il n'est pas très en forme.

Je suis déjà sûre que, tout comme il a refusé de m'accompagner au mariage de Kimber, il ne voudra pas dîner avec ma sœur et son mari. Trop familial.

Mais ce qui compte, c'est que nous sommes réconciliées, Rachel et moi. Dieu soit loué.

En fermant la boutique ce soir-là, j'aperçois Leo qui m'attend sur le trottoir d'en face, et mon cœur, cet organe schizophrène, fait un bond dans ma poitrine, oubliant tous ses soucis.

J'attends qu'une voiture passe pour pouvoir traverser en courant (perchée sur mes talons, ce qui nécessite une agilité incroyable).

— Salut ! Comment ça va ? dis-je en le serrant dans mes bras.

Il me serre à son tour, brièvement mais fort.

— Ça va, répond-il. Désolé pour hier soir.

Son regard croise le mien puis se détourne.

— Je peux te raccompagner à pied ?

— Bien sûr. Tu as faim ? On pourrait sortir dîner.

— Non, ça va. Mais je peux préparer un truc à la maison, si tu veux.

« A la maison. » J'adore quand il dit ça.

C'est juste que l'on n'est jamais allés ensemble au restaurant à Cambry, lui et moi, à part ce déjeuner à une heure d'ici.

— D'accord, dis-je.

Il ne me prend pas la main pour marcher.

Mince.

Je ne sais pas pourquoi, j'ai le pressentiment qu'il va rompre.

— J'ai reçu un coup de fil l'autre jour, commence-t-il, et mes yeux se remplissent déjà de larmes. A propos d'un programme d'études musicales en Espagne. Ça dure deux semaines. Je n'avais pas prévu d'y aller, mais maintenant que Loki est mort je pense que je vais le faire.

— Et tes élèves ?

— Les professeurs de piano peuvent prendre des vacances, non ?

— Et Evander ? Est-ce qu'il n'a pas une audition à la Juilliard ?

Il y a comme un accent de panique dans ma voix. C'est très sexy.

— Si, mais je lui ai donné les morceaux à répéter et je serai rentré pour le grand jour.

— Bon, alors on dirait que tu as tout prévu. C'est sympa. Quand pars-tu ?

— Demain.

La vache.

— Tu veux que je t'emmène à l'aéroport ? Tu pars de JFK ?

Il s'arrête. Moi aussi.

Nous y voilà.

Leo, je t'aime. Ce n'est pas juste une histoire pour me consoler. Je t'aime vraiment. Je veux te soigner. Je pense à toi jour et nuit. J'aime ta façon de sourire, de rire, de me toucher. Je veux que tu me dises pourquoi ta femme t'a quitté. Je veux que tu m'aimes, toi aussi.

— Jenny, me dit-il en me regardant de nouveau, de ses yeux tristes et d'un bleu si pur, peut-être que l'on devrait...

Je l'interromps :

— Tu sais quoi ? Va en Espagne. Ça va être super ! C'est exactement ce dont tu as besoin. Et quand tu rentreras on verra bien où on en est, d'accord ? Tu viens de perdre Loki et ce n'est pas le meilleur moment pour... tu comprends. Fais ce que tu veux. On est bien ensemble alors on reparlera de tout ça à ton retour.

— Je pense qu'on devrait...

— Non, arrête ! On verra… on verra tout ça à ton retour. Tu sais quoi ? Je meurs de faim. Je vais foncer chez Luciano acheter du gratin d'aubergines. Tu veux quelque chose ? lui demandé-je avec un grand sourire (forcé).

— Non, merci, répond-il, avec cette horrible tristesse au fond des yeux.

— Très bien, alors. Bon, écoute, amuse-toi bien en Espagne. Oublie tous tes soucis et profites-en.

Il hoche la tête et je le serre dans mes bras. Il fourre son visage dans mes cheveux et reste là un long, long moment.

Notre rupture se passe comme ça, sans un mot, parce que j'ai beau être naïve, je ne suis pas idiote, je ne vais pas le plomber le lendemain de la mort de son chien en pleurant devant lui. Je ne veux plus jamais que Leo Killian soit triste.

Je me recule et pose la main sur sa joue.

— Amuse-toi bien, lui dis-je, d'une voix redevenue normale, et même avec un sourire.

Dieu merci, les deux semaines suivantes, je suis très occupée : trois mariages, quatre modifications en urgence. Je garde mes nièces, rends visite à ma mère, sors dîner à New York avec des amis. Owen a été forcé d'annuler notre dîner de vendredi, à mon grand soulagement. Andreas et son compagnon décident de se marier sur un coup de tête à la mairie, et la fête qui suit est l'une des meilleures auxquelles j'aie assisté de toute ma vie. Non seulement Tim Gunn est passé, mais il s'est rappelé mon prénom, il m'a demandé des nouvelles de mon travail et il m'a embrassée sur les deux joues. Vous voyez, ce n'est pas parce que ma vie amoureuse est nulle que je me laisse abattre !

Pourtant, ce serait tentant, et je sens la déprime essayer de m'engloutir comme des sables mouvants, ou m'attirer à elle comme un de ces zombies à la télé. Mais je ne peux pas, je ne veux pas être une femme dont le bonheur ne dépend que d'un homme.

Nous sommes en juillet. Il fait très chaud et je suis assise dans le jardin de derrière, l'arroseur en marche, à respirer les parfums de l'été, l'odeur tranchante de l'herbe et des hydrangéas mouillés, et celle, sucrée et lourde, des roses qui poussent le long de la clôture. Je bois un verre de vin en me demandant pourquoi il faut toujours que je tombe sur la mauvaise personne, s'il faudrait que je déménage (c'est certain) dans le cas où on romprait, Leo et moi (et on a rompu, en fait). Je me demande aussi si j'ai eu tort (sûrement pas) de croire que deux semaines d'absence suffiraient à Leo pour comprendre que je suis parfaite pour lui (ça ne suffira pas).

Nous couchons ensemble depuis cinq semaines et ne nous connaissons que depuis avril, et je sais bien que je manque de crédibilité à cause de l'histoire avec Owen, mais...

Mais je ne me suis jamais sentie aussi bien, autant à ma place, aussi heureuse qu'avec Leo. Avec lui, j'étais en paix avec moi-même et, en regardant avec le recul les années que j'ai passées avec Owen, je réalise que j'étais toujours un peu nerveuse, comme si je devais tout le temps faire des efforts pour être à la hauteur (je sais, je sais).

Avec Leo, j'étais moi et rien que moi, et quoi qu'il dise je me sentais... aimée.

Même s'il était quatre fois moins impliqué que moi dans l'histoire.

Si seulement je pouvais rencontrer son ex-femme, je la prendrais entre quatre z'yeux et je lui dirais :

— Qu'est-ce que tu lui as fait, hein, espèce de garce ?

Je suis sûre qu'elle l'a trompé. Et que c'est pour ça qu'il a été super avec ma sœur le premier jour. Ça me semble faire une éternité. Et c'est comme si c'était hier.

Juste pour le plaisir, un soir, je passe chez Evander. Ses parents se méfient d'abord un peu, puis me laissent entrer en l'entendant m'appeler par mon prénom. Le petit appartement est propre et rempli de bonnes odeurs. Les dessins d'Evander sont accrochés dans la cuisine.

On sent que ce garçon est aimé.

Je lui demande comment se passent ses répétitions et, en regardant tour à tour ses parents et moi, il me répond que ça se passe bien.

— Vous devez être très fiers.

— Nous le sommes oui, mais nous voulons surtout qu'il ait un bon travail plus tard, et le piano... ça ne rapporte pas beaucoup, m'explique son père.

Sa mère approuve.

— Il ne devrait peut-être pas consacrer autant de temps à quelque chose qui est plus une distraction.

Un silence gêné s'installe. Après tout, ce sont ses parents. Mais Evander me fixe de ses grands yeux bruns et je lis dans son regard qu'il me supplie de le défendre.

— Leo a la certitude que votre fils est exceptionnel, monsieur et madame James. Et, même si je n'y connais rien, on dirait bien que votre fils a reçu du ciel un don très précieux. (Il y a un crucifix accroché au mur, alors ça ne peut pas faire de mal d'aborder le sujet. Je demande secrètement pardon à Dieu d'être si opportuniste.)

— C'est vrai, maman. C'est précieux, confirme Evander.

— Je sais, mon chéri, dit sa mère en posant le bras sur ses épaules. Merci d'être passée, en tout cas.

Je rentre sans me presser, importunée par l'air lourd et les moustiques.

Plus tard, dans la nuit de samedi, quinze jours après le départ de Leo, j'entends une voiture s'arrêter devant la maison. Une portière claque, des voix s'élèvent, et sans réfléchir je suis déjà à la fenêtre en train d'espionner derrière le rideau, comme la femme folle de Rochester dans *Jane Eyre*.

Il est rentré.

On frappe à ma porte et en ouvrant je tombe sur lui et son incroyable sourire. Il m'enveloppe de ses bras et dit : « Je ne pouvais plus attendre de te retrouver, Jenny Tate, je t'aime tant. Epouse-moi ou ma tête va exploser. » Ou autre chose de tout aussi romantique et bébête, à quoi je réponds oui, et pourquoi attendre, et alors nous rions... nous sommes...

Mes fenêtres ouvertes, je l'entends qui ouvre sa porte à lui, pas la mienne.

Je mets des heures à me rendormir. Je crois qu'il faut que je déménage. Les larmes coulent de mes yeux et se perdent dans mes cheveux. Quelle idiote je suis de tomber si éperdument amoureuse d'un homme qui n'a cessé de me répéter qu'il ne voulait pas s'engager. Cet appartement est parfait pour moi, et rien que pour cette raison je n'aurais jamais dû mélanger le plaisir et les affaires.

Sauf que je n'ai pas pu m'empêcher de tomber amoureuse de lui : mon propriétaire triste et gai qui aime les enfants, les femmes et les chiens, tout en étant l'homme le plus seul de la terre.

Il bruine lorsque je me lève, et cette pluie qui n'en est pas une gâche la journée quand même. Je m'habille et je descends. Je crois que je vais aller chez Rachel aujourd'hui, pour ne pas passer la journée à attendre Leo.

A ce moment-là, je le vois par la fenêtre quitter son jardin, en costume.

C'est vrai, on est dimanche.

Soudain, je prends la décision de le suivre. Je sais, je sais, c'est stupide, mais je suis dehors avant même que la voix de la sagesse n'ait eu le temps de se faire entendre. Leo est déjà au bout de la rue. Il marche à grands pas et je trottine derrière pour ne pas le perdre de vue. Je reste à bonne distance pour ne pas me faire prendre. Au moins, j'ai pensé à emporter mon téléphone et je pourrai toujours faire semblant de téléphoner ou d'envoyer des SMS. Comment faisait-on pour s'espionner, avant ?

Il s'arrête chez le fleuriste de Cambry, là où je commande une composition pour la boutique chaque semaine. C'est un habitué, lui aussi, il achète tous les dimanches un bouquet à sa mère, qu'elle refuse parfois. Je me réfugie dans un café où je commande un crème à emporter. Après tout, je travaille en ville, et s'il me voit j'aurai une bonne excuse. « *Leo ! Bien rentré ? Non non, je ne t'espionnais pas du tout, je partais travailler, là.* »

Je récupère ma boisson et attends encore quelques minutes qu'il sorte du magasin. Il tient le bouquet à la main. Attendez, non, il y en a deux, presque identiques : des tournesols et des roses rouges. OK, c'est peut-être qu'il y a une autre personne de sa famille à la maison de retraite. Ou que, plus probablement, la dame qui partage la chambre de sa mère est tombée amoureuse de lui. En fait, c'est même surprenant que Leo n'apporte pas un bouquet à toutes les pensionnaires.

Encore trois pâtés de maisons, cinq, sept. Il passe par le parc qui surplombe l'Hudson, puis se dirige vers l'ouest. La vache, il marche vite ! Il a déjà traversé la rue et entre dans le bâtiment où ma mère travaillait autrefois.

Bon, de toute façon, il me faut bien trois ou quatre minutes pour reprendre mon souffle. Et en plus, s'il tombe sur moi dans le hall de la maison de retraite de sa mère, ça sera plus que suspect. J'attends un peu que la voie soit libre puis j'entre à mon tour.

C'est complètement idiot puisque je sais déjà que sa mère est là. Je ne vais rien apprendre de nouveau à jouer ainsi à Harriet la petite espionne[1].

— Puis-je vous aider ? me demande la réceptionniste.

— Euh, eh bien... c'est qu'il pleut dehors, vous savez.

Elle me regarde, sans réagir.

Qu'est-ce que je fais là ?

— Je crois que la mère d'un ami se trouve ici et je voulais lui rendre visite. Madame Killian.

— Nous n'avons pas de Mme Killian ici, me répond-elle.

— Ah bon, c'est drôle. J'aurais juré que c'était mon ami qui vient d'entrer. Leo, son fils.

— Ah, Leo ? Il rend visite à Mme Walker chaque semaine.

Ils ne portent pas le même nom, tiens.

— Oui, c'est ça. Elle s'est remariée.

1. Le titre original est *Harriet the Spy*.

— Elle est dans la chambre 227, m'indique-t-elle en montrant le couloir à gauche du comptoir.

— Merci.

Elle attend ma réaction, et après une légère hésitation je m'engage dans le couloir.

Je n'ai pas la moindre intention de lui rendre visite en présence de Leo ; ni jamais, d'ailleurs.

Je vais me cacher aux toilettes, attendre un peu et puis repartir, puisque je ne sais même pas pourquoi je suis là. A cet instant, j'entends la voix de Leo. Que faire d'autre à part me cacher bêtement comme une voleuse ?

J'entre en trombe dans la chambre 212.

— Bonjour, fait une voix.

Zut. C'est toujours quand on voudrait que les gens dorment qu'ils sont réveillés. Un vieux monsieur complètement chauve me sourit.

— Bonjour, chuchoté-je.

— C'est pour ma sonde ?

— Non, non, pas du tout.

— Mais vous pouvez peut-être m'aider ?

— Non.

— S'il vous plaît.

Sur ce, il soulève ses couvertures avec une vigueur surprenante, révélant ainsi sa... disons... son impatience.

— Ouh la ! OK, euh... non, je ne suis pas là pour ça. Je ne voudrais pas vous faire mal, en plus. Je viens juste voir quelqu'un.

— Quoi ? Parlez plus fort, voyons !

Je ne peux pas parce que justement, si je ne m'abuse, Leo passe dans le couloir en ce moment même. Alors je me contente de sourire. Je m'avance vers mon nouvel ami et le couvre pudiquement, l'anatomie masculine à tout âge n'ayant désormais plus aucun secret pour moi. Il prend ma main et y dépose un baiser, et même trois.

— Vous sentez délicieusement bon, me dit-il

Super, j'ai un Roméo centenaire.

— Tout doux, mon beau.

— C'est gentil de le faire remarquer. Que je suis beau, je veux dire.

Il me baise la main encore une fois et renifle profondément.

— OK, c'est bon, dis-je.

Je retire ma main et avance sur la pointe des pieds jusqu'à la porte, d'où je vois Leo marcher en direction du hall.

Il tient toujours un bouquet à la main.

— Bonne journée, beau gosse, dis-je à mon soupirant.

— Revenez me voir de temps en temps, répond-il, parfaitement indifférent au fait d'avoir exposé son intimité, même sondée, devant une parfaite inconnue.

— Peut-être. A bientôt.

Je sors dans le couloir, tandis que Leo est déjà près de la sortie.

Tant qu'à faire, allons-y. Je suis déjà trempée, je me suis rendue ridicule devant la réceptionniste et devant Roméo, autant en finir.

Il marche très vite mais je le vois qui traverse une nouvelle fois le parc, sans prendre la direction du centre-ville, ni celle de la maison.

Non, il s'en va vers le coin le plus éloigné, celui qui jouxte cet endroit où je ne vais plus depuis des années : le cimetière.

J'ai cessé d'aller sur la tombe de mon père à l'université. Avant, nous y faisions des pèlerinages annuels avec maman et Rachel, pour l'anniversaire de papa, pour Noël, pour Pâques, la fête des Pères, l'anniversaire de sa mort. Et je détestais y aller. Je n'avais pas l'impression qu'il était là, et ces visites rendaient ma mère encore plus larmoyante que d'habitude. Rachel restait silencieuse, les yeux humides, tandis que je rongeais mon frein, impatiente de repartir.

Je me demande si Dorothy est déjà venue ici. Si elle a vu la tombe de papa, si elle a arrosé les fleurs, si elle lui a parlé, comme je le faisais jusqu'au jour où le Dr Dan a confirmé mes soupçons.

Leo a passé le portail.

Il va me repérer si je le suis, alors je me cache derrière un grand pin dans le parc, sous la pluie dégoulinant des branches, à respirer l'odeur puissante et profonde de l'arbre. Il sort de mon champ de vision. J'attends.

Pas longtemps. Il ne tarde pas à réapparaître, les mains dans les poches, la tête courbée sous la pluie qui redouble. Le tissu de son costume a foncé aux épaules sous l'effet de l'humidité. Il ne regarde pas dans ma direction mais prend le chemin du retour. Il rentre chez lui.

Sauf que son chez-lui n'est pas un véritable chez-lui. C'est l'endroit où il vit, c'est tout, et à cette idée je sens mon cœur devenir lourd comme du plomb, parce que j'ai enfin compris.

Je traverse le cimetière en courant et je n'ai pas de mal à repérer le bouquet. Les tournesols jaunes brillent sur la dalle de granit sombre.

Je marche jusqu'à la tombe.

AMANDA WALKER KILLIAN
ÉPOUSE, MÈRE ET FILLE BIEN-AIMÉE

La femme de Leo aurait tout juste trente-cinq ans.

Rachel

Dimanche, il pleut toute la journée et les filles sont comme des lions en cage. Adam me dame le pion en les autorisant à regarder un film dès 10 heures du matin, ce qui fait qu'à l'heure critique où elles ont le diable au corps, environ quatre heures avant le dîner, je n'ai plus aucun recours. Pas toujours évident de limiter le temps passé devant un écran mais, comme je n'ai pas envie que mes filles ne soient plus capables de rester assises sans rien faire, je fais vraiment attention.

Le quota d'aujourd'hui est épuisé. J'étais en train de finir de ranger la cuisine après le petit déjeuner quand j'ai réalisé qu'il les avait collées devant la télé parce qu'il était dans son bureau en train de travailler. Ou de jouer à *Soldier of Fortune*. Ou de regarder un film porno. Ou de faire qui sait quoi ? Depuis quelques semaines, il est irréprochable. Je sais qu'il fait des efforts énormes.

Avec un temps comme ça, je sais aussi qu'au moment de ranger ça va être pire que d'habitude. Parce que, quand elles ne peuvent pas sortir se défouler, les filles sont spécialement créatives en matière de bêtises. Un jour, tandis que je pensais qu'elles faisaient la sieste et que j'en profitais pour plier du linge, elles ont mis en pièces huit rouleaux de papier toilette pour faire de la neige. Une autre fois, Grace a inondé la salle de bains pour « jouer au poisson rouge ».

Là, elles sont déjà en train de se chamailler pour la meilleure place sur le canapé. Charlotte n'arrête pas de piquer son gobelet à Rose, et Rose est fâchée parce que j'ai refusé de la laisser boire du vin au petit déjeuner : « Tu dis toujours non, maman ! Tu es méchante ! » Grace proteste parce qu'elle voulait regarder *Dexter*, que j'ai récemment acheté en DVD, et que j'ai eu le culot de refuser.

N'y tenant plus, je passe la tête dans le bureau d'Adam. Il fait volte-face dans son fauteuil et ferme son ordinateur.

— Salut !

C'est mauvais signe.

— Tu travailles sur quoi ?

— Oh ! rien de passionnant, me répond-il avec un sourire dont je ne saurais dire s'il est sincère.

— Quel client ?

— Bloomfield. Tu sais, le centre commercial.

— Ah oui. Bon, je vais prendre ma journée, moi. OK ? A tout à l'heure.

— Attends ! Tu vas où ?

— Je ne sais pas encore. J'ai juste envie de bouger un peu.

— On peut aller ensemble quelque part, non ? propose-t-il.

— Non, j'ai envie d'avoir un peu de temps juste pour moi, lui dis-je avec un sourire dont je ne sais pas non plus s'il est sincère.

— Tu rentres quand ?

— Je ne sais pas. Je t'appellerai.

Dix minutes plus tard, je suis dans la BMW. Je n'ai pas demandé son autorisation. Je n'ai rien dit. Je prends mon téléphone et j'appelle Kathleen, de mon groupe de lecture.

— Bonjour, c'est Rachel. Je te prends un peu au dépourvu, mais ça te dirait qu'on aille se balader ensemble aujourd'hui ? Là, tout de suite ?

— Avec plaisir ! Je n'en peux plus de ce temps.

— Je te prends dans cinq minutes, alors.

Je me gare devant chez elle et elle me rejoint dans la voiture en courant.

— J'ai l'impression de faire l'école buissonnière, me dit-elle en riant. On était censés rendre visite aux parents de Brett aujourd'hui, et tu sais comment ça se passe : on y va, les enfants commencent à mettre la maison à sac, Brett décide que c'est le bon moment pour réparer la chaudière de ses parents. Bref, tout pour éviter de leur faire la conversation. Alors je suis bien contente que tu m'aies appelée.

Elle claque la portière en riant.

— On va où ?

— On va espionner la maîtresse de mon mari.

Elle reste bouche bée.

— Ça, alors !

Puis, avec un petit mouvement de tête, elle ajoute :

— On est parties, alors !

Nous trouvons l'adresse d'Emmanuelle, en passant par « Emmanuelle St Pierre, Trump, récentes transactions immobilières de Manhattan », sur ce bon vieux Google.

Nous nous garons dans sa rue, ce qui de l'avis de Kathleen est le signe que la Providence approuve notre mission. Nous entrons dans le hall de l'immeuble, mais vu la taille de l'édifice je ne sais pas trop quoi faire ensuite.

— Puis-je vous aider ? nous demande le portier.

— Eh bien, euh...

Mince, je suis prise de court.

— Nous pensons emménager ici, répond Kathleen. Y a-t-il un appartement libre qu'on pourrait visiter ?

— Il faut que vous preniez rendez-vous avec le gérant, dit-il.

— Ah, je vois. Vous avez quelque chose contre les lesbiennes.

Waouh, ça, c'est de la repartie !

— Eh bien, euh, non. Nous avons pas mal de couples du même sexe dans l'immeuble, rétorque le portier.

— J'en suis sûre, mais vous ne pouvez même pas nous montrer un appartement. Enfin, ce n'est pas comme si je n'étais pas avocate, spécialisée dans les discriminations.

— Non mais vous êtes sérieuse ?

— Evidemment, vous vous dites que, comme nous sommes lesbiennes, nous sommes forcément des emmerdeuses. C'est intéressant.

Et en me passant un bras autour de la taille elle ajoute :

— Viens, chérie, on va leur coller un procès aux fesses pour discrimination à la visite.

Le portier lève les mains en l'air.

— C'est bon, c'est bon. Signez ici. Et montrez-moi une pièce d'identité.

— Je suis française, lui dis-je sans même prendre la peine de changer mon accent. Je n'ai pas de pièce d'identité sur moi.

Pas question que mon nom apparaisse sur une liste dans cet immeuble où vit Emmanuelle.

Kathleen signe et montre sa carte, en me faisant un petit sourire.

Le portier passe un coup de fil et, dans la minute qui suit, un tout petit homme apparaît dans le hall. Le portier s'adresse à lui en espagnol, lance un regard noir à Kathleen et nous laisse partir.

Notre minuscule guide nous conduit jusqu'à l'ascenseur, glisse sa carte magnétique et appuie sur le bouton du 18e étage. J'ai les oreilles qui se bouchent. Kathleen me regarde avec un air de satisfaction que je lui retourne. Je me sens grisée comme cela ne m'est pas arrivé depuis bien longtemps.

Je lui ai tout raconté en venant dans la voiture. Je suis certaine qu'elle ne dira rien.

La personne de l'entretien nous ouvre l'appartement 1819, mais n'y entre pas avec nous.

C'est un bel appartement, vide, évidemment, avec une vue magnifique sur le ciel de la ville, du parquet au sol, une cuisine petite mais très design avec des plans de travail en granit et des machines en aluminium brossé impeccable (pas folichon). Les murs sont blancs et le tout est impressionnant mais manque d'âme. Alors, bien sûr, on doit pouvoir en faire quelque chose de douillet. Mais, au risque de passer pour une antisnob, je doute que les gens qui vivent ici privilégient le douillet.

— Tu as une idée de l'étage où elle habite ? me demande Kathleen.

— Non. Je n'avais pas du tout prévu de venir, mais c'est marrant de voir tout ça, non ?

— C'est sûr.

— Tu ne te demandes jamais ce que ça ferait d'habiter un endroit comme ça ? De ne pas avoir d'enfants ni de mari et d'être face à une vue pareille tous les soirs ?

Elle sourit.

— J'ai habité dans un appartement comme ça quand j'étais productrice à la télé. Avec la vue incroyable, le canapé blanc et tout. Et je peux te dire que je n'ai pas beaucoup profité de la vue. Je rentrais le soir, je me remettais au boulot, et je m'écroulais dans mon lit à 1 heure du matin. Tous mes amis ou presque étaient des connards prétentieux, et moi aussi, d'ailleurs.

Elle s'assied sur un tabouret au bar de la cuisine.

— Tout ce que je voulais, c'était faire un ou deux gosses et vivre en banlieue.

Je hoche la tête.

— Eh bien, voilà. Emmanuelle habite ici.

— Je te parie qu'elle a un canapé blanc.

— Oui, et de la vodka hors de prix.

Je fais tellement province avec mon chardonnay.

— C'est sûr, et elle la boit cul sec.

— Et elle porte des strings tous les jours.

— Et des Louboutin.

— Oui, ça, je les ai vus.

— Et elle a aussi un vibromasseur *géant*, ajoute Kathleen.

Nous partons alors d'un fou rire qui n'en finit pas. Notre petit ami entre alors et dit :

— Terminé ?

— Oui, merci, répond Kathleen. *Gracias*.

— Je t'invite à déjeuner. Je connais un italien à Greenwich qui existe depuis très longtemps et où je ne suis pas allée depuis des lustres.

— Génial.

En marchant jusqu'à la voiture, j'aperçois alors Emmanuelle, pas loin, qui vient dans notre direction.

— Zut, fais-je en attrapant Kathleen par le bras pour la tirer de l'autre côté de la rue. C'est elle ! Baisse-toi, baisse-toi !

Nous nous accroupissons derrière une Mercedes et la suivons des yeux.

C'est bien elle. La maîtresse de mon mari.

Elle porte un pantalon de yoga, des baskets et un T-shirt. Elle a relevé ses cheveux roux en queue-de-cheval. Elle tient d'une main un sac en toile de Whole Foods, de l'autre, un sac en plastique de chez Duane Reade, et un sac en cuir marron en bandoulière.

Elle a l'air... ordinaire. Sans ses vêtements chics, son rouge à lèvres rouge et ses chaussures ultratendance, elle n'a plus rien de l'image que je m'en faisais, de la femme fatale genre Angelina Jolie.

— On dirait Duane Reade, murmure Kathleen. Je suis sûre qu'elle est sous traitement contre la syphilis.

Je repars dans un fou rire comme je n'en ai pas eu depuis longtemps.

A ce moment-là, Emmanuelle s'arrête, et Kathleen me tire en arrière si bien qu'on se retrouve assises sur le trottoir, pliées de rire.

Je me relève un peu pour regarder.

Elle a marché dans un chewing-gum ou une crotte de chien. En tout cas, elle racle sa chaussure contre le bord du trottoir.

— C'est pas ton jour, pouffiasse, fais-je à voix basse, et nous rions de plus belle.

Emmanuelle lève le pied pour inspecter sa semelle et trébuche, en renversant son sac Whole Foods.

Il en tombe une énorme pomme rouge, une petite bouteille d'eau et une salade à emporter qui se répand sur le trottoir.

— Décidément ! s'exclame Emmanuelle, qui ramasse le tout comme elle peut avant d'entrer en clopinant dans son immeuble.

Je ne ris plus du tout.

J'imagine la galère de se trimballer jusqu'au magasin d'alimentation pour acheter trois fois rien et de passer tout son après-midi du dimanche dans son appartement chic à ne faire que travailler. Pas de petites voix, pas de mari, pas de sacs de courses débordant de tout ce qu'il faut pour une famille de cinq personnes. Pas de bonnes odeurs ni de musique joyeuse. Juste quelques distractions calmes et obligatoires et une pomme en dessert.

Je me demande si elle avait vraiment besoin de sortir ou si c'était une manière de tuer le temps.

— Elle doit se sentir bien seule, dis-je en repensant à ce sac de courses.

— Elle n'a que ce qu'elle mérite, remarque Kathleen en se relevant. Tu ne vas tout de même pas la plaindre.

— Et pourtant..., murmuré-je.

Elle lève les yeux au ciel.

— Allons déjeuner, dit-elle. Et c'est moi qui conduis au retour, comme ça tu peux boire tout ce que tu veux. Tu en as bien besoin.

C'est drôle. Tandis que nous roulons le long de West Side Highway vers Greenwich, je me sens redevenue complètement moi-même.

Jenny

En rentrant à la maison, je frappe chez Leo.

— Bonjour, Jenny, dit-il en m'ouvrant la porte.

Il me fixe un instant, et son regard change.

— OK, dit-il alors, comme s'il avait déjà compris que je sais tout.

C'est sûrement le cas, d'ailleurs, parce que depuis le début il semble lire dans mes pensées.

— Entre. Tu vas commencer par te changer.

Même si rien ne m'empêche de monter chez moi enfiler des vêtements secs, je ne le fais pas. Je prends le peignoir qu'il me tend et vais dans la salle de bains. Je me déshabille et me frictionne les cheveux. Le miroir me renvoie le reflet de mon visage rendu encore plus pâle par le contraste avec mes cheveux mouillés.

Le peignoir de Leo a son odeur. Il est chaud et doux, et je m'enveloppe dedans parce que, même si c'est l'été, j'ai froid.

Il m'attend dans le salon, assis en face du canapé. Il a posé une boîte de mouchoirs en papier comme s'il savait que j'allais pleurer. J'ai déjà les larmes aux yeux, d'ailleurs.

— Alors, comme ça, tu es allée au cimetière.

J'approuve de la tête.

— Et tu as vu la tombe de ma femme.

— Oui, dis-je dans un souffle.

Il se penche en avant dans son fauteuil, les mains jointes, et regarde la table basse.

— Voilà. J'ai été marié pendant trois ans. On a eu un accident de voiture. Elle était enceinte de sept mois. C'était un garçon. Ils ont essayé de le faire naître, mais c'était trop tard.

Sa voix se brise un peu, mais c'est tout.

Je prends un mouchoir et me sèche les yeux, puis un autre, et j'essaie de parler, mais les mots semblent coincés au fond de ma gorge.

— Oh, Leo, je suis tellement désolée.

Il est comme accablé par ce qu'il vient de me dire, les coudes posés sur les genoux et le regard perdu dans le vide.

Tandis que la pluie tambourine doucement dans la gouttière et sur les pavés, il me raconte enfin cette histoire qu'il voulait garder pour lui, et que je ne veux pas entendre : une femme, une ambulance, les passants sous le choc et en larmes, les cris de panique des secouristes, leurs efforts héroïques et vains pour sauver cet enfant pas encore né.

Il est plus que calme, il est ailleurs.

Il s'éclaircit la voix.

— Loki était son chien, m'explique-t-il. Elle l'avait depuis longtemps quand on s'est rencontrés.

Il essaie de sourire, sans succès.

— Leo... pourquoi ne m'as-tu rien dit ?

Il soupire et a l'air tellement épuisé que j'aimerais pouvoir m'enrouler autour de son cœur pour le protéger.

— J'aimais l'idée d'être autre chose à tes yeux qu'un veuf éploré, répond-il. Après l'accident, tous nos amis... Tu te souviens de la femme dans le restaurant hongrois ? C'était la meilleure amie d'Amanda.

Il se passe la main dans les cheveux.

— Tout le monde était obsédé par cette histoire horrible. Quand ils me voyaient, ils ne pensaient qu'à ça. *J'étais* cette histoire horrible.

Quel poids à porter ! Pas seulement celui du chagrin après une perte pareille, mais la violence de cette histoire !

— C'est pour cette raison que j'ai emménagé ici, reprend-il calmement. La première année, j'étais comme ailleurs. Je ne me rappelle plus grand-chose. Et puis sa mère est tombée malade et a commencé à décliner tellement vite que je me suis rapproché d'elle. Et puis, comme ça, je m'éloignais aussi des gens qui me connaissaient.

Il regarde ses mains.

— Amanda n'avait pas grandi ici, mais c'est ici que sa mère vivait depuis longtemps. Elle voulait qu'Amanda soit enterrée près d'elle.

Je hoche la tête.

— Le pire et le plus ironique, dit-il en regardant par la fenêtre, c'est qu'on était en retard à la fête organisée en l'honneur de notre futur bébé. C'était moi qui conduisais et je pensais qu'on y serait plus vite en passant par le centre, mais elle disait que ce serait plus rapide par le périphérique. J'ai insisté et, à un kilomètre du restaurant, on s'est fait rentrer dedans à un croisement. Je n'ai rien eu, et elle est morte.

Et, après une seconde d'hésitation, il ajoute :

— Presque sur le coup.

Presque. Cette idée est insupportable.

Comment survit-on à cela ? Je me retiens de sangloter et parviens à articuler d'une voix à peine audible :

— Leo...

— Je sais, c'est un cauchemar. Un de ceux dont tu ne te réveilles pas. Alors, une fois que sa mère a été installée à Silver Elms, j'ai acheté cette maison, j'ai donné un concert à l'école et j'ai commencé à prendre des élèves, juste histoire d'arrêter de boire, parce que en fait j'ai gagné plein de fric après le procès contre le chauffard.

— Et la mère d'Amanda ? Mme Walker ? Elle se rend compte de quelque chose ?

— Non. Après la mort d'Amanda et du bébé, elle a décliné pas mal. Elle a de la chance, en fait. Elle a tout oublié. Elle ne se souvient même pas de sa fille.

Sa voix se brise mais il se reprend.

— Elle me prend pour son fils et je n'ai pas le courage de la contredire. Amanda était sa fille unique.

— C'est vraiment gentil de ta part.

Il a un petit rire sec et amer.

— Oui, enfin, si on considère que j'ai tué sa fille et son petit-fils, c'est le moins que je puisse faire.

— Leo, tu ne peux pas...

— J'oublie quelque chose ? Ah oui, le dernier étage. Des affaires à elle, à nous. Toutes nos photos. Il y a encore autre chose que tu veuilles savoir ?

Je me mords la lèvre.

— Qu'est-ce que je peux faire pour toi ?

— Rien. Mais merci, tu t'es montrée... très... distrayante.

Il essaie de nouveau de sourire mais échoue encore.

— Vous aviez choisi un prénom pour le bébé ?

Je ne sais pas pourquoi je pose cette question.

Il cligne des yeux et une vague de tristesse emplit son regard.

— Sean. J'aimais bien « Sean ». Elle, c'était plutôt « Daniel ». Mais quand je pense à lui je l'appelle juste... mon bébé.

Il déglutit avec difficulté.

— Je l'ai tenu dans mes bras pendant une minute mais il était déjà mort. Il est enterré avec elle.

Cette fois, je n'arrive pas à refouler mes larmes.

Leo s'essuie les yeux d'une main.

— Bon, voilà. Je suis désolé d'avoir eu à te raconter tout ça. C'était il y a trois ans.

— Non, non. J'aurais aimé le savoir plus tôt.

— Je suis bien content de ne pas te l'avoir dit avant. Je ne voulais même pas t'en parler du tout. Enfin, j'imagine que j'aurais fini par te le dire. Mais j'aimais bien que tu me voies différemment, Jenny. En fait, je n'aurais jamais dû t'accepter comme locataire, parce qu'à l'instant où je t'ai vue j'ai su que j'allais avoir des problèmes.

Il me sourit, et son sourire me fend le cœur.

— Mais, quand je t'ai dit que je ne cherchais rien de sérieux, j'étais sincère. Je ne veux plus jamais me retrouver dans cette situation. Ce n'est pas que je ne peux pas t'aimer. Tu es si facile à aimer.

Il me regarde alors avec une infinie tendresse.

— C'est juste que je ne le veux pas. Pas à cause de toi, à cause de moi.

Il reste silencieux quelques minutes pendant lesquelles on n'entend plus que la pluie sur les pavés.

— Lorsqu'elle est morte, elle a tout emporté. Je n'arrive pas à oublier, je n'arrive pas à jouer du piano, je n'arrive pas à m'engager avec quelqu'un au-delà de ce que j'ai fait avec toi. A dire vrai, je me contente de tuer le temps.

J'ai une douleur oppressante dans la poitrine.

— Ne dis pas ça, Leo. Je sais qu'il m'est impossible d'imaginer combien...

Il tend le bras au-dessus de la table basse et me prend la main.

— Je ne sais pas ce que tu vas dire, mais ne le dis pas, s'il te plaît. Je l'ai déjà entendu si souvent. Je t'en prie, reste la Jenny qui pense que je suis un séducteur flemmard sans aucune compétence manuelle.

Je déglutis bruyamment et deux grosses larmes glissent sur mes joues.

— D'accord, murmuré-je.

Parce que je n'ai rien à ma disposition, aucune platitude à laquelle me raccrocher, aucune parole sage à prodiguer, et que ce n'est pas mon amour pour lui qui va le sauver. Certaines choses, certaines personnes ne peuvent plus être sauvées.

Alors je me lève, je l'entoure de mes bras, et il me rend mon étreinte, sa tête posée sur ma poitrine, mes larmes coulant dans ses cheveux.

— Moi, je t'aime, tu le sais, dis-je tout doucement.

— Merci.

Il lève les yeux vers moi et au bout d'un long moment me dit :

— Je suis tellement désolé de t'avoir fait du mal.

— Ça ira.

Et nous nous mettons à rire tous les deux de cette réponse idiote, même si mon rire à moi est mêlé de larmes.

Et je m'en vais, parce qu'il n'y a rien d'autre à faire.

Le matin suivant, j'ai les yeux gonflés et collés d'avoir tant pleuré. Heureusement que la boutique est fermée car une couturière en pleurs ne serait pas la meilleure publicité.

Leo m'a envoyé un mail :

> Merci pour ta gentillesse, qui me fait du bien. Il reste sept mois de location sur ton bail, mais ce serait sans doute mieux si tu déménageais. Si tu ne veux pas, ce sera moi, même si je te signale à toutes fins utiles que le propriétaire, c'est moi.

Il arrive à me faire rire et pleurer en même temps, on dirait.

J'appelle l'agente immobilière et lui dis que je vais me mettre à chercher un nouvel appartement à louer.

Mais je ne peux pas me résoudre à faire mes cartons tout de suite et je ne veux pas qu'il m'entende les faire. Je réponds à son mail en lui disant que je vais chercher quelque chose et qu'il n'aura pas besoin de déménager. J'ajoute que je vais aller chez ma sœur quelque temps pour l'aider à s'occuper des filles.

Puis je monte au troisième, m'assois sur les marches devant la porte fermée à clé et me mets à pleurer pour sa femme, à prier pour qu'elle ne se soit aperçue de rien. Je pleure pour ce bébé qui est mort sans jamais être né, n'a pas connu notre monde, ni son père.

Mais surtout je pleure pour lui, pour cette horreur qu'il a vécue, cette terreur qui a été la sienne pendant ce moment où elle était *presque* morte, et puis lorsque les secouristes ont tenté de sauver son enfant, et pendant tous ces mois de deuil terrible qu'il a endurés depuis.

Ma sœur m'accueille avec sa gentillesse et sa chaleur habituelles. Elle demande à Adam de faire de même, et je dois admettre qu'il est très gentil pendant ces quelques jours. Les filles sont un vrai réconfort. Difficile de rester à pleurer dans son lit lorsqu'un enfant de vingt kilos vous atterrit sur le ventre ou, pire, trois à la fois. Lorsque j'arrive à la boutique, le mardi, Andreas me regarde et s'exclame :

— Seigneur, tu veux qu'on en parle ou pas ?

— Non.

— Je vais te chercher un café et trois beignets, alors, me dit-il. J'en ai pour une minute.

Il est tellement gentil que je me sens encore plus mal et il s'en rend compte, alors, après m'avoir maladroitement posé la main sur l'épaule, il retourne à son ordinateur et me lit des scènes macabres de son roman, qui n'est plus un roman érotique gay mais s'est transformé en roman noir hyperréaliste au temps de Richard Cœur de Lion.

Les semaines passent lentement. Pour changer d'air, je décide d'aller dormir chez ma mère une nuit ou deux. Oui, j'en suis arrivée là.

— Je suis tellement contente que tu sois là, me dit-elle, et bizarrement elle parle sans rien insinuer de culpabilisant.

Le samedi soir, nous sommes assises sous le porche toutes les deux à regarder les beaux enfants de Hedgefield passer avec leurs vélos et leurs trottinettes, tous dûment casqués et accompagnés.

— Tu me ferais du thon en sauce demain ? lui demandé-je.

— Oh, mais bien sûr, ma chérie, même si ce n'est pas très raisonnable.

— Mais c'est bon pour le moral.

Elle me sourit.

— Alors, qu'est-ce qui se passe ? C'est Owen ? Tu es jalouse ? Tu réalises finalement que ça te fait quelque chose qu'il soit papa ?

— Non, maman. C'est à cause de quelqu'un d'autre. Ça n'a pas marché.

— Tu n'as jamais su choisir, commente-t-elle.

— Oh ! arrête ! Tu mets Owen dans la même catégorie que George Clooney ou le Christ en personne !

Elle se met à rire.

— Je ne crois pas, non, il a toujours été un peu donneur de leçons, tu ne trouves pas ? Je parle d'Owen, hein ! Clooney est parfait, lui.

Je suis sidérée.

— Oui, en fait, c'est le mot qui convient.

— J'ai ressorti des affaires de ton père l'autre jour, dit-elle.

— Ah bon ? Pourquoi ça ?

— Sans raison. Juste pour les revoir.

Elle baisse les yeux, sans doute gênée par cet aveu de dévotion.

Mais, maintenant que je sais pour Leo, je comprends mieux, et j'ai honte. Je n'ai jamais été très tendre avec elle à propos de papa, j'ai toujours voulu qu'elle aille de l'avant.

— Il doit te manquer tellement, lui dis-je.

— C'est vrai, soupire-t-elle. Certains jours plus, d'autres moins.

Elle boit une gorgée de thé.

— Tu sais ce qui me manque ? De ne plus pouvoir me plaindre de lui, de ne plus pouvoir décrocher mon téléphone et dire du mal de mon mari.

Je m'essuie les yeux, discrètement.

— Je croyais que c'était le mari parfait.

— Aucun mari n'est parfait. Pas même Adam.

Je la regarde, intriguée.

— Qu'est-ce qui te fait dire ça ?

— Oh ! je trouve parfois qu'il regarde un peu trop les autres femmes.

Tiens, tiens, maman est plus observatrice que je ne le pensais. Comme je la fixe, elle hausse les épaules.

— Enfin, bon, j'imagine que tous les hommes font ça.

Le secret que je porte en moi depuis des années commence à s'agiter. J'attends une seconde puis je me lance :

— Papa aussi ?

Elle ne répond pas tout de suite et se contente de balancer son pied, chaussé de son éternelle basket.

— Eh bien, non, mais à une certaine époque il... Oh et puis je n'en sais rien.

— Quoi, maman ?

— Je pense qu'il y a peut-être eu quelque chose. Une passade. Une crise de la quarantaine, dit-elle en haussant les épaules et en évitant soigneusement de croiser mon regard.

— Et si c'était le cas ?

Elle boit une grande gorgée de thé glacé.

— Ce n'est probablement pas vrai, et même si ça l'est je sais qu'il m'aimait.

Je la regarde, ma mère, cette veuve qui ne se définit plus que par son deuil. Elle a désormais soixante-cinq ans. Si je lui dis maintenant que, oui, mon père a bien eu une aventure, est-ce que ça va la libérer ? Ou la détruire ?

— Bien sûr qu'il t'aimait, lui dis-je. Mais tu sais aussi qu'il se serait remarié dans les quinze jours si c'était toi qui étais morte.

Elle éclate de rire.

— Tu as raison. Il ne savait rien faire en dehors de son métier.

Un colibri stationne au-dessus de la jardinière de lobélies suspendue, et on entend la sourde et douce vibration de ses ailes.

— Maman, est-ce qu'il t'arrive de penser que tout aurait pu être différent ce jour-là ? Que, si tu avais pu juste changer un tout petit quelque chose, il serait encore vivant ?

Elle me regarde d'un air grave.

— Tout le temps. Tu sais, j'allais l'appeler au cabinet pour lui demander de passer au pressing et j'ai oublié. Si je n'avais pas oublié, il serait avec nous aujourd'hui.

Ça alors ! On dirait bien que je ne suis pas la seule à me sentir un peu coupable.

— Je me suis dit la même chose. J'aurais pu faire en sorte qu'il n'aille pas dans ce magasin.

— Ne te sens coupable de rien, ma chérie. Les seuls coupables sont les deux abrutis qui lui ont tiré dessus.

Soudain, contre toute attente, je fonds en larmes. Elle se penche hors de son fauteuil et passe ses bras autour de moi tandis que je pleure comme un bébé.

— Il me manque, dis-je tandis qu'elle me caresse les cheveux.

— Je sais, ma chérie, je sais, répond-elle, et pour une fois elle me laisse exprimer ce que je ressens sans tout ramener à elle.

Je pleure sans pouvoir m'arrêter et je ne me suis jamais sentie aussi proche d'elle.

Des dizaines de souvenirs refont surface d'un coup : maman qui s'occupe de moi parce que j'ai vomi ; qui vient me chercher au collège le jour où j'ai mes règles pour la première fois, que j'ai tellement mal au ventre et que ce sadique de prof de gym ne veut pas me laisser sortir ; qui tire tout doucement sur ma dent de lait pour la faire tomber alors que j'ai tellement peur d'avoir mal.

— Maman, je n'aime pas l'idée que tu vas vivre seule jusqu'à la fin de tes jours, dis-je en m'essuyant les yeux et en me frottant le nez contre ma manche avec la classe qui me caractérise. Tu n'as jamais voulu rencontrer quelqu'un ?

— Oh non, alors !

Elle me répond comme si je lui demandais si elle a déjà mangé du bébé phoque.

— Ton père m'a suffi. Certaines personnes sont mieux comme ça. Rachel et moi, par exemple, nous pouvons très bien vivre seules.

— Quoi ? Qui ça ? Tu plaisantes ?

— C'est toi qui es faite pour vivre avec un homme.

Et, en me prenant la main, elle ajoute :

— Je vais te trouver quelqu'un de bien, ma chérie. Ne t'inquiète pas. Tu ne vas pas rester longtemps vieille fille.

— Ça alors, c'est trop gentil, maman !

Je repose ma tête sur son épaule, et nous regardons passer les enfants tandis que le vent sèche mes larmes et agite mes cheveux.

⁂

En rentrant chez moi, le lendemain après-midi, j'entends de la musique s'échapper de chez Leo (si on peut appeler *Wheels on the Bus* de la musique). Je me faufile chez moi pour attraper quelques affaires. L'agente immobilière a des appartements à me faire visiter, mais pour le moment je vais rester chez Rachel.

J'écoute mon répondeur. J'ai deux messages d'Owen. C'est vrai, on devait dîner ensemble mais on n'a jamais refixé de date. Je suis fatiguée rien qu'à l'idée d'aller jusqu'à New York. S'il veut me voir, il n'a qu'à venir.

En attrapant des sous-vêtements propres, je tombe sur le petit Loki rose fabriqué par Leo quand les filles étaient là. Il est sur mon bureau depuis.

Sans réfléchir, je descends chez lui.

Par la fenêtre, j'aperçois Austin, le fils d'une des mamans aguicheuses, en train de massacrer *Lightly Row* (le répertoire des débutants n'a hélas plus aucun secret pour moi). La maman a les yeux rivés sur la nuque de Leo.

Je frappe à la porte, assez fort.

— Leo, je peux te voir juste une seconde ?

Lightly Row s'arrête (Dieu merci), et Austin se met à frapper le clavier de ses petits poings sans que sa mère ne lui dise quoi que ce soit.

Leo ouvre avec une rapidité étonnante.

— Bonjour.

— Bonjour.

Je me sens bête, brusquement. Je n'avais pas vraiment prévu le coup, mais il est là en face de moi, je ne l'ai pas vu depuis six jours et j'en suis complètement retournée.

Il a l'air fatigué.

Je m'éclaircis la voix.

— Euh, ça va, toi ?

— Bien, et toi ?

— Très bien. Très très bien. Je, euh... je voulais juste te rendre ça.

Il voit le petit chien rose et, à mon grand soulagement, un vague sourire naît sur ses lèvres.

— Merci, Jenny.

— Leo ! beugle Austin. Je m'ennuie !

— Ne hurle pas, Austin, dit sa mère d'une voix conciliante.

— Je m'ennuie !

— Deux secondes, tu veux bien ? lui lance Leo avant de se retourner vers moi. Comment se passe ta recherche d'appartement ?

— Bien. Ecoute, je voulais juste te dire une chose.

— Je t'écoute.

Ses yeux sont d'un bleu si pur aujourd'hui.

— Tu ne m'as pas fait de mal, au contraire. Je t'aime, c'est vrai, mais je sais aussi ce que tu peux et ce que tu ne peux pas me donner. J'espère juste que je resterai un bon souvenir pour toi. Je penserai toujours à toi avec bonheur et je serai toujours heureuse de t'avoir connu.

Il ouvre la bouche pour me répondre.

— Je-m'en-nuie-trop ! proteste Austin en ponctuant sa phrase de coups de poing sur le clavier.

— Il s'ennuie, dis-je.

Un sourire furtif apparaît sur le visage de Leo.

— Retournes-y. Je voulais juste te dire ça, et puis te rendre Loki.

— Merci, Jenny, me répond-il d'une voix si douce et profonde qu'elle me fait mal.

— De rien, je sais que tu adores le rose.

Je lui souris maladroitement et m'en vais, vite, avant de craquer.

La mère d'Evander se gare à ce moment-là, et le jeune garçon m'appelle en sortant de la voiture.

— Bonjour, bonhomme.

Il voit peut-être mes larmes, mais ne fait aucun commentaire.

— Vous allez venir à la Juilliard pour mon audition ?

— Eh bien, euh... merci, mon grand ! Bien sûr, si Leo et tes parents sont d'accord.

— Mes parents ne peuvent pas venir. Ils travaillent.

— Alors tu demandes à Leo et, s'il dit oui, alors j'adorerais. Mais dans tous les cas, je sais que ça va très bien se passer. J'en suis sûre.

Il a un visage d'ange, ce petit garçon. J'ai la gorge encore plus serrée en le voyant entrer chez Leo. Lui aussi, il va me manquer. Beaucoup.

Je vais chez moi.

J'ai l'impression d'avoir emménagé il y a si longtemps. Et tous mes meubles vont tellement bien ici. Et je m'y sens si bien, moi aussi. Les murs en brique, les radiateurs qui claquent, les portes voûtées, la baignoire à pattes de lion, le plafond en aluminium dans la cuisine, les carreaux noirs et blancs dans la salle de bains... Si seulement je pouvais rester.

Quel beau mot, rester. *Rester avec lui. Rester ici. Rester vivante.*

Je décide soudain d'appeler l'agente immobilière.

— Bonjour, Jill. Dites, je pense finalement que je vais acheter. Oublions la location, d'accord ?

Elle est ravie, évidemment. Elle me promet de m'envoyer un mail avec des propositions et de programmer quelques visites.

Après avoir raccroché, je regarde longuement autour de moi afin de bien fixer dans ma mémoire le bonheur que j'ai eu à vivre ici.

Au-dessus de la cheminée, j'ai une photo des filles toutes petites, dans leur minuscule grenouillère rose. Pendant trois ou quatre mois, Rachel les a fait dormir ensemble dans le même berceau. Elles sont mignonnes, sur cette photo : Grace au milieu, une main posée sur celle de Rose et son bras accroché à celui de Charlotte.

Je veux des enfants. Garçon ou fille, mais je veux être maman. Je veux aussi me marier, mais ça paraît compliqué de trouver un mari, sachant que je ne suis pas près de cesser d'aimer Leo.

Je cherche un numéro sur Google, et au bout du fil une voix de femme me répond :

— Ministère de l'Enfance et de la Famille, j'écoute.

— Bonjour, j'ai un projet d'adoption. Vous pouvez me renseigner ?

Rachel

Jenny est restée dix jours avec nous. Elle vivait sa rupture différemment de celle avec Owen. La première fois, elle avait été sonnée, comme un animal heurté par une voiture. Là, elle a l'air... adoucie. Lorsqu'elle parle à maman, elle est moins cassante et, même si elle est vraiment triste, il y a autre chose, de la gentillesse, de la grâce, je ne sais pas très bien.

Quand elle m'a raconté l'histoire de Leo, de sa femme et de leur bébé, j'ai passé la nuit dans la chambre des filles à pleurer sur mon oreiller. Forcément, ça relativise mes problèmes de couple. Si je perdais mes filles, alors... Il y a des choses auxquelles il est insupportable de penser, et face auxquelles le suicide semble le meilleur choix.

Pauvre Jenny, elle qui veut tellement régler les problèmes des autres, les miens, ceux de maman, de Leo ! Mais certains problèmes n'ont pas de solution.

Sur le front de mon couple, les choses se sont tassées. Bizarrement, je me sens assez indifférente ces jours-ci. Adam a très mal pris ma visite chez Emmanuelle, mais je n'ai pas réagi. Lorsqu'il m'a demandé pourquoi j'étais allée « l'espionner » comme ça, je me suis contentée de hausser les épaules et de dire que je voulais voir où elle habitait, qu'on vivait en démocratie, après tout, non ? Il avait l'air très inquiet que j'ai rouvert la boîte de Pandore.

— De toute façon, Adam, je me fiche de ce que tu penses. C'était juste rigolo de jouer aux espionnes.

— Ça ne te ressemble tellement pas, les coups en douce, Rach ! m'a-t-il répliqué, rouge de colère.

— C'est sûr, le spécialiste des coups en douce, c'est plutôt toi, lui ai-je répondu avec un gentil sourire avant de quitter la pièce.

Cet été, les filles vont prendre des cours de natation et seront avec Donna un jour par semaine, ce qui va me laisser du temps pour moi, histoire de me livrer à des activités passionnantes comme les grosses courses, impossibles à faire avec trois enfants qui en profitent pour attraper toutes les friandises qu'elles trouvent. Je pourrai aussi emmener la voiture chez le garagiste, nettoyer le porche, ranger la cave...

J'ai beaucoup discuté avec Kathleen car notre escapade nous a rapprochées. Elle m'a demandé si je connaissais quelqu'un qui garderait sa maison pendant ses vacances à Nantucket. Jenny s'est proposée en prétextant qu'elle ne voulait pas s'imposer chez nous plus longtemps, même si je sais bien que c'est à cause d'Adam. Curieusement, ça me fait plutôt plaisir vu que, moi, je ne peux plus me permettre de le haïr depuis que nous sommes revenus ensemble.

J'ai eu ce que je voulais, j'imagine. Je suis ici, dans notre maison que j'ai tellement travaillé à protéger des problèmes du monde, pour qu'elle soit notre petite bulle de bonheur. Les filles ont leur père chaque soir. Et depuis peu Adam a même de la considération pour celle que je suis devenue : la nouvelle Rachel, brillante, acerbe. Quand je pense à moi autrefois, je ressens un mélange de nostalgie et de pitié. Pauvre ancienne Rachel, naïve, douce et si bête ! Mais chanceuse aussi, car elle goûtait si bien son bonheur !

Une pensée cependant me taraude et me tient éveillée chaque nuit : que dirais-je à mes filles si elles venaient m'annoncer que leur mari a une maîtresse ? S'il disait à l'une de mes filles chéries que cette femme était un super plan cul ? « *Reste et essaie de recoller les morceaux. Ah oui, et fais donc aussi un bilan MST tout de suite, ma chérie ! Mais ne le quitte pas. Avale toute cette souffrance et cette trahison et tâche de les digérer. Bon, tu viens ? On fait des cookies ?* »

Lorsque Owen a annoncé à ma sœur qu'il voulait se séparer

d'elle, elle a fait ses valises le lendemain. Le lendemain ! Pour tout dire, à l'époque, je l'ai trouvée bien excessive. Aujourd'hui, je vois les choses différemment. Il lui a dit qu'il n'était plus amoureux d'elle, et elle l'a quitté. Pif, paf, pouf.

Le matin qui suit le départ de Jenny, sans y réfléchir vraiment, je décide de mettre à jour mon CV. Et puis, par acquit de conscience, je regarde un peu les annonces : trois propositions pour des postes de graphiste dans le coin, dont deux à temps partiel.

Je réponds aux trois et je verrai bien quoi dire au moment de l'entretien si entretien il y a. Ce serait sympa d'être autre chose que juste maman. Après tout, ma mère a toujours travaillé, moins lorsque nous étions toutes petites et plus par la suite. J'adorais l'imaginer à la maison de retraite, en train de distraire les pensionnaires avec ses tubes de peinture qui sentaient si bon et ses feuilles de papier de toutes les couleurs.

Et j'adorais mon boulot à Celery Stalk. J'adorais avoir des collègues, écouter leurs histoires, sortir de temps en temps déjeuner avec eux.

Je devrais peut-être appeler Gus pour savoir s'il n'y aurait pas quelque chose pour moi là-bas.

En fait, non, je veux trouver toute seule et je veux quelque chose de différent, un nouveau départ.

Un peu plus tard, le même jour, je tombe sur Mme Brewster à la poste.

— Je voulais vous parler, justement, me dit-elle. Vous avez le temps de prendre un café ?

Voilà qui est une première !

— Certainement.

Nous allons au Starbucks, un lieu qu'à mon avis Mme Brewster n'a jamais daigné honorer de sa présence. Je commande un truc ridicule avec plein de crème fouettée et de sauce au caramel, elle, une tasse de thé, sans sucre, ni lait, ni crème, juste du citron : une boisson qui résume sa personnalité à la perfection.

— Que puis-je faire pour vous ? lui demandé-je une fois que nous sommes installées.

Elle essuie la table avec une serviette en papier.

— Eh bien, je ne vais pas tourner autour du pot. Mon fils et vous êtes amis depuis des années.

— Oui, dis-je en buvant une gorgée de mon moka-quelque chose.

— Je me demandais si vous n'étiez pas intéressée par lui. J'ai toujours pensé que vous feriez un très joli couple.

Je manque m'étouffer. Elle me tend une serviette.

— Pardon ?

— Vous et Jared. C'est évident que vous avez des sentiments pour lui.

— Que j'ai quoi ?

— Les hommes et les femmes ne sont pas faits pour être des « amis », ma chère. Si vous étiez ensemble, Jared et vous, ce serait tellement mieux que de le voir avec cette traînée avec laquelle il s'est collé !

— Sa fiancée, vous voulez dire ? Votre future belle-fille ?

Je la regarde, bouche ouverte, sidérée.

— Madame Brewster, premièrement, Jared et moi sommes juste bons amis, deuxièmement, le mariage est dans dix jours et il est amoureux de Kimber, et troisièmement je suis déjà mariée !

— Je me suis laissé dire que ça n'allait pas si bien que ça pour vous en ce moment, Rachel.

Je sens mon visage prendre littéralement feu.

— Vraiment ? C'est gentil d'avoir appelé pour prendre de mes nouvelles, dans ce cas.

— Je ne me serais pas permis d'être indiscrète.

— Par contre, vous me... quoi ? Vendez votre fils ? Ou vous me suggérez de lui faire des avances ? Je ne suis pas sûre de comprendre.

Elle lève un sourcil.

— Je dis seulement qu'il est en train de faire une terrible erreur et que s'il prenait conscience des sentiments que vous avez pour lui...

— Je n'en ai pas.

— ... alors il songerait peut-être à annuler son mariage avec cette fille ridicule.

Elle s'arrête puis ajoute :

— Nous avons de l'argent, vous savez.

— Ah, je vois. Alors si je fais cela vous me donnerez de l'argent ? Beaucoup ? Des millions de dollars ?

— Moquez-vous tant que vous voulez.

J'approche mon café de ma bouche.

— Le seul problème, dans cette histoire, c'est vous, Eleanor. Faites confiance à votre fils, bon sang !

Sur ces mots, je me lève pour partir.

— Pour le moment, je ne dirai rien de cette conversation à Jared, mais si je vous entends encore une fois dire du mal de Kimber je cours le voir. J'ose à peine imaginer ce qu'il pensera de sa mère.

Je prends mon sac, mon café, et je sors.

La première idée qui me vient alors est de téléphoner à Gus, pour lui dire : « Tu sais quoi ? Une mère vient de m'offrir de l'argent pour que je séduise son fils. » J'entends déjà sa réponse ironique, du genre : *« Bienvenue dans mon monde ! »*

Au lieu de cela, j'appelle ma mère et je lui raconte.

— Ah, tu as bien fait, Rachel ! J'ai toujours trouvé que c'était une emmerdeuse condescendante. Qui t'aurait crue capable de lui dire une chose pareille ?

Pas inutile, en fin de compte, cette nouvelle Rachel.

Et, même si je ne l'ai pas appelé, toute la journée je pense à Gus et à ses yeux rieurs.

Jenny

Finalement, je retrouve Owen pour un brunch.

J'avais proposé qu'on dîne dans mon coin mais, comme tous les New-Yorkais, Owen rechigne à l'idée d'avoir à faire toute la route jusqu'à Cambry. Il n'est venu qu'une fois avec Ana-Sofia pour l'inauguration de la boutique. Alors j'ai cédé. L'audition d'Evander a lieu un peu plus tard dans la journée, il fallait que je vienne à New York, de toute façon.

Nous nous retrouvons dans un endroit où nous avions l'habitude d'aller avec des amis, autrefois. Cela fait des semaines que je ne l'ai pas vu et, en arrivant, je passe la salle en revue sans m'arrêter sur lui. *Une femme dans une tenue Stella McCartney jaune : non. Un homme d'origine asiatique avec un bébé en poussette : non. Un hipster avec un bonnet de laine, non plus... en juillet, c'est pas un peu ridicule, ce bonnet ? Attends, l'homme avec le bébé, ce serait pas...*

C'est lui. Je lui souris et m'avance jusqu'à sa table.

— Je suis tellement content de te voir, me dit-il en prenant mes mains dans les siennes et en m'embrassant sur la joue. Tu es magnifique.

— Merci, toi aussi. Salut, Natalia ! Je ne savais pas que j'allais te voir aujourd'hui, ma puce !

Elle me rend mon sourire. Quel beau bébé !

— Ana-Sofia devait la garder aujourd'hui. Je suis désolé.

— Tu plaisantes ? De vous trois, c'est elle que je préfère. Pas vrai, ma puce ?

— Tu veux la prendre ?

— Avec plaisir !

Je me désinfecte les mains avec une lingette et attrape le poupon.

Ses cheveux sont soyeux et sentent cette incroyable odeur de bébé. Comme le jour de sa naissance, elle me fait penser à un bébé phoque, avec ses immenses yeux sombres et sa touffe de cheveux noirs.

— Désirez-vous boire quelque chose ? me demande la serveuse. Oh ! ce qu'elle est mignonne ! Elle vous ressemble !

C'est à moi que cette remarque s'adresse.

— Alors, ce n'est pas la mienne mais c'est vrai qu'elle est mignonne.

Owen me regarde en souriant.

Un sourire un peu idiot.

— Je vais prendre un mimosa, dis-je.

— La même chose, enchaîne mon ex.

— Ça marche ! fait la serveuse en s'éloignant.

— Alors ? Comment tu vas ? me demande Owen.

— Bien. Ça va. Je cherche une maison, dis-je en posant mes lèvres sur la tête du bébé.

Si seulement Owen pouvait s'en aller et me laisser respirer tranquillement l'odeur délicieuse de sa fille.

— Excellent ! Une maison ? C'est super ! s'exclame-t-il, et son enthousiasme excessif m'agace aussitôt.

— Comment va Ana-Sofia ?

— Oh ! ça va. Rien de spécial.

— Gentille, bosseuse et totalement magnifique ?

Il hésite.

— Oui, j'imagine.

Il soupire et reprend :

— Je ne sais pas. Tout ça est allé si vite... le mariage, le bébé. J'ai le tournis.

— Oh ! bon, c'est la vie, non ?

— Je ne sais pas. Parfois, j'ai la nostalgie de nous.

— De nous ? Tu veux dire, elle et toi avant Natalia ?

Il refait son sourire un peu béat.

— Je veux dire, toi et moi.

— Ah oui ? Vraiment ? dis-je, un peu trop fort.

— En fait, j'ai toujours eu cette nostalgie de nous. Ce n'était pas nous, le problème.

Quoi !? Non mais les hommes sont quand même... Comme Natalia s'agite un peu, je la tourne vers moi et elle pose sa tête dans mon cou avec un soupir.

— Comment ça, ce n'était pas nous, le problème ? répété-je à voix basse (à cause du bébé) mais sans m'attendrir (parce que quand même !). Tu voulais mettre un terme à notre mariage, Owen. Il était là, le problème !

Il fait sa tête de Dr Parfait, à la fois compatissant, inquiet et rassurant.

— Je me demande juste si Ana et moi n'avons pas un peu précipité les choses.

— Ah, ça, c'est sûr ! Ce n'est pas un scoop.

Il me sourit.

— Je sais bien, mais à l'époque ça me paraissait logique.

— Et maintenant ?

— Plus tant que ça.

Je prends l'air étonné.

— Au début, tout était parfait et j'avais l'impression qu'elle était faite pour moi. Mais maintenant... je ne sais pas, nous nous parlons à peine. Elle est toujours fatiguée et se plaint parce qu'elle allaite. Alors je lui dis de passer au biberon, que ça ne va pas tuer Natalia, et elle réagit comme si je suggérais de jeter notre bébé dans l'Hudson. En plus, Natalia ne dort jamais plus de deux heures d'affilée. Je me suis même endormi à l'hôpital, l'autre jour. Moi, tu imagines ?

Je répondrais bien si je n'étais pas complètement estomaquée. Owen en train de se plaindre ? Owen ? L'homme à la vie parfaite ?

Tiens, il commence à perdre ses cheveux.

— Parfois, je me dis juste que j'aimerais remonter le temps

et être de nouveau avec toi, c'est tout, me dit-il avec un sourire triste.

Je remets le bébé dans sa poussette-siège auto-machine à café, parce que je serai plus convaincante si je le fusille du regard sans cette adorable petite tête blottie dans mon cou.

— Non mais tu as entendu ce que tu viens de me dire, Owen ?

Il prend l'air étonné.

La serveuse nous apporte nos boissons et j'ai envie de lui jeter la mienne à la figure, mais comme ça pourrait mouiller le bébé et que j'ai soif je me retiens.

— Vous voulez commander ? nous demande-t-elle.

— Je prendrai le..., répond Owen.

Aussitôt, je lève la main et m'adresse à la serveuse.

— Je suis désolée, mais nous sommes en pleine conversation, là. Vous pouvez revenir dans dix minutes ?

— J'ai vraiment faim, reprend-il.

C'est vrai, j'avais oublié. Il a besoin de manger toutes les quatre heures sinon il devient méchant, il n'y a pas d'autre mot.

— Dix minutes, insisté-je.

— Je vais prendre le saumon...

— Owen !

— Je reviens dans dix minutes, dit la serveuse en s'éloignant.

— Tu es furieuse.

— En effet, oui, fais-je en soupirant. Ecoute, si tu as voulu divorcer, c'est bien que quelque chose chez moi n'allait pas.

— Non.

— Mais si, rétorqué-je sans desserrer les dents. Et tu as rencontré l'âme sœur et vous avez eu ce bébé parfait, et tu viens te plaindre, à moi ? A moi ? Mais comment oses-tu ?

— Jenny, je voulais juste dire que...

— Je ne pense pas que ce soit une bonne idée de continuer à se voir.

Ces mots nous prennent par surprise l'un et l'autre.

Mais une bonne surprise. Pour moi, en tout cas.

Tout à coup, je me sens légère, comme je ne l'ai pas été depuis longtemps.

— Ecoute, dis-je d'un ton plus posé, je suis sûre que c'est très difficile de devenir papa. Vous êtes mariés depuis quelque temps maintenant, et la dure réalité se rappelle à vous. Mais ne viens pas t'en plaindre auprès de moi. C'est toi qui m'as quittée. Je voulais des enfants, toi, non, et aujourd'hui c'est toi qui en as et pas moi. Alors OK, tu es un peu fatigué, et tu dois partager les seins de ta femme avec quelqu'un d'autre, mais il faut que tu grandisses !

Il tente de répliquer, mais je l'en empêche. Je continue sur ma lancée.

— D'autre part, je ne pense pas que ce soit très sain pour moi de rester proche de vous. J'en ai assez de faire semblant que tout est pour le mieux dans le meilleur des mondes entre nous trois. Ce n'est pas vrai. Tu es mon ex-mari. Elle a pris ma place. Peu importe que vous soyez sympas, j'en ai assez de soulager votre sentiment de culpabilité en me montrant dans des dîners deux fois par an et de recevoir un coup de fil de temps en temps, OK ? Tu m'as larguée ? Très bien. Je vais bien. C'est bon, là !

Je me lève. Lui aussi.

— Jenny, dit-il en se frottant la bouche avec la main. Je suis désolé, vraiment.

— J'accepte tes excuses.

Je baisse les yeux vers ce beau bébé que j'ai aidé à mettre au monde et j'ajoute :

— Tu peux toujours m'envoyer une carte à Noël, si tu veux.

Je l'embrasse rapidement et je m'en vais en attrapant au comptoir un beignet au fromage.

— Mettez ça sur sa note, dis-je à notre serveuse.

— Compte sur moi, ma sœur ! me répond-elle avec un clin d'œil.

Je me promène jusqu'au Lincoln Center, où l'audition d'Evander aura lieu, en dégustant mon beignet et en écoutant parler les gens. J'essaie d'éviter ceux qui marchent l'oreille collée à leur portable, tout en espérant que la sélection naturelle fasse son travail et qu'ils finiront par tomber dans une bouche d'égout. Enfin, bon, c'est une superbe journée d'été, je marche seule le long de Central Park et ce beignet est excellent.

Je suis heureuse, en fait.

C'est bien que nous ayons divorcé, Owen et moi, parce que je ne me suis jamais sentie bien dans cette relation. Je l'aimais, bien sûr, mais je n'étais pas bien. J'avais l'impression que cette vie était destinée à quelqu'un d'autre... Ana-Sofia, j'espère, parce que c'est une fille chouette et que je n'ai pas envie qu'Owen finisse comme ces pauvres types trois fois divorcés qui ne voient jamais leurs enfants.

Et même si avec Leo ça n'a pas marché...

Je ne sais pas comment finir ma phrase. Je l'aime, c'est déjà ça ? Tellement cucul, mais tellement vrai.

La vie est belle, même s'il reste quelques ajustements à faire. J'aime ma petite famille, ma sœur et mes nièces, ma mère. Et même Adam, parce que si Rachel l'aime je finirai par l'aimer aussi. J'aime Andreas et mon travail. Et bientôt, avec un peu de chance, je deviendrai mère. Mère adoptive, d'abord. Quand j'ai rencontré l'assistante sociale, l'autre jour, j'ai dit que j'étais d'accord pour prendre un enfant déjà grand. J'ai mon premier entretien dans deux semaines, une fois qu'ils auront fini les vérifications sur moi.

J'arrive à Alice Tully Hall, cet étrange et magnifique bâtiment lumineux aux angles saillants, et j'ai déjà mal au ventre. Evander n'a que onze ans. Onze ans ! Comment font ces enfants pour résister à une pression pareille, je me le demande.

J'emprunte le couloir que l'on m'indique et au bout duquel se trouve Leo, vêtu d'un costume brun foncé, d'une chemise et d'une cravate mauve. Ses cheveux frisés magnifiques. Son visage de dieu grec que j'aime.

Mon cœur, qui battait déjà la chamade, est au bord de la tachycardie. Il me fait un signe du menton qui semble vouloir dire que ça ne se passe pas si bien que ça. Evander est assis par terre, les jambes repliées et le menton posé sur les genoux.

— Coucou, dis-je. Alors, comment va notre grand garçon ?

— Content de vous voir, miss Jenny, dit Leo, le visage tendu et faisant craquer ses doigts.

— Alors, tu es prêt, champion ?

Evander ne lève pas les yeux.

Il ne répond rien.

Ce n'est pas de très bon augure.

— Il est un peu nerveux. C'est normal, m'explique Leo en tâchant d'avoir l'air rassurant et sûr de lui, même si je sens qu'il panique.

— Bien sûr. Mais tu vas très bien t'en sortir, mon chou.

Pour ce que j'en sais...

C'est à ce moment-là qu'une adolescente de quatorze ans franchit la porte, le visage cramoisi, en pleurs. Elle ne s'arrête pas mais s'élance en courant dans le couloir, poursuivie par sa mère, qui l'interpelle :

— Ma chérie, ne sois pas triste ! Tu as fait de ton mieux ! Ce n'est pas grave !

La vache ! Ils bouffent les enfants, là-dedans, ou quoi ?

— Jenny, je peux te poser une question ? Je reviens tout de suite, Evander.

Leo me prend la main et me tire littéralement vers le couloir.

— Il est mort de trouille, me dit-il.

— Qu'est-ce que je peux faire ?

— Je n'en sais rien. Et même s'il est pris, je ne suis pas certain que ses parents seront d'accord. La seule chose que je veux éviter, pour l'heure, c'est qu'il soit malade.

Ses yeux croisent alors les miens et son expression s'adoucit.

— Bonjour.

Ce simple mot me fait des chatouilles dans le ventre.

— Bonjour.

— C'est gentil d'être venue.

— J'adore ce gamin.

Leo a un petit sourire.

— Alors, que doit-il faire exactement ?

— Il doit jouer trois morceaux qu'il travaille depuis des mois. Il les maîtrise à fond. Mais il me dit qu'il n'est pas sûr de pouvoir jouer du tout aujourd'hui.

— Pourquoi ?

— Je ne sais pas, Jenny !

La porte s'ouvre à cet instant.

— Evander James ? Tu es prêt ? demande une jeune femme souriante.

Il ne répond pas.

— C'est à nous, mon gars, lui dit Leo en lui tendant la main.

Evander la prend et se lève sans un mot. On nous conduit dans une pièce sombre.

Bon sang ! C'est la grande salle de concert ! Je m'en souviens parce que j'y ai fait bon nombre de siestes lorsque Owen m'y traînait écouter des opéras allemands ou des je-ne-sais-quoi slovènes.

La scène est immense et meublée seulement d'un piano à queue, noir et luisant. Des lumières aveuglantes nous accueillent. Il y a des rangées et des rangées de fauteuils.

Quatre personnes sont assises au premier rang. Trois hommes (deux bien rasés avec des cheveux frisés et le troisième chauve avec une barbe blanche) et une femme (qui ressemble à Diane Sawyer et porte un joli tailleur St. John rouge). Quoi qu'il en soit, on a l'impression qu'ils sont ici pour nous condamner à mort.

— Evander James ? demande le barbu.

Evander hoche la tête, les yeux rivés au sol.

On entend des bruits de papier, puis la femme dit :

— C'est quand tu voudras.

Il ne bouge pas.

Oh non !

— Il est un peu nerveux, explique Leo, qui s'agenouille à côté de lui et lui chuchote à l'oreille : Ecoute, mon gars, tu es prêt, tu es plus que prêt, même.

— Je ne peux pas, lui chuchote à son tour Evander.

— Mais pourquoi ?

— Parce que.

Dire qu'il joue cinq ou six heures par jour, qu'il prétend que la musique est sa meilleure amie, qu'il touche le piano comme si c'était un être vivant qu'il aimerait emmener chez lui !

— Qu'est-ce qui t'arrive, mon grand ? lui dis-je en m'accroupissant à côté de lui.

Il a la bouche qui tremble.

— Quand... quand je joue, c'est pour faire sortir la musique, parce qu'il y a de la musique à l'intérieur de moi et il *faut* que je la fasse sortir, mais là il n'y a pas de musique à l'intérieur de moi, c'est juste de la peur que j'entends.

Des larmes jaillissent de ses yeux et il regarde Leo, désespéré. Leo qui a l'air tout aussi désespéré que lui.

Je me tourne vers les juges et d'un ton ferme leur demande :

— Pouvez-vous nous accorder cinq minutes ? Je suis désolée, mais est-ce que c'est possible ?

— Bien sûr, répond barbe blanche. J'ai un coup de téléphone à donner, de toute façon.

Je prends Evander par la main et l'emmène dans la pièce à côté, parce que se trouver dans la salle de concert la plus prestigieuse du monde ne risque pas de calmer qui que ce soit. Moi qui ne suis là qu'en spectatrice, j'en suis malade.

— Il y a une salle de répétition, ici ?

— Bonne idée, répond Leo en reprenant le couloir. Suivez-moi.

Je lui emboîte le pas avec Evander, dont la main est moite et les joues, ruisselantes de larmes.

— Qu'est-ce que tu es élégant ! lui dis-je.

— Leo m'a acheté un costume, me chuchote-t-il.

Evidemment. S'il le pouvait, il lui achèterait une maison.

Leo essaie d'ouvrir une salle de classe mais elle est fermée à clé. Celle d'à côté est ouverte, et il nous tient la porte. Dieu merci, il y a un piano.

— Allez, mon gars, dit Leo. Assieds-toi et laisse couler, ensuite on y retournera.

— Je ne peux pas, répond Evander. Il n'y a rien à l'intérieur de moi. La musique est partie.

Leo se ronge un ongle.

— Je comprends, mais ce n'est pas le moment de...

— Leo, joue quelque chose, dis-je d'un ton péremptoire.

— Quoi ?

— Joue-nous quelque chose.

Il me regarde sans comprendre.

— Mais je...

— Evander a besoin qu'on le remplisse de musique, alors vas-y.

Le visage du petit garçon s'illumine d'espoir.

— D'accord. Euh, bon.

Il hésite une seconde.

— On a cinq minutes, lui dis-je en le fixant de ce même regard que j'emploie avec mes mariées les plus pénibles : le regard « on ne dit plus rien et on sourit ».

Et ça marche. Il respire un grand coup et dit :

— Compris.

Cinq minutes pour apaiser ce garçonnet qui, s'il est aussi doué que le pense Leo, est promis à un avenir exceptionnel. Il n'y a pas un enfant sur un million comme lui, sur dix millions même. Je m'assois par terre car il n'y a pas de chaise et fais asseoir Evander à côté de moi.

Leo s'avance vers le piano, enlève sa veste et s'installe.

— Des préférences ? nous demande-t-il d'une voix mal assurée.

Je propose :

— *Piano Man* ?

— La *Rhapsodie hongroise n° 2* de Liszt, suggère Evander.

— Vous êtes diaboliques, fait Leo entre ses dents.

Il pose ses mains sur le clavier. Elles tremblent, elles aussi. Puis, après nous avoir regardés, Evander et moi, il fait résonner les célèbres notes. Même la néophyte que je suis reconnaît la *Rhapsodie hongroise* (merci, *Tom et Jerry*).

D'abord droit sur son siège, il se penche un peu, et puis davantage. Il a l'air presque hypnotisé, tout son corps ne fait plus qu'un avec l'instrument.

Au bout de quelques mesures, ses mains ne se contentent plus de frapper les touches, elles vont et viennent comme des vagues, bondissent parfois. Sa concentration est fascinante, comme si la musique s'était emparée de lui et qu'il était en communion avec elle. Comme s'il tentait de la séduire pour qu'elle sorte de l'instrument, et, même si je n'y connais rien en interprétation musicale, je sais que c'est ce que doit faire un grand pianiste : séduire son instrument, le dominer, faire corps avec lui et avec la musique elle-même.

Et Leo *est* un grand pianiste.

On ne distingue plus ses doigts tant ils vont vite, et son visage change en même temps que la musique. Ses lèvres bougent, comme s'il parlait au piano. La mélodie grandiose et sombre s'accélère et se transforme, passant, comme Leo lui-même peut le faire parfois, de l'ombre à la lumière, du tragique au joyeux.

Evander a fait un bon choix.

Les mains de Leo montent le long du clavier et les notes deviennent alors plus légères et plus rapides, toujours plus rapides, il se met à sourire, et pour moi la Terre s'arrête alors de tourner. Enfin, enfin, je le vois tel qu'il est vraiment, ne faisant qu'un avec le piano, avec ces notes brillantes et bondissantes qui virevoltent dans toute la pièce et l'illuminent.

Je ne me rends pas compte que je pleure jusqu'à ce que je sente le petit bras d'Evander autour de moi. Il fixe Leo, captivé.

Derrière nous, la porte s'ouvre, et j'aperçois les juges. Ils sont là tous les quatre.

— C'est bien Leo Killian ? demande la femme.

— Oui, répond l'homme à la barbe blanche.

Des accords magnifiques sont plaqués sur le piano. Leo n'a pas remarqué que son public avait grossi. Je suis à peu près certaine que, si une combustion spontanée nous cramait sur place, il ne verrait rien. Il a les mains croisées sur le clavier. Non mais sans blague, pourquoi ne joue-t-il pas au Carnegie Hall ou à l'Opéra de Vienne ? Même ici, à la Juilliard, on ne doit pas entendre ça tous les jours. Il joue comme un dieu.

Enfin, dans un ballet de mains joyeux et sonore, il termine. Ses mains s'élèvent au-dessus du clavier, et il s'écarte brusquement du piano comme s'il avait reçu un choc électrique. Puis il reste là, debout, un peu sonné, de la sueur assombrissant sa chemise, à bout de souffle.

— Imaginez un peu ce que ça donnerait si vous vous étiez entraîné, lui dit sèchement l'un des juges.

— J'ai relevé quatre erreurs, dit un autre.

Non, vraiment ? OK, c'est leur boulot, mais quand même !

Leo ne leur répond rien. Il va trouver Evander et s'agenouille devant lui, devant nous deux, en fait, mais il n'a d'yeux que pour le garçonnet.

— Tu es prêt ?

Evander fait oui de la tête.

Leo s'adresse alors aux juges :

— Je vous présente mon élève, Evander James.

— Enchanté, jeune homme, dit l'homme à la barbe. Et ravi de vous avoir entendu jouer à nouveau, Leo.

— Maestro, dit Leo en lui rendant son sourire. Content de vous revoir.

L'homme le fixe un moment, puis se tourne vers Evander.

— Nous y allons, monsieur James ?

Ils font signe à Evander de les suivre, et Leo reste là, avant de me tendre la main pour que je me relève.

— C'était...

Je ne parviens pas à poursuivre.

Il hoche la tête sobrement. Il est en nage et ses mains tremblent toujours. Il a presque l'air intimidé.

Puis il inspire profondément et nous nous dirigeons vers la grande salle de concert.

Mme James est dans le couloir, vêtue de sa blouse et son grand sac serré contre elle.

— C'est pas un problème que je sois là ?

— Vous plaisantez ? Vous arrivez juste à temps, lui répond Leo en lui montrant le chemin.

Lorsqu'il voit sa mère, le petit garçon manifeste sa joie. J'ai une boule dans la gorge et je m'essuie les yeux.

Nous prenons place. Evander salue le jury puis commence.

Son interprétation est parfaite, je le vois au sourire de Leo, qui ne faiblit pas.

A la fin, les juges le questionnent et vont parler avec sa mère de ce don exceptionnel qu'il a. Le maestro vient féliciter chaleureusement Leo. Alors je croise le regard d'Evander et lui souffle un baiser en mettant la main sur mon cœur. Il me répond d'un sourire, et c'est comme un cadeau qu'il me fait.

Puis je m'éclipse. La *Rhapsodie hongroise n°* 2 de Liszt, désormais le morceau de musique le plus beau et le plus parfait que j'aie jamais entendu, sonne et résonne dans mon cœur.

Rachel

Le matin du mariage de Jared et Kimber, il est prévu que je me douche pendant qu'Adam surveille les filles. On les habillera au tout dernier moment, histoire d'éviter les accidents.

Je prends mon temps. Depuis trois ans et demi, je me douche par nécessité plus que par plaisir. Là, je me rase les jambes, je laisse poser l'après-shampoing pendant trois minutes complètes et je me sers du super gel douche que Jenny m'a offert pour la fête des Mères.

Je suis impatiente de voir la robe de mariée terminée. Je suis sûre que, d'une manière ou d'une autre, elle s'en est très bien sortie. La dernière version était un peu tristounette, mais Jenny n'a jamais fait une seule robe terne. Toutes ces modifications qu'a réclamées Mme Brewster n'ont pas dû lui faciliter la tâche, mais je sais que la robe va être incroyable.

Bizarrement, étant donné mon âge canonique de quarante ans, je me réjouis vraiment de cette journée. Ça fait bien longtemps que je n'ai pas assisté à un mariage et, même après ces quelques mois et malgré ma vision quelque peu altérée du couple, je sais que celui de Jared et Kimber va durer. Dans certaines cérémonies, le pasteur demande à l'assemblée si elle approuve le mariage. Ma réponse sera un oui franc et massif.

Je n'en suis toujours pas revenue que Mme Brewster ait essayé de me soudoyer, ou de séparer Jared et Kimber. Ce soir-là, nous avons dîné avec eux et je les ai examinés, cette façon qu'ils avaient de se regarder, l'éclat de leur visage, la façon dont il lui a touché l'oreille comme s'il ne pouvait pas s'empêcher de la caresser.

Je me souviens que c'était pareil avec Adam, au début.

Je me souviens aussi de cette satisfaction que je ressentais à l'idée que mon couple était indestructible, sans doute parce que j'étais tellement prudente, bien élevée, attentive, active sexuellement, et présidente autoproclamée du fan-club d'Adam Carver. Il ne pouvait pas nous arriver la même chose qu'à tous ces couples inconséquents, parce que moi, j'étais super vigilante.

En devenant la femme d'Adam, et plus tard la mère de mes filles, je me suis perdue. J'ai oublié que j'étais une personne, une personne qui avait parfaitement le droit de dire : « Pas ce soir, chéri, je suis trop fatiguée. Et si tu me faisais plutôt un massage ? J'aimerais beaucoup. »

Et le fait qu'il m'ait trompée, même si je ne l'excuse pas, j'en suis peut-être un peu plus responsable que je ne veux bien l'admettre.

Bon, pas le temps de m'appesantir.

J'enfile ma robe : sans manches, en mousseline de soie bleu glacier. Mignonne mais un peu sévère. Heureusement, Mme Brewster a donné son accord pour que les demoiselles d'honneur portent un chignon banane, et je sais me le faire moi-même.

Je m'assois à ma coiffeuse et commence à me maquiller. Fond de teint, un peu de poudre, blush, ombre à paupières, mascara, brillant à lèvres.

J'aime mon visage. Bien sûr, j'ai des pattes-d'oie et ma peau n'est plus aussi élastique. Enceinte, j'ai pris un peu trop de poids et ça se voit, logique avec trois bébés dans le ventre.

Mais j'ai le visage d'une femme qui a beaucoup vécu, beaucoup perdu et beaucoup résisté aussi.

C'est ce visage que mes filles aiment, où elles trouvent réconfort, amour inconditionnel et patience.

Et sagesse.

Adam entre. Il est déjà habillé, en costume bleu marine, le

même genre que celui qu'il met tous les jours pour travailler. C'est tellement plus facile pour les hommes.

— Les filles regardent un film.

Ses yeux me parcourent de haut en bas.

— Waouh, vous êtes ravissante, madame Carver.

— Merci, vous n'êtes pas mal non plus.

Au même moment, son téléphone se met à vibrer. Il y jette un coup d'œil puis le remet dans sa poche sans répondre, et me sourit de nouveau.

— Je veux divorcer, lui dis-je alors.

Je ne sais pas lequel de nous deux est le plus surpris. Il reste bouche bée, tandis que je regarde mon reflet dans le miroir comme pour vérifier qui vient de parler. La nouvelle Rachel, mais aussi celle d'avant. Il n'y a pas de colère sur mon visage. C'est juste... moi.

— Tu en reviens encore à ça, je n'y crois pas, dit-il, son sourire disparu, la voix dure.

— Je suis désolée, Adam, mais je ne peux pas rester mariée avec toi.

— Mais enfin je t'ai dit des centaines de fois que je regrettais.

— La discussion est close.

Il est rouge de colère, une expression que j'ai vue plus souvent ces trois derniers mois qu'en dix ans auparavant.

— Alors quoi ? Tu vas t'assumer ? Tu vas travailler à temps plein ?

— Je ne sais pas encore, mais oui, je vais reprendre un boulot et nous déménagerons si nécessaire.

— Nous ?

— Les filles et moi. J'adore cette maison mais, s'il faut réduire la voilure, je le ferai sans problème.

Ça lui fait un choc. Notre maison, notre bulle, notre famille, c'était l'atout qu'il gardait dans sa manche. Il est défait.

— Rachel, je t'en prie, ma chérie.

Il s'avance et s'agenouille à côté de moi, me prend la main.

— Je ne peux pas croire que c'est ce que tu veux.

— Adam, dis-je à voix basse, en avalant la boule dans ma gorge, si une de nos filles venait te voir pour t'annoncer que son mari l'a trompée, qu'il n'a pas pu s'en empêcher parce que cette femme était une bombe, tu lui dirais quoi ? Que dirais-tu à Grace, à Charlotte ou à Rose ?

Il baisse les yeux en entendant leur prénom.

— Je leur dirais de faire des efforts, de ne pas partir.

Il relève les yeux vers moi.

— Vraiment ?

Soudain, ses yeux se remplissent de larmes.

— Non, je balancerais mon poing dans la gueule à ce connard et lui dirais de foutre le camp et de laisser ma petite fille tranquille.

— J'aime mieux ça, dis-je en souriant.

Il s'essuie les yeux.

— J'ai vraiment merdé, hein ?

Je hoche la tête.

— Il y a des choses qu'on ne peut pas réparer. Je suis désolée mais c'est comme ça. Je voulais qu'on y arrive, mais...

— Je pensais qu'on y était arrivés.

— Je le croyais aussi mais je n'ai plus confiance en toi, Adam. Je ne pense pas qu'Emmanuelle était juste une passade. Et, quand bien même, il y en aurait eu d'autres. Je ne peux pas être cette pauvre petite épouse qui attend chez elle le soir en espérant que son mari est bien au bureau et pas en train de s'envoyer en l'air. Je vaux mieux que ça.

Il penche la tête sans protester, et je pose la main sur son épaule.

— Ce n'est pas la fin du monde. Tu es un bon père et je veux que les filles aient une bonne image de toi. Nous serons toujours leurs parents et je n'ai pas l'intention de me mettre à te détester.

Il acquiesce, et s'essuie les yeux du revers de la main.

— Je suis tellement désolé, Rachel.

Pour la première fois depuis longtemps, j'ai envie d'être gentille avec mon mari.

— Merci.

Il inspire à grand-peine et me demande :

— Tu veux quand même que je t'accompagne au mariage ? Pour une dernière sortie de la famille idéale...

— Bien sûr, dis-je en m'essuyant les yeux à mon tour. Parce que tu danses quand même très bien.

Et c'est ainsi que prend fin mon mariage, une heure avant que débute celui de Jared. J'espère que nous parviendrons à rester amis. Qu'il viendra pour Thanksgiving et le matin de Noël. Qu'on sera gentils l'un envers l'autre.

En tout cas, on m'a ôté un poids énorme, comme si la pierre qui écrasait mon âme avait roulé au loin.

Plutôt comme si *je* l'avais repoussée au loin, parce qu'elle me cachait le soleil.

Jenny

Mon téléphone sonne et je manque tomber de mon lit en essayant de l'attraper sur ma table de chevet, qui, apparemment, m'a été volée pendant la nuit. Attends, mais on est où, là ?

Ah oui ! Dans cette maison que je garde ! Et où il n'y a pas de table de chevet. Il est 6 h 30, les gars ! Je suis célibataire et sans enfants, moi ! Je n'ai aucune raison de me réveiller à 6 h 30. C'est le seul avantage de ma situation !

Le téléphone continue de sonner. Ah oui, là, sur la chaise.

— Oui, allô ?

— Jenny ?

— En personne.

— C'est Kimber.

Aïe, je reconnais cette intonation, cette voix d'outre-tombe. Je prends un ton enjoué, du coup.

— Salut ! Alors, c'est le grand jour ? Impatiente ?

— Je crois que je vais... tout annuler. J'ai essayé ma robe et j'ai compris que Jared et moi, ça ne...

Le reste se perd dans les sanglots.

— Allons, allons, ma grande, respire un bon coup. Il y a un problème avec ta robe ?

— Oui. Et avec tout le reste aussi.

Ce n'est pas la première fois qu'une mariée craque en se voyant dans sa robe le jour J. Elle a peut-être pris un peu de poids depuis son dernier essayage (c'est la raison la plus fréquente de ces paniques de dernière minute). Enfin, là, j'ai l'intuition que c'est autre chose.

— Tu veux qu'on se retrouve à la boutique ?

— Peut-être, oui.

— Super. J'y serai dans vingt minutes. Tout va bien se passer, Kimber. Fais-moi confiance.

Je me douche en un clin d'œil et mets la robe jaune prévue pour leur mariage. L'espoir fait vivre. Bon, ça ne marche pas à tous les coups, n'est-ce pas, Leo ? Mais je suis comme ça.

Je ne l'ai pas revu depuis l'audition d'Evander. J'ai envoyé Andreas chercher quelques affaires chez moi, mais il n'était pas là, apparemment. Mme James m'a téléphoné pour me remercier de ce que j'avais fait pour son fils, et me dire qu'il avait été accepté. Non que j'en aie douté.

Je me demande ce que fait Leo en ce moment.

Je me sens abattue, tout d'un coup.

Le manque m'envahit, me submerge.

Je voudrais tant être avec lui.

Mais je lui ai assuré que j'allais très bien m'en sortir et je me souviens combien il a paru soulagé à ce moment-là. J'ai adoré ces quelques instants que nous avons vécus ensemble. Ils m'ont rendue très heureuse. On a beaucoup ri tous les deux.

Alors je sèche mes larmes et me relève les cheveux parce qu'il va peut-être falloir que je m'installe à ma machine à coudre. J'ai une mariée à consoler et une robe à revoir.

Kimber m'attend devant la boutique, sa robe énorme sur le bras, les yeux rougis.

Sa mère est avec elle, mais nos regards ne se croisent pas. Elle a l'air angoissée, et roule entre ses doigts l'ourlet de son chemisier, comme ce fameux jour, dans la réserve.

Le temps d'un éclair, je les revois, elle et mon père bien-aimé. C'est un souvenir si précis que je sens l'odeur de son after-shave et que j'entends la pluie qui tombait ce jour-là.

— Entrez, leur dis-je.

— Je ne vais pas y arriver, commence à dire Kimber.

— Bien, allons parler de tout ça à l'intérieur. Entrez, je vais nous faire un café.

Il est trop tôt pour la clientèle. Nous n'ouvrons qu'à 10 heures le samedi. Andreas n'est pas encore arrivé (vu l'heure), et donc nous avons la boutique pour nous.

Kimber et Dorothy me suivent jusqu'au salon d'essayage, et je prépare du café.

— Quel temps merveilleux ! fais-je remarquer en passant.

Au même moment, Kimber éclate en sanglots.

Ah, ces mariées ! Je lui tends une boîte de mouchoirs en papier, une tasse de café, et regarde sa mère.

— Alors, qu'est-ce qui se passe ?

— Hier soir, c'était affreux, m'explique Dorothy. Cette espèce de vieille bique n'arrêtait pas de répéter à Kimber la chance qu'elle avait. A la fois polie et méchante, toute en subtilité, c'est une vraie faux-cul.

— Oui, je la connais depuis toujours, et elle est comme ça.

Dorothy a l'air d'apprécier ma solidarité et continue :

— Et donc Kimber a essayé la robe ce matin et elle s'est effondrée.

En se mouchant, Kimber explique :

— Je voudrais qu'elle m'aime bien.

— C'est impossible. Elle n'aime personne.

— Mais j'ai fait tout ce que j'ai pu. Je veux dire : Jared est son seul enfant et je sais bien que je ne suis pas assez bien pour lui, poursuit-elle d'une petite voix.

— Mais enfin, il est tellement heureux avec toi !

Elle a la bouche qui se tord.

— Quand je me suis vue dans cette robe, j'ai compris que... je ne serais jamais du même monde que lui.

Je la regarde, cette jolie fille pleine de vie, qui a grandi sans père, qui autrefois était habillée avec mes vêtements trop petits, et qui a séduit un célibataire endurci juste en chantant une chanson.

— Mais, Kimber, c'est *toi*, son monde !

Le visage de Dorothy se détend.

— Et puis, si tu l'aimes, tu ne peux tout de même pas le laisser tout seul entre les griffes de ce dragon !

— Oh oui, je l'aime ! Je l'aime tellement que je n'arrive pas à y croire. Je ne pensais pas être si heureuse un jour. Je ne veux rien davantage qu'être avec lui, mais sa mère va nous empoisonner la vie, et je n'en ferai jamais assez pour elle.

— Là, tu as parfaitement raison, ce ne sera jamais assez pour elle. Mais ce sera tout à fait assez pour Jared. Et, même si elle ne t'aime pas, elle pourrait au moins te respecter.

— C'est exactement ce que je te disais, renchérit Dorothy.

Je la regarde et dis :

— Les enfants ne font jamais confiance à leurs parents.

Elle me sourit sans trop savoir comment le prendre.

— Allez, dis-je en me levant. Essaie cette robe devant moi et voyons ce qu'on peut faire pour la rendre un peu plus sexy. Parce qu'il n'est pas question que tu n'y ailles pas, Kimber.

Au milieu de ses larmes, Kimber m'adresse cette fois-ci un vrai sourire.

— OK. Merci, Jenny.

Cinq minutes plus tard, elle a enfilé la robe.

Qui n'est pas affreuse. Parce que pardon, mais rien de ce que je fais n'est affreux. Le tissu est splendide (même si un peu lourd), et la robe tombe à la perfection. Il n'y a pas le moindre défaut.

Mais elle est terriblement sage, et sans aucune garniture : ni dentelles, ni perles de cristal, ni drapé. Et, qui plus est, elle ne laisse pas entrevoir un centimètre de peau.

Je penche la tête et considère ma mariée avec une pointe de culpabilité. Mon job, c'était de la rendre heureuse, *elle*, pas Mme Brewster. Et, même si elle ruine ma réputation en mettant tout le country club au courant, qu'est-ce que ça peut bien faire ? Je n'ai pas besoin de son approbation.

En revanche, j'ai besoin de celle de Kimber.

— Est-ce que tu me fais confiance ?

— Complètement.

Je prends quelques mesures, mais il n'y a rien de compliqué. Je me sens inspirée, dans mon élément.

En d'autres termes, j'ai retrouvé la flamme.

Je l'aide à se déshabiller.

— J'en ai pour une heure, une heure et demie. Vous pouvez rester si vous voulez ou bien je dépose la robe chez vous. Voyez ce qui est le plus simple.

— Nous allons revenir, répond Dorothy. Kimber, ma puce, viens, on va passer acheter de la teinture à cheveux. J'aimais tellement ton rose !

On dirait bien que je commence à apprécier la maîtresse de mon père. Allez comprendre !

— Parfait. Je vais juste faire quelques retouches à mon mascara parce que je dois avoir des yeux de raton laveur, non ? dit Kimber en allant vers les toilettes.

Ce qui nous laisse, Dorothy et moi, l'une en face de l'autre, avec ce gigantesque secret qui nous unit.

— Merci pour ce que vous faites, me dit-elle.

— Ce n'est rien. J'aurais dû faire mieux dès le départ.

— C'est qu'elle pensait vraiment que ça lui gagnerait les faveurs de l'autre vipère.

De nouveau, elle roule l'ourlet de son chemiser et baisse les yeux.

— Dorothy, il me semble que vous connaissiez mon père. Vous n'avez pas travaillé pour lui à une époque ?

Elle rougit mais n'évite pas mon regard.

— Si. C'était... c'était un homme très gentil. J'ai été triste d'apprendre sa mort.

Je comprends à cet instant qu'elle a aimé mon père pour de bon, lui qui ne l'a pas choisie, n'est pas devenu le beau-père de Kimber, mais est resté avec sa femme.

Je lui pardonne. A elle, mais surtout à lui.

— C'était un père formidable, nous avons eu beaucoup de chance, Rachel et moi, dis-je d'une voix enrouée.

Kimber réapparaît, elle a bien meilleure mine.

— OK, on peut y aller, maman.

Je m'y mets. Mes ciseaux taillent net dans le satin en crissant. Je coupe, je pose des épingles, je repasse et je couds. Le tissu glisse sans effort dans ma machine, dont le ronronnement est le bruit le plus réjouissant que je connaisse. Des mètres de tissu inutile s'empilent autour de moi.

Je chantonne : « Le seul garçon qui me plaise est fils de pasteur... » J'ai toujours adoré cette chanson. J'attrape un morceau de tulle élastique rose pâle, le plus joyeux des tissus, et j'en rajoute sur la jupe, un peu par ici, un peu par là.

Dans ma réserve, j'ai un mur entier de fioritures bling-bling : ceintures, perles, épingles à cheveux, tiares, dentelles, filets. Je prends une ceinture brodée de cristal Swarovski et une coiffe 1920 bien voyante, puis retourne vite dans mon atelier.

A la fin, je suis en nage, mais la robe est vraiment, vraiment parfaite. Parfaite pour Kimber.

— La vache ! s'exclame une voix.

C'est Dorothy. Elles sont de retour, Kimber a les cheveux rose vif et elle est rayonnante.

— C'est mieux ?

— Je l'adore, dit-elle dans un souffle. Oh, Jenny, je l'adore !

Lorsque je me rends à l'église, à 9 h 45, ma sœur est déjà devant, avec les filles. Adam et maman sont là aussi. Je les embrasse, y compris Adam (parce que je suis une sœur incomparable), et je m'extasie sur mes nièces, qui ont l'air tout droit sorties d'un catalogue de mariage.

— Tatie ! Tatie ! Tu trouves pas qu'on est trop jolies ? me demandent-elles en faisant tourner leur jupe.

— Vous êtes ravissantes et j'adore vos chaussures !

Mme Brewster est là aussi, vêtue d'une robe vert caca d'oie jusqu'aux pieds.

— Où est Kimber ? demande ma mère.

— Elle a un peu de retard, dis-je tandis que Grace se suspend à mon bras et que Charlotte me supplie de la laisser essayer mes escarpins.

— Madame Brewster, quelle belle journée, n'est-ce pas ? Votre robe vous va à merveille.

Elle prend un air pincé. On dirait qu'elle vient d'avaler une anguille vivante et fait de son mieux pour ne pas la recracher, tellement elle serre les lèvres. J'imagine qu'elle a espéré jusqu'au bout que la mariée ne viendrait pas.

Rachel a l'air particulièrement zen aujourd'hui. Elle me fait signe de la rejoindre alors qu'arrivent les autres demoiselles d'honneur, dont l'une enceinte jusqu'aux yeux et pleine de piercings. Super. Bravo, Kimber!

— Tu es ravissante, dis-je à ma sœur, et rayonnante.

Elle jette un coup d'œil à ses filles. Grace est en train de fouiller le sac de sa grand-mère tandis que Charlotte et Rose s'agitent autour de leur père.

— Nous allons divorcer, me chuchote-t-elle. Je le lui ai annoncé ce matin.

— Quoi !?

— Non, mais ça va. Il a été... ça va, je t'assure.

Je fonds en larmes, et elle se met à chercher un mouchoir pour moi. Jamais prise au dépourvu, c'est sa maxime. Je me sèche les yeux. Je n'ai rien autant désiré que de voir Adam disparaître à jamais du paysage, or, là, tout d'un coup, je me sens triste pour lui. Au même moment, il me regarde et me fait un petit sourire triste.

— Je suis désolée, Rachel, murmuré-je.

— Oui, moi aussi, mais je me sens plus... légère.

— Je suis contente pour toi. Désolée et contente.

— Je sais exactement ce que tu ressens, me dit-elle en souriant, si apaisée, si radieuse, satisfaite. Je vais avoir beaucoup besoin que tu sois là dans les prochains mois.

— Et je serai là.

Elle me serre dans ses bras puis obéit au photographe qui demande aux demoiselles d'honneur de se regrouper.

— Jenny ! m'appelle maman. Viens, chérie ! Je ne veux pas être assise tout au fond.

La lumière entre à flots par les hautes fenêtres de l'église. Nous nous asseyons devant et je me dis que ce sera peut-être comme ça dans les années qui viennent : ma mère et moi, n'ayant chacune que l'autre pour compagnie à chaque enterrement, chaque mariage et autre cérémonie.

Sauf qu'avant longtemps nous serons accompagnées de quelqu'un d'autre : mon enfant. Ce n'est pas pour tout de suite parce que je n'ai pas encore de résidence permanente, mais l'assistante sociale m'a laissé entendre qu'il ne devrait pas y avoir d'obstacle. L'enquête de moralité est terminée et j'ai déjà vu sur Internet pas mal de dossiers et de photos d'enfants à adopter, en m'imaginant à chaque fois que c'était le mien.

— Tu es très jolie. En général, le jaune te donne l'air d'avoir une hépatite, mais pas aujourd'hui.

C'est tout ma mère, ça : incapable de faire un compliment sans y glisser une petite remarque fielleuse. Elle est vêtue comme d'habitude de son uniforme de camouflée : pantalon noir et chemise d'homme blanche.

— Je t'aime, ma petite maman, lui dis-je en lui posant un baiser sur la joue.

Jared s'avance vers l'autel en compagnie de son témoin. Son père est debout, vêtu de sa robe de pasteur, tout sourire. La musique démarre et un murmure de ravissement parcourt l'assemblée à l'arrivée de mes nièces dans l'allée centrale, Grace éparpillant avec le plus grand sérieux et la plus grande méthode ses pétales de rose, Charlotte collée derrière elle, et Rose, toujours excessive, lançant en l'air des poignées de pétales. Elles rejoignent Adam, qui les embrasse et leur sourit avec émotion.

C'est un bon père et, puisque le mot d'ordre de la journée semble être le pardon, je lui pardonne à lui aussi. Il va assez en baver comme ça sans que j'en rajoute. La meilleure chose que je puisse faire pour Rachel et pour mes nièces est de me montrer amicale. Alors c'est ce que je vais être. Quelle preuve de maturité ! Je m'impressionne moi-même.

Souriantes, les demoiselles d'honneur entrent à la queue leu leu. Ma sœur est évidemment la plus jolie.

Enfin, les portes s'ouvrent et Kimber apparaît, main dans la main avec sa mère. Mme Brewster en reste bouche bée, certainement pas sous l'effet de la joie ni de l'admiration.

Mais partout ailleurs ce ne sont que murmures d'approbation.

La robe de Kimber est désormais courte et sans manches, avec un décolleté bateau, une ceinture perlée qui accentue la finesse de sa taille, et une jupe en tulle bouffante qui est à l'image de sa personnalité joyeuse. Ses tatouages exposés aux regards, elle avance dans l'allée, des ailes d'ange fixées sur son dos nu. De face, elle a l'air presque sage, de dos, elle est sexy en diable. La robe est gaie, jeune et brillante, tout comme la mariée elle-même. Nul doute que Jared... eh oui, il pleure ! Grand bien lui fasse ! Il a l'air raide dingue amoureux.

Quant à Kimber, elle est radieuse. Elle plane littéralement.

Rachel se tourne vers moi, les deux pouces levés, et ma mère s'exclame :

— *Ça*, c'est une robe !

Après la fin de la cérémonie, une fois remerciée par les mariés, complimentée par des douzaines d'invités et fusillée du regard par Mme Brewster, je m'éclipse.

— Où vas-tu ? me demande maman.

— Je te raconterai tout à l'heure, garde-moi une place au dîner.

J'ai quelqu'un à aller voir.

Mon père est enterré non loin d'un bosquet de pins, sur une petite butte dans le cimetière. Mes talons s'enfoncent dans la terre humide, et l'air est plein de l'odeur forte et acide des pins.

J'avais oublié combien l'endroit est beau. Rachel a planté des pétunias roses et mauves qui égaient de leurs couleurs vives la tombe de papa.

Je pose la main sur la pierre de granit tiède et dis :

— Salut, papa.

Le vent charrie une odeur de fumée et de viande. Quelqu'un fait un barbecue dans le voisinage. Mon père adorait faire des barbecues.

Je suis contente qu'il n'ait pas souffert, mais comme j'aurais aimé pouvoir lui dire au revoir.

— Merci pour tout, dis-je à voix basse.

Puis je me lève et mes genoux craquent un peu. Je regarde en direction de la tombe de la femme de Leo et de son bébé, mais je n'irai pas. Ce n'est pas ma place.

En revanche, je vais aller voir sa mère. Il a dit qu'à part lui elle ne voyait personne, et c'est trop triste. Peu importe qu'elle ne me connaisse pas, au moins je serai là. Je lui dirai que je suis une amie de son fils et ce sera suffisant.

La maison de retraite est de l'autre côté du cimetière, à deux minutes à pied. Le ciel est d'un bleu limpide, aujourd'hui.

A l'intérieur, l'air est lourd et ça sent le renfermé, malgré la composition florale sur la table basse. La réceptionniste, différente de l'autre jour, est au téléphone. Elle me fait un signe de la main et je prends le couloir. Si je me rappelle bien, c'est la chambre 227.

Tiens, voilà mon copain chauve, assis dans son lit, avec l'air de s'ennuyer.

— Salut, dis-je en passant la tête par la porte. Comment ça va, par ici ?

Son visage se fend d'un grand sourire.

— Salut, beauté. Vous venez me faire une petite visite ?

— Je passe juste vous dire bonjour.

— Ce qui veut dire non, alors.

— Allez, ne faites pas la tête. Dites-moi plutôt ce qui vous ferait plaisir et je vous l'apporterai très vite.

— Un *Playboy*, pourquoi pas ?

Ah, les hommes !

— Bien sûr. A condition que vous restiez sous votre couverture, dis-je en me rapprochant. Au fait, je m'appelle Jenny Tate.

Il me serre la main.

— Harold Pilser. Charmé de faire votre connaissance. Vous jouez aux échecs ?

— Pas vraiment, non. Vous pourriez m'apprendre, je suppose, mais j'ai l'impression que c'est bien compliqué et ennuyeux.

Il éclate de rire.

— Mais non, c'est peut-être moins rigolo que *Playboy*, mais c'est pas ennuyeux !

— Alors, quel jour vous conviendrait ?

— Comme vous voulez, ma jolie.

— Mardi vers 18 heures ?

— Mardi, c'est parfait. Je serai là, enchaîné à ce lit, et je vous attendrai.

— Voilà qui est très émoustillant. Bonne journée, alors !

Je suis le couloir, un sourire aux lèvres. Le nom des patients est inscrit sur leur porte d'une écriture enfantine avec des dessins d'animaux et de fleurs. Il doit y avoir une espèce de programme « Adopte un grand-parent ». Rachel est sûrement au courant.

Je m'arrête devant la chambre 227. L'affichette dit « Alice Walker », avec un dessin de chat, un arbre à deux branches et un corbeau géant. Je jette un coup d'œil et recule d'un bond.

Leo est là.

— Jenny ?

Mince, je suis grillée. Le visage en feu, je me montre.

— Bonjour. Je suis désolée, je ne pensais pas que tu serais là. On est samedi et, en général tu viens plutôt le... enfin, bon, j'ai eu l'idée de passer.

Il se lève. J'avais oublié comme il est grand. Deux semaines sans le voir, et j'avais oublié.

— Qui est-ce ? demande Mme Walker. Je ne connais pas cette personne ! Que voulez-vous ? Ne me volez pas mes affaires, hein ! La dernière fois, on m'a tout volé.

Cette visite n'était pas une si bonne idée, finalement.

— Tout va bien, maman, dit Leo d'une voix si gentille et

si douce qu'elle me va droit au cœur. C'est mon amie. Elle s'appelle Jenny.

— Bonjour, madame Walker.

La belle-mère de Leo fait bien trop jeune pour être ici. Elle a une peau magnifique, d'épais cheveux blond cendré, mais elle est très maigre et elle a un regard perdu, apeuré.

— Je ne vous connais pas, me dit-elle en jetant des coups d'œil vers Leo.

— Elle est gentille, répond-il. Assieds-toi, Jenny.

— Ne me volez pas mes affaires, répète Mme Walker.

— Promis, lui dis-je d'un ton rassurant et attentionné (quand bien même elle me ferait presque me sentir coupable).

— Comment vas-tu ? me demande Leo.

— Ça va. Je vais bien.

Je regarde Mme Walker et chuchote :

— Je suis désolée. Je suis allée sur la tombe de mon père et je me suis dit que... que peut-être Mme Walker serait contente d'avoir de la visite.

Il me fixe quelques secondes, de ses yeux si tristes.

— C'est très gentil de ta part.

Puis il se rassoit et ajoute :

— Tu es très jolie, au fait.

— Ah, oui, j'arrive du mariage de Kimber. J'ai fait sa robe, tu te souviens ?

— Mariage ? C'est ta femme ? demande alors Mme Walker à Leo.

Oh, mon Dieu. Ces mots me fendent le cœur. Je n'imagine pas ce que doit ressentir Leo à cet instant. Cette pauvre femme qui ne se souvient même pas de sa fille, sa seule enfant, le bébé qu'elle a élevé et aimé.

Et pourtant, comme elle a de la chance de ne pas se souvenir que sa fille est morte !

— Non, répond Leo en se raclant la gorge. Ma femme est morte, malheureusement.

Une lueur incertaine traverse le regard de Mme Walker, comme si une porte s'entrouvrait, puis tout s'éteint de nouveau.

— Ah bon. Mais je suis sûre qu'elle t'aimait beaucoup, dit-elle.

Ces mots emplissent la pièce de leur tristesse, et leur poids me fait baisser la tête.

— Oui, répond Leo.

Je me lève. Je ne vais pas pleurer devant lui, je ne vais pas ajouter mes larmes au chagrin avec lequel il vit chaque jour. Ce n'est pas ce qu'on attend d'une amie. Ce serait égoïste.

— Je ferais mieux de partir. Ravie de vous avoir rencontrée, madame Walker.

Je lui tends la main, mais elle se contente de la regarder sans avoir l'air de savoir quoi en faire. Je la pose finalement sur son épaule dans un geste furtif.

Puis je m'adresse à Leo :

— Prends soin de toi. Ça m'a fait plaisir de te voir.

— A moi aussi.

Je sors et marche d'un pas rapide mais sans courir jusque dans le hall, en passant devant la chambre de mon nouveau copain, puis me retrouve sur le trottoir, les joues ruisselantes de larmes. Pourquoi suis-je venue ici à pied et pas en voiture ?

Je vais faire un saut à l'église puis me rendre au country club. On va profiter de notre soirée, maman et moi, je vais danser avec mes nièces et qui sait ? Je rencontrerai peut-être un type sympa.

Mais en fait il n'y a qu'une seule personne avec qui j'aurais envie d'être.

— Jenny.

Je sursaute, m'arrête et essuie mes larmes à la hâte.

— Tu marches plus vite que je ne croyais, me dit Leo.

— Tiens !

— Merci de ta visite.

— Je suis désolée, je ne voulais pas la contrarier.

— Non. Elle est toujours comme ça.

Je hoche la tête. Une brise légère sèche mes joues.

— Comment vas-tu ?

— Ça va. Je vais bien, me répond-il en souriant.

Je me rends compte que ce sont les termes exacts que j'ai utilisés plus tôt.

Puis son sourire disparaît.

— En fait non, ça va plutôt mal. Depuis l'audition, je me suis remis à jouer beaucoup et ça fait remonter des choses, tu comprends, me dit-il en soupirant.

Je comprends. Après l'avoir vu jouer de tout son cœur, j'imagine bien ce que ça lui fait.

— Jenny, cette histoire de ne pas vouloir quelque chose de sérieux, ce n'est pas moi. Et je voudrais vraiment arrêter de me tourmenter. Alors je travaille sur moi pour arriver à me pardonner. On m'a proposé d'enseigner à la Juilliard à l'automne. Quelque chose s'est déverrouillé l'autre jour, et je joue beaucoup depuis. J'ai un peu l'impression de taper sur le clavier avec des maillets mais au moins j'essaie, et là j'entends bien que je te raconte n'importe quoi parce que je suis terrifié.

— Pourquoi ?

— Le simple fait de vivre peut être terrifiant. Je ne sais pas comment tu fais. Tu es toujours tellement optimiste.

— Ah, désolée.

Et, comme je vois s'esquisser un sourire sur ses lèvres, j'ajoute :

— Je vais essayer de me soigner.

— Ce qui m'effraie aussi, c'est que tu es beaucoup plus douée que moi.

Je retiens mon souffle.

— Pas faux, dis-je.

— J'espère que tu ne t'en es pas encore aperçue, mais je me sens moralement obligé de te prévenir.

Il me regarde, et je sens la tension nerveuse laisser la place chez lui à un calme profond.

— Tu me manques, me dit-il.

— Toi aussi.

— Je suis agaçant et cabossé et même parfois un peu fou, sans parler de...

— Je prends tout ça. Mais tais-toi avant que je change d'avis.

Il passe ses bras autour de moi et me serre si fort que j'entends craquer mes côtes, et je le serre fort à mon tour. Puis il m'embrasse, un long baiser parfait qui me remplit le cœur d'un bonheur presque douloureux à force d'être grand.

A cet instant précis, je ne vois pas ce que je pourrais désirer de plus.

— Je savais bien que tu me poserais un problème, me dit-il.

— Moi aussi, je t'aime.

Il éclate de rire et me serre de nouveau dans ses bras, et tandis que je respire son odeur si fraîche, si bonne, mon cœur explose de joie, déborde d'amour.

J'ai toujours pensé que je finirais par trouver la clé du bonheur parfait, comme je pensais que Rachel l'avait trouvée, et qu'alors chaque jour de ma vie serait précieux, simple et bien ordonné. Mais, la vie, ce n'est pas ça. Il y a quelques moments éclatants de perfection comme celui-ci, et puis il y a le quotidien qui les relie l'un à l'autre en un chemin scintillant qui, même au plus profond de la nuit, montre la direction à suivre.

— Il te faut toujours un cavalier pour ce mariage ? me demande Leo.

— Seulement si tu as envie d'y aller.

— Oui.

Il me sourit, me prend la main et, ensemble, nous descendons la rue, passons devant le parc puis devant le cimetière sous un beau soleil d'été.

Composé et édité par HarperCollins France.

Achevé d'imprimer en septembre 2016.

BRODARD & TAUPIN

La Flèche

Dépôt légal : octobre 2016.

Pour limiter l'empreinte environnementale de ses livres, HarperCollins France s'engage à n'utiliser que du papier fabriqué à partir de bois provenant de forêts gérées durablement et de manière responsable.

Imprimé en France